SELECTED WORKS OF NOBEL PRIZE
WINNERS IN LITERATURE

诺奖大师短经典

果麦 编

四川文艺出版社

果麦文化 出品

目 录

[波兰] 亨利克·显克维支（1846—1916）

Henryk Sienkiewicz

波兰 19 世纪著名的批判现实主义作家。

出身于一个没落贵族家庭，1866 年考入波兰华沙大学，大学时期就开始写作，并发表了许多优秀的短篇小说，《灯塔看守》便是其中之一。

19 世纪 80 年代起，显克维支转向长篇历史小说的创作。代表作有《你往何处去？》《十字军骑士》等。

1905 年，由于他"作为一个历史小说家的显著功绩"，获得了诺贝尔文学奖。

灯塔看守

[波兰] 亨利克·显克维支

林洪亮 译

这篇小说是根据真实事件写成的，霍拉因曾在《美国通讯》中报道过这次事件。

一

在离巴拿马不远的阿斯宾瓦尔，有一天，灯塔看守突然不知去向了。由于他是在暴风雨期间失踪的，人们便认为，这个不幸的人可能是在灯塔所在的石头岛边上行走时，被一个大浪卷入海里了。等到第二天，他那只系在凹湾里的小船也不见了，这种猜测就更加合情合理了。这样一来，灯塔看守的位置就空了出来，必须立即找人补上，因为这座灯塔，无论是对于当地的交通，还是对从纽约开往巴拿马的轮船来说，都具有重要的意义。蚊蚋湾里到处是浅滩和礁石。即使是白天，要在这些滩石中间航行，也很艰难，而在夜里，由于白天热带的烈日烤热了海水，到了晚上便蒸发成浓密的水雾，航行几乎是不可能的。这时候，灯塔的光亮便成了那些船只的唯一向导。寻找新灯塔看守的重任便落在美国驻巴拿马领事的身上了。不过，这可是一件棘手的事情：首先，他必须在十二个小时之内找到这样一个接任的人；其次，这个接任的人必须是个非常忠于职守的人，并不是随便什么人都可以录用的；最后，根本没有人前来应聘。灯塔上的生活是极其艰苦而又乏味的，它对于那些喜欢玩乐和酷爱自由流浪生活的南方人来说，是毫无吸引力的。灯塔看守几乎像个囚犯，除了星期天，他一步也不能离开这个孤寂的岩石嶙峋的小岛。每天有一只从阿斯宾瓦尔来的小船，给他送来食品和淡水，东西一放完就立即离开了。在这个方圆不过一莫尔格[1]大的荒岛上，就再也见不到第二个人了。灯塔看守就住在灯塔里，必须按照规定来管理它：白天根据晴雨表的指示，悬挂各种颜色的旗子来报道天气，傍晚把灯点亮。每天，必须爬上四百多级又高又陡的环形阶梯，才能到达塔顶上的灯旁。有时，一天得上来下去好几次，如果不是这样，那么这种工作也就不算什么繁重的了。一般说来，这是一种修道院式的生活，甚至还不如修道院，而是一种隐居苦修的生活。因此，这位伊沙克·法康布里奇领事因为找不到这样一个能长期工作的继任人而焦急万分，也就不足为奇了。然而就在同一天，出乎意料地竟有一个人前来应聘，这位领事的欣喜劲儿也就不难理解了。这是一位老人，有七十多岁，但是身体矫健，腰板硬朗，举止风度都像一个军人。他的头发全白了，肤色黝黑得有如一个克里奥尔人（克里奥尔人是南美混血人种），但是一看他那双蓝眼睛就知道他绝不会是个南美人。他的神情显得忧郁和悲戚，但却诚实正直。法康布里奇先生看第一眼就很满意，现在只要询问他一下就可以了。于是就有了下面这番谈话：

1　波兰旧面积单位，1莫尔格大约合5000平方米。

"你是从什么地方来的？"

"我是波兰人！"

"你以前干过些什么工作？"

"我一直在到处流浪。"

"灯塔看守可是要待在一个地方的。"

"我现在需要的正是休息！"

"你从前曾在什么地方服务过？有没有官方的证明文件？"

老人从怀里拿出一块已经褪色的绸布，像是从一面旗子上撕下来的一角，他把它打了开来，说道：

"这就是证明：这个十字勋章是在1830年（指1830年华沙起义，证明他参加了这次起义）得到的；这第二枚西班牙勋章，是在卡罗斯战争（指1834年堂·卡罗斯和其侄女争夺王位的战争）中获得的；第三枚是法国勋章；第四枚是在匈牙利（指匈牙利1848年的革命）得到的。后来我在美国参加了反对南方的作战，不过这一次没有发给勋章，只有这一张证书。"

法康布里奇拿起了这张证书，开始读了起来。

"噢，斯卡文斯基？这是你的姓名吗？嗯……在拼刺刀的进攻中亲手缴获了两面军旗……你真是个勇敢的战士！"

"我也会成为一个忠于职守的灯塔看守的。"

"每天得好几次爬上塔顶去，你的腿能受得住吗？"

"我是步行穿过大草原的。"

"太好了！你曾在海上工作过吗？"

"我曾在一条捕鲸船上工作了三年。"

"你好像干过不少的工作？"

"我一生没有经历过的就只有平静的生活了。"

"为什么？"

老人耸了耸肩膀，说道：

"命运如此。"

"不过，我觉得你来担任灯塔看守，似乎是太老了一点。"

"先生！"这位应聘者突然情绪激动地说道，"我已经是心力交瘁了。你知道，我经历过的事情太多了，这个位置是我热切希望得到的。我老了，我需要休息！我对自己说：你应该待在这里，这里是你停泊的港口！啊！先生，现在全靠你了。这样的位置我恐怕是碰不到第二次的。正好我这时在巴拿马，我正是碰上了好运气啊！我恳求你……看在上帝的份儿上。我现在就像一只在大海中漂泊的小船，如果再不在港口停泊，那就会沉没的……你如果想使一位老人得到幸福……我可以向你保证，我是个诚实正派的人。不过……我已经过够了那种流浪的生活……"

老人那双蓝眼睛表现出那样一种热烈祈求的眼神，使这位心地纯朴善良的法康布里奇先生也心潮澎湃了。

"好吧！"他说，"我接受你的请求，现在你就是灯塔看守了。"

老人的脸上露出了难以描述的欣喜神情。

"谢谢你！"

"你能不能今天就到灯塔去？"

"能！"

"那么，再见吧！还有一句话要说在头里，只要你失职一次，你就会被撤职的！"

"明白了！"

就在这天的傍晚，当太阳在大海的另一端沉下时，一个阳光灿烂的白天就要过去，接着来的是一个没有黄昏的夜晚。一个新任的灯塔看守显然已经就职了，因为灯塔已经像往常一样，把大片大片的亮光投射在海面上。夜晚是那样的宁谧、寂静，是真正热带的夜景。到处是透明的雾气，在月亮周围形成一个巨大的圆圈，它像彩虹一样色彩斑斓，圆圈的边缘是那样的轻柔淡白，很难与雾气区分开来。大海由于涨潮而波涛起伏。斯卡文斯基站在平台的灯旁，从下面望上去，有如一个黑点。他竭力想集中他的思想，专注在他的新职位上，然而由于他心情过于兴奋，竟不能正常地思考问题。他此时觉得自己有如一只被人追赶的野兽，现在终于在一座人迹罕至的悬岩或山洞里，找到了藏身之地，再也不会受追逐奔波之苦了。他终于得到了一个安静的时期。这种安全感使他满心喜悦，有一种难以言状的幸福。如今，他站在这个满是岩石的小岛上，想起过去的流浪漂泊，追忆往昔的不幸和失败，只是报之一笑。他真像一只船，狂风暴雨撕裂了他的风帆，折断了他的绳索、桨舵，把他从云端抛入海底。这只船被海浪拍打着，掀起了无数的浪花，但是他顶风破浪、奋勇前进，终于到达了港口。这种狂风暴雨的情景在他的脑海里迅速掠过，与他即将开始的安宁的生活形成强烈的对比。他的惊险生活经历有一部分已经对法康布里奇先生谈过了，但是还有成千上万次别的不幸遭遇，他却还没有提到。他的命运真是坎坷不幸。每当他支起帐篷，砌好炉灶，打算久居在那里，就有狂风袭来，把他帐篷的木柱吹倒，将他的炉火熄灭，使他受到莫大的痛苦。现在，他从塔顶的平台上望着那灯光闪烁的海波，不觉心潮澎湃，昔日的种种经历涌上心头。他曾经转战四方，在流浪期间，他曾经干过几乎所有工作。他勤劳俭朴，为人忠厚，曾不止一次地积攒起一笔钱，但是，无论他是怎样的富于远见卓识，怎样的谨慎小心，到头来，他的积蓄总是一文不剩。他曾在澳大利亚挖过金矿，在非洲找过钻石，还在东印度当过政府的雇佣兵。有一段时间，他曾在加利福尼亚经营过一座农场，干旱却使他破了产。他又曾在巴西内地经商，与土著部落进行贸易，不料，他的木排却在亚马孙河上被撞得粉碎，只剩下他一人，又手无寸铁，而且几乎是赤身裸体，在原始森林中流浪了几个星期，靠采集野菜为生，时时刻刻都有可能被猛兽吞噬。后来他又在阿肯色州的海伦城经营过一家铁厂，却在全城的大火中被焚为瓦砾。后来，他又在落基山中被印第安人抓去，幸而奇迹般地遇见了加拿大猎人，才被搭救了出来。再后来，他又在来往于巴希亚和波尔多之间的一条轮船上当水手，还在一条捕鲸船上当过鱼镖手，这两条船都被撞坏了，沉入了海底。他在哈瓦那开过一家雪茄烟厂，当他卧病在床的时候，他的合伙人将钱款卷逃一空。最后他来到了阿斯宾瓦尔——也许这里将成为他的全部失败的终结。难道在这样一座小小的石岛上，他还能遭到什么不幸吗？无论是水，是火，还是人，都无法妨碍他了。而且就人的这方面来说，斯卡文斯基并没有受到多大的迫害，因为他所遇到的好人总是比坏人多得多。

不过他觉得，宇宙间的四大元素：地、水、火、风，都在迫害他。凡是认识他的人都说他命运多舛，以此来解释他的失败，甚至连他自己也几乎变成偏执狂了。他相信有一只巨大而仇恨的手，在一切陆地上和水面上追逐着他。但是他并不愿意把这种感觉宣扬出去，只是有时别人问到他，这只手是谁的，他才神秘地指着北极星那边说："是从那个地方来的！"的确，像他这样遭受接连不断的失败，而且这些遭遇又是那样的稀奇古怪，真是容易把人逼上绝路的，特别是对一个屡遭打击的人来说更是如此。不过，斯卡文斯基却有印第安人那种坚韧不屈的精神，还有一种极大的、镇静的反抗力量，这种力量来自他心灵的正直豪爽。以前他在匈牙利的时候，有一次，由于他不愿抓住别人为搭救他而抛给他的马镫，不愿向人屈服求饶，竟遭到了十多下剑刺。他也同样不肯向不幸低头，他就像是在攀登一座高山，有如蚂蚁一样奋斗不息，尽管他跌下了一百次，但他依然要进行第一百零一次的攀爬。他真是一个特别的怪人。这位老军人不知经历过多少次战火的考验、贫穷的锻炼，还被人打得遍体鳞伤过，但他依然保持着一颗天真无邪的童心。当古巴流行瘟疫之际，他也染上了热病，那是因为他把自己所有的奎宁全部送给了别人，自己一颗也没有留下。

在他身上，还有一种令人叹服的卓越的品格：在他经受了那么多挫折之后，依然充满着希望，从不失望，相信一切都会好起来。在严冬，他依然是精神焕发，预言着未来的重大事件[1]，他非常耐心地等待着它们的发生。整个夏季都在这种期望中度过……然而冬天一个接一个地消逝了，斯卡文斯基等来的，只有头发越来越白。他终于老了，他的体力开始衰退了，他的坚忍性也渐渐转化为与世无争了。而过去的那种镇静，也变得多愁善感了。这个经历过无数次考验的战士，竟会变成一个无缘无故就落泪的人。此外，还有一种最令人担忧的思乡病时时向他袭来，只要他一遇到这样的情景，比如看见燕子，看见像麻雀一样的灰鸟、山上的白雪，或者听到类似他昔日听过的歌曲，都会使他触景生情，勾起他思恋故土的幽情。……到了最后，只有一种思想在支配他，

----

1   指波兰民族独立运动。

那就是渴望休息，这种想法完全支配着老人，把他的其他愿望和思想都掩盖下去了。这位饱经风霜的流浪者，除了想得到一隅安宁之地，使他能够休憩，在此静待天年，再也没有值得他去追求的更宝贵的东西了。也许正是因为他被奇怪的命运所驱使，逼得他浪迹天涯，连一刻喘息的机会都难以获得，所以他才认为人类最大的幸福莫过于不再流浪。确确实实，像这样微不足道的幸福，他是应该得到的。但是，挫折已经成了他的家常便饭，于是他希望休息，就和普通人渴望得到一件难以获得的东西一样，因此，他对它简直不抱任何希望了。现在，在十二小时之内，他意外地得到了这样一个职位，而这个职位就像是专为他而设的一样。所以，毫不奇怪，当他晚上点燃灯塔之后，他就像喝醉了似的。他在问自己：这是真的吗？他竟不敢回答说：这是真的。这个老人一小时又一小时地站在灯塔平台上，这种现实本身就给他提供了毋庸置疑的证据。他凝视着，心里美滋滋的，终于相信这是真的了，他仿佛觉得，这是他生平第一次看见大海。阿斯宾瓦尔的钟声已经宣告午夜的来临，可是他依然不想离开那高高的平台，一直眺望着。大海在他脚下掀起阵阵波浪，灯上的透光镜把一道巨大的三角形亮光投射在漆黑的茫茫海面上。除此之外，老人的眼睛还投向那完全黑暗的、神秘而令人畏怯的远方，但那远处的黑暗仿佛在朝着光亮奔过来。长长的浪头接二连三地从黑暗中滚滚而来，咆哮着，一直扑向岛脚。这时候，可以看见泡沫四溅的浪脊在灯光中闪烁出玫瑰色的光彩，上下起伏。潮水越涨越高，把沙滩都淹没了。海洋那神秘的话语声清晰可闻，而且越来越大，越来越高，有时像大炮的轰鸣，有时像森林在呼啸，有时像远处的人声鼎沸，有时又是一片寂静。随后老人的耳朵里又听到了几声叹息，几声抽泣，接着便是一片令人胆战心惊的咆哮声。海风终于把浓雾吹散了，但却带来了许多破碎的乌云，又把月亮遮住了。西风越刮越烈，巨浪汹涌，冲击着灯塔下的石基。浪花直达灯塔的墙基。暴风雨正在远方大逞威风。在那黑暗的波涛翻滚的海面上，有几点绿色的灯光正在船桅杆上闪耀，这些绿色的光点忽上忽下地飘动着，忽左忽右地摆晃着。斯卡文斯基离开了塔顶，回到了自己的住房。暴风雨开始怒吼了。那边，在塔外，轮船上的人们正在与黑夜、昏暗和浪涛搏斗；而这里，在他的住房里，却是这样的安宁和寂静，甚至连暴风雨的怒吼声也无法穿透这厚实的墙壁，只有时钟单调的"嘀嗒嘀嗒"声，仿佛在给这位劳累疲乏的老人催眠，使他安然入睡。

二

一小时又一小时，一天又一天，一周又一周地过去了。水手们认为，每当海上波涛汹涌时，常常听到黑夜中有人呼唤他们的名字。如果茫茫大海都能这样呼唤，那么当一个人垂老的时候，也许会有另一种更加黑暗、更加神秘的混沌来呼唤他吧，尤其是当一个人被生活折磨得筋疲力尽的时候，就更会感到这种呼唤的亲切。但是为了要听清这种呼唤就需要安静。此外，老年人大多喜欢离群索居，仿佛早就有了进入坟墓的预感似的。对于斯卡文斯基来说，灯塔就像是半座坟墓了。再也没有比灯塔上的生活更单调乏味的了。要是青年人来担任这个工作，他们肯定待不了多久就会弃职逃走的，所以担任灯塔看守的一般都不是年轻人，而是那些忧郁内向、上了年纪的人。如果他们之中有人偶尔离开灯塔，来到熙熙攘攘的人群中，就会总是踉踉跄跄，像个酣睡初醒的人。在平常的生活中，有许多细微的印象会使你去适应一切，但灯塔上却没有这种种细微的生活印象。灯塔看守所能接触的一切就是广袤无际的大海和蓝天，它们并无固定的形体，头上是浩浩长空，下面是渺渺海水。而处在这海天之间的只有那孤独的灵魂！在这种生活中，人的思维活动就是不断的沉思默想，而且什么也不能把这个灯塔看守从那种沉思中惊醒过来，甚至连他的工作也无济于事。今天和昨天完全相同，犹如珠串上的两颗珠子，也许只有天气的变化，才是唯一的不同。但是，斯卡文斯基却感到平生从未有过的幸福。东方发白他就起床，吃过早饭后，就去擦灯上的透光镜，然后，他就坐在平台上眺望无际的大海，他的眼睛好像对他前面的景色永远看不够似的。在这浩渺的蓝色的背景上，总是能看到一群群鼓满的风帆，在阳光中闪闪发光，强烈得使人睁不开眼。有时，有许多船只趁着所谓的贸易风，一只接一只地排着长长的纵列，鱼贯而行，犹如一串串海鸥或信天翁。红色的浮筒在微波中徐徐摇荡，给船只指示出前进的道路，在这些船帆中间，每天午后，总有一阵阵像鸟羽一样的灰色烟雾袅袅升腾，这是一只载满旅客和货物的轮船，从纽约开往阿斯宾瓦尔，船过之处，掀起阵阵浪花，形成一条泡沫的大道。在平台的另一面，斯卡文斯基可以清晰地看见阿斯宾瓦尔全城和它那繁忙的港口。港口里，桅樯林立，挤满了大大小小的船只。稍远一些，城中的白色房屋和高高的塔楼清晰可见。从灯塔的顶台望去，那些房屋就像海鸥的窝巢，船舶像一只只甲虫，人们行走在铺着白石的大街上，就像是一个个移动的黑点。早晨，东风刮起，把嘈杂的人声送了过来，但轮船的汽笛声盖过了它们。中午是午休的时间，港口中的一切活动都停止了，海鸥躲进了岩穴，海浪减弱了，好像变得懒洋洋的。这时候，无论是陆上、海上，还是灯塔上，都是一片沉寂，没有任何的喧嚣。海水退潮后留下的黄沙滩发出耀眼的光亮，在这广阔的海水里，犹如一个个金色的斑块。塔身矗立在蔚蓝的天空中，显得格外的挺拔。太阳把一道道亮光从空中直泻在海面上、沙砾上和岩石上。这时候，一种甜蜜的困倦感侵袭着这位老人。他觉得他现在享受的这种休息是再好不过了，当他想到这种休息可以继续享受下去时，就感到心满意足、无所遗憾。斯卡文斯基陶醉在自己的幸福中，而且一个人总是很容易满足于命运的好转。于是他渐渐地恢复了希望和信心。他心里在想，既然世上的人会为那些残废者建造房屋，难道上帝就不会收留他这个残废者吗？随着时间的消逝，他的这种信念更加坚定了。这位老人对于灯塔、灯、岩石、沙滩和孤独都已经渐渐习惯了。他也习惯了每到傍晚，那些栖息于岩缝中的海鸥便飞集在塔顶上。斯卡文斯基将剩下的食物抛给它们，不久，它们便和老人处熟了。后来一遇到他给它们喂食，就有一大群白翅膀在他周围飞来跳去，于是这位老人就在它们中间走来走去，宛如一个牧人在羊群中间走动一样。退潮之后，他便来到下面的沙滩上，去捡美味的牡蛎和漂亮的珍珠贝，它们都是退潮后留在沙滩上的。晚上，他借着月光或灯塔的灯光，下到海里去捕捉那些游到岩缝里来的无数的小鱼。到后来，他竟爱上了这些岩石和这座不长树木的小岛——岛上只生长着一些矮小的能分泌黏脂的草丛。然而，远处的美丽景色弥补了小岛的荒瘠。在下午这段时间里，只要天气晴朗，万里无云，他就能看到处在两洋之间、直到太平洋海岸的林木茂盛的整个地峡的全景。在这种时候，斯卡文斯基就会觉得自己好像看到了一座巨大的公园。成片的椰树，高大的芭蕉，组成了一个个无比绮丽的花束，点缀着阿斯宾瓦尔的房前屋后。再过去，在阿斯宾瓦尔和巴拿马之间，是一片广袤的森林，每天早晨和傍晚，都有一股股红色的雾气在它上面腾起。这是一座真正的热带雨林，森林下面是一洼洼死水，上面缠满了藤蔓，还有巨大的兰花、棕榈、乳汁树、铁树、橡胶树夹杂其中，发出一阵阵林涛声。

借助于望远镜，斯卡文斯基不仅能看见那些树木和宽阔的香蕉树叶，甚至还能看见一群群猕猴和高大的秃鹳，以及无数的鹦鹉，它们时时飞翔在森林上空，仿佛是缤纷的彩虹在飞舞。斯卡文斯基十分清楚这样的森林，因为他的木排在亚马孙河上被撞碎之后，他曾在类似的原始森林和荒原中流浪了好几个星期。他知道，在这外观绮丽而又赏心悦目的森林里面却隐伏着种种危险和死亡。他在森林中度过的那些夜晚，就曾听到过猿猴的哀叫，美洲豹的吼声，他还看见过蟒蛇像巨藤似的缠绕在树上。他还知道，在这些睡着般的林中湖泊里，到处都是电鱼和鳄鱼。他也十分清楚，在这些人迹罕至的荒原里，一个人的生活是多么的艰险，那里的一片树叶也要比人大十倍，这种地方又是吸血的蚊蚋、水蛭和巨大的毒蜘蛛遍布成灾的场所。他亲自体验过这一切，亲自看见过这一切，也受过这一切的折磨。现在他从高处望着那些荒原，观赏它们的美丽，而自己又不再受到它们的侵害，就觉得无比的欣喜了。他的灯塔使他免遭一切灾难。唯有星期天早上，他才离开小岛。这时候，他穿上带银纽扣的蓝制服，胸前挂上了他的十字勋章。当他走进教堂时，他听到那里的克里奥尔人都在悄悄议论："我们有了一个正派的灯塔看守了，虽然他是个美国佬，却不是新教徒[1]！"老人听到这些话，便昂起了他那乳白色的头，显得有些自豪。一做完弥撒，他就立刻返回他的小岛去，而且心里很是高兴，因为他对大陆有一种不信任感。每逢星期天，他都要读读从城里买来的西班牙文报纸，或者看从法康布里奇先生那里借来的《纽约先驱报》，他急于在这些报纸上找出有关欧洲的新闻。这真是一颗可怜的老人的心！他虽然身居灯塔中，住在地球的另一面，但他依然心向祖国。有时候，每当给他送来食物和淡水的小船到来时，他便走下塔来，和港警约翰逊谈谈话。但是后来，他显然变得更加孤僻。他不再进城去，也不再阅读报纸，不再下塔来和约翰逊聊政治问题了。这样过了好几个星期，没有人看到过他，他也不再看见别人。唯有两件事情表示老人还活着：一是每天放在岸上的食物都被收走了，二是灯塔依旧有规律地每晚按时亮起来，正如每天早晨太阳从大海的另一端升起来一样准确无误。显然，这位老人对世事已经淡漠了，但这并不是由于他思念故土，甚至连他的怀乡之情也已淡薄了。对于斯卡文斯基来说，这个小岛就是他生死与共的整个世界。他已经习惯于这样的想法：他到死也不会离开这个小岛、这座灯塔了。而且他简直想不起来，除此之外，世界上还有什么别的东西。此外，他还成了一个神秘主义者。他那双温柔的蓝眼睛开始变得像小孩的眼睛一样，老是睁得大大的，像是盯住某一点呆看似的。由于长期的离群索居，面对的又是非常单调而又伟大的景色，这位老人已经失去了自我的独特感觉，他已经不是作为一个个体而存在，而是渐渐与周围的海天融为一体。他对这一点并没有清楚的认识，只是一种无意

1　这里指斯卡文斯基是个正统的基督教徒。

识的感觉而已，以至于到了最后，他觉得天空、海水、岩石、灯塔、金黄色沙滩、鼓满风的船帆、海鸥、退潮和涨潮——全都化成了一个巨大的整体，成为一个巨大的神秘的灵魂；他自己也陷入在这个神秘之中，感应到了在他周围活动和生息的那个灵魂。他沉浸在其中，被它们陶醉，终于忘记了自身的存在。而他在这种自我限制中，在这种独特的生活中，在这种半醒半睡的状态里，却得到了一种伟大得几乎像半死那样的休息。

三

然而惊醒的时刻来到了。

有一天，小船送来了淡水和食物。过了一小时，斯卡文斯基才从塔上走了下来：除了平时照例送来的东西，他看见多了一个包裹。包裹上面贴着美国邮票，帆布包裹上写着"斯卡文斯基先生收"。满腹狐疑的老人打开了包裹，见是一包书，他拿起了一本，看了一眼，立即又放回去了，他的双手抖动得很厉害。他蒙起了双眼，仿佛不敢相信似的，他觉得他是在做梦——这竟是一本波兰文的书。这是什么意思呢？是谁寄给他的呢？刚一开始，他显然是忘记了，当他刚担任灯塔看守的时候，有一次他在从领事那里借来的《纽约先驱报》上读到了纽约成立波兰协会的消息，他立即给协会汇去了他半个月的工资，因为他在塔上的花费很小；波兰协会为了感谢他的捐助，便寄来了这包书，所以这包书来得很自然，但是老人一下子没有想起来。在阿斯宾瓦尔，在他的灯塔上，当他孑然一身、孤独寂寞之时，却得到了一包波兰文的书，对他来说真是一件非凡的事情，是一种从过去传来的声音，是一个奇迹。现在他觉得自己也像那些在黑夜中的水手一样，仿佛听到了有人用一种非常亲切的、他几乎忘记了的声音在呼唤他的姓名。他双目紧闭地坐了一会儿，他甚至觉得只要眼睛一睁开，梦境就会消失。不！被打开的包裹清清楚楚地呈现在他的眼前，午后的阳光照射在它的上面，其中的一本已经打开了。当老人伸出手去想把它拿起来的时候，在周围一片寂静之中，他听见了自己的心跳。他朝它望了过去，这是一部长诗，封面上用大写字母印着书名，下面是作者的姓名[1]。斯卡文斯基对于这个名字并不感到陌生，知道他是个伟大的诗人，1830 年以后他曾在巴黎读过他的作品。后来当他转战阿尔及尔和西班牙时，他曾从本国同胞那里听到过这位大诗人越来越高的声誉，不过那时候，他正热衷于戎马生活，无暇去阅读书籍。1849 年，他来到美国，过着冒险流浪的生活，几乎见不到一个波兰人，更无法读到波兰文书籍了。因此，他怀着一颗无比激动和剧烈跳动的心翻开了扉页。此刻，他觉得在这个孤岛上就要发生某种庄严的事情似的。而此刻也确实是寂静肃穆。阿斯宾瓦尔的钟声，已经宣告下午五时的来临。万里晴空，没有一丝云彩，只有几只海鸥在蔚蓝的天空中翱翔。大海在轻轻地摇荡。岸边的波浪仿佛在絮絮细语，轻柔地抚摸着沙滩。远处，阿斯宾瓦尔的白色房屋和婀娜多姿的棕榈树丛仿佛在微笑。这时候，这里的确有一种庄严肃穆的气氛。突然间，在这大自然的静穆中传来了老人颤抖的声音，他大声地朗读起来，仿佛为了使自己能更好地理解：

1　指波兰伟大诗人亚当·密茨凯维奇。文中的长诗是《塔杜施先生》。

立陶宛，

我的故乡，

你正如健康一样！

只有失去你的人，

才知道应该怎样来珍惜你，

今天，

我看见并描写你的无比美丽的姿容，

因为我非常想念你！

斯卡文斯基读到这里，再也读不下去了，字母仿佛在他的眼前跳动着，好像有什么东西在他心里翻腾，如同海浪那样越来越往上涌，堵住了他的喉咙，使他读不出声来。……过了一会儿，他强自镇静下来，又继续读了起来：

圣母啊！

你保护着光明的钦斯托霍瓦，[1]

你照耀在尖门[2]之上，

你庇佑着诺伏格罗德克[3]城堡和它忠诚可靠的人民。

我在孩提的时候，

你奇迹般地恢复了我的健康，

那时候，

---

1 钦斯托霍瓦的明山有一座大教堂，里面的圣母像很有名。

2 尖门在立陶宛的维尔诺城。

3 诺伏格罗德克是诗人密茨凯维奇的出生地。

我悲痛欲绝的母亲把我献给你，

请你保佑，

我抬起了毫无生气的眼睑，

立刻就走到了你的圣坛前，

感谢天主使我得到了第二次生命！

现在请你再现奇迹，

让我们回到祖国的怀抱！

……

读到这里，他心潮澎湃，热血沸腾，再也克制不住自己了。老人号啕大哭起来，扑倒在地上。他那银白色的头发和海边的细沙混合在一起了。他离开自己的祖国已经四十年了，没有听到祖国的语言也不知道有多少年了，然而现在这种语言却亲自找到了他。它远涉重洋，来到了地球的另一半，造访他这个孤寂的老人，他觉得它是那么的亲切，那么的珍贵，那么的优美！在老人的哭声里，没有丝毫的悲痛，只不过是一种突然萌发的无限的爱，与这种爱比起来，其他的一切都是毫无意义的了……所以，他要用这号啕大哭来恳求亲爱的祖国给他以宽恕，宽恕他对祖国的感情淡薄了，因为他是这样的苍老，又沉醉在这个孤寂的岩岛上，竟使他对祖国的怀念之情也开始消失了。然而现在，它又奇迹般地回到了他的身边，他怎能不激动万分呢！时间一刻又一刻地过去了，可是他还躺在那里。海鸥在灯塔上空盘旋，大声地哇哇叫着，仿佛在为自己的老朋友感到不安似的。该是他给它们喂食的时候了，所以有几只海鸥从塔上飞了下来，落到了他的身边。后来飞来的海鸥越来越多，开始轻轻地啄他，用翅膀拍打他的头。翅膀的声音把他吵醒了。他哭够了之后，才觉得心情平静了，他精神奕奕，眼睛也大放光彩。他情不自禁地把全部食物都抛给了海鸟，海鸟便哇哇地叫起来，争抢着食物。他自己又拿起那本书来。夕阳已经沉落在花园和巴拿马原始森林的后面了，正在慢慢地降落在大陆之外的另一片海洋上，但是大西洋上依然是余晖四射，室外也非常明亮，于是他又念了起来：

现在你把我那颗思念之心
带到山林、带到绿色草原中……

现在，转瞬即逝的暮色来临了，模糊了白纸上的黑字，老人把头枕在岩石上，闭起了双眼。这时候，那保护着"光明的钦斯托霍瓦"的圣母，已经把他的灵魂带到了那些被谷物装扮得五彩缤纷的田野上，天空中还有一道道很长的金色和红色的晚霞在照射着。而他则沿着这条金光大道，回到了自己挚爱的祖国，他的耳边回响着祖国的松涛，听见故乡的河流在絮絮细语。他看到，一切都和过去一样，它们都来问他："你还记得吗？"他当然记得！他还看到了广袤的田地，未开垦的原野、草原、森林和村庄。现在已是黑夜了！平时在这时候，他的灯塔早已照亮了漆黑的海面，但是此时他却在故乡的村子里。他那苍老的头俯在胸前，正在做着甜蜜的梦。一幅幅景色，虽然有些杂乱，在他的眼前急速掠过。他没有看见他的老房子，因为它已被战争夷为平地了，也没有看见他的父母，因为在他孩提的时候，他们就去世了。但是村里的景象，却依然如故，仿佛他是昨天才离开似的：一排排茅屋的窗户都透着亮光，土堆、磨坊，两个相对的池塘和彻夜不停的蛙鸣声。还是在很久以前，他曾在自己的村里放过整夜的哨，现在，那早已成为过去的景象又突然历历在目地出现在他的眼前。他又成了一个枪骑兵，又在那里站岗放哨。远处是一家小酒店，灯火辉煌，在万籁俱寂的黑夜里，酒店里又是唱、又是闹、又是跳，还有小提琴和四弦琴的奏鸣声，以及"呜哈！呜哈！"的叫喊声。那些枪骑兵都策马飞驰而去，马蹄在石地上迸发出阵阵火星，只有他独自一人骑马站在那里，觉得无聊透了；时间过得真慢，灯火终于熄灭了。现在放眼望去，尽是一片浓雾，茫茫无际的浓雾，很显然这是草原上升起的热气，随后它犹如一片白云，把整个草原都笼罩住了。你也许会说，这真是一片海洋，但它不过是草原。不久之后，你就会听到秧鸡在黑暗中的咯咯叫声，而白鹭也在芦苇丛中大声啼叫。夜色宁静而寒冷，这是个真正的波兰之夜。远处，森林无风而沙沙自响，犹如海上的波涛声。过了不久，东方开始发白了，预示着黎明的临近，而公鸡也在院墙里啼叫起来，一家一家地应和着。天上也有了鸣叫的飞雁。他顿时感到精神焕发，心情舒畅，他听到了那边有人在谈论明天的战争。嗨！他一定要去参加的，他要像别的战士一样高举战旗，呐喊着，冲杀上去。尽管夜间的寒气把他冻得凉飕飕的，青年人的热血，却像战鼓一样在擂响。天亮了，天亮了！夜色已淡白下去。森林、灌木、农舍、磨坊和白杨树，都已经在黑暗中清晰可辨了。井上的辘轳在吱吱地响着，就像灯塔上的铁皮旗幡的响声一样。啊！这是多么可爱的国土啊，它在鲜红的朝霞中又是多么的美丽啊！啊！这唯一的国土，这心爱的国土！

安静点！这警觉的哨兵听见有人在朝这边走来。一定是来换哨的。

突然间，有人在斯卡文斯基的头上大声叫道：

"嘿，老家伙，快起来！你怎么啦！"

老人睁开了眼睛，惊讶地望着站在他面前的那个人。残余的梦境还留在他的脑海里，正与现实进行着斗争。这些梦境终于渐渐淡化而消失了。站在他面前的是港警约翰逊。

"你怎么啦？是病了吗？"约翰逊问道。

"没有！"

"你没有点灯。你已被撤职了。一只从圣格罗摩来的船触礁沉没了，幸亏没有淹死人，否则你就要受到法律的制裁。现在你快跟我走，别的事情，你到了领事馆就会知道的！"

老人的脸色顿时变得煞白，这天夜里他确实没有点灯。

几天之后，人们看见斯卡文斯基坐上了一条从阿斯宾瓦尔开往纽约的轮船。这个可怜的老人已经失去了工作。展现在他前面的又是新的流浪的旅程；风又把这片树叶吹落了，又让它在人世间飘零，又要随心所欲地去折腾它了。就这么几天，老人的精神大减，腰背也弯曲了，只有一双眼睛还炯炯发亮。当他走上新的生命旅程时，他怀里揣着一本书，时时用手去捂紧它，仿佛生怕它也会离开他而消失不见似的……

[英] 约瑟夫·鲁德亚德·吉卜林（1865—1936）

Joseph Rudyard Kipling

英国作家、诗人。

出生于印度孟买。1871年，被送回英国接受教育。

1884年发表了第一篇短篇小说，并正式开始文学生涯。代表作有《丛林之书》《原来如此的故事》等。

吉卜林的作品在20世纪初的世界文坛产生了很大的影响，被誉为"短篇小说艺术创新之人"。

1907年，"考虑到这位世界著名作家的创作具有观察力、想象力的独创性、思想的活力和非凡的叙述才能"，瑞典学院为其颁发了诺贝尔文学奖。

白海豹

[英] 约瑟夫·鲁德亚德·吉卜林

文美惠 译

      啊，不要闹，我的宝宝，我们背后就是黑夜，漆黑的海水泛着墨绿的光芒。

      滚滚的波涛上面，月亮正低头看着我们在絮絮低语般起伏的浪窝里歇息。

      一个接一个拍打的浪花，就是你柔软的枕头；啊，带鳍的小人儿疲倦了，舒舒服服地蜷着身子睡觉吧！

      风暴不会闹醒你，鲨鱼不会追赶你，在轻柔起伏的大海怀抱里酣睡吧。

——《海豹摇篮曲》

      所有这一切都是几年以前发生在一个叫诺瓦斯托西纳的地方的事情。诺瓦斯托西纳又叫东北岬，在白令海那边遥远的圣保罗岛上。这个故事是一只名叫利默欣的冬鹩鹩告诉我们的。有次他被风刮到了一艘驶往日本的轮船的帆缆上，我把他救了下来，带回我的船舱，让他暖和过来，又喂养了他两天，直到他有气力飞回圣保罗岛为止。利默欣是一只非常古怪的小鸟，但是他知道怎样讲真话。

      除非有事情要办，否则人们是不会到诺瓦斯托西纳来的，而在那里经常有事情要办的是海豹。夏天里，他们从寒冷的灰蒙蒙的大海来到这里，一下子就是几十万头；因为诺瓦斯托西纳海滩是世界上最适合海豹居住的地方。

西卡奇知道这一点。因此每年一到春天，不管他当时正在什么地方——他总是要像一艘鱼雷艇那样笔直游向诺瓦斯托西纳，并且花费一个月的时间和他的同伴们打架，好夺取一块离海最近的岩石上面的好地盘。西卡奇已经十五岁了，他是一头巨大的灰色海豹，肩胛上的鬃毛又长又密。还有长长的恶狠狠的犬牙。当他用前肢的阔鳍支撑着站直了的时候，离地足有四英尺¹高，他的体重——假如有人胆敢去称他的体重的话——大约是七百磅²。他遍体是伤疤，全是多次恶战留下的痕迹，可是他还是跃跃欲试，随时准备再进行一次新的战斗。他常常故意歪着头，仿佛不敢正眼瞧他的敌手；接着他就会闪电般地发起袭击，他的长牙就会狠狠咬住另一头海豹的脖子，那头海豹也许拼命想逃，但西卡奇是决不会轻易放开他的。

然而西卡奇从来没有追过一头打败了的海豹，因为那是违犯海滩上的规则的。他只想在海边找块地方做喂养小海豹的窝；但是，由于每年春天总有四万到五万头海豹也到这儿找地方做窝，于是，海滩上便响起一片惊人的尖叫声、咆哮声、怒吼声和撞击声。

你要是站在一个名叫哈钦森山的小山头上，就可以眺望到周围三英里半³的地方。这块地方密密麻麻全是正在打架的海豹。而

1　1英尺等于30.48厘米。
2　1磅约合0.4536千克。
3　1英里等于1.61千米。

在浅海滩边，只见到处是海豹的头在海水中攒动；他们急着要登上陆地，好参加打架的行列。他们在浪花里打架，在沙滩上打架，也在被磨得光溜溜的做海豹窝的玄武岩上打架；因为他们跟男人们一样愚蠢和倔强。他们的妻子一直要等到五月底或者六月初才到岛上来，因为她们才不愿意被撕成碎片呢。那些还没有成家的两岁、三岁和四岁的年轻海豹，则穿过打架的斗士们的行列，进入离大海一英里半的内陆，他们结伙成帮，在沙丘上嬉戏，把地上长出来的带点绿颜色的草呀，小树呀，全都蹭个精光。人家把他们叫作"霍卢斯契基"，也就是单身汉的意思，仅仅在诺瓦斯托西纳，就有二三十万头这样的海豹。

一个春天，西卡奇刚刚打完第四十五场架，这时，他那毛皮柔软光滑、眼神温柔的妻子玛特卡正好爬出海来，他一口咬住她颈背上的皮，把她提起来放在他占据的地盘里，没好气地说："又来晚了。你究竟到哪儿去了？"

通常西卡奇要在海滩上停留四个月，在这个时间里他是不作兴吃任何东西的，所以他的脾气总是很坏。玛特卡知道自己最好别还嘴。她看看四周，温柔地说："你考虑得多周到呀！找的还是老地方。"

"当然找老地方啰。"西卡奇说，"瞧瞧我！"他身上到处是破口子，有二十个伤口在流着血；一只眼睛几乎都瞎了，两边腰上满是一条条的伤痕。

"唉，你们这些男人哪，你们这些男人哪！"玛特卡用前鳍给自己扇着风，说道，"你们干吗不能通情达理，安安静静地商量一下分配地盘的事呢？瞧你那样儿，好像和逆戟鲸打过仗似的。"

"我从五月中旬开始，除了打架就没有干别的事。今年这块海滩挤得太不像话了。我至少遇见了上百头从卢坎龙海滩来这儿找住处的海豹。那些家伙为什么不待在他们自己的地方？"

"我常常想，我们要是换个地方，不到这块拥挤得要命的地方来，而到水獭岛去，我们会快活得多的。"玛特卡说。

"呸！只有霍卢斯契基才到水獭岛去。我们要是去的话，他们会说我们胆怯了。我们得顾点儿体面呀，亲爱的。"

西卡奇骄傲地把脑袋埋进他肥胖的双肩里，待了几分钟，假装已经睡着了。其实他一直在警惕地注意着，随时准备打架。现在，所有的海豹和他们的伴侣都已经登上了陆地，你在好多里外的海面上就可以听见他们的喧闹声，这喧闹声压倒了最猛烈的风暴的呼啸。在这个海滩上，少说也有一百多万头海豹——老海豹、海豹妈妈、小不点儿海豹娃娃，还有霍卢斯契基：他们打架斗殴，混战一场；咩咩地叫着爬来爬去；在一块儿做游戏——成群结队地爬进海里，又爬出海面；海滩上一眼望去密密麻麻全是海豹躺在那里；他们透过雾气，一小队一小队出发去进行战斗。在诺瓦斯托西纳儿几乎整天下着雾，但是一旦太阳出来，霎时间一切就显得银光闪闪、五彩缤纷。

玛特卡的婴儿柯蒂克就诞生在这片混乱之中。像所有的小海豹一样，他的头部和肩部显得特别大，他的眼睛也是水汪汪的浅蓝色；但是他的皮毛却有点儿特别，使得他的母亲不禁要非常仔细地瞧着他。

"西卡奇，"她终于说道，"我们的宝宝将来会长成白色的。"

"胡说八道！"西卡奇喷着鼻息说，"世界上根本没有白色的海豹。"

"那我可没有办法，"玛特卡说，"反正从今以后就会有了。"

27

于是她低声唱起了温柔的海豹歌谣，所有的海豹妈妈都是这样对她们的宝宝唱的：

> 没长够六个星期，你可不要去游泳呀，
> 不然你就会头朝下脚朝上沉到水底；
> 夏天的风暴和那逆戟鲸
> 都是海豹娃娃的死对头啊。
> 都是海豹娃娃的死对头，亲爱的小耗子，
> 最凶最凶的死对头；
> 但是玩水吧，长得壮壮的吧，
> 那样你就会万事如意，
> 大海的孩子啊！

那个小家伙一开始当然听不懂这些话。他挨在母亲身边，划动前鳍，爬来爬去，他懂得每当父亲和别的海豹打起架来，吼叫着在滑溜溜的岩石上边滚上滚下的时候，他就爬到旁边去。玛特卡常常到海里去找食物吃，两天才喂一次孩子，但是喂他的时候他总是放开肚皮饱餐一顿，倒也长得很壮实。

他自个儿做的第一件事是朝着内陆爬去，他在那里看见了几万头和自己一样大的小海豹，他们像小狗一样在一块儿玩耍，在干净的沙子上睡觉，睡醒了再玩。待在海豹窝那边的老海豹们不理睬他们，霍卢斯契基们只在自己那块地盘上玩，于是海豹娃娃们自个儿玩得可痛快啦。

玛特卡从深海捕鱼回来就立刻来到他们的游戏场。她像母羊呼唤小羊羔那样叫唤起来，直到听见柯蒂克的咩咩叫声为止。然

后她就笔直向他走过去，用前鳍打开一条路，把小海豹们掀翻在地，左右推开。在游戏场上，老是有几百个海豹妈妈在找自己的孩子，于是娃娃们也老是不得安宁，但是玛特卡是这样告诉柯蒂克的："只要你不躺在泥水里头，把皮毛弄得癞巴巴的，也不把硬沙子揉进划破的伤口里去，只要你不在大风大浪里游泳，这儿就没有什么能够伤害你。"

小海豹就跟小娃娃一个样，他们本来是不会游泳的，但是他们只要还没有学会游泳，心里就老痒痒。柯蒂克头一次下海，就被一个浪头把他卷进了没顶的深水里，他的大脑袋沉了下去，他的小小的后鳍翘了起来，正像他妈妈在那首歌谣里对他讲的那样。如果不是第二个浪头又把他打了回来，他一定会淹死的。

从那以后，他学会了躺在海滩边的水洼里，让波浪刚好盖住他的身体，他一划动双鳍就漂浮起来。但是他总是小心翼翼地躲开那些会伤害他的大浪头；他花了两个星期才学会用鳍划水，在这两星期里，他不停地在水里跟跟跄跄地沉下去又浮起来，一边呛水，一边哼哼。有时他爬上海滩，在沙堆里打会儿瞌睡，然后又下到海里，直到他终于觉得，他在水里就像到了家啦。

接着，你可以想象得出他和他的伙伴们是多么兴高采烈，他们迎着大浪头扎猛子，或是跨上一个高高的卷浪，跟着这个大浪头涌向海岸顶里头的沙滩上，然后扑通一声，水花四溅地落到地上；要不就学老海豹那样，用尾巴直立起来，搔着自己的脑袋；或是爬到伸出浅海湾的、上头长满杂草的滑溜溜岩石顶上做"我是城堡国王"的游戏。有时他看见水里有一个薄薄的鱼翅，非常像大鲨鱼的鱼翅，正紧贴着海岸漂过来，于是他知道，这是逆戟鲸格兰普斯，他要是抓得着年轻的海豹，就会毫不客气地吃掉他们；于是柯蒂克就会像支箭似的吱溜一下朝海滩逃去，那个鱼翅便会慢吞吞地扭摆开去，仿佛它根本就没打算寻找什么似的。

到了十月，整个部族的海豹开始一家一户地离开圣保罗岛，迁移到深海区去，这时，再也没有人为了争夺喂养小海豹的窝而打架了，那些霍卢斯契基也可以任意地到处自由玩耍了。玛特卡对柯蒂克说："打明年起你就是霍卢斯契基了；但是今年你首先得学会捕鱼。"

他们一块儿出发横渡太平洋。玛特卡教柯蒂克怎样仰天躺着睡觉，把他的鳍贴着身子收拢起来，让他的小鼻子露出一点在水面上。什么样儿的摇篮也没有太平洋上摇荡起伏的漫长的波浪那么舒服。柯蒂克觉得他全身的皮肤都痒酥酥的，玛特卡告诉他，他现在正体会着"海水的味道"，那带点刺痛的酸麻感觉，说明坏天气要到来了，他应该快点游，好离开这儿。

"用不了多少时间，"她说，"你就会知道该往哪儿游了，不过我们现在就跟在海豚波帕斯后面吧，他是非常聪明的。"一大群海豚扎进海底，正在飞快地赶着路，小柯蒂克使劲儿跟在他们后面。"你们怎么知道该朝哪儿游呢？"他喘着气问道。这群海豚的头领翻动着白眼，一头扎了下去。"我的尾巴觉得有点刺痛，小伙子，"他说道，"那就是说，一场风暴正跟在我背后。来吧！假如你在'黏糊糊的海水'（他的意思是指赤道）的南边的时候，你的尾巴开始觉得刺痛，那就是说，你的前头有一场风暴，你就必须朝北边去。来吧，这儿的海水我觉得不太对头。"

这就是柯蒂克学会的许多许多件事情里的一件，他时刻都在学。玛特卡教他沿着海底的沙洲追逐鳕鱼和大比目鱼，从海草丛中的洞穴里抠出黑鲅来；还教他怎样绕过海底一百英寻¹深地方的沉船残骸，在鱼群中间像一颗步枪子弹一样掠进这边的舷窗，又从另一边的舷窗里游出来。当整个天空到处是闪电的时候，玛特卡教他怎样在浪尖上跳舞，并且有礼貌地向顺风而下的短尾巴信天翁和战舰鹰晃动自己的鳍；还教他怎么样让他的鳍紧贴住身子，把尾巴弯起来，像一只海豚一样跃出水面三四英尺高；她告诉他不要理睬飞鱼，因为他们身上尽是骨头；她教他在海底十英寻深的地方全速前进时，怎样一口咬下一条鳕鱼的肩胛肉；还教他绝不要停下来看一只小船或是一艘海船，尤其是一只划艇。六个月以后，柯蒂克可以算是完全精通深海捕鱼的本领了，在这段时间里，他的鳍从来没有一次挨过干燥的陆地。

然而有一天，他正半睡半醒地躺在胡安·费尔南德斯岛附近温暖的海水里时，突然觉得全身晕乎乎懒洋洋的，就像人类感觉春天要到了一个样，他记起了七千里外诺瓦斯托西纳那儿又舒服又结实的海滩，记起了他和同伴们玩过的游戏，记起了海草的气味，海豹的咆哮和扭打。就在那一刻，他就扭转头不停地向北方游去。他一路上遇见了几十个同伴，他们都和他游向同一个地方，他们说道："你好，柯蒂克！今年我们全都是霍卢斯契基了，我们可以在卢坎龙那边的激浪上跳火焰舞了，还可以在嫩草地上玩了。可是，你这身毛皮是从哪儿搞来的呀？"

柯蒂克的毛皮现在差不多成了纯白色的，他对这身毛皮十分自豪，可是只说了句："快游！我想陆地想得骨头都疼了。"于是他们全体回到了他们出生的海滩。他们听见他们的父辈老海豹们

1　航海用的深度单位，1英寻等于1.8288米。

正在起伏流动的雾气里战斗。

那天晚上，柯蒂克和一岁的海豹们一块儿跳起了火焰舞。在夏天的夜晚，从诺瓦斯托西纳直到卢坎龙，大海里充满了熠熠发光的火焰，每一头海豹身后都留下了一道亮痕，像是燃烧着的油，每当他们跳跃的时候就迸发出一道闪亮的火光，波浪碎成了无数片发着粼光的条纹和漩涡。后来他们进入内陆，来到霍卢斯契基的地盘上，他们在青嫩的野麦子地里滚来滚去，互相讲着他们在海里做过些什么。他们讲起太平洋，就像男孩子们讲起他们去采干果的那个树林一样。要是有人能听懂他们的话，他回去一定可以画出一幅从来没有人画过的大洋地图。一群三四岁的霍卢斯契基从哈钦森山上蹦跳下来，喊道："让开道，小家伙们！海水深着呢！海里还有好多东西是你们不知道的呢。等你们绕过了合恩角再说吧。嗨，你，一岁的小家伙，你从哪儿搞来的那件白外衣？"

"我没有搞来，"柯蒂克说，"它是自己长出来的。"他正要把说话的那家伙掀一个跟头，从沙丘后面走出来两个有着黑头发和扁平的红脸盘的人，柯蒂克从来没有见过人，他呛咳起来，低下了头。那些霍卢斯契基只是慌慌张张地往旁边躲开几米远，然后呆呆地坐在那里瞪着。这两人不是别人，他们乃是岛上捕海豹的猎人首领克里克·布特林和他的儿子帕塔拉蒙。他们是从一个离小海豹窝不到半英里远的小村庄里来的。他们正在考虑把哪些海豹赶到屠场去（因为海豹是被赶着走的，和赶羊一个样），以后便把他们变成海豹皮外套。

"嗬！"帕塔拉蒙说，"瞧，有头白海豹！"

尽管他皮肤上蒙着一层油腻和煤烟，克里克·布特林的脸色还是变得惨白。他是阿留申岛民，阿留申岛的居民都不爱干净。接着他嘴里喃喃地念起了祷词。"别碰他，帕塔拉蒙。打从……打从我出生以来，还从来没有出现过一头白海豹。他也许是老札哈罗夫的鬼魂。他是在去年那场大风暴里失踪的。"

"我不打算到他跟前去，"帕塔拉蒙说，"他是不吉利的。你真的认为他是老札哈罗夫回来了吗？我还欠他几只海鸥蛋呢。"

"别瞧他。"克里克说，"赶那群四岁的海豹吧。工人们今天该剥出二百头海豹的皮，不过季节刚开始，他们还都是新手。剥一百头就够了。快些！"

帕塔拉蒙在一群霍卢斯契基面前敲起了一对海豹的肩胛骨，他们都呆住了，呼哧呼哧地直喘气。后来他往前逼近一些，海豹们便开始移动，于是克里克就领着他们朝内陆走去，他们根本没有想回到他们的同伴那里去。好几十万头海豹眼睁睁看着他们被赶着离开，却不闻不问，只管照样玩下去。柯蒂克是唯一提出问题的海豹，可是他的同伴什么也没法告诉他，他们只知道每年有六个星期或者两个月的时间，人们总是这样来赶走海豹。

"我要跟踪他们。"他说道。他就跟在那群海豹后面爬过去，他的眼睛都差点儿要掉到脑袋外面了。

"那头白海豹跟在我们后面来了，"帕塔拉蒙喊了起来，"这是第一回有头海豹自己独自来到屠宰场。"

"嘘！别往后看，"克里克说，"那是札哈罗夫的鬼魂！我一定得把这事告诉神父。"

到屠宰场去有半里路，但是他们却要花上一个小时才能走到，因为克里克知道，海豹们要是走得太快了，他们就会发热，剥了皮以后他们的毛就会一簇簇地脱落下来。于是，他们慢吞吞地朝

33

前走，经过海狮颈、韦伯斯特邸宅，直到他们来到海滩上的海豹看不见的撒尔特邸宅。柯蒂克气喘吁吁、满怀好奇地跟在后面。他以为他已经到了世界的尽头，可是他背后哺育小海豹的营地的吼叫声仍然那么响亮，就像一列火车隆隆地穿过隧道一样。接着克里克在苔藓上坐了下来，拿出一只沉重的锡镴怀表，等了三十分钟，好让这群海豹凉快下来。柯蒂克都能听见清晨的露珠从他的帽檐上滴下的声音。然后有十到十二个人走了过来，手里都拿着三四英尺长、包着铁皮的木棒。克里克把海豹群里一两头被同伴咬伤或是赶路赶得太热的海豹指给他们看，那些人便抬起他们用海象脖颈皮制成的厚靴子，把这几头海豹踢到一边去，接着克里克说了声，"干吧"！于是那些人举起棍棒朝海豹的头上敲去。

十分钟后，小柯蒂克再也不认识他的朋友们了，因为人们已经把他们的皮从鼻尖一直撕开到后鳍——然后猛地扯了下来，扔到地上，堆成了一堆。

对于柯蒂克，这已经够了。他掉转身就狂奔起来（一头海豹只能狂奔很短的时间），一直奔回海里，他那刚长出来的小胡须恐惧得一根根竖了起来。他跑到海狮颈，巨大的海狮坐在那里的浅海滩边缘上。他抬起双鳍举过头顶，跳进清凉的海水里，在水里摇晃着，痛苦地喘着气。"那儿是什么？"有个海狮粗声粗气地说；因为海狮们一般都待在一起，不跟外人往来。

"斯库奇尼！欧钦·斯库奇尼！（我寂寞呀！我太寂寞了！）"柯蒂克说，"他们把所有的海滩上所有的霍卢斯契基都杀死了！"

海狮扭转头朝着内陆。"胡说八道！"他说，"你的朋友们还在像往常那样大声嚷嚷呢。你一定是看见了老克里克干掉一群海豹了吧。他那么干已经三十年了。"

"太可怕了。"柯蒂克说。一个浪头打了过来，他一面向后退，一面划动双鳍打了个旋子，正好在离一块锯齿形岩石边上只有三英寸[1]远的地方停住了身体。

"干得不错，一岁的小伙子！"海狮说，他很能欣赏高超的游泳技术。"我想，从你的角度看，它的确是可怕的；不过，你们海豹们每年总是到这里来，人们当然会知道啦，除非你能找到一个人们从来没到过的岛，否则人们总是要来赶你们的。"

"有这样的岛吗？"柯蒂克开口问道。

"我跟在波尔图（大比目鱼）后面游了二十年，还从来没有找到过这样的岛，不过——你似乎特别喜欢找比你身份高的人说话；你可以到海象小岛去找西威奇谈谈。他也许知道点什么。别那么拔脚就跑呀，你得游六海里[2]才到呢，要是我的话，我就上岸去，先打个盹儿再说，小家伙。"

柯蒂克认为这主意很不错，所以他游回自己的海滩，上岸去睡了半个小时。他睡的时候周身不住地抽动，海豹们睡觉都是这个样的。接着他就直接出发到海象小岛去了。那是一块几乎正好位于诺瓦斯托西纳东北方的低矮多岩的小岛，岛上全是岩石台阶和海鸥窝，只有海象们成群结伙地在那里生活。

他在离老西威奇很近的地方上了岸，老西威奇是一只北太平洋的丑陋的大海象。他长着粗脖根和长长的牙齿，身躯肥胖，长满了疙瘩。他对人毫无礼貌，除了睡着的时候，而这时他正好在睡觉，他的前鳍一半浸在浅浅的海水里，一半露在外边。

1　1英寸等于2.54厘米。
2　1海里等于1.852千米。

"醒醒！"柯蒂克喊道，因为这时海鸥的叫声震耳欲聋。

"咳！嗬！哼！什么事？"西威奇说，他用长牙敲了旁边的海象一下，把那只海象敲醒了，旁边那只海象又敲他旁边的海象一下，如此下去，直到所有的海象都醒了过来，他们向四面八方望来望去，偏偏不望那该望的地方。

"嗨！是我呀。"柯蒂克就像一条白色的小鼻涕虫似的在水里漂上漂下。

"哎，让老天……剥了我的皮吧！"西威奇说，于是他们一齐紧盯着柯蒂克瞧，你可以想象出那种景象，就跟一所俱乐部里那些打瞌睡的老绅士围着一个小男孩瞧那样。柯蒂克可不愿意再听什么剥皮不剥皮的话；他已经瞧够了剥皮的事；所以他喊了起来：

"请问有没有什么人们从来没有到过的地方，可以让海豹去住？"

"你自己去找吧，"西威奇闭上眼睛说道，"快走开。我们这儿正忙着呢。"

柯蒂克像海豚一样一下子腾空跃起，拼命放大嗓门嚷了起来："吃蛤蜊的家伙！吃蛤蜊的家伙！"他知道，虽说西威奇装作是个很吓人的角色，其实他一辈子从来没逮住过一条鱼，他只会用鼻子挖些蛤蜊和海草吃。那些随时都在等待机会欺负人的市长鸥、三趾鸥和海鹦们当然马上就响应起了这样的叫骂，于是——利默欣是这样告诉我的——几乎在五分钟之内，如果朝海象小岛开一炮，你也会听不见炮声。岛上的居民全都狂喊乱叫："吃蛤蜊的家伙！斯塔列克（老头儿）！"而西威奇则一面翻动着身体，一面哼哼着、呛咳着。

"这下你肯告诉我了吧？"喊叫得喘不过气来的柯蒂克问道。

"去问海牛吧，"西威奇说，"他要是还活着，一定能告诉你。"

"我怎么知道他是海牛呢？"柯蒂克在转身走开的时候问道。

"他是大海里面唯一比西威奇还丑的家伙，"一只市长鸥在西威奇鼻子底下盘旋着，尖叫道，"丑得多，更没有礼貌！斯塔列克！"

柯蒂克游回了诺瓦斯托西纳，留下海鸥在那里尖叫。他发现，虽说他尽了自己有限的力量给海豹找块安静地方，却没有一头海豹对他表示同情。海豹们告诉他说，人们一向把霍卢斯契基赶走——这样的事儿一点不稀奇——他如果不愿看见这种丑恶的事，他就不该到屠宰场去。但是没有一头海豹亲眼见过屠杀，这就使他没法和他的朋友们得出一致的意见。况且，柯蒂克还是头白色的海豹呢。

"你一定得快点长大，长成和你父亲一样的大海豹，"老西卡奇听了儿子的冒险经历后这样对他说，"到那时，你在海滩上也有一个哺育小海豹的窝，他们就不会来招惹你了。再过五年，你就该能独立地战斗了。"就连他的母亲，温柔的玛特卡也说："你永远也没法制止屠杀。到海里去玩吧，柯蒂克。"于是柯蒂克去了，他怀着一颗小小的、十分沉重的心，跳起了火焰舞。

那年秋天，他尽早地离开了海滩，独自出发了，因为他那顽固的脑袋瓜里有了一个主意。他一定要找到海牛，只要海里有这么个家伙的话。他还要找到一个海豹可以居住的、有出色的结实的沙滩的安静海岛，那里是人们找不到的地方。于是他独自去寻找了，他找了又找，从北太平洋找到南太平洋，有时一天一夜游了三百英里。他经历了说不完的冒险，他差点儿被晒鲨、斑点鲨和双髻鲨抓住，他遇见了所有那些在海里游荡的不可靠的恶棍，还有那些身体笨重、彬彬有礼的鱼，还有带着红色斑点的扇贝，它们居留在一个地方，已有几百年了，所以它们对此非常自豪；但是他从来没有遇见海牛，也没有找到一个使他中意的海岛。

如果他找到一处又好又结实的海滩，后面还有斜坡，可以让海豹们在上面戏耍，那么，在远方的天边总是有一艘捕鲸船在冒着黑烟，煮着鲸油，柯蒂克完全懂得它意味着什么。有时他看出海豹曾经来过某个海岛，但后来被捕杀光了。柯蒂克明白，只要人们来过一次，他们以后还会再来的。

他认识了一只短尾巴的老信天翁，信天翁对他说，克圭伦岛是最平安最清静的地方，可是柯蒂克到了那儿，却遇到了一场夹着闪电雷鸣的大冻雨。在那里，他差点儿在黑乎乎的险恶的悬崖上被撞得粉身碎骨。可是当他顶着风暴离开这块地方的时候，他看出这里也曾有过一块哺育小海豹的营地。他去过的所有其他海岛也都是这样。

利默欣列举了一长串海岛的名字，因为他说柯蒂克花了五个季节的时间来寻找，每年只在诺瓦斯托西纳休息四个月，每到这时，那些霍卢斯契基常常取笑他和他幻想中的岛屿。他去过加拉帕戈斯群岛，那是赤道线上一块干燥到极点的地方，他在那儿几乎被烤焦了；他到过乔治亚群岛、南奥克尼群岛、埃默腊尔德岛、小南丁格尔岛、果夫岛、布维岛、克罗泽群岛，甚至到过好望角以南的一个丁点儿大的小岛。可是不管到哪儿，海里的百姓告诉他的，全是同样的事。从前海豹曾经来到这些岛上，但是人们把他们都杀绝了。甚至当他游了几千里，游出了太平洋，到了一个名叫科连特斯角的地方（那是他刚从果夫岛回来的时候），他发现有几百头毛皮脏乱的海豹待在一块岩石上头，他们对他说，人们也到过这里。

这话伤透了他的心，他绕过合恩角回到了故乡的海滩；在北上的途中，他在一个长满苍翠树木的小岛上了岸，看见一头奄奄一息的、老极了的老海豹。柯蒂克替他捕鱼，向他倾诉了自己的苦恼。柯蒂克说："现在我就要回到诺瓦斯托西纳去了，以后哪怕我和霍卢斯契基一块儿被赶到屠宰场去，我也无动于衷了。"

老海豹说："再试一次吧。我是已经灭绝了的玛撒弗埃拉海豹家族里最后一个。当年人们成十万头地杀死我们，那时海滩上曾经流传过一个故事，说是有一天，一头白海豹会从北方来，他会引着海豹们到一个平安的地方。我老了，看不到那一天了，但是别的海豹还能看到的。再试一次吧。"

于是柯蒂克翘起他的胡须（它漂亮极了），说道："我是自古以来海滩上诞生的唯一的白海豹，而且我是在黑的和白的海豹里唯一想要去寻找新海岛的海豹。"

这想法大大地鼓舞了他；那年夏天他回到诺瓦斯托西纳以后，他的母亲玛特卡恳求他结婚成家，因为他不再是个霍卢斯契基，他已经成了一头成年海豹了，他的肩头长着卷曲的白色鬃毛，他像父亲一样高大魁梧、威风凛凛。"再让我等一个季度吧，"他说，"妈妈，要记住，第七个浪头总是最靠近海滩里面的。"

说也奇怪，另外有一头母海豹也认为她可以再等一年才结婚，柯蒂克出发去进行最后一次探索的前夕，就和她在卢坎龙海滩上跳了一整夜火焰舞。

这次他动身向西方去，因为他跟踪上了一大群大比目鱼，而他一天至少需要一百磅鱼才能使他的身体保持良好的状态。他追逐他们，直到他感到困倦了，然后他蜷曲起来，躺在涌向科珀岛的巨浪窝里睡着了。他非常熟悉这里的海岸，因此，当午夜时分他觉得自己轻柔地撞在一块海草丛生的海床上时，他说："哼，今晚的潮水真猛呀。"他在水底下翻了个身，慢慢睁开了眼睛，伸了个懒腰。这时，他突然像只猫一样地跳了起来，因为他看见在海滩的浅水里有些巨大的家伙在探头探脑，并且嚼食着浓密的海草丛边缘上的草。"用麦哲伦的巨浪起誓！"他在胡须的掩盖下悄声说道，"这到底是什么深海里的族类？"

他们不像柯蒂克见过的任何生物，不像海象，也不像海狮、海豹、熊、鲸、鲨、鱼、乌贼或者扇贝。他们有二十到三十英尺长，没有后鳍，却有一条铲子形的尾巴，看来像是用潮湿的皮革削成的。他们的脑袋是你从没见过的那种奇蠢无比的样子，他们不吃草的时候，便用尾巴顶端做支柱，支撑着身体，彼此庄严地躬身行礼，并且像个肥胖的男人挥舞手臂一样，摇晃着他们的前鳍。

"嗨！"柯蒂克说，"打食顺利吧，先生们？"那些硕大的生物鞠躬作答，并像青蛙跟班一样，摆动着他们的前鳍。当他们又开始吞吃起食物来时，柯蒂克看出，他们的上唇是裂成两半的，所以他们可以把上唇扯开一英尺远，在裂口里装进整整一蒲式耳[1]的海草，再把裂口并拢。他们把这些海草统统塞进嘴里，一本正经地嚼啊嚼啊。

"这种吃法可够邋遢的。"柯蒂克说。他们再次鞠起躬来，柯蒂克开始按捺不住火气了。"好吧，"他说，"就算你们的前鳍比别人多出一节来，你们也用不着这么卖弄它呀。我看出你们会优雅地鞠躬，可是我想知道你们尊姓大名。"裂开的上唇嚅动着，开合

1　英制容量单位，1蒲式耳等于36.37升。

着，呆滞的绿眼睛瞪着；可是他们就是不说话。

"好吧！"柯蒂克说，"你们是我所见过的唯一一比西威奇还丑的动物——而且你们比他更没有礼貌。"

突然，在瞬间他想起了当他还是个小小的一岁海豹时，在海象岛上那只市长鸥向他尖叫的话。他赶忙又爬回到海水里，因为他知道他终于找到了海牛。

海牛继续在海草丛中撕扯着、吞咽着，柯蒂克用他在漫游途中学来的所有各种语言向他们提出问题：海族们使用的语言种类和人类的几乎一样多。但是海牛总是不回答，因为海牛是不会说话的。他们的脖子上本该有七块骨头，可是只有六块，因此，据说他们在海底甚至于都无法和同伴们交谈；不过，你要知道，他们的前鳍上多了一节骨头，因此他们上下挥动前鳍，也可以勉强算是发出一种电报信号。

到天亮时，柯蒂克的鬃毛已气得竖了起来，他的克制力飞到了死螃蟹待着的地方。这时海牛开始缓慢地向北旅行，不时停下来用可笑的鞠躬方式进行商讨，柯蒂克跟在他们后头，他对自己说："像这类白痴似的家伙，如果没有找到某个安全的海岛，他们早就被杀光了；对于海牛有好处的地方，对于海豹也一定是够好的。不过，我真希望他们快点赶路。"

这种旅行对柯蒂克来说实在是太腻烦了。海牛们一天的行程从不超过四五十英里，他们到晚上就停下来吃食，而且一直停留在离海岸很近的地方；不论柯蒂克绕着他们转圈子，在他们头顶上游，还是在他们身子底下游，都没法促使他们快半英里路。他们到了北边，每隔几小时便凑在一块儿鞠着躬商量一次，柯蒂克不耐烦得差点把胡须都咬掉了。后来他发现他们是在追随一股温暖的水流。这才使他增加了对他们的尊敬。

一天晚上，他们沉进了闪闪发光的海水里——像石头一样沉下去——自从柯蒂克认识他们以来，他们第一次迅速地游了起来。柯蒂克跟着他们，他们的速度使他感到惊讶，因为他从来不认为海牛是什么出色的游泳家。他们朝岸边的一座峭壁游去——峭壁的底部深深地埋进水底——他们钻进了峭壁底部离海面二十英寻的一个黑沉沉的洞穴。他们游了很久很久，柯蒂克跟着他们，早在钻出那黑暗的隧道以前很久，他就觉得缺乏新鲜空气了。

"我的脑袋！"他浮出另一头的水面，呼哧呼哧大口喘着气说，"这趟潜游虽说不短，可也真值得。"

海牛们已经散开，正沿着一条条柯蒂克从来没见过的最出色的海滩边缘吃着草。这儿有一望无际的、磨得光溜溜的岩石，延伸到许多里外，正适合作海豹的哺育营地。在岩石后面，有一片坚实的沙地嬉游场，倾斜着伸向内陆，这里还有可以让海豹在上面跳舞的大浪头，有让海豹打滚的茂密的野草，还有可以爬上爬下的沙丘；最叫人满意的是，柯蒂克从海水的味道知道，人从来没有到过这里。这一点，真正的海豹是从不会弄错的。

他做的第一件事就是弄清楚这儿是否可以捕到大量的鱼，然后他沿着海滩游过去，数一数在起伏流动的美妙雾气中，那半隐半现的、妙不可言的低洼多沙的小岛到底有多少个。北边出海的地方是一连串的沙洲、浅滩和暗礁，使得任何船只都没法开到离海滩六英里以内；在小岛群和这片陆地之间有一条深水区，一直延伸到那垂直的峭壁脚下，在悬崖下面某个地方便是那条隧道的出口。

"这儿简直跟诺瓦斯托西纳一模一样，不过比它还要好上十倍，"柯蒂克说，"海牛肯定比我想的要聪明得多。哪怕这儿有人的话，他们也没法从峭壁上下来，而且在这里，海边的沙洲会把一条船撞成碎片。如果说大海里有什么安全的地方，那就是这儿了。"

他开始想念留在家里的海豹，但是，虽说他急于要回到诺瓦斯托西纳，他还是彻底巡视了一番这块新地方，以便回答所有向他提出的问题。

然后他潜进海水里，摸清楚了隧道的出口，便迅速向南游去。除了海牛和海豹，别人做梦也不会想到有这样一块地方，当柯蒂克回头望着悬崖时，他自己也很难相信，他曾经游到过悬崖下面。

虽然他游得并不慢，还是用了六天工夫才赶回家里。当他恰好从海狮颈下面露出水来时，他遇见的第一头海豹就是那个一直在等待着他的母海豹，她从他眼里看出，他终于找到了他的岛。

但是当他把他的发现告诉那些霍卢斯契基和他的父亲西卡奇，还有所有其他的海豹的时候，他们全都嘲笑他。一头年龄和他相仿的年轻海豹说："这些话听起来倒不错，柯蒂克，可是你不能像这样从谁也不知道的地方钻出来，就这么命令我们出发。记着，我们曾为我们的哺养营地战斗过，你可从来也没有。你只愿意在海里荡来荡去。"

"可是我没有哺育海豹的窝需要我为它战斗呀，"柯蒂克说，"我只想指给你们看一块你们在那里会很安全的地方。打架有什么用处？"

"哦，假如你想缩回去，我当然没有什么话可说了。"那头年轻的海豹恶意地嘻嘻笑着说。

"假如我打赢了，你同意跟我一块儿去吗？"柯蒂克问道。他的眼里射出绿幽幽的光来，因为他不得不打一架，所以非常生气。

"很好，"年轻的海豹毫不在意地说，"假如你打赢了，我一定去。"

他没有时间改变主意了，因为柯蒂克的头已经伸了过来，牙齿埋进了年轻海豹颈项的那块肥肉里。接着他朝后一歪，蹲了下来，把他的对手拽到海滩上，使劲摇晃他，把他打翻在地。接着，柯蒂克对海豹们吼叫道："五个季度来，我为你们费尽了力气。我给你们找到了一个安全的海岛。然而，如果不把你们的脑袋拽得跟你们的傻脖子分了家，你们硬是不相信。我现在就教训你们一顿。你们小心吧！"

利默欣告诉我，他这辈子——利默欣每年都能见到一万头大海豹进行战斗——他这短短的一辈子里，从没见过像柯蒂克那样对海豹哺育营地发起的冲锋。他对着他能找到的个头最大的海豹扑了上去，咬住他的喉咙，弄得对方出不了气，噼里啪啦一气把这头海豹打得只叫饶命，然后他甩开这头海豹，再向下一头海豹进攻。你要知道，柯蒂克从来没有像大海豹那样每年禁食四个月，而他的深海旅行又使得他的身体状况保持得非常良好，而最妙的是，他从来没有打过架。他一生起气来，那卷曲的白色鬃毛就一根根竖了起来，眼睛冒出火焰，大犬牙白生生地发着光，样子确实神气极了。

他的父亲老西卡奇看着他猛冲过来，把那些灰色的老海豹像大比目鱼似的推过来拽过去，把那些年轻的单身汉撞得东歪西倒。于是西卡奇大吼一声，喊道："他也许是个傻瓜，可是他却是海滩上最出色的斗士。别跟你父亲交手啦，我的儿子！他是站在你这边的！"

柯蒂克吼了一声作为回答。于是老西卡奇便摇摇摆摆地参加到战斗里去了，他的胡须直竖起来，吼声像个火车头，玛特卡和那个要和柯蒂克结婚的海豹退到一边，欣赏着她们的男子汉。这是一场了不起的决斗，父子两人一直揍到没有一头海豹敢抬起头来为止，于是他们父子俩便大声吼叫着，肩并肩地在海滩上神气十足地踱来踱去。

天黑了，北极光刚刚在雾气中闪烁发亮的时候，柯蒂克爬上了一块光秃秃的岩石，低头看着打得七零八落的海豹营地和被咬得皮开肉绽、遍体鳞伤的海豹们，"瞧吧，"他说，"我已经教训了你们一顿。"

"哎哟！"老西卡奇吃力地挺起腰来说道，因为他身上也给咬得伤痕斑斑了。"就连逆戟鲸也没法把他们教训得更狠。儿子啊，我真为你骄傲，不只是骄傲，我还要和你一块儿到你的那个岛上去——要是真的有这么个地方的话。"

"嗨，你们这些海里的肥猪！谁跟我到海牛的隧道里去？回答呀，不然我又要教训你们了。"柯蒂克吼道。

沿着长长的海滩，响起了像潮水拍打海岸般的喃喃声。"我们跟你去，"成千个疲倦的声音说道，"我们愿意跟随白海豹柯蒂克。"

于是柯蒂克把脑袋垂到双肩里，骄傲地闭上了眼睛。他不再是一头白色的海豹了，他从头到尾全身都染成了红色。可是，他却一点也不屑于去看一看或者碰一碰他的伤口。

一星期以后，他和他的那支大军（将近一万头霍卢斯契基和老海豹）便浩浩荡荡地向北方海牛的隧道出发了。柯蒂克率领着他们，而那些留在诺瓦斯托西纳的海豹把他们叫作白痴。但是到了下一年的春天，他们全体在太平洋上的捕鱼场碰头了。柯蒂克的那伙海豹讲了许多关于海牛隧道尽头的新海滩的故事，使得以后每年都有更多的海豹离开了诺瓦斯托西纳。

当然，事情不是一下子就一帆风顺的，因为海豹们总是爱花很长的时间盘算来盘算去。不过年复一年，每年都有更多的海豹离开诺瓦斯托西纳，离开卢坎龙，离开其他的哺育营地，去到那安静的、隐蔽的海滩。每个夏天，柯蒂克都坐在那些海滩上，一年比一年更高大、更肥胖、更壮实。而那些霍卢斯契基都在他四周，在人类从没有到过的海里嬉戏玩耍。

[瑞典] 塞尔玛·拉格洛夫（1858—1940）

Selma Lagerlöf

瑞典作家。

出身于瑞典韦姆兰省的一个贵族家庭。她的作品深深植根于她的家乡的民间故事、传说和故事。

代表作有《尼尔斯骑鹅旅行记》《耶路撒冷》等。

1909 年，被授予诺贝尔文学奖，"以表彰其作品所具有的崇高理想主义、生动的想象力和精神感知"。她也成为第一位获得该奖项的女性和瑞典人。

登天之路

[瑞典] 塞尔玛·拉格洛夫

周瘦鹃 译

　　一连好几年，陆军少佐的夫人掌管着一所公共的住屋。大佐裴伦克洛，就住在伊克白这所屋中的一部分。这部分便是供给骑兵们居住的。自少佐夫人死后，骑兵们的快乐生活也完了，大佐便住到罗文湖南岸的一所田舍中去了。他在楼上住了两间房，较大的一间，可以通入小些的一间。这田舍中的人都住在楼下，便给大佐完全占住了一层楼面。他在这里过活，直到七十五岁，也并不雇用一个下人侍奉他。他那房间收拾得很整齐，一日三餐，都自己料理，就连他那匹马，也是由自己喂养。他说，这些事情，都足以助他消磨光阴。其实他也太穷了，无力雇用什么下人。他整日兀自忙着，因为手头事情太多，常常忙得不可开交。

　　大佐在他的起居室中，织起一条很奇怪的地毯来。近边教堂里的人都纷纷议论，暗暗诧异。这地毯并不是在织机上织的，而是把一条条的线从这边墙上绊到另一边墙上。人进入室中时，仿佛投在一个巨大的蜘蛛网中。大佐往往在这些织得很巧的线条中间往来走动，东也绊一条线，西也绊一条线，还要选择配合得当的颜色。这地毯要是完全织成，简直可以比得上古时甘达哈和蒲加拉的地毯一样美丽。但他老人家工作很迟慢，忙了好久，还织不到两方尺。

大佐睡在里屋一张小帆布床上，这床是他曾在德国出征抵敌拿破仑时用的。室中的器物，也陈饰得不错。有一个夏夜，大佐正睡在这房中，忽被楼梯上一阵很重的脚步声惊醒过来。朝那蒙暗的天色瞧去，分明已经夜半了，他心中想道："这些农人真奇怪，怎么从不知道把外边的门锁上的。"大佐原是个很有秩序的人，平日里因农人们不锁门就去睡觉，常加责骂。今晚大约又是没有锁门，才使那不速之客闯到屋中来了。听他的脚步声响，绝不是小偷，也绝不是喝醉了的酒徒来胡乱投宿的。

大佐听着那脚步声，以为是要上顶楼去的。谁知并没有上顶楼，而是正向着他的房门咯噔咯噔走来。一会儿又听得门上的钥眼中，钥匙转动了。大佐又暗暗想道："你要开我的房门，尽管去试吧。估量你也闯不进来。"原来他老人家在临睡时，早把房门下了锁上了键了。也是因为楼下的农人们过于大意，所以他是很仔细的。然而说也奇怪，那来客竟很容易地开了房门，入到起居室中。但那未完工的地毯，线条纵横，室中又半暗，没有灯光，一路摸索，实在是很难行走的。

大佐又自语道："如今这恶徒定然是缠住在那地毯的线条中，怕要把我的工作弄坏了。"他预备跳下床来，把那人撵下楼去。不料正在这时，却听见那脚步声已向着房门过来，步步停匀，好像士兵行进的步伐一般。大佐望着门，明明见门上上着键，当下便又自言自语道："好了，无论如何，你再也不能前进一步了——"他还没有说完，蓦地看见门呀地开了，嘭地撞在墙上，似是被什么大风吹开似的。

大佐坐直在床上，放着发号令的声音，鸣雷般问道："谁？"

来客把脚啪地并在一起，又有钢铁磨击之声，似乎拔出兵器来的样子，接着放声答道："大佐，来的是死神。"听这答话的声音，也异乎寻常，既不像是人类，却也不觉得阴森可怕。在大佐听去，像是从风琴上或别的大乐器上发出来的。听那声调很是严肃，细味时却又和谐可听。他的灵魂中倒不由得充满了一种渴望，望自己也能进入这好声所发的境域里去。

大佐扯开了衬衣，准备着有快刀刺上心来，口中一边说道："快快了却这回事吧。"但那来客却并不下手，只答道："大佐，我在明天夜半之前再来。"于是又听见一阵脚跟相并声，兵器磨击声，那重重的脚步也退出去了。他出了屋子穿过田场的当儿，脚步声已轻了不少。大佐便霍地跳起身来，赶到窗前去瞧，心想总归能瞧见那来客的模样了。但他把面庞贴紧在玻璃上，很得意地瞧去，却只见田场中小径分明，并没有人在那里走动。然而那脚步的声响，隔着窗子还听得见，并且还能辨别出发声之处呢。

大佐耸了耸肩，他早就知道这不是开玩笑的事了。他勉强地不去想，只当作是什么顽皮少年，故意恶作剧来吓他的。但他心中也明白，实际上并非如此，他刚才所听见的说话声，明明不是人类的说话声。第二天有什么事降临在他身上，他早已料到。仗着他是个老军人，很能处以镇静。不过这一夜他也不能再睡了，他取出最好的衣服来，很满意地穿在身上，又好好地修净了面，刷遍了一头白发，直刷得光亮如银丝一般。他想不久就有人来收拾他的遗骸了，总该装扮得齐齐整整才是。

大佐把一把圈椅放在窗前，坐了下来，膝上摊着他母亲的一本旧《圣经》，等到天光一明就读。不多会儿，东方有红云升起，把黑暗驱逐了，一轮旭日快要从云幕中涌现出来。他便戴上一副眼镜，读了两页《圣经》，接着从《圣经》上抬起眼来，悄悄地想着。这当儿他一个人在此，又并没有牧师相助，他很想和造物之主发生一种谅解。然后他把《圣经》合上了，立起身来一只手放在上边，说道："我不能明白你，然而到了最高的法庭中，总比这低级的法庭容易谅解些。"说完，他心中很安静，便在写字台前坐下来，安排他身后的丧事。他的遗嘱中，须把他那匹老马毁灭，倘有人肯放枪击死它，便以小银杯一具为酬。他又把一切账目计算了一下，自己共有多少，欠人的有多少。他的器具和个人的零物，应当归谁承受。一大半都送给一个小女郎，她是这里田舍主人的小女儿，和他老人家甚是亲爱。他在忙的时候，她总要来坐在他的房中，所以老人身后，定要报答她的一番好意。等到他的事情完全办妥时，已经八点钟了。他又必须干日常规定的职务，忙了两个钟头才得了自由，可以随心所欲地过这最后的一天。他决意要做些非常的事，给自己祝贺一下。

他坐在园子里想了好久，他想道："今天我当然不想再织那地毯，无论如何，也是完工不了的了。我得坐一辆轻便的马车，随便到什么地方去跑一会儿。这是我最后的一天，不能再老坐在这田舍中消磨时间。而这里的人，可也一点也不知道我过去的身世的。"这时大佐的心中烧起一阵活火，又恢复了他过去的精力，他打算要让这一天在奢华富丽中过去。他很想重入世界，再享受一下过去曾享受过的快乐。就算不能一一领略，也得拣几件最好最可爱的事，领略一下。

大佐急急地立起身来，出去驾他的马。他穿上一件旧时的军装，虽已穿了一生，却还没有破碎。当下他坐上马车，飞一般地去了。一会儿便到了一个五路交叉的所在，他停下马来，心想这是他最后的一天，应当决定怎样的一个行乐之法。这五条路，可以通到五个所在，都是他犹有余恋的。

前面一条大路，直达加尔斯德，只需几个钟头便可到那边了。他有几位老友，仍然还住在这镇中，他尽可召集起来，在客店中开一个同乐会。他们能编造笑话讲述有趣的故事，痛饮最上品的美酒。再由那镇中鸣钟报事的人，唱几支好曲儿听听。最后的余兴，大家合伙儿弄纸牌玩。大佐想起他手指间夹着纸牌，竟快乐得打战起来……

这大路的右面，又有一条路，是通往德洛市那儿去的。那边有佛兰轻步兵的营寨，大佐自知以旧日统领资格，一旦降临，全营的兵士都会列队欢迎。那些穿着绿色制服的孩子，都笑吟吟地向着他。他老人家从军时的勇名，是人人知道的。那时军中的乐队，少不得要击起鼓来。而他那可爱的军旗，也得在风中飘扬呢……

在这一瞬间，大佐似乎要赶往德洛市那儿去，但他终于没有去。因为他心中渴望要到一个无穷无尽的所在，便又转向别条路上去了。

左面有一条绿柳敷荫的荫路，他倘要前去，不多时便可到邻近的一所大厦中。这大厦中的主人，是一位温婉可爱的命妇。他老人家曾经恋爱过的，如今她已经老了，但比他还小几岁，况且像她那种妇人，就算是老了也很可爱。大佐和她阔别多年，久未见面，心知在这最后的一天前去看她，彼此定很快乐。这一天真好似进了天堂一般，他们俩又可在那些华丽的房间中往来同步，像少年时一样。四下里围着罗绮锦绣，说不尽的富丽堂皇，也可使他立刻忘却了这晚年的穷苦和寂寞了。

还有一条路向西北方的，可以通往伊克白。那边有极大的佛兰铁厂，还有先前少佐夫人和骑兵们所住的住屋。这所在正是大佐所爱。目前住在那边的人，他虽并不认识，然而人家也一定开了门欢迎他。因为他是骑兵中的有名人物，而且当时使这枯寂无欢的伊克白变作一个歌舞快乐之乡，他老人家也有份儿的……

　　他把两眼停驻在最后一条路上了，他要是选定这一条路，那么日落时便可到一所罗夫达拉小田庄中。这田庄的主人，便是鼎鼎大名的琴师李杰葛洛南。田庄极小，无可流连。所足以吸引他的，都是那琴师的妙乐。当下大佐一见这条路，就知道是势所必去的了。他自己也很奇怪，为什么定要走这条路，然而他已立了决心，不能变动。这一天傍晚时，他就到了罗夫达拉，那琴师李杰葛洛南见是一个伊克白的旧相识，便很亲热地欢迎他。也不等大佐请求，先就取了他的四弦提琴，轻拢慢捻起来。无奈李杰葛洛南也老了，琴技已不如当年。听那琴声泠泠中，似乎是含着一种迟疑，又像在那里搜寻什么，而不是言语所能表白的。曾有一般人说，他目前的琴技，已没有听的价值。大佐也曾听过这种传言，但他此刻端坐静听，仍觉得曼妙动人。他明白自己快要在这几个小时内死了，而李杰葛洛南正在给他铺一条路，是通入太空去的。他听着这妙乐，一边似在暗中摸索，远远地达到了人类思想所不及之地。他好生感动，便对李杰葛洛南说明昨夜死神降临的事。今天已是他最后的一天了。

　　李杰葛洛南也很感动地说道："你因此之故，今天便赶来瞧我吗？"大佐眼睁睁地盯着前面，答道："我并不专为瞧你而来，我实则是要听你的妙乐。觉得我在这最后的一天，再也没有别的可以听了。你想那音乐之力，不是很神奇吗？"李杰葛洛南道："是啊，你的话很对。音乐本就是极神奇的。"大佐又道："也许是因为音乐并不是专属于这个世界，你要说明此中玄理，却又容易明白。"说到这里，指着天上道，"兄弟，你可曾想到那音乐便是上方所用的语言吗？达到我们下届来的，不过是一丝低弱的回音吗？"李杰葛洛南道："你的意思是——"他觉得很难措辞，便顿住不说了，大佐却接口道："我认为音乐是属于天上，也属于人间的，也可说音乐是一条登天之路。如今你就在赶造这一条路，等会儿给我登天去的。"

李杰葛洛南听着大佐的话，把他的灵魂完全贯注在音乐中，重又奏起四弦琴来。大佐坐在这幽静的夏夜里，细细地听着，猛地向前一扑，倒在地上了。李杰葛洛南急忙跳过去，把他扶到床上，大佐开口道："我一切都好，我如今正在走过天地之间的一条路。兄弟，谢谢你。"

自此他再不说话，两小时中他便死了。

[德] 保罗·海泽（1830—1914）

Paul Heyse

德国小说家、诗人、剧作家。

出生于德国柏林，曾在柏林和波恩接受教育，学习古典语言。

此后，他翻译了一些意大利诗人的作品，也开始创作小说、诗歌和戏剧。

海泽因短篇小说作家的身份而闻名，1910年，被授予诺贝尔文学奖。

瑞典文学院评论道："在他漫长的创作生涯中显示出了充满理想的非凡艺术才能。"

犟妹子

[德]保罗·海泽

梁锡江 译

太阳还没有升起来。维苏威火山上弥散着一片宽广的灰雾，正在向那不勒斯蔓延，笼罩了海岸线上的那些小城市。大海一片寂静。但在靠海的地方，在索伦托高高的悬崖海岸上，渔夫和他们的妻子已经动身了，开着小船，带着渔网，准备去外面趁着昏暗捕鱼，用巨大的缆绳将它们拖回岸上。另一些人装备好驳船，立起船帆，从巨大的格子状的拱顶下拖出桨和船桅，这些拱顶深深地嵌入岩石，供船只过夜。所有人都在忙碌；即使是那些不能出海的老人也加入了拉网的队伍。一位个子矮小的老太太站在平坦的屋顶上拿着纺锤纺线，或者在女儿帮助丈夫的时候照料孙辈。

"你看，蕾谢拉，这是我们的神父库拉托。"一位老妇人对一个十岁的孩子说，这个小东西在她身边摆动着小纺锤，"神父正在登船。安东尼奥要送他去卡布里岛。圣母保佑，这位尊敬的先生看起来是多么困倦！"——于是她向这位友善矮小的神父挥手，而他刚刚小心翼翼地拎起黑色的长袍，把它铺开在木头座椅上，在驳船上安顿下来。海滩上的其他人停下工作，看着他们的神父离开，神父向左右点着头，友好地向人们致意。

"为什么他要去卡布里岛啊，奶奶？"孩子问道，"那边的人们

56

没有照料他们的神父吗？"

"事情没有这么简单，"老妇人说道，"他们有许多最为美丽的教堂，还有专门的驻岛神父，我们都没有。但有一位高贵的妇人，曾在我们索伦托这里住了很长时间，当时她病得很重，我们的神父不得不常常和司铎一起去看她，因为他们认为她已经行将就木。但圣母玛利亚保佑，最终她恢复了精神和健康，让她可以每天都洗海水浴。后来，当她准备离开这里，前往卡布里岛的时候，给我们的教堂和穷人捐献了许多金币，他们说她原本不想离开，除非我们的神父承诺去她那里看望她，接受她的忏悔。因为她从他那里得到的东西令她感到震惊。我们拥有这样的神父真是幸运，他有着大主教般的天赋，高级领主都在打听他。愿圣母与他同在！"——这时，她瞥向已经准备起航的小船。

"天气会转晴吗，孩子？"矮小的神父深思熟虑地望向那不勒斯。

"太阳依然没有出来，"年轻人回答说，"出一点雾就看不到太阳了。"

"那开船吧，刚好躲过高温。"

安东尼奥刚抓住长桨，想要把船撑到开阔的水域，突然又停了下来，抬头望向从海岸通往高处索伦托小镇的陡峭道路。

一个身材纤瘦的少女的鲜明身影出现在上方，正在匆匆走下石阶，摇动着手帕。她臂下夹着一捆东西，衣着相当朴素。但她高傲地、简直可以说是野蛮地昂着头，乌黑的发辫盘在额头上，像戴着一顶王冠。

"我们在等什么？"神父问。

"有人也想搭船去卡布里岛。如果您允许，神父——船上再带上一个不满十八岁的年轻女孩吧，肯定不会耽误您到达的时间的。"

女孩在一瞬间已经来到了周围道路崎岖的码头。

"劳蕾拉！"神父说，"她去卡布里岛做什么？"

安东尼奥耸了耸肩。女孩快步走来，站在他面前。

"早晨好，犟妹子！"几个年轻船夫喊道。如果不是因为库拉托的在场让他们保持敬意，他们还会说更多的话，因为女孩接受他们问候的时候那种高傲的沉默显得很迷人。

"早晨好，劳蕾拉，"现在神父也喊道，"最近如何？你要一起去卡布里岛吗？"

"如果您允许的话，神父！"

"问安东尼奥吧，他是船主。每个人都是自己财产的主人，上帝是我们所有人的主人。"

"给你半个硬币，"劳蕾拉看都不看那个年轻的船夫说，"你把我也带上。"

"你比我更需要。"男孩喊叫着，推开了几个装满甜橙的篮子让开地方。这些甜橙是要拿到卡布里岛出售的，因为那个岩石小岛满足不了那么多游客的需求。

"我不想白坐船。"女孩回答，耸了耸乌黑的眉毛。

"来吧，孩子。"神父说，"他是个很好的年轻人，不想靠你这点可怜的钱发财。来，上来吧！"他把手伸给她，"坐在我旁边。看，他把外套放在这里了，你坐在上面会舒服一些。他对我就没有这么好，但年轻人都是这样的，对一个女人比对十个神父还好。来吧，来吧，你也不需要道歉，安东尼奥。我们的上帝也判定人们应该彼此相配。"

于是劳蕾拉上了船，在坐下之前，她一言不发地将那件外套推到了一边。年轻的船夫没管她，咬牙切齿地低语了几句。然后用力地对着堤岸撑桨，小船飞快地驶入海湾。

"你那一捆东西是什么呀？"当他们行驶在海上的时候，神父问道。第一缕阳光闪现了出来。

"丝线、渔网和一块面包，神父。我要把丝线卖给卡布里岛一个做衣服镶边的女人，把渔网卖给另一个人。"

"是你自己纺的吗？"

"是的，神父。"

"如果我的记忆没出错，你也学过做衣服镶边。"

"是的，神父。但我母亲的病情又恶化了，我不能离开家，我们也买不起织机。"

"事情越来越糟！唉，唉！复活节前后，她还能坐直呢。"

"春天总是她病情最严重的季节。从上次爆发暴风雨和地震后，她就一直疼痛难忍。"

"不要放弃祈祷和恳求，我的孩子，向圣母玛利亚祈祷。保持善良和勤勉，她就会听见你的祷告。"

在一段沉默之后，神父对劳蕾拉说："在你来到海岸上的时候，为什么他们都跟你说：早晨好，犟妹子！为什么他们都这么称呼你？对一位基督徒来说这不是一个好名字，基督徒应该保持温柔谦逊。"

女孩棕褐色的面孔燃起了热情，双眼闪着火花。

"他们是在嘲笑我，因为我不像其他女孩那样跳舞、唱歌或者喜欢说话。您应该相信我，我没有惹到他们。"

"但你应该对每个人保持友善。可能唱歌跳舞会使别人的生活变得更轻松。但一句善意的话对每个失意者都是有用的。"

她低下头，眉毛皱得更紧了，好像想要掩盖下面的黑眼睛。有一段时间她在船上保持沉默。太阳现在已经热烈地照耀着山丘，维苏威火山的顶峰从云层中浮现，云层依然在山脚盘桓，索伦托的房屋在碧绿的甜橙果园里闪烁着白光。

"劳蕾拉，那位想娶你的那不勒斯画家再也没消息了吗？"神父问。

她摇摇头。

"他那时候是过来为你画像的。你为什么要回绝他？"

"可他为什么想娶我呢？有的是比我漂亮的人。然后谁知道他会拿我的画像做什么。我母亲说，他可以用这幅画迷住我，然后伤害我的灵魂，甚至杀死我。"

"别信这么可怕的东西，"神父严肃地说，"难道你的每一根头发不都是上帝创造的吗？一个人绘制的一幅画怎么能比上帝的力量更强大呢？——你也看得出来，他对你很好。他那时候是真的想娶你吧？"

她保持沉默。

"你为什么拒绝他呢？他应该是个不错的人，很体面，能养活你和你的母亲，比你现在只能纺线纺丝要好很多。"

"我们是穷人，"她激动地说，"母亲又病了这么久。我们只是不想成为他的负担。我也配不上那种先生。如果他的朋友来找他，他就会为我感到羞耻。"

"你都在说什么呀！我告诉你，他真的是一位好先生。他还打算搬到索伦托。这简直就是上天派下来帮助你的人。"

"我根本不想结婚，永远都不！"她非常固执地说，像是在自言自语。

"你想要修行吗，还是想进修道院？"

她摇摇头。

"人们说得对，虽然那个名字很难听，但你真是固执。你有没有考虑过，这个世界上不是只有你一个人，你这么固执只会使你母亲的生活和病情越来越糟？你有什么重要理由拒绝别人诚恳地伸过来帮助你和你母亲的手？回答我，劳蕾拉！"

"我确实有个理由，"她犹豫地低声说，"但我不能讲。"

"不能讲？对我也不能讲吗？对你一直信赖、充满善意的忏悔神父也不能讲吗？或者可以试试对我讲？"

她点了点头。

"那就放宽心吧，孩子。如果你说得对，我第一个支持你。但你还年轻，对这个世界知之甚少，如果你因为幼稚的想法失去了幸福，你以后会后悔的。"

她羞怯地向那个坐在船尾努力划船的年轻人瞥了一眼，他的帽子深深地扣在额头上。他盯着一侧的海面，似乎沉浸在自己的思想里。神父看到了她在瞥视，就将耳朵凑近她。

"您不了解我的父亲，"她低语道，"他有一双阴暗的眼睛。"

"你的父亲？是的，我想他去世的时候你还不到十岁。你天上的父亲和你的固执有什么关系呢？"

"您不了解他，神父。您不知道，我母亲的病都归咎于他。"

"为什么呢？"

"因为他虐待她，打她，用脚踢她。我还记得他怒气冲冲回到家里的那些晚上。她从不说什么，对他百依百顺。但他却打她，我的心都快碎了。我只好用被子蒙着头装睡，实际上整夜都在哭。等到他看到她躺到了地上，他又突然变了个人，把她抱起来亲吻，直到她尖叫说要窒息了。母亲不许我对别人说这些事情；但这些事情影响很深，父亲死了很多年，她身体还没有复原。假使她更早地死去，我也清楚是谁杀死的她。所幸上天没有允许这样的事情发生。"

矮小的神父摇着头，看起来束手无策，不知道要对这个孩子说什么。最终他说："原谅他吧，就像你母亲原谅他一样。劳蕾拉，不要总是去想那些悲伤的场景。你美好的时光会到来的，让你忘记这一切。"

"我永远不会忘记。"她说，全身颤抖着，"你知道，神父，因此我决定保持独身，不给任何一个虐待我又爱抚我的人当奴仆。如果现在有人打我或者吻我，我就反抗。但我的母亲却无法反抗，无论是殴打还是亲吻，因为她爱他。如果爱情就是这样病态和痛苦，我宁可永远不爱任何人。"

"你现在已经不是小孩子了，说起话来怎么还像一个不谙世事的人？难道所有的男人都像你可怜的父亲那样，根据自己的心情虐待妻子吗？难道你在邻居家里看不到许多与妻子保持平和与亲密的男人吗？"

"我父亲怎么对我母亲也没人知道，因为她在诉说和抱怨之前就死亡了一千次。这一切都是因为她爱他。如果爱让一个应该呼救的人守口如瓶，就像在最坏的敌人面前毫无还手之力，那么我永远不会把我的心交给一个男人。"

"我告诉你，你还是个孩子，根本不知道你在说什么。当时机成熟，你也会在内心里拷问，你是否想要爱，到时候你现在想的一切都没有用。"一段沉默后他又说道，"还有那个画家，你也认为他会薄待你吗？"

"他的眼神和我父亲求母亲原谅并拥她入怀、说些好话的眼神一模一样。我认识这种眼神。这种眼神看起来就像打起妻子毫无愧疚的眼神。当我再次见到这种眼神，我就害怕了。"

之后她就坚定地保持着沉默。神父也沉默着。他想出了很多可以劝诫这个女孩的漂亮话。但在年轻船夫的面前，在这场忏悔后变得更躁动不安的船夫面前，他只得缄口不言。

航行两小时后，他们抵达了卡布里岛的小码头，安东尼奥在最后平缓的微波中怀着尊敬把神父扶上岸。劳蕾拉却不想等他回来接她。她整理了一下裙子，用右手拿起木拖鞋，左手提着包裹，急匆匆地踩着水上了岸。

"我今天要在卡布里岛上待很久。"神父说，"你不用等我。可能我明天早晨才回家。还有你，劳蕾拉，回家以后替我问候你的母亲。我这周会回去探望你们。你要在今晚回来吗？"

"如果可能的话。"女孩说，整理了一下裙摆。

"你知道我也必须回去。"安东尼奥用一种漠然的口气说道，"我等你到傍晚。如果你那时候还没来，我就不管你了。"

"你一定要来，劳蕾拉。"矮小的神父插话说，"你不能让你的母亲独自过夜。你要去的地方远吗？"

"在安娜卡布里岛上，一个酒庄里。"

"我要去卡布里岛了。上帝保佑你，我的孩子，还有你，我的儿子。"

劳蕾拉吻了吻神父的手，然后说了句再见，安东尼奥却像没听到似的。他在神父面前脱下了帽子，却没有看劳蕾拉一眼。

但当他们都背对着他的时候，他的眼睛只追随神父走了一小段时间，神父艰难地走下通往低处的鹅卵石路，然后他开始张望那个走向右边高处的女孩，在猛烈的阳光下，她用手挡着眼睛。在小路深入墙垣中间之前，她伫立了片刻，好像要喘一口气，然后环顾四下。海岸躺在她脚下，周围堆满了崎岖的岩石，大海露出罕见的天蓝色——这真的是值得驻足观看的景色。巧合的是，她的目光掠过安东尼奥的驳船时，遇到了安东尼奥的对视。他们两人都表现得像在为意外发生的事情道歉一样，女孩嘴角阴沉，继续赶路。

才到午后一点钟，安东尼奥就在渔民酒馆前的长凳上坐了两个小时。他的头脑肯定一片混乱，因为他每隔五分钟就跳起来，走到太阳下面，仔细地望着通向岛上两个小城的左右道路。他和酒馆老板娘说他担心天气出状况。天气很晴朗，但他了解天空与海的这种色彩。他看出来这就是他带着那个英国家庭穿过上一场暴风雨、经历艰难险阻来到岸上的天气。他一直记得这种预兆。

"不会有事的。"女人说。

现在她正在想，在夜晚到来前如何改变他的想法。

"那边有许多大领主吗？"过了片刻，老板娘问道。

对话还是开始了。

"目前为止我们的生意还不好。我们还在等待游客。"

"今年春天来得太晚了。你们那比起我们卡布里岛挣得多吗？"

"如果我只依靠驳船生意，一周都吃不上两次通心粉。时不时带一封信到那不勒斯，或者送一个想钓鱼的先生出海。这就是全部了。但你知道我叔叔有一个很大的甜橙果园，他是个有钱人。他说，安东尼奥，只要我活着，你就不会受苦，之后你也会得到照顾。所以我在上帝的帮助下度过了这个冬天。"

"你叔叔有孩子吗？"

"没有。他没结婚，他在遥远的国外挣了一大笔钱。现在他打算开始一场大规模海钓，他现在很看重我，想让我看看怎么打理所有的事情。"

"所以你一定是个能干的人，安东尼奥。"

年轻的船夫耸了耸肩。"每个人都有自己的难处罢了。"他说。然后他跳起来，向左右看了看天气，他只知道天气一定会有变化。

"我再给你拿一瓶酒。你有叔叔可以付钱。"老板娘说道。

"再来一杯吧，你们这里的酒太烈了，让我的头脑都有些发热了。"

"它不会进入血液的。你想喝什么就喝什么。我丈夫来了，你得和他坐下来聊一会儿。"

他真的来了，肩上挂着渔网，鬈发上戴着一顶红帽子，庄严的帕德罗内从高处带来了丰富的馈赠。他把贵妇人预订的鱼带进了城里，是给索伦托的矮小神父吃的。当年轻的船夫看到他的时候，他真挚地向他挥手表示欢迎，然后坐在他旁边的长椅上，开始提问和讲述。他的妻子及时带来了第二瓶真正的卡布里酒，这时左侧岸边的沙子发出了响动，劳蕾拉沿着安娜卡布里的小路走来。她匆忙地点头示意，慌乱地站在那里。

安东尼奥跳起来。"我得走了。"他说，"这是一个来自索伦托的女孩，今天早晨和库拉托先生一起来的，晚上要回去照顾生病的母亲。"

"喂，现在离晚上还很远呢。"渔夫说，"她还有时间过来喝杯酒。你好，姑娘，来喝杯酒吧。"

"我想我不喝了。"劳蕾拉说，向后撤了几步。

"来一杯，姑娘，来一杯！"老板娘继续要求。

"别管她。"年轻人说，"她很固执；她不想要的东西，圣徒都无法劝她接受。"然后他匆匆告别，跑到船边，解开船缆，站在那里等着女孩。她还在回应老板娘的好意，然后犹犹豫豫地上船。她上船之前还在环顾四周，好像在期待有人来和她做伴。但海岸上空无一人，渔夫都在睡觉，或在海里钓鱼、捕鱼，有几个女人和孩子们坐在门前，或是在睡觉，或是在纺线，早晨来到这里的外国人都在等天气变得清凉以后再返回。她没有看多久，还没来得及反抗，安东尼奥就握住她的手臂，把她像孩子一样抱到了船上。然后他跳了上去，划了几下就驶到了开阔的海上。

她坐到船头侧对着他，他只能看到她的侧影。她的面孔比平时还要肃穆。窄窄的额头上垂着长发，固执的面孔颤抖着，脸上的鼻翼显得精巧；双唇紧闭。他们在海上默默地行驶了一段时间，她感到了太阳的灼烧，从手帕里拿出面包，把手帕丢在船底。然后她开始当午餐吃起来，因为她在卡布里岛上什么也没吃。

安东尼奥没有袖手旁观太久。他从一个早晨装满了甜橙的篓筐里取出两个甜橙说："你可以就着面包吃，劳蕾拉。我可不是特意给你留的。它们从筐里滚到了船底，我发现了它们，又把它们放回了空的筐里。"

"你吃吧。我吃面包就够了。"

"天气太热了，吃点解解渴，你可是跑了很远的路。"

"那边的人给了我一杯水，我喝完就觉得有精神了。"

"随你便吧。"他说，把甜橙放回筐里。

新的沉默出现了。海洋平滑如镜，船的四周几乎无声无息。在岸边山洞里筑巢的白海鸥也静静地掠过。

"你可以把这两个甜橙拿给你母亲。"安东尼奥再次开口说道。

"我们家里有，我们吃完了就买新的。"

"拿上吧，就当是我的一点心意。"

"她又不认识你。"

"你可以告诉她我是谁。"

"我也不算认识你。"

这不是她第一次否定他了。一年前，在那位画家刚刚来到索伦托的时候，在一个星期天，安东尼奥和其他年轻人在波西亚大街附近一个开阔的广场嬉闹。画家在那里首先遇到了劳蕾拉，她头顶着一壶水从他身边走过，没有注意他。这个那不勒斯人被这一瞬间打动了，一动不动地站在那里目送她远去，尽管他正站在男孩们的游戏区域，迈两步就能走出来。一颗弹珠猛地击中了他的脚踝，警告他这里不是一个可以沉陷于思想的地方。他环顾四下，好像在期待着一句道歉。年轻的船夫扔出了那颗弹珠，一声不响地站在朋友们中间，面露固执，没有和这个异乡人说话，然后走了。但人们都在传说这位画家在公开追求劳蕾拉。当画家问她是否会因为那个不礼貌的年轻人抛弃自己的时候，她不情愿地说，我不认识他。她的话传到了他的耳朵里。从那时起，当她遇到安东尼奥的时候，她肯定已经认识他了。

现在他们坐在船上，像一对死敌，两人的心都在剧烈跳动。安东尼奥平时随和的面孔涨得通红，他用船桨拍打着海浪，浪花溅到他的身上，他的双唇颤动着，好像在骂脏话。她装作没有察觉到，让自己的面孔无拘无束地面对船底，让水流从手指间穿过。然后她又收好自己的手帕，整理头发，好像船上只有她一个人。只有她的眉毛还在抽动，濡湿的双手还在徒劳地抚摸发热的双颊，想要使它们冷却下来。

这时他们已经身处大海中心，远近都看不到帆影。小岛被远远抛到后面，海岸线在阳光的气味里依然遥远，甚至没有一只海鸥撞破这深沉的寂静。安东尼奥环顾四下。他的心里浮现出一个念头。脸上的红晕突然褪却，他放下了桨。劳蕾拉不禁回过头看他，紧张却毫无畏惧。

"我必须了结一件事。"年轻人开口说，"已经拖了很久，我心里也一直好奇，却没有想出结果。你说你不认识我？难道你没有看见我一次次像疯子一样从你面前跑过，满心想要和你说话？然后你一句好话都没有，就对我背转过身去。"

"我和你有什么好说的呢。"她简短地说，"我看出来你想娶我。但我不想结婚，永远都不想。因为我不喜欢你这样的男人，不喜欢任何人。"

"不喜欢任何人？你总是这么说。因为你赶走了那个画家吗？呸！那时候你还小。你真是疯了，你很快就会变得寂寞，现在还可以选择最好的。"

"你又看不透未来。也许我会改变想法。但这和你有什么关系？"

"和我有什么关系？"他喊道，从划船的座位上跳了起来，小船摇晃了一下，"和我有什么关系？你知道我的情况，你还这么问？你将要面临的痛苦我也一定会面临。"

"你对我许诺过什么吗？我怎么知道你的头脑是否清醒呢？你有什么权利这么对我说呢？"

"唉！"他喊道，"当然没有什么书面证据，当然没有律师撰写和封缄的拉丁文凭证，但我知道当我们进入天堂，我就拥有这样的权利了，因为我是个善良的人。你以为我会眼睁睁看着你被其他人带进教堂，而女孩们都耸着肩从我面前路过吗？我应该接受这样的羞辱吗？"

"随便你。我可不怕你的威胁。我要做我想做的事情。"

"你这话可说不长。"他说，全身震颤起来，"我是个男子汉，不能允许我的一生被一个固执的头脑毁掉。你知道吗，你现在在我的掌控中，我要你怎样，你就得怎样？"

她有一点震惊，凝视着他的眼睛。

"杀了我吧，如果你敢。"她缓缓道。

"那就没有回头路了。"他说，他的声音变轻了，"海里有的是我们的葬身之地。我帮不了你，孩子。"——他几乎是怜悯地说着，像是在梦中——"我们必须一起沉没，就现在！"他高声喊道，她突然双手抓住了他。但他很快抽回手，鲜血涌了出来，她狠狠地咬了他一口。

"你要我怎样，我就得怎样？"她喊道，立刻冲向他，"我们来看看我是不是真的在你的掌控之下！"她说完便跳下船板，一瞬间消失在深海里。

她很快又浮现了出来，裙子紧贴在身上，头发被浪涛冲乱，沉重地堆积在颈部，她用双臂努力向海岸游动，一声不吭。年轻人惊呆了。他站在船上，弯下腰，呆呆地看着她，好像他的眼前正有奇迹发生。然后他颤抖着抓住桨，尽全力追着她划去，手上涌出的鲜血已经把舱底染红。

一瞬间他站在了她的立场上，她游得飞快。他喊道："圣母保佑！上船吧。我刚刚很疯狂，天知道我为什么失去了理智。就好像是天雷劈开了我的头脑，我整个人都在燃烧，不知道我做了什么或说了什么。你不需要原谅我，劳蕾拉，只需要救自己的命，上船来吧。"

她继续游着，仿佛什么也没有听见。

"你到不了岸边，还有两海里。想想你母亲吧。要是你遭遇了不幸，她会震惊而死的。"

她估量了一下到海岸的距离，然后什么也没说，游到了船边，双手扶住船舷。他站起来帮她，当船只因为女孩的重量倾斜的时候，他放在船上的外套掉进了海里。她敏捷地翻进来，回到原来的位置。她拧着湿淋淋的裙子，水滴到舱底。这时她看向舱底，发现了鲜血。她朝那只被她所伤却仍在划桨的手快速地瞥了一下。"给你。"她说，把手帕递给他，把他深深的伤口紧紧包扎起来。然后在他的阻止下，她还是夺过桨，用力地划了起来。两人都显得苍白和冷漠。当他们接近陆地的时候，他们遇到了在夜晚撒网的渔夫。他们喊着安东尼奥，向劳蕾拉点着头。两人都没有往那边看，也没有给出回应。

进港的时候，太阳还高高挂在普罗奇达岛的上空。劳蕾拉理了理几乎已经在海上晒干的裙摆，跳到岸上。早晨看到她出发的纺线的老妇人还站在屋顶上。"你的手怎么了，安东尼奥？"她冲着下面喊道，"天哪，船底都是血。"

"没什么，奶奶，"年轻人回答道，"我碰到了钉子，出了意外。明天就会好的。只是伤口一碰就流血，看起来比较危险罢了。"

"我会来给你上药的，孩子。等等，我马上就来！"

"别费心了，奶奶。明天就没事了。我的皮肤很健康，伤口愈合得很快。"

"再见！"劳蕾拉说，转身朝上山的路走去。

"晚安！"年轻人喊道，却没有看她。然后他拿起船具和篓筐，走上小小的石阶回到自己的小屋。

那两个房间里除了他没有别人，他走进去，走向敞开的小窗户，只能关上木制百叶窗，以保持空气新鲜，宁静的海和孤寂使他感到舒适。他在圣母像前站了很久，满怀思虑地注视着贴在上面闪耀出星光的银纸。但他并不想祈祷。他不再有所希望，也就不再有所企求。

白天一直很安静。他期待着傍晚，因为他很疲倦，失血也令他在站起来的时候感到不适。他感到手上的剧痛，就坐在椅子上解开手帕。止住的血又开始涌流，那只手也因为受伤肿了起来。他对伤口进行了谨慎的清理，久久地浸在水里让它冷却。当他再次端详伤口的时候，他清清楚楚地辨认出了劳蕾拉的齿痕。"她做得对。"他说。一头野兽对他的伤害也不会更深。"我明天让朱塞佩把手帕还给她，因为她肯定不想再看见我了。"然后他小心翼翼地洗干净手帕，把它放在太阳下晾晒，之后又重新包扎好伤口，他用左手和牙齿很灵巧地完成了这一步。然后他躺在床上闭上了眼睛。

明亮的月光使他从半醒半梦中醒来，手上的疼痛也让他难以安睡。他再次跳起来，将血流不止的手浸到水里止痛，这时他听见门上发出了响声。"谁呀？"他喊道，打开门。劳蕾拉站在他面前。

她没多问，直接走了进来。她摘下头上的头巾，把一只小篮子放在桌上。然后开始深呼吸。

"你来是要取手帕吧。"他说，"其实你不必费力，我打算明天一早就让朱塞佩帮我送过去。"

"不是为了手帕，"她立刻回答，"我上山给你采了点止血的草药。看！"她掀开篮子的盖布。

"麻烦你了。"他说，全无尖酸感，"麻烦你了。已经好多了，好多了，如果更坏，那也是我自找的。你这时候来这里做什么？要是别人碰见，你知道他们会怎么说闲话的。"

"我不管那些。"她急躁地说，"我只想看看你的手，给它上药，因为你没法用左手划船。"

"我跟你说了，没有必要。"

"那让我看看，看完我就相信你。"

她没有多说，抓起那只无力反抗的手，解开布条。当她看到巨大的肿块的时候，她惊讶地喊道："圣母啊！"

"有点肿。"他说，"一天一夜之后就好了。"

她摇摇头："这样你一个星期都没法出海。"

"我想后天就好了。真的。"

这时她拿来一只盆，重新清洗伤口；他像孩子一样听凭她处置。然后她把草药叶子铺在伤口上，他瞬间就觉得灼烧感减轻了，然后她用自己带来的亚麻布条包扎好伤口。

包扎结束后，他说："谢谢你。听着，你要是愿意对我仁慈一点，就请原谅，我今天发疯了，请把我说过和做过的一切忘掉吧。我自己都不知道是怎么回事。你没有这样做的理由，真的没有。你现在也不该在难过的时候来听我说话。"

"我请求你原谅。"她接着说，"我本可以更好地向你说清一切，而不是用沉默激怒你。"他解释说："你咬伤我是紧急时刻的自卫，这能让我恢复理智。我没有别的意思。别再说什么原谅了。你对我很好，我感谢你。现在去睡吧，这个——这是你的手帕，你可以马上带回去。"

他把手帕递给她，但她站在原处，像是在和自己做斗争。终于

72

她说："你为了我把外套弄丢了，我知道卖甜橙的钱在里边。我在回家的路上才想起这一切。我没法赔偿你，因为我没有钱，我的钱全在母亲手里。但我有那个画家最后一次来我家时留在桌子上的银十字架。之后我就不愿意看到它了，也不想把它留在箱子里。如果你把它卖掉，这也值一些钱，如果不够弥补你的损失，我就在夜里趁母亲睡觉的时候纺线挣点钱给你。"

"我什么也不收。"他短促地说，把她从衣袋里掏出来的闪闪发光的十字架推开。

"你一定得收下。"她说，"谁知道你的手要过多久才能干活。我把它放在这里，我再也不想看见它了。"

"那就把它扔到海里。"

"这不是我送给你的礼物，这只不过是你应得的权利。"

"权利？我没有权利要你的任何东西。如果你以后再碰见我，就请别再注视我，我不想让你想起我曾经对你犯下的错。好了，晚安，就让这成为我们最后一次见面吧。"

他帮她把手帕放进篮子，将十字架放在上边，盖上盖布。但当他抬起头注视她的面孔的时候，他被吓到了。一颗颗沉重的泪珠从她的面颊上滑落。她任由泪水奔流着。

"圣母啊！"他喊了出来，"你不舒服吗？你从头到脚都在颤抖。"

"没什么。"她说，"我要回家！"她歪歪斜斜地朝门口走去。眼泪淹没了她，她将额头抵在门柱上发出响亮而急促的抽泣。他刚要追上去劝阻她，她就突然转过身，扑到了他怀里。

"我受不了了。"她喊道，并紧紧地抱住他不放，就像一个垂死的人紧紧地抱住一线生机，"我不能听你对我好言好语，然后让我带着所有的良心负担离开你。打我吧，踢我吧，骂我吧！或者在我对你做了如此的恶事之后，如果你真的爱我，就随你的愿望处置我吧。但别让我马上离开你！"她又被一阵新的急促抽泣所打断。

有一段时间他默默无言地抱着她。"我还爱你吗？"他终于喊道，"圣母啊，难道你以为这小小的伤口就让我心里的血流尽了吗？你感觉不到它在我的胸中沸腾，想要跳出来献身给你吗？如果你讲这些话只是为了试探我，或者是因为你同情我，那你走吧，我会忘记这一切的。你不必觉得我为你受的磨难都是你的错。"

"不。"她坚定地说，从他的肩上抬起头来，湿润的眼睛执着地盯着他的脸，"我爱你，但长久以来我一直很害怕，所以一直在反抗。现在的我不一样，因为当你在街巷里遇见我的时候，我再也不能忽视你了。现在我还想要吻你。"她说，"如果你还是怀疑，你可以告诉自己，她吻了我。劳蕾拉除了自己选中的丈夫不会吻任何人。"

她吻了他三次，然后放开他说："晚安，亲爱的！现在去睡吧，好好治疗你的手，别跟我一起去，因为我不害怕任何人，只害怕你。"

然后她就溜出门去，消失在墙垣的暗影里。但他长久地倚窗凝望，望向大海，星星好像全都在海面上摇曳。

当矮小的神父库拉托再次走出劳蕾拉在里面长跪不起的忏悔室的时候，他悄悄地露出了微笑。"谁能想到，"他自语道，"上帝会这么快就赐予这颗奇妙的心灵以恩惠呢。我责备自己没有更严厉地应对顽固这种魔鬼。但我们的眼睛在天堂之路上都显得目光短浅。现在上帝保佑他们，也许有一天，劳蕾拉的长子会代替他的父亲带我穿越海洋。哎呀！这个犟妹子！"

[印度] 泰戈尔（1861—1941）

Rabindranath Tagore

印度近代伟大的诗人、小说家和社会活动家。

出身于印度加尔各答一个富裕的贵族家庭，父亲是一个热心于印度文化的哲学家和社会改良主义者，泰戈尔从小便接受诗文、哲学和戏剧的熏陶，八岁便开始学习写诗。

1878 年，泰戈尔赴英国伦敦大学学习法律，两年后回国专事文学活动。

一生著作颇丰，在六十年文学生涯中，共写了五十多部诗集，十二部中长篇小说，一百多篇短篇小说，二十几个剧本，以及许多哲学、政治著作和游记、书简等。

1913 年，成为第一位获得诺贝尔文学奖的亚洲人。

喀布尔人

[印度] 泰戈尔

倪培耕 译

我五岁的小女儿，名叫米妮。她没有一刻不叽里呱啦的，从不会安宁。她自降生在这个世界上，学会讲话，只花了一年辰光。这之后，不管睡得多晚，她都不会忍受片刻不说话的折磨。她母亲经常叱责，让她闭嘴。可我不会依样画葫芦。米妮沉默无言傻待着，我就会感到不自在，无法忍受那种良久的难堪的沉默。所以，她和我之间的谈话，总是充满着极大的热情，聊天总是热热闹闹的。

清早，我正伏案撰写一部长篇小说的第十七章，这时，米妮突然闯入，说："爸爸，罗摩德亚尔门差竟把'Kāka（乌鸦）'说成'Kauā（老鸦）'[1]——他什么都不懂，爸爸，对吗？"

我还没来得及向她解释，世界上的语言是多样的。米妮又转到另一话题上去："您瞧，爸爸，鲍拉说：'天空中一只大象用鼻子喷水，天就下起雨来！'您看，爸爸，鲍拉不是在胡说八道吗？

---

1 在孟加拉语里，人们经常把"Kauā"说成"Kāka"，因此，在孟加拉孩子的眼里，门差说错了话。其实，两词都有乌鸦的意思，"Kauā"是古梵语词，"Kāka"是印度现代词。

他就会唠叨，白天黑夜唠叨没个完。"

还没等我发表意见，她马上以相当温和的语气，问一个异常复杂的问题："好吧，爸爸，妈妈是您的什么人？"

我内心自语道："我的亲爱的。"但对米妮却敷衍地说："米妮，你去跟鲍拉闲扯吧，我还有事要做，好吧！"

她坐在写字桌边上、我的脚旁，小手不停地摇晃着膝盖，吧唧着小嘴，绕着口令，自个儿玩耍起来。那时，在我的小说第十七章里，在一个伸手不见五指的夜晚，主人公帕勒达帕·辛赫，正抱着女主人公卡琼玛拉，要从监狱高耸的窗户里，纵身往下跳进湍急的河流里。

我的家舍坐落在马路边上。蓦然间，米妮放弃了绕口令的游戏，奔到窗户前，大声呼叫："喀布尔人，哦，喀布尔人！"

身穿脏兮兮的宽大的衣服，头上缠着高高的头巾，肩上背着装满干果的大口袋，手里拿着两三盒葡萄干的瘦高个儿的喀布尔人，缓缓迈着步，在街上踯躅着。看到他，我女儿心里究竟产生什么想法，很难断定。她开始高声叫唤他。我暗自思忖，扣在肩上的大口袋，像是个大灾难，将要临头。看来，今天我的第十七章是无法写完了。

喀布尔人听到米妮的叫唤声，转过身，直奔我家而来。那时，米妮却吓得灵魂出窍似的，往内室逃跑过去，然而她不知道，能躲藏到哪里去呢。兴许，她心里产生一个糊涂想法：在那硕大的口袋里藏着像她一样的两三个活蹦乱跳的女孩子，就要钻出来。

现在，喀布尔人笑容满面地走到我跟前，向我敬礼，恭恭敬敬地站立着。我思忖着，尽管帕勒达帕·辛赫和卡琼玛拉正处于十分危急的关头，然而喀布尔人已被唤进家门，不向他买点什么，我觉得也过意不去。

买了点东西，我就跟他东拉西扯地聊了起来。我们谈论阿卜杜勒·拉赫曼[1]、俄国、英国和边疆保卫等五花八门的内容。

末了，起身离去的当儿，他用混杂的语言问我："老爷，您的闺女到哪儿去了？"

我打消了米妮那种不必要的恐惧心理，把她从内室领了出来。她紧紧偎依着我，用疑惑的目光直勾勾地盯着喀布尔人和那个大口袋。

喀布尔人想从大口袋里掏出一些葡萄、杏子等干果给米妮，但她吓得什么都不敢要，格外疑惧地紧贴着我。第一次见面就是在这种状态中结束。

数日之后，一天清早，我为某桩急需办的事，步出户外。我蓦然看到，我的女儿正坐在门口边的长凳上，与喀布尔人滔滔不绝地说个不停。喀布尔人坐在她的脚旁，带着满足的微笑，津津有味地听着她描述的一切，并不时用他的混杂语插话，发表自己的看法。在这世上，除了"老爸"熟悉米妮五年的生活经历，兴许还没有遇到如此耐心的听众。我发现，她那小小的衣襟里已经塞满了葡萄、杏子等干果。我不由得对喀布尔人说："你干吗给她那么多干果？不要再给了。"说罢，我从衣袋里掏出一个半卢比硬币给了他。他心不在焉地把它扔进自己的口袋。

回到家，我才发现，我那枚硬币惹起了巨大且沉重的灾难！

米妮的母亲拿着一枚银光闪闪的圆溜溜的硬币，责问米妮："你从哪儿获取的，说清楚！"

1　阿卜杜勒·拉赫曼，19世纪末阿富汗的国王。

米妮说："喀布尔人给的。"

"你如何从喀布尔人那儿得到那不该要的钱？"

米妮差点儿哭出来，说："我没有硬索取，他自个儿给我的。"

我来了后才把米妮从那面临的灾祸中解救出来，并把她带到外面来。

后来我获悉，米妮已不是第二次和喀布尔人见面。这期间，他每天都来，用杏子等干果贿赂，终于他牢牢地占据了米妮那颗小小的心。

我发现，两位朋友间经常开着玩笑，做些有趣的游戏。比如一见到勒赫默特，我女儿就笑吟吟地打趣道："喀布尔人，哦，喀布尔人，你大口袋里装着什么稀罕的东西？"

勒赫默特用山民特有的鼻音很重的声调，笑着说："里面装着一头大象。"

他那种并不机智的俏皮话，其实不值得笑，然而他们俩感到这类笑话，趣味盎然。所以，他们经常开怀大笑，十分快活。这样，在秋季的清早，我看到一个未成年人和一个成年人的天真无邪的说笑，也由衷地感到高兴。

他们之间经常说些有一搭没一搭的话，勒赫默特又一次对米妮说："你永远不去公公家，该多好！"

我们这儿的女孩子一生下来就明白"公公家"一词的含义。然而我们是新派人，不会向小女儿灌输有关公公家的特殊知识。所以，她不会理解勒赫默特请求的含义。不过，她不对问题做出回答，默然待着，这不符合米妮的天性。于是，她马上反问勒赫默特："您去'公公家'吗？"

勒赫默特挥起自己强有力的粗壮的拳头,对着想象中的"公公"[1]说:"我要狠揍'公公'!"

听了这番话,米妮想象到那个自己不熟悉的"公公"将面临尴尬的处境,不禁开怀大笑。

眼看着秋季悄然来临。在古代,这正是历代帝王征服世界的好辰光。我却从来没有离开过加尔各答,去异国他乡观光旅游,也许是因为我的心灵不间断地在整个世界漫游的缘故。换言之,我是自己家的一个角隅的永恒居民。其实,我的心对外部世界始终有着浓厚的兴趣。一听到某某外国异域的名字,我的心立刻就会奔向那个国度。这样,一见到他国异域的人,我的心仿佛瞥见了坐落在山谷河川怀里的茅舍,想象着一种欢乐自由的生活景象。

现在,请看官瞧,我是个如此呆板不动的自然的人,要我离开自己这个角隅,步出户外,对我简直是晴天霹雳。正因为这个缘故,清晨时刻,坐在自己小屋的书桌面前,与喀布尔人闲聊,我的心就漫游起来,喀布尔整个画面就浮现在我眼前:两旁崇山峻岭,高耸入云,险恶得难以攀登;夕阳染成了绛色,煞是好看;在荒野的狭窄的小路上,一行行驮着货物的骆驼,缓缓前行;一对对缠着头巾的商人和旅行者,有的骑在骆驼上,有的徒步前行,有的手执长矛,有的挎着旧时代的老式长枪;而喀布尔人在雷鸣声中用自己的混合语,一面行走,一面谈笑风生,叙述着家乡的逸闻趣事。

1　"公公"和"公公家"两词在孟加拉语中有双关的意思,它们还分别指"警察"和"监狱"。

米妮的母亲生性极为胆怯，一听到街头巷尾喧哗鹊起，就误以为整个世上所有醉汉都奔向我家来；她总认为，这个世界从这头到那头，到处充塞着偷贼盗匪、疯子醉汉、毒蛇猛虎、疟疾、蟑螂、毛虫和英国佬。不知过了多少岁月（当然也不会太长），她在世上也有了几多生活的经历，但她内心的恐惧感仍未消失。

尤其，她完全不放心勒赫默特这个喀布尔人，她一次次请求我加倍防备他。我对她的疑虑，付之一笑。她见状向我连珠炮地发问："难道小孩从来没有被拐走过？""难道喀布尔没有进行奴隶买卖？""难道一个喀布尔壮汉拐卖一个孱弱小女儿，是件天方夜谭的事吗？"等等。

我不得不承认，诸如此类的事不是绝对不可能发生，但眼前缺乏可信程度。不是每个人都具备信任的德行，我妻子内心始终存在这恐惧，所以，我费尽九牛二虎之力去解释，她就是听不进去，终日为米妮担忧。但我总不能无缘无故地把勒赫默特拒之门外吧！

约莫每年一月光景，勒赫默特回故乡去。回故里前夕，他忙碌地挨家挨户向顾客讨取欠款。但不管多忙，他每天都要忙里偷闲，来与米妮相会。见到这情景，我不由得联想，两人之间一定有什么密约。倘若清晨他没有如约而至，晚上一定赴会。黄昏时刻，在屋宇一角隅，当我看到那位身穿宽松长服，扣着大小口袋的高大身躯的壮汉时，内心也不由得惴惴不安起来。

但当我看到米妮"喀布尔人，啊，喀布尔人"一面欢叫一面奔跑过去，两位忘年交的朋友间那种淳朴欢乐的嬉戏又重现时，我整个心灵也感染上欢乐的情绪，紧张的心不由得释然了。

一天清晨，我坐在小屋里阅读着自己新书的校样。在喀布尔人离开之前的两三天，天气骤然变得异常寒冷，人们都在议论严寒的天气。在这样的严冬时刻，清晨的阳光从窗户投射到书桌旁边我的脚上，阳光的温暖使我感到十分惬意。大约八点光景，早出做完生意的小贩，都各自蒙着头，缩着脖子，往家里赶路。这时，从街上传来一阵阵喧哗声。

我透过窗户看到，两名警察绑着勒赫默特走来。许多怀着好奇心的凑热闹的孩子尾随着他。勒赫默特的衣服上，血迹斑斑。一名警察手里拿着一把血刃的刀。我急忙走出家门，拦住警察问道："怎么回事？"

我从警察和勒赫默特嘴里，断断续续打听到事情的由来：我的一位街坊从勒赫默特那儿赊购了罗摩普尔出产的围巾，他欠了一笔钱，现在他赖账拒付欠款。这样，两人争执起来，勒赫默特冲动之下拔出刀子，刺了他一刀。

勒赫默特正在痛骂那个说假话赖账的家伙，米妮高声喊叫："喀布尔人，啊，喀布尔人！"从家里跑了出来。

勒赫默特顿时脸上露出了惊喜的笑容。今天，他肩上没有了大口袋，所以两位朋友间有关大口袋的事的议论无法进行。米妮走到他跟前问道："你要去公公家？"

勒赫默特笑着答道："是的，我正往那儿去呢！"

勒赫默特看到，他的这个回答没有使米妮的脸上绽开笑容，就举起戴着手铐的双手，说："我原想用双拳去揍公公，但我现在能怎么办，手被铐住了。"

由于用刀刺人的罪过，勒赫默特被判了几年的监禁惩罚。

人们渐渐地把他遗忘了。当我们坐在家里，按照通常习惯，忙于每天的活儿，舒适地过着日子时，一个原先自由自在的山民，在监狱围墙里是如何年复一年度过的，我们心里可从来没有想过。

而米妮的父亲如今也不得不承认，原来活泼快乐的她，近来的举止表情变得持重羞涩了。她首先忘了一些旧朋友，结识了一些新朋友；然后随着她的年龄增长，一个接一个女伴替代了男伴；甚至她现在也很少来父亲的书房，我与她的关系似乎也疏远了。

转眼几年过去了。今天又是个风和日丽的秋日。和煦的阳光似乎给大地染上了一层纯金的光泽，这股霞光在加尔各答鳞次栉比的旧砖屋舍上面，似乎传播着一个极其温柔的讯息。

今朝，天刚破晓，我们家里的唢呐吹奏起欢庆的声音。但我仿佛觉得，它像是从我胸膛里、骨骼里迸发出的哭泣呜咽声。它那令人怜悯的音调，似乎使我临近的别离，与秋季阳光糅合在一起，扩散到整个世界中去。

今日是我的米妮出嫁的日子。

一清早，我的家就喧闹起来。人来人往，熙熙攘攘。院子里搭起欢庆的席棚，房间和廊厅里都挂起吊灯，它们晃动的叮当声响，传到我的房间。"你去吧！""来这儿！"欢声笑语，此起彼伏。

那时，我正坐在书房里记录着账目，勒赫默特突然意外地闯入，向我问好，伫立在那儿。

起初，我没有能辨认出他。他身边没有了大口袋，没有了从前的长发，脸上往日富有生气的光泽也丧失殆尽。末了，我看到他的笑容，才认了出来，他就是被人遗忘的勒赫默特。

我问道："哦，勒赫默特，什么时候来的？"

他答道："昨晚，我出狱，被释放了。"

乍一听，他这些话很刺我的耳朵。我从来没有亲眼见过杀人犯。因此，见到他，我整个心蓦然间不由得蜷缩一团。我多么希望，在今朝喜庆的日子里，这个不速之客赶快离开这儿，那就万事大吉了。

我对他说："今天，我们家正操办着一件重要的事，我得全身心投入。今日你走吧，别打扰。以后再来吧。"

他听了我这番不太热情的陈述，转身要离去。但走到门口，他迟疑地说："我能否看一下小人儿？"

兴许他相信，米妮还是从前那个女孩子。他思忖，如今的米妮仍会像从前一样，一面欢叫"喀布尔人，啊，喀布尔人"，一面奔跑过来；他料想，他们之间往昔欢乐的嬉戏中是不会存在一丝障碍的；他甚至忆起旧日的友情，带来了一串葡萄、一张纸包着的一些干果。这些东西兴许是从同乡那儿讨取来的，因为如今他两手空空，肩上没有了从前那个大口袋了。

我说道："今天家里有许多重要的事要做，你谁都见不到的。"

听了我这番话，他脸上流露出失望的情绪。他沉默不语，继而用冷漠的目光瞟了我一眼，说了声："老爷先生，再见——"跨出了大门。

真不知哪种痛苦在我心田升起，我想把他叫回来。正在这时，他自个儿走了回来。走近我跟前，说："我为小人儿带来了葡萄和杏子等干果，请您给她。"

我从他手里接过干果，想付给他一些钱。然而，他突然握着我的手，说："您十分仁慈，老爷先生，我将永生难以忘怀，请把钱收着。"停了片刻，又说道，"老爷先生，不瞒您说，在家乡，我也有一个像您女儿那般大的闺女。我一想念她，就给您闺女带来些干果等什物，我到您府上，不是来做生意的。"

说着，他用手掏进自己宽松的胸衣里，从胸怀里取出了一张脏兮兮的小纸片。他小心翼翼地打开了它，放在我书桌上，用手把皱巴巴的纸片抹平。

我看到，纸上烙上了一只小嫩手的爪印。不是相片，不是图像，仅仅是小手脏污的印迹！他女儿的手印！勒赫默特把自己的女儿的这个手印，珍藏在自己的怀里，年复一年地在加尔各答串街走巷，兜售货物。这样，这张带有污迹的图画，仿佛是他女儿的手在柔软地抚触，这个亲热的抚触仿佛在他被离愁揪心的硕大怀里，倾注着甜蜜的甘露。

看到这一情景，我眼里噙满了泪水。这瞬间，我完全忘记了他是个低贱穷苦的喀布尔小贩，我是位高贵家族的老爷。当时我只感到，他是和我一样的人，他是位父亲，我也是位父亲。他山区家乡的小巴尔沃蒂的手印，使我想起了米妮。我把米妮叫唤出来。虽然内室家眷持反对意见，但我不顾及她们的反对。穿着红绸的婚礼服，佩戴着珠光宝气的首饰，额头上点着檀香痣的新娘米妮，腼腆羞涩地来到我身旁站着。

勒赫默特看到她，十分惊讶。他再无法重温从前与她愉快交流的场景了。然后，他笑着说："小人儿，难道你正要前往公公家了？"

米妮现在明白了"公公"一词的含义，这样她就无法像从前那般天真无邪地回答了。听了勒赫默特的话，她的脸马上因为羞涩而通红了。她立刻转过身去。我记起米妮第一次认识喀布尔人那天的情景，内心不由得产生一种痛楚的感觉。

待米妮离去后，勒赫默特叹了口长气，在地上坐了下来。或许一件事实在他脑海里清晰起来——这么漫长的日子里，喀布尔人的闺女也应该长得那么大了。这样，他现在也不得不重新认识自己的女儿了，兴许她也不会像往日那个模样了！清晨，在秋日柔和的阳光里，响起了欢庆的唢呐声。而勒赫默特却坐在加尔各答的一个胡同里，遥望着阿富汗那片荒秃的山群。

我取出一张支票交到他手里，说："勒赫默特，你回到故乡去吧，回到自己女儿的身旁去吧。你们父女俩相会的欢乐将会给米妮带来幸福！"

给了勒赫默特一笔钱之后，我不得不扣除婚礼的一笔开销，削减婚礼欢庆的一两个节目，不能像原来设想的那样装上电灯，请上洋乐队。家里的女眷们对此都十分不满，然而我却觉得，今天，一缕空前吉祥的光芒，使我们的喜庆节日熠熠生辉！

[挪威] 克努特·汉姆生（1859—1952）

Knut Hamsun

挪威小说家、戏剧家和诗人。

出身在一个农民家庭，童年时期未接受过正规教育。

十五岁时就开始独立谋生，同时开始了写作，主要作品有《饥饿》《大地的生长》等。

他的具有创造力的文体和意识流的写作手法影响了很多欧洲著名作家，于 1920 年获得诺贝尔文学奖。

小岛上

[挪威] 克努特·汉姆生

梁颂宇 译

一

在这片渔场中散布着许多人口稠密的岛屿,蓝人岛是其中比较小的一个,人口数在一百左右。邻近的一个名为教堂岛的岛屿则要大得多,住着三四百人,其中包括当地的牧师和治安法官。甚至在我小的时候,教堂岛上就已经设有邮局和电报站了。

每当岛上的居民聚到一块儿,他们谈论的都是教堂岛上的事。对于来自全国各地的大陆人,教堂岛的居民从来看不上眼。这里方圆几英里的居民皆是渔民。

蓝人岛远离大陆,大西洋环绕四周,海浪冲刷着小岛的海岸。小岛颇为突兀地从海中升起,有三面是无法攀爬的峭壁。只有在直面正午太阳的南面,人与大自然达成妥协,沿着悬崖有两百多级被凿出的阶梯。每当暴风雨过后,木材、木板和碎木被冲刷到小岛上,被工匠们用于造船。他们扛着这些木材,攀上两百多级阶梯,在自家房屋旁建造船只。等到冬天来临,北面的峭壁被寒冰染成亮晶晶的蓝色,这时他们便借助绞车和滑轮,沿着玻璃般光滑的斜坡将船放入海中。我小时候就曾亲眼见识过这一幕:两个人站在悬崖顶端,缓缓放出绳索;还有一个人坐在船里,防止在下降过程中船被卡住。这一过程不仅需要人们胆大心细,还需要一连串低声的指令和警告进行指引。当船最终入水，船里的人对悬崖上的同伴大喊："成了，伙计们，缓缓吧！"就等于宣布这一壮举大功告成。

在蓝人岛上，拥有最大房子的是一个老造船匠，名叫琼安金。他是一个容易轻信于人的老好人。每年岛上的圣诞舞会就在琼安金家的前厅里举行。他家的前厅很大，足以容纳四到六对男女一起跳舞。舞会上有人拉小提琴，还有一个名叫迪德里克的歌手坐在小提琴手旁边，一边用脚打着拍子，一边哼唱着小曲。小伙子们则穿上衬衫跳舞。

在举行舞会的时候，通常都有一个小伙子作为主人招待客人。那小伙子正是造船匠琼安金的小儿子，名叫马赛罗。他本人也是一个造船匠，手艺不错，人也聪明，颇得众人青睐。马赛罗是姑娘们心仪的对象，即便是教堂岛上的姑娘也听说过他的大名。可马赛罗心里只有芙莱婕。芙莱婕是当地教师的女儿。在马赛罗眼里，她举止优雅，言语得体，容貌秀美。马赛罗觉得自己永远也无法赢得她的芳心。教师也拥有一栋大房子。他并非普通的渔民，相反，他可是个大人物。他家的窗户上还挂着窗帘，人们要先敲门才能被允许进入他家。

然而，马赛罗的爱是真挚而盲目的。去年他曾去教师家拜访，今年他又去了。他走到厨房门边，对芙莱婕说："晚上好，我能和你说几句话吗，芙莱婕？"

"你想说什么呢？"芙莱婕对他的心意早已心知肚明。

"我曾经问过你的事……你同意了吗？"

"不，"芙莱婕说，"不行。你别再想着我了，马赛罗，别再围着我打转了。"

"好吧，我知道那个新来的教师在追求你，"马赛罗说，"我真想知道你的优雅精致最终能为你带来什么呢。"

他说得没错，新来的教师的确在追求芙莱婕。那个教师名叫西蒙·莱斯特，来自教堂岛，曾经在神学院里读过书。他父亲和其他人一样，也是个渔民，只不过他是个颇有家财的渔民，地位也不低。他家的鱼仓里总是挂着鳕鱼，食品储藏室里塞满了黄油、火腿和鱼干。当西蒙从神学院学成归来，他已经脱胎换骨，风度翩翩。他留着长长的连鬓胡，口袋里塞块手帕。他还在帽子下方多加了一条松紧带，只不过是为了显摆自己的身份。那块手帕让他成为众人的笑谈——人们都说西蒙·莱斯特这小子实在精明，连鼻涕都舍不得浪费。

"他最近在我们这儿定做了一条船，"马赛罗说，"上帝保佑，愿那条船能给他带来平安喜乐。"

"你为什么说这话？"芙莱婕问道。

"这话我不得不说。他想将船舷漆成绿色，那也由得他，我就帮他漆成绿色的好了。可他还想给这船漆上名字，那就让他自己动手吧。"

"他想给船漆上名字？"

"这简直是亵渎神灵。那条船连驾驶舱都没有，不过是一条普普通通的四桨划艇……所以，或许你应该再考虑一下，芙莱婕，看看能不能屈尊接受我？"

"不，不行，你听清楚了。我的心里只有他。"

"是吗，你的心里只有他？"说完马赛罗便离开了。

圣诞节前不久，西蒙从教堂岛赶过来，给他的新船漆上名字。在这段时间里，他住在老教师的家里。每天芙莱婕都穿上平时礼拜天才会穿的裙子，还在脖子上系一条水绸丝带。船名也被漆上了，是没多少人看得懂的拉丁文"SUPERFIN"，意思是"超级之鳍"。大概也没几个人知道这个名字是何等高深奥妙。

圣诞夜的前一天晚上，夜空深邃，繁星满天。马赛罗去教师家里找西蒙谈话。

"船名的油漆已经干了。"马赛罗说。

"那明天我们就把船放到海里。"西蒙说。

马赛罗继续问道："你已经和芙莱婕订婚了？是不是真的？"

"这不关你的事。"身为教师的西蒙答道。

"或许吧，不过如果你愿意和我说实话，我就把这船白送给你。"

西蒙略加思索。可谓有其父必有其子，他在钱财问题上也颇为精明。他把芙莱婕叫来，问她说："我们就要订婚了，你说对吧？"

芙莱婕给出肯定的回答，还说自己的心里只有他。

当天夜里星光灿烂。芙莱婕说这话的时候，她的双目也闪闪发亮，仿佛幸福即将满溢而出。

在回家的路上，马赛罗开始后悔了：真不该把船白送给西蒙，白白丢掉了一笔钱！在放船下海的时候我要跟着船一起下去，我要确保这原本完好的船落到他手里时变成破船！

他在一栋栋房子之间漫步，并没有停下来，只是在极光和星光下徘徊。他径直走到小岛北边，绳索和滑轮已经就位，正等着把新船放入海中。大西洋在他脚下汹涌澎湃，他坐了下来。

海上飘来两盏小小的灯光——那是一条帆船。更远处又飘来两盏灯光——那是一条黝黑笨重的汽船正朝东驶去。马赛罗心想：要是能登上一条船，离开这里就好了。他已经永远地失去了芙莱婕。一旦她离开了小岛，他也就不知道该如何继续在这里生活下去。愿上帝保佑她，保佑她一生平安幸福！而弄坏西蒙的船这一念头实在可鄙，他为此祈求宽恕。他下定决心，明天放船下海时要尽量避免船和岩石碰撞。他还是想做一个好人。

他站起来，准备回家。这时他听到一声轻柔的呼唤，有人在喊他。接着，他看到有人朝他走来。

"芙莱婕，是你吗？"他说。

"是我，我只是过来看看，我可不希望你做出什么伤害自己的傻事，马赛罗。"

"我只是在散散步。"马赛罗答道。

她挽着他的手臂，继续说道："没必要垂头丧气的，再说了，我还没有完全打定主意呢。"

"当真？"

"谁知道会发生什么事呢？"她脱口而出，"就在刚才，他对我……实在是糟透了！我觉得你比西蒙好。他还想狡辩呢，就在今天他还说'走着瞧吧'。"

马赛罗没有答话，他们一块儿走着。尽管此时芙莱婕很不开心，她的头脑还是很清醒的。她突然说道："不管怎么说，那条船可不能白送给他。"

"不，不会的。"马赛罗说。

他们走到路口。芙莱婕向他伸出手："我现在该回家了，不然他又要对我发火了。我猜刚才他已经看到我往这边来了。"

他们互道晚安，各自回家。

第二天风平浪静。早在破晓之前，老好人琼安金和他的两个儿子已经将新船搬到立在小岛北边的支架上。所有能出一把力的人都来帮忙，确保这条漂亮的新船在下水过程中免遭损毁。那条纤细精巧的新船正放置在支架上，悬在空中。

老教师已经说服他那位学识渊博的同行——也就是西蒙·莱斯特——推迟返回教堂岛的时间，直到吃完饭再走。而现在正是西蒙返回教堂岛的时候了。从昨天开始，刚刚订婚的西蒙和芙莱婕变得颇为疏远，直到现在都没有缓和的迹象。相反，当他们走在路上时，总是一前一后隔得老远。现在芙莱婕本应沐浴在爱河之中，可她看起来却疑虑重重。当他们来到放置着绞车的地方，琼安金和他的手下已经在那儿候着了。所有人都脱下帽子，对两位教师及其一行人表示敬意。

"一切都准备好了吗？"西蒙问道。

琼安金答道："都准备好了，该弄的都弄好了。"

芙莱婕的一颗心在疑虑中煎熬。她突然大声说道："你可要小心，马赛罗，今天就不能换个人跟船下水吗？"

所有人都侧耳倾听。

"哦，他能行的。"马赛罗的父亲琼安金说道。

"这船居然还有名字，真是好笑。"

"恰恰相反，这是个很不错的名字，"老教师大度地说，"只是你无法理解而已，女儿。"

这时西蒙突然说："我坐在船里，跟船下水。"

大家试图阻止他，可西蒙还是爬到船里坐下。大家苦口婆心地劝了他好一会儿，西蒙傲慢地说了一句意味深长的话："这样芙莱婕就大可以放心了。"

"那至少在身上拴条绳子吧。"琼安金说着递给西蒙一条绳子。

西蒙恼了，叫道："放船下水！"

船下方的垫木被移走了，船开始下滑。西蒙将帽子下方的松紧带系在一颗纽扣上。

琼安金大声叫喊，西蒙的回应也从悬崖下方传来，可现在两人都看不到对方了。西蒙颇为自信。他觉得这本来就是件再简单不过的事，没必要大惊小怪的，因此他的回应也越来越短。到最后他完全不出声了。

马赛罗无事可做，只得在一旁站着。

"他肯定已经下到一半了，"琼安金说，"他能行的。"

这时叫喊声从底下传来，可没人能弄明白那是什么意思。那既不是"停下"，也不是"船已入水"，而是"啊！啊！"两声。紧接着用来传递讯息的绳子被人狠狠地拽了一把。悬崖上的人以为西蒙是要他们把自己稍稍拉上来，于是琼安金和他的手下赶紧往回拉绳子。紧接着一声刺耳的尖叫声从下方传来，然后又是一声闷响，仿佛整个小岛咳嗽了一声——看来小船是撞到崖壁了。

所有人都脸色煞白。与此同时，绞车上的绳子松开了。大家七嘴八舌，相互询问。琼安金叫道："放下去！"不久之后他又叫道："拉上来！"所有人都知道大事不妙。船翻了个个儿，已经空了，西蒙掉进了海里。

在这一团忙乱之中，空中传来了圣诞钟声。这究竟是什么样的一个圣诞节啊？

然而芙莱婕并没有丧失理智。她一把抓住马赛罗："愿上帝饶恕我，可我还是得说：我真高兴跟船下去的不是你！你们还在等什么？赶紧从南面阶梯下去，弄条船去找他呀！"

大家这才反应过来，于是一大群人横穿小岛，跑下阶梯。只留下老造船匠琼安金这个老好人在那里守着。

二

琼安金心想：我不能一直拽着这绳子吧。不然把绳子拽上来？可是又没人帮忙；不然放手让船掉到海里？他思索了好一会儿，最终松开手。

让他惊讶的是，他放手不到半分钟，那绳子就变得松松垮垮的。船已经落入海中。

琼安金实在是摸不着头脑。他将绳子往回拉一英寻，然后再次松手。船再次落入海中。琼安金如释重负，恨不能马上找个人来分享这一消息。如果船距离海面不过两英寻，那西蒙就不可能摔死了。可现在问题是：他会被淹死吗？

"孩子们，赶紧的！"琼安金对着小岛南边叫道，"他可能还活着！"

他手中的绳子已经松了。这时他感觉到有人拽了那绳子一把。琼安金心想：或许有人已经抓住了底下那条船，也可能是海浪在拨弄那条船，把绳子绷紧。他对着悬崖下方大喊："你还好吗？"

然而没有人回答，只有大西洋那凝重的飒飒涛声传来。

他一直拽着那条绳子。他本可以把绳子拴好，舒舒服服地等着。可是琼安金觉得现在可不是爱惜力气的时候。想想看，一个学识渊博、富有卓见的年轻人或许就在他眼前死去了。在宝贵的生命面前，对常识的考虑也只能屈居其后。

漫长的一刻钟过去了。风儿捎带着教堂岛的钟声，传入他耳中，为整件事更添一抹神秘凝重的色彩。之后他听到悬崖下方传来救援者们的声音，看到自己的儿子划着小船。他知道他们很快就要赶到现场了。他屏住呼吸，侧耳倾听。

"找到他了！"马赛罗叫道。

"找到了？"站在崖顶的琼安金问道。

过了一会儿，他感觉手中绳子的另一头被人从船上解下来了。他靠近悬崖，侧着身子叫道："他还活着吗？"

"他还活着！"马赛罗叫道，"你可以把绳子收回去了。"

"上帝保佑！"琼安金嘟哝道。他把绳子收上来，往自己嘴里塞一撮烟草，沿着阶梯跑下去，到南边的码头和其他人碰面。这个老造船匠原本是个最容易轻信于人的老好人，可是这一路上他却在心里掂量西蒙死里逃生这事：西蒙可是个聪明人，他心思很深，耍了这么一个花招——或许他在离海面不过十来英尺的时候就让船翻个个儿，自己跳进了海里。他把大家耍得团团转，真是太过分了！

他在码头碰到了老教师和芙莱婕。他说："西蒙得救了。"

"得救了？"芙莱婕叫道，"你不是在开玩笑吧？"

"是真的，他被救上来了。"

老教师如释重负，也说了一句："上帝保佑！"而芙莱婕却一言不发，心事重重。

救人的小船在码头靠岸。西蒙坐在其中一条船的桨手位置，用尽力气划着船。他从头到脚都湿透了，看上去已经冻僵了。

"你受伤了吗？"芙莱婕问道，"你的帽子呢？"

"帽子找不着了。"马赛罗说。

"那你们应该借他一顶帽子呀。"芙莱婕颇为关切。

"他不愿戴。"马赛罗答道。

"抱歉，可我真不想戴别人的帽子。"西蒙说道。虽然他冷得瑟瑟发抖，可那傲慢自大的姿态却依然没变。

老教师向他那位博学多才的同行询问整件事的始末，西蒙也告诉他了。在琼安金看来，这两人仿佛正在旁若无人地上演一出双人独幕剧，嘴里说的都是深奥难懂的语言。西蒙解释说他在神学院读书时学会了游泳，幸亏如此，他才捡回一条命。他还说在救援者出现之前，他总算明白了坦塔罗斯[1]所受的煎熬究竟是什么滋味！现在他要把整件事从头到尾详尽地讲出来，以免过后出现各种不同的版本。

"我想问你一件事，"西蒙对芙莱婕说，"出事的时候你的第一反应是什么？"

"第一反应？"芙莱婕问道。

"就是你说的第一句话是什么？"

芙莱婕好整以暇地答道："我让他们赶紧下去救你呀。"

"好吧。"西蒙说。

马赛罗一言不发。他知道西蒙再次赢得了芙莱婕的芳心。

"我们马上回家，好让你换一套干衣服，"老教师说，"你今天能死里逃生，真是个奇迹呀。"

大家将船拖上岸。马赛罗对两条船一视同仁，在西蒙的船和自己的船下方插上垫木固定好，以免海风将它们吹翻。他让其他人先走，之后他沮丧地走回家。

到了晚上，芙莱婕到琼安金隔壁家拜访，可她并没有来探望马赛罗。马赛罗站在门前阶梯上等她。当芙莱婕经过时，他说："晚上好。我看你是想在极光下散步吧？"

---

1 坦塔罗斯（Tantalus），希腊神话人物，原受天神宠爱，后因杀死自己的儿子并奉给天神们而受到惩罚，在地狱里忍受饥渴的煎熬。

"我有事要做，"她答道，"你觉得今天这事怎样？不是一个奇迹吗？"

马赛罗答道："实话告诉你吧，今天这事根本不是什么奇迹。"

"是吗？如果是你从船里摔出去，你能捡回一条命吗？"

"他根本不是摔出去的，是他自己跳下去的，当时船离海面不过两英寻。我父亲就是这么说的。"

"他自己跳下去的？真是这样的话，那更是你不会去做的事情了。"

马赛罗没有回答。

"因为你根本不会游泳，"芙莱婕继续说道，"你不像他那么有本事，你也不会弹管风琴。"

"我猜你们已经打定主意在一起了吧。"马赛罗说。

"我也不知道，"她说，"不过这事就算是定下来了吧。"

马赛罗愤愤地说："我也不在乎了，那条船就算白送给你们了，我说到做到。"

芙莱婕略加思索，然后说道："好吧，如果我和西蒙订婚了，那就像你说的那样，那条船就算是白送给我们了。如果他决定和我分手，你和我最终在一起了，那我们就得要求他为这条船付钱。"

对于芙莱婕的决定，马赛罗并没有显露出惊讶之色。他问道："我什么时候才能知道结果？"

芙莱婕答道："他明天就回家了，到时候他肯定会说的。可是你也知道，他不说我也不好问呀。"

然而马赛罗等了好几个月才得知结果。

西蒙回家过圣诞节，可他在离开前并没有和芙莱婕定下任何婚约。回到教堂岛后他到处拈花惹草，而旁人看在他父亲家财丰厚的份儿上，对他也是来者不拒。然而西蒙并没有定下任何婚约，他还是一个自由自在的单身汉。最后他甚至还追求牧师家的家庭女教师。然而那位女教师是个真正的淑女，觉得西蒙配不上自己，让他碰了一鼻子灰。

这些事都传到芙莱婕耳中，让她心烦意乱，然而她却不肯承认。

主显节¹前夜即将来临。和往年一样，一场舞会将要在造船匠琼安金家里举行，而马赛罗也和往常一样作为主人招待客人。他们预先请到了小提琴手，歌手迪德里克也早就请到了。小伙子们已经邀请了姑娘们做舞伴，而芙莱婕也答应马赛罗，说她也会参加舞会。

一天一条四桨小船在蓝人岛靠岸。渔民老莱斯特给芙莱婕捎来一条讯息，邀请她参加当晚在教堂岛举行的舞会。芙莱婕马上打扮齐整，穿上最漂亮的衣服前去赴宴。

马赛罗来到她家，对她说："好啊，我看现在你是打定主意了吧？"

"没错，现在我大可以定下心来了。"芙莱婕答道。

芙莱婕上了船，前往教堂岛。她看上去很笃定，一副胸有成竹的样子。

当芙莱婕到达教堂岛，老莱斯特还去迎接她。在当天晚上的舞会上，教堂岛所有小伙子都被芙莱婕所吸引。而西蒙作为主人家的儿子，却还是像往常一样，到处调情鬼混，让芙莱婕悬着一颗心。

1　主显节，基督教节日，时间为1月6日，该节日也预示着圣诞节的欢庆活动接近尾声。主显节前夜即1月5日夜晚，也被称为"第十二夜"。

老莱斯特不愧是一个慷慨的主人。在当晚的舞会上，咖啡和酒水不时地端上来，供客人们享用。而老莱斯特则舒舒服服地坐在一个偏厅里，和几个老渔民待在一块儿。西蒙还屈尊喝了一两杯酒，但他身为教师，要是和渔民的女儿跳舞多少还是有失身份。

夜深了，其他人都回家去了。芙莱婕要在西蒙家过夜。她留了下来，现在她可以和西蒙独处了。这时西蒙用胳膊肘轻轻捅一捅她的肋骨。和之前相比，西蒙并没有对她表现出更多的爱恋，因此芙莱婕也不会傻到以为这一举动是矢志不渝的爱情讯号。

"我要站在这里凉快一下。"芙莱婕说。

"那可不行，"西蒙说，"这于你的健康有害。"

"牲口棚的门怎么开了？"芙莱婕说。

西蒙也不知所以。

"我们去把门关上吧。"她说。

芙莱婕朝牲口棚里张望了一下，然后说："让我看看你们家储存的草料。"

两个人走了进去。

"这边上和那边上都堆着干草。"西蒙说。

"在哪儿呢？"

西蒙爬下去指给她看。

芙莱婕也跟了上去。

三

然而芙莱婕并没有让马赛罗完全死心，还用半真半假的许诺钓着他，让他相信或许还有机会得到她。而马赛罗继续耐心等待着。可是等到三月忏悔节的时候，芙莱婕心意已决。她明明白白地拒绝了马赛罗，让他打消妄想，她最终选择了西蒙。

"好吧，好吧。"马赛罗说。

他不再提起那条船的事了，那条船大可以免费送给她，反正他也不在乎了。面对这样的结局，他早就做好了准备。在这个春天余下的时间里，马赛罗照常干活，可是他的心境已然发生了变化。他大多数时间都一人独处。

白昼渐渐变长，阳光和温暖的天气让冰雪消融，不久之后人们也无法沿着北边悬崖的冰面放船入海了。在接下来的几个星期里，造船匠们无事可做。不过等到春季暴风雨过后，大西洋再次恢复平静，而造船匠们也开始在小岛周围的水域捕鱼。

在某次捕鱼过程中，马赛罗和他的哥哥拖回一条双桅帆船。那条船的桅杆已经折断，船员们已经弃船逃生，任由这船在海上漂浮。

这条船让马赛罗和他的哥哥发了一笔横财。毋庸置疑，在那之后，马赛罗在岛上名声大振。他每天都去修补那泊在码头的破船，俨然一副船长的派头。丹麦的船主也和他联系，愿意出一笔钱盘下这条船。这一消息引起了轰动。在蓝人岛居民的眼中，这笔钱可算是一笔巨款了。大家都说马赛罗即将子承父业，光耀门楣，成就自己的一番事业。

某一天，马赛罗找到芙莱婕："你跟定西蒙了吗？"

"没错，"她说，"我已经打定主意了。"

马赛罗要回家了。芙莱婕和他一起走，手里还做着活计。她说："如果是在以前，我就叫你划船过去把西蒙接过来。不过你现在可是个大人物了，马赛罗，我可叫不动你呀。"

马赛罗答道:"我倒要叫你瞧瞧,我还和以前一样,不是什么大人物。"

他划船去把西蒙接来。

西蒙来了又走了。马赛罗又跑去找芙莱婕,没头没脑地问道:"你们两人已经定下来了吗?"

芙莱婕答道:"定下来了。现在还多了一重特殊的原因……得赶紧敲定这事。"

"那我不再打搅你了。"

"你也知道,爱情就是这样,"芙莱婕说,"我爱西蒙胜过所有人。"

马赛罗没有答话,所有一切不过是痴人说梦罢了。他邀请芙莱婕进来喝杯咖啡,可芙莱婕拒绝了,他也没有勉强。

准备离开时,芙莱婕又想起了那条船:"西蒙让我问你,你不会再为那条船问他要钱吧?现在你可是个有钱人了。"

"无所谓了,"他答道,"上帝保佑,无论是金钱还是地位,我得到的已经够多的了。你们什么时候公布喜讯呢?"

"两周之内。"

"今年你还打算到那个岛上去剪羊毛吗?"他问道。

芙莱婕答道:"还是再等几个星期吧,现在时间还早,冰雪都没有完全融化呢。"

"我只是问问。"马赛罗说。

他们说的那个岛上放养着一群冰岛绵羊。那些绵羊披着粗厚的羊毛,一年到头都待在岛上,自己觅食,自生自灭。人们每年上岛一次,把那些绵羊赶到一块儿,给它们剪羊毛。剪羊毛的时间通常选在春天暖和的时候。

两周之后，教堂岛上的教堂公布了芙莱婕和西蒙的结婚公告。人们等了这么久，这两人终于要结为夫妻了。当天晚上，芙莱婕上琼安金家拜访，她无忧无虑，谈笑风生。

　　"恭喜恭喜！"琼安金的老婆说，"我今天在教堂里听到你的名字了。"

　　"是吗？你没听错吧？"芙莱婕打趣道。

　　"恭喜恭喜！"马赛罗也开口了，"关于剪羊毛的事……你考虑得怎样了？"

　　芙莱婕笑着说："今年你可真心急啊，这是怎么了？才五月你就惦记着这事了。"

　　"我觉得这事得先问过你。"马赛罗答道。

　　"老实说，今天我上你家来也是为了这事。明天你找别人和你一起到那岛上去剪羊毛吧。"芙莱婕说。

　　马赛罗脱口而出："别人？我明白了，看你这个样子，今年你是去不成了吧？"

　　今年春天芙莱婕原本不想去的，可马赛罗的激将法却颇有成效。她的脸微微泛红："去不成？你这话到底什么意思？"

　　芙莱婕可不是娇小姐，不会因为晨吐恶心就卧床不起。今年和往年没什么两样，她还是要去帮忙剪羊毛。

　　当马赛罗听到芙莱婕这么说，他走出门外，一直等到她离开了才回来。

　　马赛罗沿着阶梯，走到造船工场。工场里有一条长长的滑道。滑道里摆放着建造各色船只所需的零件材料。他开始清理打扫。现在已经是五月末了，即使到了晚上十一点，天还是亮的。他漫步走到码头。他的那条四桨小船正停放在那里，仿佛正在看着他。

直到半夜他才回家。

他并没有脱下衣服，而是坐在床边。他的哥哥已经睡着了。马赛罗走到窗前，久久看向窗外。"天啊，天啊，"他嘟哝道，"老天爷啊，耶稣基督啊。"之后他走回床边，和衣而卧，蜷成一团，彻夜无眠。

当他听到母亲在楼下生火的响动他便起来了。他叫醒哥哥，一起下楼。此时不过凌晨四点。

"你起得很早啊。"他母亲说。

"我一直想着剪羊毛这事，"马赛罗答道，"如果想要在今天剪完每一只羊的羊毛，那我们就得早点出发。"

母子三人准备好后就走出门，去到老教师家，在门外等候芙莱婕。芙莱婕还带上一个女仆。五个人登上小船。

兄弟俩奋力划船，小船稳稳当当地行驶。女人们相互交谈。太阳升起来了，放养绵羊的小岛看上去沉甸甸的，漂浮在海面上，一动不动。隔着老远那些绵羊就看到一条小船驶来，它们呆站在那里，瞪大双眼，连草都忘了吃了。为了不惊动这群胆小的动物，船里的人尽量不弄出响动。

去年也有这样一条船光临这个小岛，然而这些绵羊早就忘了，它们还以为眼下这是头一遭。它们只是傻呆呆地站着，一动不动，任由这条小船靠近小岛。当小船靠岸的时候，一只身形硕大、皮毛蓬乱的阉羊开始浑身打抖。它飞快地扫了其他绵羊一眼，又看看那条船。当船里五人在海滩上站定，把船拖上沙滩，那只阉羊突然感觉到似曾相识的危险即将来临。它赶紧转身，撒腿狂奔，朝小岛深处跑去。其他绵羊都跟着它跑了。

"这些绵羊今年可不好对付啊。"女人们说。

所有人朝小岛深处走去。他们要做的第一件事就是抓一只小羊羔，如此一来就更容易把母羊引出来。他们忙活了好久，直到日近正午才抓到一只完全长成的绵羊。他们想把几只羊赶到船上，可是这些畜牲吓昏了头，竟然跳到海里。马赛罗只好跳到海里，把它们捞上来。

　　"你浑身湿透了。"芙莱婕说。

　　三个女人坐下来剪羊毛，而两兄弟则站在一旁，拎着抓来的三只羊。马赛罗站在芙莱婕身边，春天的阳光洒落在所有人身上。

　　"我已经剪了两只了。"芙莱婕说着把羊毛塞进一个口袋里，站了起来。

　　"走吧，看看光凭我们俩能不能抓住一只绵羊？"马赛罗说。他的嗓音里夹杂着一丝奇异的颤抖。

　　芙莱婕跟着他。他们越走越远，其他人已经听不到他们的声音了。

　　"我看绵羊是躲到别处去了。"芙莱婕说。

　　马赛罗说："我们先在这里找找。"

　　他们去到小岛北边。这里树木成荫，可是并没有绵羊的踪影。

　　"绵羊肯定就躲在这一块。"马赛罗说着急急忙忙往前跑。可芙莱婕的腿脚不似以前那么轻快，根本追不上他。马赛罗拽着她的手，拖着她往前跑，一边跑一边异乎寻常地大声嚷道："走着瞧吧！走着瞧吧！"

　　"别喊那么大声，你会把绵羊吓跑的。"芙莱婕满脑子想着的还是剪羊毛的事。

　　可是马赛罗还是拖着她往前跑，用疯狂的语调大声嚷道："走着瞧吧！我还要教你弹管风琴呢！"

"你到底怎么啦？"芙莱婕问道。她想从马赛罗的脸上看出些许端倪，可她发现自己几乎不认得他了。

马赛罗还在拽着她。她想摆脱马赛罗，借助自己身躯的重量，两脚紧贴崖壁滑下悬崖。可当她意识到这么做会没命的，她的勇气也烟消云散了。这时她被拽到悬崖的犄角上，推了下去。

芙莱婕来不及说一个字，来不及尖叫一声。她因恐惧而变得浑身僵硬，甚至没能抓住马赛罗的衣服，就摔下了悬崖。

马赛罗原本打算和芙莱婕一起跳下悬崖，可现在他还呆呆地站在犄角上。

他小心地环绕四周，看看是否有人跟着他们。然而周围不见人影。他朝悬崖底下张望。大海已经将芙莱婕吞没了，发出沉重的叹息。马赛罗整整背心，准备跳下去，可他又改变了主意，打算找条路走下悬崖。在下去的过程中，他小心翼翼地寻找落脚处，以免自己滑倒。在半道上他又想即使摔倒受伤也无所谓了，可他还是仔细地寻找落脚处，继续朝下方走去。

海浪拍打着崖壁。马赛罗在距离海面两英寻的地方停下脚步。他脱下外套和背心，放在岩石上——这样找到这些衣物的人还可以穿。他双手交握，祈求上帝看在耶稣基督的份儿上饶恕他的灵魂。之后他跳了下去。

[法] 阿纳托尔·法朗士（1844—1924）

Anatole France

法国近代卓越的小说家。

出身于巴黎书商家庭，自幼爱好读书。

早期从事诗歌创作，标榜"为艺术而艺术"，19 世纪 80 年代起，逐渐对资本主义社会产生怀疑，同情人民疾苦，宣扬人道主义，并致力于小说创作。

1921 年，七十七岁的法朗士加入了法国共产党。同年，被授予诺贝尔文学奖，以"表彰他辉煌的文学成就，它的特色是高贵的风格、深厚的人类同情、优雅的气质"。

克兰科比尔

[法] 阿纳托尔·法朗士

金龙格 译

献给亚历山大·斯丹朗[1]和吕西安·吉特利[2]，他们俩，一个懂得用一组令人赞不绝口的画面，另一位擅长通过自己的戏剧天才的完美创造，让我笔下那个可怜的果品蔬菜小贩的卑微身影多了几分悲壮。

——A.法朗士

一、法律的威严

司法的威严完全体现在法官以至高无上的人民的名义所宣布的一次次判决上。热罗姆·克兰科比尔这名流动商贩，在因为侮辱了一名执法人员而被传唤到轻罪法庭之后，才意识到法律是何等的令人敬畏。坐在宏伟而又阴森的审判大厅的被告席上，他看

1　亚历山大·斯丹朗（1859—1923），原籍瑞士洛桑的法国漫画家、版画家、广告画家，以擅长画猫而出名，是《克兰科比尔》的插图作者之一。

2　吕西安·吉特利（1860—1925），法国演员，曾在法兰西喜剧院演出，后成为导演。他帮助法朗士将《克兰科比尔》改编成戏剧，1903年又亲自在该剧中扮演克兰科比尔这一角色。

见了审判官、书记官、身着长袍的律师、挂着链子的执达员、警察以及隔板后悄然无声的旁听者的脑袋。他发现自己坐的是一个很高的位子，仿佛他作为被告出现在法官面前于他而言是一种致命的荣耀。大厅的最里头，布利希庭长在两名陪审官中间正襟危坐。他的胸前佩戴着棕叶状的学院军官级学术勋章[1]。一座象征共和国的胸像[2]和一座被钉在十字架上的基督像[3]高悬于法庭之上，如此一来，所有天国的法律和人间的法律都悬挂在克兰科比尔的头顶之上了，使他理所当然地感到了畏惧。他没有哲学头脑，因而没去探究这座胸像和带耶稣像的十字架有着什么含义，也没去探寻耶稣和玛丽安娜在法院里是不是合得来。然而，这是个发人深省的问题，因为教皇的学说与教会的法规[4]在很多方面与共和国宪法及民事法则是水火不容的。众所周知，教宗手谕录[5]并没

1　拿破仑于1808年3月17日创立"学术棕榈"的荣誉（Palmes académiques），以表彰与大学及高中教育有关的人士。1866年，在公共教育部长维克多·杜鲁伊的推动下，拿破仑三世扩大了头衔授予的范围，授勋者增加了对教育和文化做出贡献的非教学人员，而且包括外国人。

2　这座胸像名叫玛丽安娜，是法兰西共和国的象征。

3　根据法国《刑事诉讼法》第317条，证人宣誓时不规定它是宗教的还是非宗教的，相反，重罪法庭的法官都"以上帝和人民的名义"审判，所以，在过渡时期，基督像总是置于法庭之上。

4　指基督教会为其信徒和神职人员制定的有关信仰、伦理和纪律方面的法规，在婚姻、家庭、犯罪、刑罚方面都有规定。

5　850年前后由一帮教士在法国兰斯或埃克斯-拉-夏贝尔起草的一组教规的汇编，通常包括上百条假称教会初建时代教皇颁布的教谕，旨在限制当时神职人员及主教的权力。从11世纪起，教皇将该教谕录作为工具以保证他们至高无上的权力。

有被取缔。基督教会一如既往地教导人们：唯独它授权的政权才合乎法律。然而，法兰西共和国却声称自己不受教皇权力的管辖。克兰科比尔满可以这样说：

"法官大人，卢贝总统[1]没有敷过圣油，这个吊在你们头顶上的基督通过主教会议和教皇的喉舌不承认你们的权利。基督出现在这里是为了让你们牢记教会的权利，宣告你们的权利无效，不然的话，他在这里就没有任何合理的意义了。"

布利希庭长听到这番话后，也许会做出这样的反驳：

"被告克兰科比尔，法国历代国王都不能与教皇和平共处。纪尧姆·德·诺加雷[2]被革除教籍，但他并没有因为这么点小事而丧失他的职权。法庭上的基督与格雷高瓦七世[3]和波尼法斯八世[4]的基督不是同一个人。要是你愿意，可以当他是福音书[5]里的基督，这个基督对教会法典一无所知，并且从未听说过什么神圣的教宗手谕录。"

克兰科比尔可以这样回答：

1　埃米尔·卢贝（1838—1929），法国政治家，曾任议员、议长、内务部长，1899年至1906年担任总统。

2　纪尧姆·德·诺加雷（13世纪中期—1313），法国政治家、教授，菲律普四世的大法官（1302—1313）。

3　格雷高瓦七世（1015—1085），第155任罗马教皇（1073—1085年在位）。1075年颁布《教皇敕令》，宣称教皇的权力高于一切，后与神圣罗马帝国皇帝亨利四世发生激烈冲突。

4　波尼法斯八世（1235—1303），第191任罗马教皇（1294—1303年在位）。由于他准备革除法王教籍，被法王使者纪尧姆·德·诺加雷拘禁三日，获释一个月后抑郁而死。

5　见《圣经·新约》第一部分。

"福音书里的基督是个布森古[1]。而且，一千九百年来，世界上所有的基督教教民都认为，对他的判决是严重的误判。庭长大人，如果以他的名义，我看您连四十八小时的监禁也未必敢判我。"

但克兰科比尔并没有专注于任何历史、政治或社会方面的思考。他一直处于惊奇的状态。他周围的场景使他对法庭审判产生了一种崇高的想法。他毕恭毕敬、诚惶诚恐，准备把自己托付给法官，听凭他对自己的罪行做出判决。凭良心说，他并不认为自己犯了什么罪，但他感觉到，在这些法律的象征面前，在社会制裁的执行者面前，一个蔬菜商贩的良心跟一堆破铜烂铁并没有多大分别。为他辩护的律师的一席话已经说得他将信将疑了：自己并非无辜者。

一段简短快速的预审判定他的罪名成立。

二、克兰科比尔的遭遇

热罗姆·克兰科比尔是个卖水果和蔬菜的流动商贩，他推着小车，走街串巷地叫卖："卷心菜，萝卜，胡萝卜！"当他有韭葱出售的时候，就高声吆喝："成捆的芦笋！"因为穷苦人总是把韭葱当芦笋。十月二十日正午时分，当他沿着蒙马特大街往下走时，"守护天使"鞋店的老板娘巴亚尔太太走出鞋店，来到装着蔬菜的推车边。她轻蔑地拎起一捆韭葱问：

1　布森古（bousingot）原意为硬牛皮水手帽，1830年法国七月革命后指那些头戴硬牛皮水手帽、以"布森古"为名的年轻的共和党人。布森古的引申意义为"无政府主义者"。

"您这韭葱可不怎么好，多少钱一捆？"

"十五个苏[1]，老板娘。没有比这更新鲜的了。"

"三根烂韭葱就要十五个苏？"

说完，她一个厌恶的手势把那捆韭葱扔回推车里。

就在这时，64号警察突然出现了，他对克兰科比尔说：

"把车推走！别停这里！"

五十年来，克兰科比尔从早到晚一直在不停地推着车往前走。这个命令对他来说是合法的，也是合乎情理的。他准备不折不扣地服从命令，便催促老板娘要买什么就赶紧买。

"我得好好挑一挑。"鞋店老板娘刻薄地说道。

她把所有的韭葱重新摸了一遍，然后挑出了她认为最好的那一捆，把它抱在胸前，就像教堂绘画中的圣女把胜利的棕榈枝紧抱在胸前一样。

"顶多给你十四个苏。我还得回店里去拿，因为我身上没带钱。"

她捧着韭葱往鞋店走去。一个怀抱孩子的女顾客抢在她前面进了鞋店。

与此同时，64号警察再次冲克兰科比尔喊道：

"把车推走！别停这里！"

"我在等我的菜钱。"克兰科比尔回答道。

"我没叫你等你的菜钱，我是叫你把车推走。"警察语气坚决地说。

然而，老板娘正在鞋店里为一个十八个月大的婴儿试一双蓝色皮鞋，小孩的母亲急着要走。韭葱的绿色葱头正躺在柜台上。

---

1 法国辅币名。1法郎等于20个苏。

半个世纪以来，克兰科比尔一直是推着果蔬车走过大街小巷；他已经学会了服从代表权力的人。但是这一次情况特殊，他处在义务和权利之间。他缺乏法律意识。他不明白，纵然拥有个人权利，也不能不履行对社会的义务。他过于看重自己收回十四个苏的权利，对自己必须推着小车一直往前走、永远往前走的义务则不够重视。他停在那里没有动。

已经第三次了，64号警察心平气和地命令他往前走。这名警察与蒙托西勒队长的习惯截然不同，蒙托西勒队长一刻不停地吓唬人，但从不严厉惩罚人，而64号警察在发出警告时很审慎，却动辄做违警记录。他就是这种个性，尽管有些阴险，却是一个出类拔萃的公仆和忠于职守的战士，既不乏狮子的勇猛，又像孩子一样温顺。他只会不折不扣地执行命令。

"我叫你把车推走不要在这里停，难道你听不见吗？"

克兰科比尔有理由待在原地不走，这个理由在他眼里非常重要，他不会认为它不够充分。他简单、不加掩饰地说出了这条理由：

"真见鬼！我已经跟您说过，我在等我的菜钱。"

64号警察只回答道：

"你想要我给你做……做个违章记录吗？如果想这样的话，你就说出来好了。"

听到这些话，克兰科比尔愣愣地耸了耸肩膀，把痛苦的目光投向警察，继而又抬眼望天。这种眼神仿佛在说：

"但愿上天有眼！我是一个蔑视法律的人吗？我嘲笑过为管理我这种流动商贩行业而制定的各种法令和规章制度吗？清晨五点钟，我就在巴黎中央市场四周的摊点上。从七点钟开始，我用灼痛的双手操起车把，开始叫卖：'卷心菜，萝卜，胡萝卜！'我已经六十岁了，我很累。您却问我是不是要举黑旗造反。您在跟我开玩笑，您的这个玩笑也太残忍了。"

也许是他没有注意到克兰科比尔的眼神，也许是他从中没有发现有饶恕他违抗命令的理由，警察用一种生硬、粗暴的语气问他是不是听明白了。

正在这个时候，蒙马特大街上出现了极为严重的塞车现象。出租马车、平板马车、搬家马车、公共马车、四轮大车一辆接一辆地挤成了一堆，仿佛被牢牢地粘连、接合在了一起。从他们微微震颤的静止不动中响起了咒骂声和叫喊声。出租马车的车夫们跟肉铺的伙计们在相隔甚远的地方颇具英雄气概地对骂着，公共马车的司机认为克兰科比尔是造成交通阻塞的罪魁祸首，骂他"臭韭葱"。

这时，人行道上聚集了许多好奇的人，正专心致志地听他们争吵。警察看到自己引人注目了，一门心思只想显示一下自己的权威。

"很好！"他说道。

说完他从口袋里掏出一个污秽不堪的小本子和一截短得不能再短的铅笔。

克兰科比尔打定了主意，准备服从内心的一股力量。况且，此时此刻他已经不能往前走或往后退。他的小推车的轮子不幸被一辆牛奶车的轮子给绊住了。

他扯着鸭舌帽下的头发，大喊大叫起来：

"我已经跟您说过我在等我的菜钱！真是糟糕！真是倒霉透顶！真他妈的该死！"

这些话里流露出来的绝望远远超过反抗，64号警察却认定自己遭到了侮辱。在他看来，所有的辱骂必须具有"母牛去死"[1]这一传统的、固定的、约定俗成的、典礼仪式甚至可以说是礼拜仪式般的格式。在这个格式下面，他出于本能把这名轻罪犯人的话收进耳朵里，使它们在耳朵里凝固。

"啊！你骂我'母牛去死'，很好。跟我来。"

陷入极度惊愕和困惑中的克兰科比尔，用他那双被阳光晒黑的大眼睛望着 64 号警察，双臂交叉地放在蓝布罩衫上，颤抖、微弱的声音一会儿从他的头顶钻出来，一会儿又从他的脚后跟冒出来：

"我说过'母牛去死'？我吗？……噢！"

商店里的店员和小男孩们看见要拘捕人了，个个开怀大笑。这件事满足了所有喜好下流和暴力场面的民众的口味。不过有一位身着黑礼服、头戴大礼帽、神色忧郁的老人从围成一圈的人群中挤了过去，走到警察旁边，压低嗓音、心平气和而又斩钉截铁地对他说：

"您误会了。这个人没有骂您。"

"别管闲事，这事与您无关。"警察回答他时，并没有大声恫吓，因为他在跟一个衣冠整洁的人说话。

老人固执己见，显得冷静而又顽强。警察命令他到警察分局局长那里去解释。

与此同时，克兰科比尔直叫嚷：

"我竟然说过'母牛'？噢！……"

正当他说着这些显示吃惊的话时，鞋店老板娘巴亚尔太太手

---

1   在法语俗语中管警察叫母牛。

里抓着十四个苏，来到他跟前。但 64 号警察已经揪住了他的衣领。巴亚尔太太心想，一个被带往警察局的人的钱是不必还的，便把十四个苏收进自己的围裙口袋里了。

克兰科比尔眼见自己的小推车被扣押、被送进待领场，自由已失去，脚底下是万丈深渊，太阳没有了光泽，他嘟囔道：

"简直是……"

在警察分局局长面前，那位老人声称，由于交通阻塞，他滞留在马路上，是这件事的目击证人，他可以肯定这名警察没有被辱骂，是他自己误会了。老人报出了自己的姓名和身份：大卫·马蒂厄医生，昂布罗瓦兹－巴雷医院的主任医师，四级荣誉勋位勋章获得者。要是在别的时间，有他这样的证词足以让分局局长查明事情的真相。但是在那个时候的法国，学者贤人是没人相信的。

克兰科比尔被拘捕之事已经获得批准，他在拘留室里过了一夜，第二天早上被囚车送到了拘留所。

在他看来，这种坐牢既不痛苦，也不是什么丢脸的事。他觉得在里面待一待也是有必要的。走进监狱时最让他吃惊的是墙壁和方砖地板的洁净。他说道：

"要说什么地方干净，这便是个干净的地方。千真万确！趴在地上吃饭都可以。"

他被单独留在那里，想把里面的木凳拖出来坐一下，但他发现木凳是固定在墙上的。他不胜惊奇地大声说道：

"多么奇怪的主意啊！这种事情我想不出来，肯定想不出。"

他坐定后，转动着拇指，依然吃惊不已。寂静和孤独一齐向他袭来。他感到心烦，焦虑不安地想着他那辆被扣押在待领场里的手推车，车上还满装着卷心菜、胡萝卜、芹菜、野苣和蒲公英。他惶惶不安地问自己：

"他们会把我的车子塞到什么地方去呀？"

第三天，他的律师勒梅尔先生来见他，这名律师是巴黎律师协会最年轻的成员中的一个，是"法兰西爱国联盟"一个分会的会长。

克兰科比尔试着把他的遭遇讲给他的律师听，这对他来说并不是一件容易的事，因为他不善言辞。也许只要给他一点点帮助，他就能表达清楚。但他的律师对他所讲的一切都摇头不信，只是翻着文件低声说：

"嗯！嗯！这一切在我的卷宗里都看不到……"

然后，他带着一丝倦意，捻着金色的胡子说：

"为了您的切身利益，您最好还是招认了事。以我之见，我认为您矢口否认的方式显得出奇的愚蠢。"

从那时起，克兰科比尔如果知道自己该坦白什么，他会全部招供出来的。

三、克兰科比尔在法庭上

布利希庭长足足花了六分钟时间来审问克兰科比尔。假如被告回答了庭长提出的问题的话，这次审问必定能使案情明朗一些。但克兰科比尔没有争辩的习惯，而且置身于这样的一群人当中，尊敬和畏惧使他有嘴难开。因此，他保持缄默，庭长则自问自答，那些回答无可辩驳。最后，他下了结论：

"那么您承认自己说过'母牛去死'啰。"

"我说过'母牛去死'！因为那位警察先生说过'母牛去死'，然后我才说了'母牛去死'。"

他意欲说明他被出乎意料的指控给怔住了，在惊慌之中重复了别人错误地赖到他头上而他本人绝对没有说过的话。他说过"母牛去死"就好像他说"我吗？说侮辱别人的话，您会相信吗？"这种话一样。

布利希庭长却并不是这样理解的。

"您肯定是这名警察先这么说的吗？"他问道。

克兰科比尔放弃了为自己辩解的机会。因为要他说清这个问题对他而言也太困难了。

"您不再坚持了。您这样做是明智的。"庭长先生说。

他传证人出庭。

64号警察名叫巴斯蒂安·马特拉，他发誓说真话，只说真话。

然后，他提供如下证词：

"十月二十日正午，我正在执勤，我看见蒙马特大街上有一个人，看上去像个流动商贩，违章地把他的手推车停在328号位置，造成了车辆堵塞。我三次命令他把车推开不要停留，但他拒绝服从命令。当我警告他我要做违章记录时，他却高喊'母牛去死'来答复我，我觉得这句话带有侮辱性质。"

这段证词无懈可击而又不失分寸，法官们听了之后显得很满意。被告一方提出传鞋店老板娘巴亚尔太太和昂布罗瓦兹－巴雷医院的主任医师、四级荣誉勋位勋章获得者大卫·马蒂厄先生出庭作证。巴亚尔太太什么也没看见，什么也没听见。不过马蒂厄医生，在警察勒令菜贩把车子推走时，正好夹在挤成一团的人群中间。他的证词引来了一段插曲。

118

"我是这一争执的见证人。"他说道，"我注意到那位警察听错了：他没有遭受辱骂。我走过去向他指明了这一点。警察坚持要拘捕这名菜贩，还请我跟他一起去警察分局。我依照他说的做了。我在警察分局局长面前重复了一遍我的证词。"

"您可以坐下了，"庭长说道，"执达员，传证人马特拉上庭。"

"马特拉，当您准备逮捕被告时，医生马蒂厄先生没有向您指明是您误会了吗？"

"也就是说，庭长先生，他辱骂了我。"

"他对您说什么了？"

"他对我说：'母牛去死！'"

从旁听席上爆出一阵喧哗声和哄笑声。

"您可以退下了。"庭长赶忙说道。

然后，他警告旁听的那些人，如果再出现这种破坏法庭秩序的喧闹，他就会勒令他们离开审判大厅。被告律师得意扬扬地挥舞着长袍袖子，这时，听众都以为克兰科比尔会被宣判无罪。

大厅重新安静下来以后，勒梅尔律师站了起来。他一开始便对巴黎警察局的警察颂扬了一番来作为他的辩护的开场白："这些朴实谦逊的社会公仆，只拿微薄的薪金，却忍受着劳累，面临着接连不断的危险，时时刻刻都展现出英雄气概。他们从前是战士，现在仍然是战士。战士，这个词说明了一切……"

勒梅尔律师毫不费力地对军人的品质做了高度的评价。他说自己属于这样一种人，这种人"不能容忍有人触犯军队，触犯国家的军队，他因自己是军队中的一员而自豪"。

庭长点了点头。

勒梅尔律师原来确实担任过预备役中尉。他也是老奥德里耶特街区的民主主义党派的候选人。

他继续往下说：

"我当然不会否认治安警察日复一日为勇敢的巴黎人民所做的微不足道但难能可贵的贡献。如果我从克兰科比尔身上发现他是一个辱骂过老兵的人，先生们，我是不会答应在你们面前为他辩护的。有人指控我的委托人说过'母牛去死'！这句话的意思并不是模棱两可的。如果你们翻阅《俚语词典》[1]，你们会看到：'母牛般的人：不怀好意、懒惰成性、游手好闲，像母牛一样懒懒地躺着不干活'；'母牛：警察局的眼线密探'。'母牛去死'这句话在某些群体中的确说得通。但问题的关键在这里：克兰科比尔是怎么说这句话的？甚至他说过这句话没有？先生们，请允许我对此表示怀疑。

"我深信马特拉警察没有任何恶意。但正如我们前面已经说过的，他在执行一项繁重的公务。他有时会疲于奔命、劳累过度、疲惫不堪。在这种状况下，他很可能会产生幻听。先生们，当他走上法庭对你们说，四级荣誉勋位勋章获得者、昂布罗瓦兹－巴雷医院的主任医师、科学界的巨子和上流社会人士大卫·马蒂厄也说过'母牛去死'时，我们不得不承认马特拉受到强迫症的折磨，如果我使用过的字眼不太过分的话，他患了被迫害妄想症。

"再说，就算克兰科比尔喊过'母牛去死'，那也还得弄清楚这句话从他嘴里出来是否具有轻罪的性质。克兰科比尔是一名在放荡和酗酒中堕落的流动女商贩的私生子，患有先天性酒精中毒

1　《俚语词典》由德尔沃编著，"母牛"条目见于该词典1883年的增补本，增补部分由居斯埃夫·福斯蒂埃编写。

症。你们看见他现在这副笨头笨脑的模样，这是六十年的悲惨生活造成的。先生们，你们会判定他是无能力承担法律责任者。"

勒梅尔律师坐了下来，布利希庭长含糊不清地宣读判决：热罗姆·克兰科比尔被判处十五天监禁和五十法郎的罚金。法庭偏信了警察马特拉的证词。

克兰科比尔被押着经过法院那些长长的、阴森的廊道，感到自己无比渴望得到别人的同情。他朝押送他的巴黎治安警察转过身去，连叫了三声：

"长官！……长官！嗯？长官！……"

他嗟叹道：

"要是在半个月前有人告诉我会发生眼下这码子事，我绝对不敢相信！……"

然后，他转念一想：

"他们讲得也太快了，这些先生。他们说得真好，但说得太快了，没法跟他们解释清楚……长官，您不认为他们讲得太快了吗？"

但这名警察只顾往前走，既不回答他，也不回头。

克兰科比尔问他：

"您为什么不回答我？"

警察依旧缄默不语。克兰科比尔无限悲伤地对他说道：

"别人跟狗还好好说话呢。您为何不跟我说话？您总不开口，您难道不担心嘴巴变臭吗？"

四、为布利希庭长辩白

判决书宣读完毕，一些旁听者和两三名律师离开了审判大厅，书记官已经通知另一宗诉讼案件开庭。走出去的那些人对克兰科比尔的案子没有一点想法，他们已经失去了兴趣，也就懒得去想它了。唯独偶然来到法院旁听的铜版画雕刻家让·雷米特先生还在思考刚才耳闻目睹的一切。

他把手臂搭在约瑟夫·奥巴雷律师的肩膀上，对他说：

"我们应该颂扬布利希庭长的，是他懂得防止内心产生那种徒劳无益的好奇心，懂得对那种一切都想弄个水落石出的知识分子的骄傲自大保持警惕。假如法官把警察马特拉和大卫·马蒂厄医生的互相矛盾的证词加以比较，他就会走上一条只能是布满疑团、充满不确定性的道路。按照批评的原则去审察事情的方法是跟良好的审判制度水火不容的。如果法官冒失地遵循这种方法，他的判决就会取决于通常是微不足道的个人的洞察力和人性的冥顽不化的弱点。那又有什么权威性可言呢？我们不可否认历史的方法是不可能把他所需要的确实可靠性提供给他的。回忆一下沃尔特·雷利[1]的经历就足以让我们明白。

"沃尔特·雷利被囚禁在伦敦塔中，一日，他像往常一样撰写《世界史》的第二部分，窗下传来一阵吵架声。他跑到窗边看这些人争吵，之后继续投入工作，心想他已经把窗外发生的事观察

1　沃尔特·雷利（1552—1618），英国朝臣、航海家、作家，伊丽莎白女王一世在位时得宠获封爵士，后与一宫女结婚后失宠，被判刑并囚禁于伦敦塔。主要作品有《世界史》（未完成）。

得一清二楚了。但第二天，他把这一件事讲给他的一位朋友听，那位朋友当时就在现场，甚至还参加了当时的争吵，可沃尔特·雷利所说的每一点都与这位朋友的所见所闻大相径庭。他左思右想，发生在眼皮子底下的事情都会弄错，要搞清楚遥远的年代所发生的事件的真相那就更加困难了，于是他把那本历史书手稿付之一炬。

"假如法官们有和沃尔特·雷利爵士同样的顾虑，他们也会把所有的法律文本统统付之一炬。但他们没有这个权力。如果他们这么做，那就是对司法的否定，就是犯罪。应该放弃查明事情真相，而不应该放弃审判。那些希望法庭的判决建立在对事实进行有条不紊的研究基础之上的人，是危险的诡辩家和民事审判、军事审判的狡猾的敌人。布利希庭长颇具法律意识，不会让理智和科学来决定他的判决，因为那样得出的结果容易引起无休无止的争论。他把判决建立在一些教条的基础上，建立在传统的基础上，正因如此，其权威性可以与教会的戒律相媲美。他的判决是符合宗教教规的。我听得出来，他的判决是从为数不少的神圣教规里搬出来的。举个例子，您看他对证词的分类不是按照真实性和人的诚实的那些不明确的、带有欺骗性的特征，而是按照一些固有的、稳定的、明显的特征。他以武器为砝码，对那些证词左右衡量。还有什么比这样做更简单同时又明智的办法呢？他坚持认为一个治安警察的证词是无可辩驳的，形而上学地把他设想成花名册上的一个号码，把他归类到出类拔萃的警察之中。并不是因为生于钦托山[1]的巴斯蒂安·马特拉在他看来不可能出差错。他绝

1　钦托山位于科西嘉西北部，海拔2710米，是科西嘉岛上的最高山峰。

不认为巴斯蒂安·马特拉富有深邃的洞察力，也不认为他能运用精确的、严格的方法去考察事实。说真的，他看重的不是巴斯蒂安·马特拉，而是64号警察。只要是人都有可能犯错误，他是这么认为的。彼得和保罗[1]有可能犯错误。笛卡尔和伽桑狄、莱布尼茨和牛顿、比夏和克罗德·贝尔纳[2]都有可能犯错误。我们所有的人无时无刻不在犯错误。我们犯错误的原因多得不计其数。感官的知觉和大脑的判断是产生错觉的根源，是事情不明不白的起因。不应相信一个人的证词：只有一个证人，等于一个证人也没有[3]。但一个号码是值得信任的。从钦托山来的巴斯蒂安·马特拉是有可能犯错误的，但64号警察，撇开他的人的本性不谈，那他是不会犯错误的。这是一个实体。这种实体身上绝不存在人所具有的使人困惑、堕落、遭受愚弄的东西。它是纯粹的、不会变质的、没有杂质的。因此法庭毫不犹豫地摈弃了大卫·马蒂厄医生的证词而接受了64号警察的证词，因为马蒂厄医生只是一个人，而64号警察则是一个纯粹的概念，仿佛照耀法庭的一道天主的灵光。

1　彼得和保罗均为《圣经》中基督的使徒。

2　笛卡尔（1596—1650），法国哲学家、物理学家、数学家、生理学家，解析几何的创始人。主要著作有《方法谈》《形而上学的沉思》《哲学原理》等。伽桑狄（1592—1655），法国科学家、数学家和哲学家。莱布尼茨（1646—1716），德国自然科学家、数学家、唯物主义哲学家，同牛顿一起并称为微积分的创始人。牛顿（1642—1727），英国物理学家、数学家，在光学、热学甚至天文学、数学方面都有很大贡献，是17世纪科学革命的顶峰人物。比夏（1771—1802），法国解剖学家、生理学家、医生，巴黎有一所以他名字命名的医院。克罗德·贝尔纳（1813—1878），法国生理学家。

3　原文为拉丁文。

"布利希庭长采用这种方式，可以确保自己不犯错误，不犯错误就是法官能挂在嘴上的唯一的一句话。当作证的人身佩军刀，应该听军刀说话，而不是人。人是可以忽略的，而且人是有可能出错的。军刀却绝非如此，它总是对的。布利希庭长深入地领悟了法的精神。社会建立在权力之上，权力应该受到尊敬，因为它是社会赖以存在的、令人敬畏的基础。司法机关是行使权力的部门。布利希庭长知道 64 号警察是王权的一小部分。王权就体现在它的每一位官员身上。损毁 64 号警察的权威，等于削弱国家的权力。吃掉朝鲜蓟的一片叶子，就等于吃掉整株朝鲜蓟，波舒哀[1] 用他那崇高的语言就是这么说的。

　　"一个国家所有的剑都是指向同一个方向。当它们刀锋相对时，就会颠覆共和国。这就是依据 64 号警察的证词将被告克兰科比尔公正地判处了十五天监禁和五十法郎罚金的原因。我仿佛听见布利希庭长亲口解释激发他做出判决的、那些崇高而美妙的理由。我仿佛听见他说：

　　"'我依照 64 号警察的证词来判决这个人，因为 64 号警察是警察力量的一分子。为了证明我的明智，你们只要想象一下我反其道而行之的结果，你们就会看见那是多么的荒唐。因为，假如我做出反对权力的判决，我的判决就不会被执行。先生们，请注意，法官们只有在权力的支持下才能得到人们的服从。没有警察，法官只能是一个可怜巴巴的幻想家。如果我判一名警察有错，那我就会殃及自身。而且法的精神也反对这么做。解除强者的武器、武装弱者，就是改变社会秩序，而我的使命是维护它。司法是对

1　波舒哀（1627—1704），法国作家，著有百余篇说教词，宣扬天主教教义。

既定的不公的认可。谁见过它与征服者作对，与篡位者唱反调？当一个不合法政权建立时，司法只需承认这一政权，使它变得合法。一切都只是做做样子，在犯罪与无辜之间只有一张印花公文纸的厚度。克兰科比尔，谁叫你不是最强者呢？如果你在喊完"母牛去死"之后被推举为皇帝、独裁者、共和国总统或者只是一名市议员，那么我向你保证，我不会判你十五天拘留和五十法郎的罚金。我会让你免受任何处罚。你尽可以相信我。'

"布利希庭长无疑是会这么说的，因为他具有法律头脑，他明白自己作为一名法官对社会所肩负的责任。他有条不紊、循规蹈矩地捍卫其准则。司法是属于社会的。只有那些居心叵测的人才会希望它是人道的、带有感情色彩的。法官们根据固定不变的法则进行审判，而不是靠颤抖的肉体和清晰的大脑。最重要的是，别去要求司法公正，既然是司法，它就没有必要公正，我甚至要对您说，在一个无政府主义者头脑中才会萌生司法公正的念头。的确，马尼奥庭长[1]做过公正无私的判决，但那些判决都被撤销了，这就是司法。

"真正的法官在衡量证词时使用武器做砝码。这在克兰科比尔的案件里，在其他更著名的案例中都很常见。"

让·雷米特先生一边这样高谈阔论，一边在公共大厅里来回踱着步子。

约瑟夫·奥巴雷律师熟悉法院的内情，他搔了搔鼻尖说道：

"如果您想听听我的意见，那么我告诉您，我不认为布利希庭

1　法国法官、政治家，1887年担任法国夏托蒂埃里法庭庭长。亨利·雷勒认为他是一个对下层人民不公正、不得人心、罪大恶极的法官。

126

长能上升到如此高深的形而上学。在我看来，他采纳并相信 64 号警察的证词，只是做了一件他以前一直看见别的法官都在做的事。应该到人类善于模仿的这种特性里去寻找人类大多数行为的原因。一个人循规蹈矩，他就会被看成是一个诚实的人。我们总是把那些与别人行为一致的人称为正派人。"

五、克兰科比尔服从共和国法律

克兰科比尔被重新带回监狱，坐在那条被固定住的凳子上，心里充满惊奇和赞叹。他自己并不清楚那些法官做出了错误的判决，法庭用庄严的外表向他掩饰了其内在的缺点。他不可能认为自己有理由去反对法官的判决，他连自己被判刑的理由都没能听懂，所以他无法想象在这种漂亮的仪式里会有什么事情不妥当。因为，他既没有去做过弥撒，也没去过爱丽舍宫 [1]，他这一辈子还从没见过能跟轻罪法庭的审判同样壮观的场面。他很清楚自己并没有喊过"母牛去死"，而他因喊过这句话而被判处十五天监禁，在他看来，这是一个庄严的奥秘，是一个宗教信徒们虔信但并不理解的信条，是一个晦涩难懂、璀璨夺目、令人赞叹却又会让人恐惧的神启。

这位可怜的老人招认自己因为神秘地冒犯了 64 号警察而犯有罪行，正如一个小男孩上教理课时承认自己犯有夏娃的原罪一样。法庭的判决告诉他，他喊过"母牛去死"，所以，他喊"母牛去死"的方式很神秘，连他自己都弄不明白。他被带到一个超自然

1　法国总统府，位于香榭丽舍大街。

的世界里。他的判决书即是他的《启示录》[1]。

如果说他对轻罪没有一个明确的概念，那他对刑罚的概念更加稀里糊涂了。他被判刑这件事在他看来很庄严、很崇高，如宗教仪式一般，使他眼花缭乱，看不出个中奥妙，也不能与别人交换意见，对它既不能颂扬，又不能抱怨。就算他此时此刻看见布利希庭长头带光环、拍打着白翅膀，从裂开的天花板里飞下来，他也不会对这显示司法荣耀的新花样感到讶异。他会自言自语地说："我的案子还没审完哩！"

翌日，他的律师来探视他：

"喂，伙计，你的情况还不至于太糟糕吧？要挺住！两个星期一下子就过去了。我们不必过于怨天尤人。"

"这个嘛，可以说这些先生很和蔼，都彬彬有礼，没说过一句粗话。这是我没有想到的。那个保安警察还戴着白手套呢。您没看见吗？"

"仔细想想，我们招认是明智的。"

"可能吧。"

"克兰科比尔，我有一个好消息要告诉你。一个好心人，听我说了你的处境后对你很关心，给了我五十法郎，用来支付你被判处的罚金。"

"您什么时候把那五十法郎给我？"

"这些钱会交给书记室，你不用操心。"

"无所谓。无论如何要谢谢那个好人。"

陷入沉思的克兰科比尔低声说：

---

1 为《圣经·新约》中的一卷。

"我遇到的事可不一般。"

"不必夸大其词，克兰科比尔。你的情况并不少见，恰恰相反，这种事司空见惯。"

"您能告诉我，他们把我的车塞到哪里去了吗？"

六、克兰科比尔面对舆论

克兰科比尔被从监狱里放出来之后，推着车子在蒙马特大街上叫卖："卷心菜！萝卜！胡萝卜！"他对自己所遭遇到的事情既不觉得光荣，也不感到丢脸。他并没有留下什么沉痛的记忆。在他的心中，那就像是看戏、旅行和做梦一样。他觉得特别满足的是，他又能行走在城里满是泥泞的石板路上，能看见头顶上湿漉漉的、像阴沟水一样肮脏的天空，他所在的这座城市的美妙的天空。他每到一个路口都要停下来喝上一杯；而后，他感到自由，感到心情舒畅，朝手心里啐口唾沫，润一润满是老茧的手掌，抓起车把，推着车子上路。在他的前面，那些像他一样早早就起来、在人行道上觅食的可怜的麻雀在他那熟悉的"卷心菜、萝卜、胡萝卜"的叫卖声中纷纷飞走。一位年老的家庭主妇走过来，边挑芹菜边问他：

"克兰科比尔老爹，你到底出什么事了？有三个星期没见到你了。你病了吗？你的脸色有些苍白。"

"告诉你吧，马约希太太，我放了几天假。"

他的生活没有丝毫的变化，只是他上小酒馆的次数要比往常多一些，因为他认为他在过节，与此同时他认识了一些好心肠的人。他心情愉快地回到小阁楼里。他躺在床上，把麻袋拉过来盖在身上，这几只麻袋是街角那个卖栗子的商贩借给他做铺盖用的。

他心想："蹲监狱，没有什么好抱怨的；在那里，你要什么有什么。不过，说来说去还是待在自己的窝里舒坦。"

可是，好景不长。他很快发现了那些女主顾对他十分冷淡。

"好吃的芹菜，库安特罗太太！"

"我什么也不要。"

"怎么，您什么也不要？您总不能靠喝空气生活吧？"

库安特罗太太没有理会他，她神气活现地回到那个大面包店里，她是该店的老板娘。那些女店主，那些女看门人，以前总围着他那辆装满花花绿绿蔬菜的推车不愿离去，现在一看见他就把头扭到一边。他来到"守护天使"鞋店，这就是让他吃官司的地方，他喊道：

"巴亚尔太太，巴亚尔太太，你上次还欠我十五个苏呢。"

巴亚尔太太坐在柜台后面，头也不回。

蒙马特大街上所有的人都知道克兰科比尔老爹从监狱里出来了，蒙马特大街上所有的人再也不认得他了。他被判刑的消息一直传到了市郊，传到了里歇街熙熙攘攘的街角。到那里的时候已近正午，他看见他最友好、最忠诚的主顾洛尔太太正俯身在小马丁的车子里挑菜。她挑了一颗大卷心菜。她的头发像一大篷卷曲的金丝线一样在阳光下闪着金光。小马丁，一个小无赖，一个坏蛋，正手贴胸口地向她发誓说，谁卖的蔬菜也没有他卖的好。见此情景，克兰科比尔心中感到撕心裂肺的痛。他把自己的车子朝小马丁的车子推过去，用哀怨的、心碎的声音对洛尔太太说：

"对我这个老卖主不忠实可不好。"

洛尔太太，正如她自己所承认的那样，她不是公爵夫人。她对囚车和拘留所的看法并不是在上流社会形成的。但一个人无论他从事什么职业都可以是正派人，不是吗？谁都有自尊心，谁也不喜欢同监狱里放出的犯人有往来。因此，她装出一副厌恶的样子作为对克兰科比尔的回答。卖菜老头感到自己遭受了侮辱，便吼了一声：

"臭婊子！滚你的！"

洛尔太太放下卷心菜，喊道：

"喂！该滚的人是你！老惯犯！刚从监狱里放出来，就开始骂人了！"

如果克兰科比尔头脑冷静的话，他绝不会指责洛尔太太的所作所为。他太清楚世人在生活中不能随心所欲地想干什么就干什么，不能想选什么职业就选什么职业，他也清楚到处都有好人。他一向都很谨慎，不去过问他的女顾客在家里都干些什么，他没有看不起任何人。但他没法控制自己的情绪。他一连几次骂她婊子、烂货、娼妇。看热闹的人把洛尔太太和克兰科比尔围成一圈，听他们像先前一样唇枪舌剑互相对骂，要不是一名警察突然出现，他们就会一句接一句对骂下去。警察一言不发一动不动，使他们一下子也跟着一言不发一动不动了。他们总算分开了。但这一次争吵使克兰科比尔在蒙马特区和里歇街的人们的心目中声名狼藉了。

七、后果

老人边走边嘟囔：

"肯定是个娼妇。没有比这个臭女人更不要脸的。"

但是，在心底里，他并不是因为这一点而谴责她。他并不是因为她是什么样的人而鄙视她。他甚至因此更尊重她，因为他知道她既节俭又守规矩。从前，他们两人很乐意在一起说说话。她跟他说起她住在乡下的父母亲。他们俩都拥有同样的心愿，那就是种一块小花园，养几只鸡。她是个心地善良的主顾。一看见她在小马丁那里买菜，在那个浑蛋那个无赖那里买卷心菜，他的心仿佛被重重地击了一拳；当他看见她露出那副蔑视他的神情，便忍无可忍了，谁咽得下这口气呀！

最糟糕的是，她并不是唯一视他为败类的人。再也没有人愿意同他打交道了，面包店老板娘、库安特罗夫人、"守护天使"鞋店的巴亚尔太太，全都像洛尔太太一样，鄙视他，排斥他。整个社会都是这样，能怎么样呢！

唉！就因为一个人在牢里蹲过十五天，他连卖韭葱都不配了吗！这公正吗？一个诚实的人，因为他同警察有过一些过节，就要让他活活地饿死，这天理何在？如果他再也不能卖菜，那他只有等死了。

就像酿坏了的葡萄酒一样，他变得尖酸、乖戾起来。在跟洛尔太太发生"口角"之后，他开始同所有的人吵。为了一点点小事，他就毫不留情地揭她们的短，请你们相信我说的，他真的是毫不留情。如果她们买菜时挑拣时间稍长一点，他就当着她们的面，骂她们是小气鬼、穷光蛋。他在小酒店里也是这样，辱骂那些酒友。那个卖栗子的商贩本是他的朋友，现在却认不出他了，声称这个该死的克兰科比尔老爹已经变成一只真正的刺猬。不可否认，他确实变得没有礼貌、很难相处、言谈举止粗鲁、嘴巴不饶人。这是因为，他发现社会不完善，但他很难像道德与政治学院的教授那样，把社会体制的弊端和改革的必要性的想法表述清楚，而且，他的思想在他的大脑里并不是有条有理地活动的。

不幸使他变得不讲道理。他对那些并不想伤害他的人、有时是比他更为弱小的人实施报复。有一次，他扇了酒商的儿子阿尔封斯一记耳光，因为他问克兰科比尔牢里是不是很舒适。他边打他边说：

"小浑蛋！你父亲卖劣酒发横财才应该去坐牢。"

他的行为和语言使他名誉扫地，因为，就像卖栗子的商贩一针见血地对他说的，不应该打一个孩子，也不应该指责他有这么一位父亲，因为他没有选择父亲的权利。

他开始酗酒。他赚的钱越少，酒就喝得越多。从前他节衣缩食，现在变成这样，连他自己都想不通。

"我从来就不是一个爱大吃大喝的人，"他说道，"可能是人越老就越缺乏理智吧。"

有时，他严厉地谴责自己的放纵和懒惰：

"我的克兰科比尔老兄，你除了酗酒就无事可干了。"

有时他又欺骗他自己，说服自己喝酒是出于需要：

"必须这样，时不时地喝上一杯，为了给自己鼓鼓劲、提提神。我的身体里面肯定有某样东西烧得厉害，只有这种饮料才能解渴。"

他经常赶不上早晨的蔬菜拍卖，只能进到一些别人赊给他的劣质蔬菜。有一天，他感到两腿无力、心跳微弱，便把手推车放在车库里，一整天都在卖下水的罗丝太太的肉铺前，在中央菜市场所有的小酒店门前瞎转。晚上，他坐在一只菜篮子上沉思，意识到自己的衰老。他回想起年轻时的生龙活虎和他从前干过的活儿，没完没了的疲惫和令他高兴的收入，日复一日没有变化而又十分充实的日子；回想起深更半夜在中央菜市场货摊前来回踱步，等候蔬菜拍卖；回想起自己抱着一大捆蔬菜，错落有致地堆放在车子里，然后仓促地一口喝下泰奥多尔大妈倒给他的滚烫的清咖啡，再使劲地握住车把；回想起他那划破早晨的空气、像雄鸡啼鸣一样洪亮有力的叫卖声，他在人口稠密的街道上的奔跑；回想起他自己像牛马一样辛劳无辜的一生；在持续了半个世纪的岁月里，他用他的流动货摊，把从菜园里收获的新鲜蔬菜送到饱受熬夜和焦虑之苦的市民手里。他摇着头，嗟叹道：

"是的！我已经没有了从前的勇气。我是完了。瓦罐不离井边碎，瓦罐从井里打水，总会碎在井边。况且，自从吃了那场官司，我的性格也变了。我再也不是从前的那个我了，不是了！"

最后，他彻底垮了。一个人到了这种境况，可以说是一个倒在地上再也爬不起来的人。从他身边走过的人都会在他身上踩上一脚。

八、最后的结局

苦难来了，那是极度不幸的苦难。这个卖菜老头以前能从蒙马特区带回满袋子一百苏的硬币，现在却连一个子儿也挣不到。冬天到了。他被人从阁楼里撵了出来，只能睡在车库里的手推车下面。雨足足下了二十四天，阴沟里臭水泛滥，车库里一片汪洋。

他在黑暗中蹲在小车上想着什么，与蜘蛛、老鼠和饿猫为伍，车下是恶臭难闻的水。他一整天都没吃东西，那个卖栗子商贩给他的麻袋也没了，他想起政府管他吃管他住的那两个星期。他羡慕起囚犯的命运来，他们不用忍受饥寒交迫的生活，他灵机一动：

"既然我知道这个诀窍，为什么不去利用它呢？"

他站起来，走到街上。还不到十一点钟。天气寒冷，周围一片漆黑。天空下着毛毛细雨，这雨比大雨更寒冷更刺骨。罕见的几个行人贴着墙脚匆匆而过。

克兰科比尔沿着圣犹士坦堂[1]走了一阵子之后，转到了蒙马特大街。大街上冷冷清清的。一名治安警察一动不动地站在教堂边的人行道上的一盏煤气灯下，可以看见灯火周围跳跃着棕红色的细雨。警察穿着连风帽斗篷，任凭雨水打在身上，好像是冻僵了，不过，也可能因为他喜欢黑暗中的灯光，也许他走累了，他定定地站在灯杆下面，说不准把它当作伙伴和朋友了呢。这颤动的火光是他在夜晚里唯一的倾诉对象。他一动不动，完全不像一个人；他那双靴子倒映在湖水一般的湿漉漉的人行道上，使他的下半身拉长了，远远看去，他犹如从水里露出半截身子的两栖巨兽。走近一看，他头戴风帽，全副武装，看上去既像修道士又像军人。他那胖胖的脸部轮廓在斗篷的映衬下显得更加宽大，脸部表情显得平静而忧郁。他的大胡子很浓密，很短，呈灰色。这是个老警察，年龄在四十岁左右。

克兰科比尔悄悄地走到他身边，用犹豫的、微弱的声音对他说：

"母牛去死！"

说完，他等待警察对这句惯用语的反应。但这句话没有引起反应。警察依然一动不动，一言不发，两手交叉着放在短大衣里面。他的双目圆睁，在黑暗中闪着光，他用忧郁、警觉和鄙夷的眼光看着克兰科比尔。

1　巴黎第一区的一座教堂，兴建于1532年至1632年。

克兰科比尔好生奇怪，但他鼓起最后一点勇气，结结巴巴地说道：

"母牛去死！我跟您说过了。"

出现了一阵长时间的沉默，细细的、褐红色的雨丝飘下来，寒冷和黑暗笼罩着大地。最后，警察终于说话了：

"不该这么说的……肯定不该这么说。您这么大把年纪应该懂得……走你的路吧。"

"您干吗不抓我？"克兰科比尔问道。

警察摇了摇戴着湿漉漉的风帽的脑袋：

"假如把所有将不该说的话都说了出来的酒鬼全部逮起来，那就不用做别的事了！……而且，那又有什么用呢？"

这种宽宏大度的蔑视使克兰科比尔难以忍受，他呆呆地、默默地在水沟里站了很长时间。临走前，他试着解释说：

"我说'母牛去死'并不是因为您，也不因为其他人。这只是因为一个主意。"

警察严肃而又和蔼地说道：

"不管是因为一个主意，还是因为别的什么，都不该说，因为当一个人在履行职责、忍受痛苦时，不应该用一些无聊的话去侮辱他……我再重复一遍，走你的路吧。"

克兰科比尔在雨中低着头，晃着胳膊，消失在黑暗之中。

[德] 托马斯·曼（1875—1955）

Thomas Mann

德国 20 世纪最著名的现实主义作家和人道主义者。

出身于德国吕贝克城一个大商人家庭，父亲去世后，家道中落，中学毕业即到一家保险公司工作，并开始学习写作。1895 年，成为一名自由作家。

1929 年，托马斯·曼"主要由于其伟大的小说《布登勃洛克一家》，逐渐被公认为当代文学中经典作品之一"而获得诺贝尔文学奖。

《艰难的时刻》是他的短篇杰作，为纪念德国伟大诗人席勒而创作。

艰难的时刻

[德] 托马斯·曼

梁锡江 译

他从书桌前站起来，从小且破旧的桌橱前站起来，像一个绝望的人，垂着头走向房屋角落的壁炉，身体瘦长得像一根梁柱。他把双手贴到瓷砖上，但瓷砖几乎完全冷却了，因为早已过了午夜。他因为没有得到他想追求的一点幸福，就背靠在壁炉上，一边咳着一边攥起睡袍的下摆，胸前睡袍的前襟显露出已经磨损的褶皱花边，他用力地抽着鼻子，让自己喘过气来；他像往常一样患了感冒。

这是一种特别且非常可怕的感冒，他从未完全逃脱它的魔爪。他的眼睑感到灼烧，鼻孔边缘非常疼痛，他觉得自己的头和肢体都因为这场感冒变得像醉酒时刻一样的沉重和充满痛苦。或者所有的困倦和沉重都要归咎于医生几个星期以来都要求他独自待在房间里？天知道医生到底是不是正确的。应对持久的黏膜炎和胸部与双腿的痉挛可能必须这么做，而且恶劣天气正笼罩着耶拿，已经有好几个、好几个星期了，这种气候真的是悲惨又可恨，你的所有神经都可以察觉到它，荒芜、阴森又寒冷。十二月的风在壁炉烟囱里呼号，无所畏惧，亵渎神明，听起来像荒野的风暴与混沌中一个不可救药的残暴灵魂。但严苛的居家休息并不好，不利于思想和创造思想的血流律动……

六角形的房间空荡、简朴和令人不适，烟草的气味在洗得发白的桌布上飘荡着，他那椭圆形的画框挂在斜格纹墙纸上，还有他那四五件单薄的家具被桌橱上稿纸前面两支蜡烛的烛光照亮。窗框上方拉着红色的窗帘，它们只是两面对称的卡其布旗帜；但是它们是红色的，是温暖、铿锵的红色，他喜欢它们，不想丢弃它们，因为它们给他那毫无意义、家无长物的干渴房间某种丰沛与欲望……

他站在壁炉旁，用力向他的作品迅速且痛苦地瞥了一眼，他终于从中逃离出来了。它是重负、是压力、是对良知的折磨、是需要饮尽的海洋、是可怕的任务、是他的骄傲与他的磨难、是他的天堂和他的地狱。它跌跌撞撞地前进，遇到阻碍，站在了原处——又一次，又一次！问题在于天气、他的黏膜炎和疲惫。或者问题在于作品？在于创作本身？难道它在被酝酿的时候就已经不幸地被绝望笼罩了？

他站起来是想要和将要完成的作品保持一些距离，因为在空间上远离手稿时常能够使他看得更全面，能对这些材料抱以更广阔的视野，能想出解决方案。是的，在有些情况下，当你从搏斗的场合转过身的时候，那种解脱的感觉可以起到鼓舞的效果。这样的鼓舞比喝利口酒或浓厚的黑咖啡更无害……小咖啡杯就放在桌上。它可以帮他克服障碍吗？不，不，不能再这样了！不仅仅是这一个医生，还有一个更权威的医生也对他提出了谨慎的建议：那个医生住在魏玛，他怀着充满渴望的敌意热爱这位医生。医生很明智。医生知道如何生活，如何创造；不薄待自己；对自己考虑得十分周到……

寂静笼罩了房屋。只能听到呼啸穿过小巷的风声，还有泼溅到窗上的雨声。所有人都睡了，房东和他的家人，绿蒂和孩子们。只有他一个人孤独而清醒地站在冰冷的壁炉旁边，痛苦地看着自己的作品，病态的不满让他对作品失去了信心……他苍白的颈部从衣领里长长地伸出来，在睡袍的下摆间可以看到弯曲的腿。他的红头发从他高耸而柔嫩的前额上往后梳，在太阳穴上留下了浅淡的丝缕状阴影，薄薄的鬓发盖住了耳朵。大鹰钩鼻的根部与苍白的鼻尖形成了鲜明对比，浓密的眉毛比头发颜色更深，紧紧地靠在一起，使那深陷的、受伤的眼睛看起来有些悲惨。他被迫用嘴呼吸，张开薄薄的嘴唇，长满雀斑的脸颊因为室内的空气变得苍白、下垂和塌陷……

不，失败了，一切都是徒劳！那支军队！那支军队必须得到展现！那支军队是一切的基础！如果不考虑到它——又怎么能设想将它强加在巨大艺术的构想中呢？那位英雄也不是英雄；他卑鄙又冷酷！背景错了，语言错了，它只是一堂枯燥又呆板的历史课，肯定无法在舞台上演出！

是的，一切都结束了。这是一次失败。一次错误的行动。一败涂地。他想把它写给科尔纳，善良的科尔纳会相信他，会怀着童稚的信赖执着于他的才华。他会嘲笑、乞求、跌跌撞撞——那位朋友；这让他想起了卡洛斯，他也是从怀疑、困难和变化中走出来的，最终克服了一切苦难，证明了他是一个卓越的人，完成了一项光荣的功绩。但情况不同。那时候他依然可以用幸福之手抓住一件事物，为自己塑造一次胜利。质疑与抗争？是的。然后他生病了，可能比现在病得更重，成了乞丐和流亡者，与世界决裂，受到压制，在人们中间沦为赤贫。但那时候他还年轻，非常年轻！每一次，无论他受到了多么深的打击，他的精神都会迅速地回升，在几个小时的羞辱后，信仰和内心的胜利就会到来。它们不再来了，几乎不再来了。如果你在一个情绪燃烧的夜晚瞥见一抹天才激情的光焰，如果你总是能享受这样的恩惠，就必须承受整个星期的阴暗与瘫痪。他很累，他才三十七岁，就已经到了终点。对未来的信仰不复鲜活，在苦厄之中，那曾是他的星辰。事情就是这样，事实令人绝望：他认为那些身陷困境与一无所有的年月、那些经历痛苦和考验的年月实际是硕果累累的年月；现在他不怎么走运，他出于精神上的自由引导加入了某个合法的市民联盟，有了职位和荣誉，有了妻子和孩子，现在他筋疲力尽、灵感枯竭了。失败与绝望——这就是留给他的一切。

他叹着气，用双手按压着眼睛，发了疯一般穿行房间。他刚刚想到的事情太可怕了，他产生这样的想法，是因为他已经德不配位了。他坐在靠墙的一把椅子上，两只手交叉放在两膝中间，混沌的眼睛看着地板。

良心……他的良心发出了多么洪亮的叫喊！这些年来，他犯了罪，这些年来一直都在对自己犯罪，对他身体的精密仪器犯罪。他年轻时激昂的勇气，彻夜不眠的夜晚，在满是烟雾的房间里持续工作的行为，过度劳累的身体和难以设想的烟瘾——他靠烟草激励自己工作——现在都在、都在复仇！

如果他要报复，他会枉顾众神宣判自己的罪孽，然后施加惩罚。他经历了他不得不过的生活，还来不及变得深思熟虑。在这里，在他胸前的这个一点上，当他呼吸、咳嗽、打哈欠的时候，疼痛总是出现在这同一个点上，这种恶魔般刺痛的警报从五年前在埃尔福特就开始了，那次他因为黏膜炎，得了会发热的肺病——这种警报是什么意思？事实上，他自己也很清楚这意味着什么——想要按照自己的想法去看医生。他没有时间更明智地保护自己，过着温和与体面的生活。他想做什么事都必须尽快完成，就在今天，很快……至于体面？那对他来说已经是罪恶了，这种对有害和消耗之物的道德式遵守怎么能被看作最高的智慧与冷静的纪律？体面不是这样，不是那种一味推崇道德良知的可鄙艺术，而是斗争与困境，激情与痛苦！

痛苦……这个词在他的胸腔中扩展开来！他伸直了身体，交叉手臂；在紧紧皱在一起的红眉毛下面，他的目光流露出美丽的怨言。他还不算不幸，还不算太不幸，只要他还有可能再次征服自己的苦难，赐予它荣誉的名声。他只需要一件事：坚实的勇气，使他的生命变得伟大，享有美丽的声名！痛苦不是由于封闭的空气和便秘！他的健康程度足以感知痛苦——超越身体，远离感观！只有保持这样的天真才能知晓一切！要信仰，信仰痛苦……但他的确信仰痛苦，如此真诚，在这种信仰下，在痛苦中发生的事情不可能是无用的或不利的。他的目光飘向手稿，手臂紧紧地交叉在胸前……天赋本身——不也是一种痛苦吗？如果说是那部不幸的作品令他痛苦，这难道不对吗，难道不是几乎已经流露出了美好的迹象吗？这种迹象从未如此翻涌，他现在才开始真正怀疑自己所做的一切。只有失败者和没有天赋的人才会无知地陷入不满，在生活中不受到才能的压抑与束缚。那些坐在剧场下层的先生和女士啊，因为才能不是什么轻飘飘的东西，不是什么用来表演的东西，它不仅仅是一种能力。归根结底它是一种需要，一种对理想的批评性求知，一种伴随着痛苦诞生并增长的不满。对伟大的人来说，对不满的人们来说，他们的才能就是最严峻的鞭策……不要抱怨！不要夸耀！要谦虚、要耐心地思考你承受的一切！不要在一星期里的任何一天、任何一刻放弃受难——除此之外还有什么？蔑视负担和功绩，蔑视要求、控诉和艰难，轻视它们——这就是使人变得伟大的方式！

他站起来拿出鼻烟盒，贪婪地吸了一口，然后背起手在房间里急速走来走去，烛火在气流中摇曳……伟大！不凡！征服世界和名声永存！所有的幸运对抱有这个目标的永远默默无闻的人又算得了什么？被人认识——被全世界的人民所知晓和爱戴！有人一派胡言说这是自私的，你们根本不知道这个梦和这个要求的甜蜜所在！一切非凡的事物都是自私的，只要它能够忍受痛苦。如果你们自己想验证，它就会对你们这些毫无使命的人们说，你们在地球上的生活要容易得多！野心会说：难道苦难是徒劳的吗？这一定会让我变得伟大！……

他那只大鼻子的鼻翼紧绷，咄咄逼人的目光四下扫射。他的右手热烈地在睡袍的飘荡里挥舞着，左手攥成拳头垂在下面。他瘦削的脸颊上泛出一缕转瞬即逝的红晕，一缕火苗从艺术家自我中心的烈焰中喷发出来，他对自我的热切在内心深处坚定地燃烧着。他很清楚这就是一种不为人知的爱的陶醉。在这段时间里，他只需要观察自己的手，让某种令人鼓舞的精妙注入自己的内心，决心将他才能和艺术的武器全部投入进来。他不需要荣誉。因为在内心深处，这种自我意识依然存活着，依然只为服务某种至高之物，不是需要功绩，而是出于必要，要无私地消耗与献祭。这就是他的野心：没有人比他更伟大，没有人能像他一样，为至高之物忍受如此深切的痛苦。

没有人！……他站住了，用手挡住眼睛，上身稍微往侧面转了转，躲开，逃跑了。但他心里已经受到了这个无法避免的念头的刺痛，他想着他自己和其他事物、明净的事物、幸福的行为、感官还有对神灵的无知无觉，想到了在魏玛的时候，他结下的热烈友谊……再一次，像往常一样，他又陷入了极大的慌乱和激情，感觉到作品已经在内心开始生长，被心里的念头激发出来：树立自己的本质和艺术风格，与其他人区分开来……他比他们更伟大吗？为什么？何以见得？他的胜利是否只是徒劳的流血？他的阵亡是否只是一场悲剧？也许他是一位神灵——但他不是英雄。但做一个神比做一个英雄更轻松！——更轻松……他睿智和幸福的手分开了认知与创造，可能会使这一切变得快乐又毫无痛苦，还能结出硕果。但如果创造是神性的，认识就是英雄主义的，他既是神灵又是英雄，既认识又创造！

意志变得艰难……他预感到一句话、一种鲜明的思想会让他失去许多约束与自制力了吗？因为他最终还是一无所知、缺乏训练，是一个沉闷且胡言乱语的梦想家。他觉得给尤利西斯写一封信比写出最精彩的一幕还要困难——所以这不就是至高之物吗？——从他内心的艺术感知力对于素材、题材以及宣泄的可能性所萌发出的第一次有节奏的悸动——到思想，到形象，到文字，到台词：多么激烈的斗争啊！多么痛苦的道路啊！他的作品是渴望的奇迹，对形式、结构、限制、物质问题的渴望，是对其他的清晰世界的渴望，其他人会直接借神明之口命名这部深思熟虑的作品。

尽管如此，哪个艺术家、哪位诗人能比得上他呢？谁能像他一样，从虚无中、从自己的胸膛里造物？难道在他灵魂里诞生的诗歌的原型不是纯粹的音乐吗，很久以前，它曾借用了表象世界

144

的寓言和外衣？历史，世界的智慧，激情：手段和借口，都不再是与它们无关的东西，它们的家乡就是俄耳甫斯的深渊。文字，概念：只是这位艺术家弹起无形竖琴的弦音……人们知道这一点吗？人们盛情赞美他，善良的人们，因为他用以四处试探的思想。还有他最喜欢的一句话，他最后的悲情，就是他用铜钟召唤灵魂参加至高的盛宴，它吸引了许多人……自由……但或多或少，他在事实上开始理解他们在为什么欢呼。自由——这是什么意思？在王位面前一点市民的尊严？你们敢用我这个词所意指的灵魂做梦吗？免于什么的自由？最后是什么？也许甚至是免于幸福的自由，免于人类幸福的自由，这丝线般的羁绊，这温柔而高尚的承诺……

免于幸福的自由……他的双唇抽动着；好像他的目光转向了内心，他慢慢用手托住脸……他走进隔壁的房间。淡蓝色的灯光从台灯里倾泻，绣花窗帘遮盖着窗户，褶子一动不动。他站在床边，俯身面对枕头上甜蜜的头颅……一缕乌黑的鬊发盘曲在她的脸颊上，洁白的面孔闪现出珍珠的光泽，孩子一样的双唇在沉睡中微启……我的妻子！我的爱人！你是追随我的愿望而来，为我带来幸福的吗？你就是我的幸福，别担心！睡吧！老天作证，我非常爱你！我只是有时候会失去我的情感，因为我常常由于受难感到疲倦，因为同我自己搏斗的使命感到疲倦。我不能让你事事如意，因为我有我的使命……

他吻了吻她，从她那可爱的睡眠散发出的温暖中离去，向周围看了看，又回来了。钟声警告他夜色已深，同时也善意地提醒他，艰难的时刻结束了。他呼出一口气，紧闭双唇；走过去拿起羽毛笔……不要再琢磨了！他深陷其中，无法再琢磨了！不要坠入混乱，至少不要停滞，而是要从一片混乱中走向成熟的光芒，取得某种形式。不要再琢磨了：工作！划定界限，舍弃、创造、完成……

然后它完成了，痛苦的作品。作品可能并不好，但它完成了。完成以后看起来也很好。从他的灵魂里，从音乐和思想中诞生了新的作品，叮当作响与闪闪发光的结构，通过神圣的形式奇妙地预言着无边无际的故土，就像从贝壳里我们可以窥见整片海洋。

[英] 约翰·高尔斯华绥（1867—1933）

John Galsworthy

20 世纪初期英国杰出的批判现实主义作家。

出生于伦敦，曾在牛津大学读法律，后放弃律师工作从事文学创作。

曾以约翰·辛约翰为笔名写了几部小说，1904 年首次用自己的真名发表了长篇小说《法利赛人》。

1906 年出版《有产业的人》，使他获得了杰出小说家的声誉。

1932 年获得诺贝尔文学奖。

品质

[英] 约翰·高尔斯华绥

刘勇军 译

　　我少时便与他相识，因为我父亲的靴子均出自他之手。他和他哥哥一起开店，两个小店面打通成为一间，位于一条巷子里，这条小街如今已经不复存在，但在当时则是伦敦西区最为时髦的地方。

　　他们的店铺弥漫着一股悠然的氛围，极为与众不同，店面的招牌上没有宣传他为王室成员做靴子，只写了他的德国姓氏：盖斯勒兄弟。橱窗里陈列着几双靴子。我还记得，我一直百思不得其解，为什么橱窗里总摆着那几双靴子，从无更换，毕竟他只做定制的靴子，从不出售成品。要说他做的靴子不合脚，被人退回来后才摆在那里，也过于匪夷所思。难道那些靴子是他买来，特意摆在橱窗里展示的吗？这似乎也不可能。他绝不可能容忍不是他亲手做的皮靴出现在他的店里。再说了，那几双靴子太漂亮了，一双是轻便舞靴，鞋身纤薄到了难以形容的地步；一双是漆皮靴，靴口是布面的，看了叫人错不开眼珠；还有一双是棕色的高筒马靴，闪动着奇妙的乌黑光泽，这双靴子虽是新的，看起来却像穿了一百年。只有见过"靴子之灵"的人，才做得出这几双靴子。确实，它们是所有鞋子的真正精神的化身。当然，这些想法是后

148

来才出现在我的脑海里的，然而，当我十四岁那年长大到可以找他做靴子的时候，便对他和他哥哥的高贵品格有了模糊的印象。因为，做靴子，尤其是像他做的那种靴子，当时对我来说似乎是一件神秘而奇妙的事，现在仍然如此。

我还清楚地记得，有一天，稚嫩的我把脚伸到他面前，腼腆地说：

"做靴子是不是很难，盖斯勒先生？"

"这是一门手艺。"他答，长着带有几分讥讽意味的红胡子的脸上，突然露出一抹微笑。

他这个人就有点像用皮革做成的，发黄的脸上布满了皱纹，头发和胡子卷曲发红，整齐的褶皱从脸颊一直延伸到嘴角，他有很重的喉音，说起话来音色单调。皮革本就是一种透着讥讽的东西，带着某种故意的僵硬和迟钝。他的面部表情便是这样，但他的双眼除外，他的眼睛是灰蓝色的，带有理想主义者暗中拥有的那种简单而严肃的神情。他的哥哥和他长得非常像，不过由于辛苦的劳作，整个人显得更瘦弱、更苍白。因此，在一开始，要等到面对面定好靴子后，我才可以区分开他们兄弟二人。如果没说"我去问问我兄弟"，那就是他，如果说了，就是他哥哥。

有的人老了，脾气暴躁，开始赊账欠钱，可不知怎么的，这样的人从不在盖斯勒兄弟店里赊账。要是有人欠了两双靴子的钱，却还自信地认为自己仍是店里的主顾，走进去把脚伸到他那副蓝色铁框眼镜跟前，也太不体面了。

不会有人常去光顾他的靴店，因为他制作的靴子非常经穿，可以穿很久。可以说，他把靴子的精华都缝制在里面了。

人们走进他的店，不像走进大多数店铺那样，心想着"把我要的东西卖给我，然后，别妨碍我离开！"人们进他的店，会怀着一颗平和的心，就像去教堂一样，他们坐在唯一一把木椅上等待着，因为店内向来都没人。很快，就可以看到他或他哥哥从二楼楼梯井的边缘向下张望。楼梯口黑漆漆的，弥漫着令人安心的皮革气味。接着会响起一声喉音，韧皮拖鞋啪嗒啪嗒踩在狭窄的木楼梯上，他就这样来到客人面前，身上没有外套，有点驼背，穿着皮围裙，袖子向上卷起，他还会不停地眨眼睛，仿佛刚从和靴子有关的梦中醒过来，也很像一只猫头鹰突然出现在日光下，因为受到打扰而恼火不已。

我会说："你好吗，盖斯勒先生？我要做一双俄罗斯皮靴。"

他一声不吭地从我身边走开，或是退回到他来的地方，或是到铺子的另一边，而我则继续坐在木椅上休息，闻着皮革的香气。很快他就会回来，他那瘦削、布满血管的手里则拿着一块金褐色的皮革。他盯着它说："多漂亮的一块皮子啊！"我称赞一番后，他又开口了："什么时候要？"我答："方便的话，越快越好。"他听了就说："十四天后怎么样？"如果接待我的是他哥哥，那他就会说："我去问问我兄弟！"

接着，我会低声说："谢谢！再见，盖斯勒先生。""再见！"他这么回答，双眼却依然盯着手里的皮革。我向门口走去，能听到他那双韧皮拖鞋噔噔地上了楼梯，好像他继续去做靴子梦了。但如果我定做的是他从未为我做过的新式样，那他就要启动一个仪式了，他会要我脱下靴子，他把靴子握在手里看上很久，眼神里既有批评也有爱意，仿佛在回忆他制作这双靴子时的热情，并指责我糟蹋了他的杰作。然后，他把我的双脚放在一张纸上，用铅笔在双脚外沿画上两三次，弄得我的脚直痒痒，再用他那紧张

150

的手指抚摸我的脚趾，好感觉一下我的要求的关键之处。

我永远也忘不了有一天，我对他说："盖斯勒先生，上次你给我做的步行靴总是嘎吱嘎吱响。"

他看了我一会儿，没有回答，好像指望我收回或修正自己的话，然后，他说：

"不该嘎吱响呀。"

"但恐怕这是事实。"

"你是不是把靴子弄湿了？"

"应该没有。"

听了这话，他垂下了眼睛，仿佛在寻找关于那双靴子的记忆，我觉得自己真不该提起这件严肃的事。

"把靴子拿回来！"他说，"我要看看。"

因为这双吱嘎作响的靴子，我的心里涌起了一阵怜悯。我完全可以想象到，他将怀着悲伤的心情，弯着腰仔细研究，就算花上很长时间，也要找出其中的原因。

"有些靴子，一做好就有瑕疵。"他慢慢地说，"要是修不好，这双靴子就不收你钱了。"

有一次（只有一次），我穿着一双事出紧急才在某家大商行买的靴子，心不在焉地走进了他的店里。他接受了我的订单，却没有拿出店里的皮子给我看，我能感觉到他的眼睛在灼灼地盯着我脚上那双用劣质皮革做成的靴子。最后，他说：

"那双靴子不是我做的。"

他的语气既不是愤怒，也不是悲伤，甚至谈不上鄙视，却可以让人感受到一种毛骨悚然的平静。他伸出手，用一根手指按压我左脚的靴子，他所按之处被做得极为时髦，穿起来却很不舒服。

"这里很疼吧。"他说，"那些大商行太不自重了。见鬼！"接着，他仿佛再也压抑不住，说了很多尖酸刻薄的话。那是我唯一一次听到他谈论他这一行的情况和困难。

"生意都掌握在他们手里了。"他说，"他们全靠打广告，把生意都抢走了，可偏偏手艺不行。我们热爱靴子，他们却夺走了我们的生意。到了如今这个地步，我马上就要没工作了。走着瞧吧，这以后啊，生意会一年不如一年。"面对他那满是皱纹的脸，我看到了以前从未留意到的东西：辛酸与痛苦的挣扎。他的红胡子里似乎突然多出了许多白须！

我尽我所能，向他解释了我为什么买这双讨厌的靴子。但他的面部表情和声音给我留下了极为深刻的印象，以至于在接下来的几分钟，我竟然定做了好几双靴子。这下可糟了！它们比以往那些靴子还经穿，那之后的两年，我都没有再去过他的店里。

他的店面本来有两个小橱窗。等我再去时，却惊讶地发现其中一扇上竟然写着另一家店铺的名字，那家店也是做靴子的，自然标明了他们为王室服务。原本橱窗里熟悉的旧靴子不再端庄地分开展示，而是挤在一扇橱窗里。里面的铺子也缩成了一小间，楼梯井更加昏暗，皮子的气味也比以前更重了。这次用了比平时更久的时间，他才从楼上向下张望，韧皮拖鞋才噔噔地从楼梯下来。最后，他站在我面前，透过生锈的铁眼镜望着我，说：

"先生，你是不是……"

"啊！盖斯勒先生。"我结结巴巴地说，"你知道，你的靴子实在太结实了！你看，这双到现在还很不错哩！"我伸出脚给他看。他看着我的靴子。

"是的。"他说，"人们似乎都不太喜欢过于结实的靴子。"

为了摆脱他责备的目光和声音，我急忙说："你的铺子怎么了？"

他平静地回答说："房租太贵了。你要定做靴子吗？"

我定做了三双，虽然我只想要两双，定好后马上就离开了。我有种说不上来的感觉，觉得他在心里认为我要阴谋加害他，或者说，我要加害的不是他，而是他做靴子的理想。想必人是不喜欢那种感觉的。因为过了几个月，我才再次到他的店里去。我记得去之前我是这么想的："啊！好吧，我总不能不再见那个老人了，去就去吧！也许是他哥哥招待我呢！"

我知道他哥哥心地善良，不会责备我，哪怕是在心里也不会。

让我感到宽慰的是，到了店里，果然是他哥哥出来招呼我，他正在摆弄一块皮革。

"盖斯勒先生，你好吗？"我说。

他走过来，凝视着我。

"我很好，"他慢慢地说，"但是我哥哥死了。"

我这才发现站在我面前的正是他本人，他竟然变得这么苍老，这么憔悴！以前我从未听他提起过他的哥哥。我大为震惊，喃喃地说："啊！我很遗憾！"

"是的。"他答，"他是个好人，做的靴子也很好。可他死了。"他摸了摸头顶，那儿的头发突然变得和他那可怜大哥的头发一样稀疏了，我想他这是要说明他哥哥的死因，"另一个铺面没有了，他心里一直不痛快。你要定做靴子吗？"他举起手里的皮子，"这块皮子很漂亮。"

我定做了几双靴子。过了很长时间靴子才送来，不过质地比以前更上乘，怎么穿也穿不破。不久之后我就出国了。

过了一年多，我才回到伦敦。我去的第一家店，就是我的老朋友开的靴店。我离开时他六十岁，现在再见面，他却像个七十五岁的老人，清瘦憔悴，疲惫不堪，身体不停地哆嗦，这一次，他一开始确实没有认出我来。

"啊！盖斯勒先生。"我说，心里很不是滋味，"你做的靴子真是太好了！你看，我在国外几乎一直穿这双靴子，现在都还很好，没有破，是不是？"

他久久地盯着我那双用俄罗斯皮革制成的靴子。他的脸似乎恢复了平稳，不再抽搐。他把手放在我的脚背上，说：

"这个地方还合脚吗？我记得我做这双靴子，费了不少工夫。"

我向他保证靴子非常合脚。

"你要做靴子吗？"他说，"很快就能做出来，现在生意很差。"

我回答说："是的，是的！我需要靴子，各式各样的都要！"

"我得做个新模子。你的脚肯定比以前大了。"他极其缓慢地勾画出我的脚的轮廓，还摸着我的脚指头，只有一次抬起头来，说：

"我告诉过你我哥哥死了吗？"

看他变得如此虚弱，实在叫人难过。我很高兴能走出他的店。

我本来都不抱指望了，可一天晚上靴子送来了。我打开包裹，把四双靴子排成一排，一双双地试穿。结果毫无疑问。无论式样还是尺寸，无论饰面还是皮革的品质，都是他给我做过的最好的。我在一只散步靴的鞋口里发现了一张账单。

金额和往常一样，但我还是吃了一惊。他以前从未在季度结算日前寄过账单。我飞奔下楼，写了一张支票，立刻亲手寄了出去。

一个礼拜后，我经过那条小街，便想着应该进去告诉他新靴子是多么合脚。但当我来到他的店铺时，却看到门面上没有了他的姓氏。纤薄的轻便舞靴、布口漆皮靴和乌黑的马靴仍摆在橱窗里。

我走进去，心里很不安。两间小店面又合二为一了，待在里面的是一个英国面孔的年轻人。

"盖斯勒先生在吗？"我说。

他用诧异却也是逢迎的眼光看了我一眼。

"不在，先生。"他说，"不在。但我们愿意为你效劳。如今我们接手这家店了。你肯定在隔壁见过我们商号的名字。我们为非常优秀的人制作靴子。"

"是的，是的。"我说，"但盖斯勒先生在吗？"

"噢！"他答道，"他死了。"

"死了！可这双靴子是我上礼拜三才收到的。"

"啊！"他说，"他走得很突然。那可怜的老人是把自己饿死的。"

"老天！"

"叫什么慢性饥饿，医生是这么说的！你也清楚他干活的方式！他想把铺子一直经营下去，可除了他自己，他不许任何人碰他的靴子。有人来定做靴子，他要很长时间才能做好。只是顾客哪里等得了那么久呢。结果就是他失去了所有的客人。他就坐在那儿，一直做呀做呀。我得说，在整个伦敦，谁也做不出他那样好的靴子！但是看看竞争对手都是怎么干的！他还从不做广告！他用最好的皮革，亲自动手做靴子。事情就是这样的。他的思想那么保守，还能怎么样呢？"

"但是饿死……"

"这么说确实有点夸张，但我知道，他从早到晚都坐在那里做靴子，直到生命的最后一刻。我过去常常观察他做靴子。他没有吃饭的时间，店里连一个铜板都没有，钱全用来交房租和买皮子了。他居然能活这么久，我也奇怪得很呢。他经常任由炉火灭掉。他是个怪人。不过，他做的靴子可是一等一的。"

"不错，"我说，"他做的靴子确实是一等一的。"

我转身，迅速地走了出去，不愿让那个年轻人看到泪水迷蒙了我的眼睛。

[俄] 伊凡·蒲宁（1870—1953）

Иван Алексеевич Бунин

俄国诗人、小说家。

出身于俄国沃罗涅什一个没落的贵族家庭，读完中学后便独立谋生，当过图书管理员、报社记者，还摆过书摊。

曾受教于列夫·托尔斯泰、契诃夫、高尔基等作家，并为高尔基的"知识出版社"撰过稿。1887年开始发表文学著作，此后创作了许多著名作品，如《安东诺夫卡苹果》《米佳的爱情》等。

1920年，十月革命后流亡法国。1933年以法国作家的身份获得了诺贝尔文学奖。

安东诺夫卡苹果

[俄] 伊凡·蒲宁

戴骢 译

一

……我怎么也忘怀不了金风送爽的初秋。八月里，下了好几
场暖和的细雨，仿佛是特意为夏种而降的甘霖，这几场雨十分及
时，正巧是在月中圣拉弗连季伊节前后下的。俗话说："拉弗连季
伊节雨蒙蒙，不起浪，不刮风，好过秋来好过冬。"后来到了夏
末，田野里结满了蜘蛛网。这也是个好兆头，所谓："夏末蜘蛛
成群，秋天五谷丰登。"……我至今还记得那凉丝丝的静谧的清
晨……记得那座满目金黄、树叶开始凋零，因而显得稀稀落落的
大果园，记得那槭树的林荫道、落叶的幽香以及——安东诺夫卡
苹果[1]、蜂蜜和秋凉这三者的芬芳。空气洁净得如同不复存在一般，
果园里到处是人声和大车叽叽嘎嘎的响声。这是那位果商兼果园
主雇了农夫来装苹果，以便夜间运往城里——运苹果非得夜间不
可，那时躺在大车上，仰望着满天星斗，闻着飘浮在清新的空气
中的焦油味，听着长长的车队在沉沉的夜色中小心翼翼地、叽叽
嘎嘎地向前驶去，真是再惬意也不过了。有个雇来做工的农夫，
一只接一只地咔嚓咔嚓大嚼苹果。这可是老规矩了。果园主非但

1　俄国产的一种晚熟苹果。

158

不阻止他，反而还劝他吃："吃吧。吃个饱——不吃才傻呢！哪个割蜜的不吃几口蜂蜜。"

清晨是寒意料峭的，宁静的。只有停在果园深处珊瑚色花楸树上的肥肥的鸫鸟的鸣声、人语声，以及把苹果倒进斗内和木桶里的咕噜噜的声音，才打破了寂静。果园里由于树叶日稀，已经可以望得很远。不但那条通往用麦秸做顶的大窝棚的林荫道，连大窝棚本身也都可以一览无余了。入夏以来，果园主把全部家当都搬到了窝棚旁边，虽说到处都是香喷喷的苹果味，可这儿却香得尤其馥郁。窝棚里铺着几张铺，放着一支单管猎枪、一只长了铜绿的茶炊，窝棚的角落里搁着碗盏器皿。在窝棚旁边堆放着蒲席、木箱和用坏了的杂物。此外，场地上还挖了个土灶。中午在土灶上熬美味的腌肥肉粥，傍晚则把茶炊放在土灶上烧热，每当这种时刻，瓦蓝色的炊烟便像长长的带子，在果园的树木中间弥漫开去。逢到节日，窝棚附近热闹得如同集市一般，树木后面不时闪过鲜红的衣裙。那些小家碧玉、独院小地主家的姑娘，穿着发出扑鼻的染料味的无袖长衣，叽叽喳喳地聚集到这儿来，"公子哥儿"也都穿起他们的漂亮衣裳——做工粗糙、土里土气的西装，络绎不绝地来到这儿。连村长年轻的妻子也屈尊枉顾。她已有身孕，大脸上睡意蒙眬，摆出一副自命不凡的样子，活像一头霍尔莫高尔种的乳牛。她头上的确长着一对"犄角"——那是盘在头顶两旁的发辫，上面还包着几方头巾，因此她的头显得格外大；她脚上穿着一双打有铁掌的短筒靴，站在那儿显得笨重、牢靠；身上穿着棉绒坎肩、长围裙和用家织的条纹呢做的裙子，裙子的底色是紫黑的，条纹是砖红色的，裙裾上还镶着一条金色的阔滚边……

"这小娘们儿可会理财呢！"果园主摇着头，议论她说，"像这样精明强干的女人现在难得见到了……"

男孩子们穿着白麻布衬衫和短裤，光着脑袋，露出淡色的头发，蜂拥前来。他们一边三三两两地走着，小小的光脚丫踩进薄薄的浮土里，一边斜睨着挂在苹果树上的那条毛蓬蓬的狼狗。人们买苹果，不用说，只要去一个人就行了，因为只消一个戈比或者一枚鸡蛋就可换到好些苹果。但买的人很多，生意十分兴隆，乐得那个身穿斜襟外衣、脚蹬火红色靴子、患肺痨病的果园主连嘴都合不拢来。他由兄弟帮着做买卖。他兄弟虽然口齿不清，近乎白痴，但是手脚倒挺麻利。果园主完全是出于"行善"才收养这个同胞手足的。做买卖时，果园主常常开开玩笑，讲几句俏皮话，有时甚至还"逢场作戏"，拉几下图拉市出产的手风琴。直到傍晚，果园里始终人头攒动，在窝棚附近响彻着笑声、话语声，乃至跳舞声……

入暮以后，就很有点寒意了，地上铺满了露水。我穿过打麦场，尽情地闻着新麦的麦秸和麦糠的香气，沿着果园的围墙，高高兴兴地走回家去吃晚饭，在寒气袭人的晚霞下，村里的人语声和大门的吱呀声听起来分外清晰。天色越来越暗。这时又增添了另一种气味：果园里生起了篝火，樱桃枝冒出的烟散发出浓郁的香气。在黑魆魆的果园深处，出现了一幅童话般的画面，那情景就好似在地狱的一角一般：窝棚旁腾起血红的火舌，而周遭则是无边无际的黑暗。烤火人的漆黑的轮廓，就像是用乌木削成的，在黄火周围游动，于是他们投到苹果树上的巨大的影子也随之而摇晃不已。一会儿一只足足有好几俄尺[1]长的黑黢黢的手把一棵树

1　1俄尺等于0.711米。

遮得密不透风，一会儿又清晰地出现了两条巨腿——就像是两根黑漆柱子。蓦地，黑影闪了闪，从苹果树上滑落到了林荫道上，盖没了整条道路，从窝棚直至围墙的便门……

深夜，当村里的灯火都已熄灭，七颗如金刚钻般的北斗星已高高地在夜空中闪烁的时候，我又跑到果园里去了。那时我好似盲人一般，沙沙地踩着枯叶，摸黑走到窝棚边。到了那一小片旷地上，光线就稍微亮些了，旷地上空横着白茫茫的银河。

"是您吗，少爷？"有人从暗处轻轻地喊住我。

"是我。还没睡吗，尼古拉？"

"我们怎么能睡呢。时间大概很晚了吧？我好像听到那班火车快要开过来了……"

我俩久久地侧耳倾听着，感觉到土地在颤抖。继而，颤抖变成隆隆的响声，由远而近，转眼之间，车轮好像就在果园的墙外敲打起喧闹的节拍：列车发出铿嚓铿嚓的轰鸣，风驰电掣般奔来……越来越近，越来越近，声音也就越来越响，越来越怒气冲冲……可是突然间，声音轻下去了，静息了，仿佛消失在地底下了。

"尼古拉，你的猎枪在哪儿？"

"喏，就在箱子里边。"

我举起沉得像铁棍似的单管猎枪，冒冒失失地朝天开了一枪，随着砰的一声震耳欲聋的巨响，一道红光直冲云霄，一瞬间，耀得眼睛发花，星星失色，而四周响起的嘹亮的回声，则沿着地平线隆隆地向前滚去，直到很远很远的地方才消失在洁净的、对声音十分敏感的空气中。

"嘿，真棒！"果园主说，"少爷，再吓唬他们一下，再吓唬一下，要不可够呛！他们又会爬到围墙上来把梨全都摇落下来……"

几颗流星在夜空中画出了几道火红的线条。我良久地凝望着黑里透蓝、繁星闪烁、深不可测的苍穹，一直望到觉得脚下的大地开始浮动。这时，我打了个寒噤，把手缩进袖笼，飞快地顺着林荫道跑回家去了……天气多么凉呀，露水多么重呀，生活在世界上又是多么美好呀！

二

"安东诺夫卡又大又甜，准能快快活活过一年。"安东诺夫卡大年，农村里的事就好办了，因为这年的庄稼也必定是大年……丰收年成的情景，我是怎么也忘怀不了的。

每当清晨，雄鸡还在报晓，没有烟囱的农舍开始冒出炊烟的时候，我就打开面对果园的窗户，园内凉气袭人，萦绕着淡紫色的薄雾，透过雾纱，可以望到旭日正在什么地方辉耀。这时，我再也按捺不住，一面吩咐赶快备马，一面跑到池塘边去洗脸。池塘边柳丝上纤细的树叶几乎已全部落光，光秃秃的树干兀立在湛蓝的天空下。柳枝下的池水已变得清澈见底，冰凉砭骨，而且仿佛又稠又浓。池水于一瞬间就驱走了我夜来的倦怠，我洗好脸，直奔下房，去同雇工们共进早餐，吃的是滚烫的土豆、黑面包和一大块泛潮的盐巴。饭后，我穿过维谢尔基村去打猎的时候，身底下光滑的皮鞍子给予我莫大的快感。秋天这个时节有一连串本堂节日[1]，因此老百姓都拾掇得干干净净，人人心平气和，村子的面貌跟其他时节迥然不同。如果这年又是个丰收的年成，打麦场

---

[1]　指所在教区的教堂所特有的节日。

上麦粒堆得像座黄金的城市，而鹅群则每天早晨在河里游来游去，无所顾忌地嘎嘎叫着，那么村里的日子就非常好过了。何况我们的维谢尔基村很久以来，还是从我老祖宗的时代起，就以"富庶"著称。维谢尔基村的老头子和老婆子寿命都很长——这是村子富庶的第一个标志，他们白发苍苍，个儿又高又大，你常常能听到人们说："喔，你们瞧，阿加菲娅活过了第八十三个年头啦！"或者是下面这类对话：

"潘克拉特，你什么时候才死呀？你说不定快一百岁了吧？"

"老爷，您说什么？"

"我问你多大年纪了？"

"连我自己都记不清了，老爷。"

"那么你还记得普拉顿·阿波尔洛内奇吗？"

"怎么不记得呢，老爷——记得可清楚哩，活灵活现的。"

"瞧，那就得了。你少说也有一百岁啦。"

这个腰板挺得笔直地站在地主面前的老头，温顺地、面带愧色地微笑着，像是在说：有啥办法呢，真是抱歉，活得太久啦。他或许还会活得更久些，要不是在彼得节前的斋戒期（在俄历六月底）内吃了过多的大葱的话。

我至今还记得他的老伴。她整日坐在门廊里的一条长板凳上，伛偻着腰，抖动着脑袋，不停地哮喘着，两只手抓住板凳——老是在想着什么心事。"八成是在担心她那些私房。"农妇们异口同声地说，因为她那几只箱子里的确有不少"私房"。可她却好像没听见似的，忧心忡忡地扬起眉毛，抖动着脑袋，像瞎子般视而不见地望着远处的什么地方，似乎在搜索枯肠地回忆着什么。老妇人身材挺大，整个样子给人以一种阴郁的感觉。她那条家织毛呢裙子——似乎还是上个世纪的，她那双麻鞋是专给死人穿的那种，她的脖子枯瘦、蜡黄，斜纹布的衬衫不论什么时候都是雪白雪白的——"哪怕就这样入殓也行"。门廊旁横着一块大石板，是她买来给自己筑墓用的，她连寿衣也买好了，那是套非常考究的寿衣，绣有天使、十字架，衣边上还印满了经文。

跟这些寿星相称的是维谢尔基的农舍：一色的瓦房，还是在他们祖先手里盖的。而那些富有的庄户人家，像萨维利耶家、伊格纳特家、德隆家，则有两三幢瓦房连接在一起，因为那时在维谢尔基村还不兴分家。像这样的庄户人家都养蜂，都喂有铁灰色的比曲格牝马[1]，并以此而自豪，田庄全都整治得井井有条。打麦场旁边，辟有一方方的大麻田，大麻又密又壮，连成黑压压的一片。打麦场上耸立着谷物烤干房和禾捆干燥棚，房顶铺得整整齐齐，犹如梳理过的头发，谷仓和仓库都安着铁门，里边存放着粗麻布、纺车、新皮袄、嵌有金属饰件的马具、箍着铜箍的斗。大门上和雪橇上全都用火烙上了十字架。我至今还记得，我那时曾经觉得当个庄户人是件异常诱人的事。每当阳光明媚的早上，顺着村子按辔徐行的时候，你止不住要想，人生的乐趣莫过于割麦、脱粒，在打麦场的麦垛上睡觉，逢到节日，天一亮就起身，在村里传来的教堂深沉悠扬的钟声下，到水桶旁去洗净身子，然后穿上干净的麻布衬衫、干净的麻布裤子和打着铁掌的结实的皮靴。除此之外，我想如果还能有一个健壮、美丽的妻子，穿着过节的漂亮衣裳，和你双双乘着车去望弥撒，过后又一起到蓄着大胡子的老丈人那儿去吃午饭，午饭是盛在木盘里的热气腾腾的羊肉、精白面包、蜂蜜、家酿啤酒——如

1　一种拉重车的大马。

果能过这样的生活，人生还有什么他求呢！

我对中等贵族的生活方式记忆犹新——那都是不久以前的事——它同富裕的庄户人家的生活方式有许多共同之处，同样都克勤克俭，同样都过着那种老派的安宁的乡居生活。比方说，安娜·格拉西莫芙娜姑母的庄园就是如此。她住在离维谢尔基村十二俄里¹的地方。往往当我骑马到达这个庄园的时候，天已大亮。牵着一大群猎犬，只能慢慢地撵着马走。再说又何必着急呢——行走在朝霞绚烂、凉风习习的原野上，是何等的心旷神怡啊！地势平坦，远方的景物尽收眼底。天空轻盈、寥廓、深邃。朝阳从一旁照来，使得在雨后被大车辗得瓷瓷实实的道路好似浇了一层油，亮晶晶的，就跟钢轨一样。四周是一望无垠的大片大片倾斜的冬麦田。冬麦的禾苗，娇嫩、茁壮、青翠欲滴。不知打哪儿飞来一只鹞雏，在透明澄碧的空中盘旋，随后又一动不动地悬在空中，只是轻轻地拍着尖尖的双翼。一根根轮廓分明的电线杆朝阳光灿烂的远方奔去，而横在电线杆之间的电报线，则像是银光闪闪的琴弦，正在沿着晴朗的、斜悬的天空滑动，电报线上停着好些青鹰——活像乐谱上黑色的音符，像极了。

农奴制我虽然未曾经历、未曾见到，但是，我至今还记得在安娜·格拉西莫芙娜姑母家，我对这种制度却有过体味。我刚一策马奔进院子，就立刻感觉到在这座庄园内农奴制不但依然存在，而且未见衰微。庄园并不大，但古朴而坚固，由百年的白桦和古藤四面环拱。院内有许多房屋，虽都不是什么高堂广厦，却十分实用，全都是用柞树的原木拼成墙壁，拼得密不透风，像浇注的

1　1俄里等于1.0668千米。

165

一样，屋顶则一色铺着草。其中有一幢房子特别大，或者更确切地说，特别长，那是已经发黑了的下房。家奴[1]阶层中最后的莫希干人[2]——几个老态龙钟的老头子和老婆子，以及一个模样活像堂吉诃德，老得东倒西歪的不再当差的厨师——终日从这幢房子里向外张望。当你驰入院子时，他们就颤巍巍地站起来，向你深深地鞠躬。而白发苍苍的马夫则从马车棚里走出来牵马，他还在车棚门口就把帽子摘掉，光着脑袋穿过整个院子。当年他是姑母出行时专门骑在为首的辕马上当御者的，现在则替姑母驾车，送她去教堂——冬天他给姑母乘运货的小型马车，夏天给她乘包铁皮的结实的大车，就像神父外出时乘坐的那种。姑母家的果园由于常年不加照管，由于栖有许多夜莺、斑鸠，由于其出产的苹果而出了名，而姑母的宅第则由于其屋顶而出了名。她的宅第是庄园的主屋，坐落在果园旁边，被菩提树的枝丫环抱着。宅第并不大，矮墩墩的，已下沉到贴近地面，可是给人的感觉却是它永远也不会有倾圮之日——它支撑着高得出奇、厚得少见、因年深日久而发黑变硬了的草屋顶，显得十分的坚固。我每次望着这幢宅第的正面，总觉得它是个有生命的血肉之躯：就像一张压在大帽子下面的老者的脸，正用眼窝深陷的双眼——一对因日晒雨淋而呈珠母色的玻璃窗——眺望着前方。在这双眼睛的两旁是两行古色古香的、带圆柱的、宽敞的门廊，门廊的山墙上没有一刻不安详地停着好些吃得肥肥的鸽子，而与此同时，数以千计的麻雀却像阵

1　指在地主家里当仆人的农奴。

2　美国小说家库柏的小说《最后的莫希干人》写美国印第安人的莫希干族衰亡的故事，后来这个书名成为一句成语，用来比喻某种人物的残余。

阵急雨，由一个屋顶倾泻到另一个屋顶……此情此景使人觉得，能够在绿松玉似的秋日的天空下，到这个安乐窝内做客，是何等的舒适惬意呀！

一走进宅第，首先扑鼻而来的是苹果的香味，然后才是老式红木家具和干枯了的菩提树花的气味，这些花还是六月份就搁在窗台上的……所有的房间，无论是仆人室、大厅、客房，都阴凉而昏暗，这是因为宅第四周古木森森，加之窗户上边那排玻璃又都是彩色的：或者是蓝的，或者是紫的。到处都静悄悄，揩得纤尘不染，虽然那些镶花的圈椅和桌子，以及嵌在窄窄的、螺纹状的描金镜框内的镜子，给人的感觉却是从来也没有人用手碰过它们。就在这时，我听到了咳嗽声：是姑母出来了。她身材并不高大，但是就像周围所有的东西一样，结实硬朗。她肩上裹着一条又长又阔的波斯披巾，走出来时的气度显得傲岸而又和蔼。她马上就同你无休无止地缅怀起往事，谈论起产业的继承问题来，一边立刻摆出吃食来款待客人：先端出来的是梨子和安东诺夫卡、"白夫人"、波罗文卡、"丰产"等各类品种的苹果，然后是丰盛得令人张口结舌的午餐：粉红色的火腿拼青豆、八宝鸡、火鸡、各色醋渍菜和红格瓦斯[1]——格瓦斯味道浓厚，甜得像蜜一般……朝向果园的窗户都打了开来，吹进了阵阵凉爽的秋风……

三

近年来只剩下一件事还在支撑着日趋衰亡的地主精神，那就

1　一种用面包或水果发酵制成的清凉饮料。

是狩猎。

昔日像安娜·格拉西莫芙娜那样的庄园并不罕见。那时有不少庄园尽管日益败落，却仍可以过养尊处优的生活，都还拥有大片的领地和二十来俄亩[1]的果园。诚然，这类庄园今天也有个别幸存下来的，但是徒具虚名，其中已经没有生活可言了……已经没有三驾马车，没有供骑乘用的"吉尔吉斯"马，没有猎狗、灵猊[2]，没有家奴，也没有了这一切的享用者——就像我已故的内兄阿尔谢尼伊·谢苗内奇那样的地主兼猎人了。

自九月杪起，我们那儿的果园和打麦场就开始变得空旷了，气候通常也在这个时候发生骤变。风整日整日摇撼着树木，雨则自早至晚浇淋着它们。偶尔，傍晚之前，在西半天上，落日的颤抖不已的金光会穿破阴沉沉地压在地面上的乌云。这时空气就变得洁净、明朗，夕照令人目眩地辉耀于叶丛和枝丫之间，而叶丛和枝丫则由于风的吹拂犹如一张活动的网似的摇曳摆动。同时，在北半天，在沉甸甸的铅灰色的乌云上方，水汪汪的浅蓝色的天空冷冰冰地、明亮地闪着光，乌云则慢慢地凝聚成为连绵不绝的含雪的云峰。每逢这种时候，你站在窗口，就会想："谢天谢地，说不定会放晴了。"可是风并没有停息。它骚扰着果园，撕碎着不停地从下房的烟囱里冒出来的缕缕炊烟，并且重又去驱赶如发缕似的不祥的乌云。乌云在低空飞驰着，转眼间，就像烟雾一般，遮蔽了落日。余晖熄灭了，像一扇小窗户那么大的一块蓝天闭合了，果园显得荒凉、沉闷，雨又淅淅沥沥地飘落下来……起初是

1　1俄亩合10900平方米。
2　俄国一种跑得特别快的猎犬，头部狭长，四肢细长，善于追捕野兽。

悄悄地、战战兢兢地下着，后来越下越密，最后终于变成了与风暴和黑暗为伴的倾盆大雨。使人忐忑不安的漫漫长夜开始了……

经过这样的周而复始的风吹雨打，果园几乎完全光秃了，地上落满了湿淋淋的树叶，露出一副逆来顺受的可怜巴巴的样子。然而一进十月就雨霁日出，此时的果园又是多么美丽啊！十月初没有一天不是寒意料峭、清澈明净的，这是秋天临别时的佳节般的日子。如今，尚未掉落的树叶将安然地悬在树上，一直要到下了好几场初雪之后才会离树他去。黑森森的果园将在绿松玉般的碧空的映衬下，晒着太阳，柔顺地等待冬天的到来。田野由于已经翻耕过，变得乌油油的，而已经分蘖了的越冬作物又给它增添了鲜艳的绿色……打猎的季节到了！

于是我去阿尔谢尼伊·谢苗内奇的庄园。当时的情景至今还历历在目：我坐在庄园那幢大厦的客厅内，满屋子都是阳光以及由烟斗和卷烟喷出来的烟雾。屋里坐满了人，全都晒得黑黝黝的，脸上的皮肤给风吹得粗糙了，一色穿着腰部打褶的猎装和长筒靴。大家刚刚开怀饱餐了一顿，脸都红通通的，正在兴奋地、七嘴八舌地谈着就要去打猎这件事，同时并未忘掉饭后再喝几杯伏特加酒。而在院子里，有人在呜呜地吹着角笛，猎狗以各种声调猖猖地吠着。一条乌黑的灵猊，是阿尔谢尼伊·谢苗内奇的爱犬，趴在餐桌上，狼吞虎咽地嚼着剩下的浓汁兔肉。突然，它狂叫一声，从桌上跳了下来，哗啷啷地碰翻了一大串碟子和酒杯，原来阿尔谢尼伊·谢苗内奇从书房里走了出来，手里握着短柄马鞭和左轮枪，出人不意地朝狗开了一枪，震得满客厅的人耳朵都聋了。硝烟使客厅里更加烟雾腾腾，可是阿尔谢尼伊·谢苗内奇却站在那里哈哈大笑。

"可惜，没打中！"他挤了挤眼睛，说。

他颀长而瘦削，但肩膀挺阔，身材匀称，他的面孔像个英俊的吉卜赛人。他的眼睛里射出一股野性的光，他为人极为机敏，穿着深红色的丝衬衫和天鹅绒的灯笼裤，脚蹬长筒靴。他开枪把狗和客人们吓了一大跳后，就开玩笑地装出一副颐指气使的样子，用深沉的男中音朗诵说：

是时候了，快去给顿河马备鞍，

把嘹亮的角笛挎上肩！

然后大声地说：

"好了，别耽误宝贵的时间啦！"

我至今还能感觉得到，当初我策马同阿尔谢尼伊·谢苗内奇的那一大群吵吵闹闹的人一齐出发去行猎时，我年轻的胸部是如何贪婪地大口大口吸着晴天傍晚润湿的寒气的，是如何被猎犬像乐曲般动听的吠声激动得不可名状的，而猎犬则像脱弦的箭似的向黑林[1]，向某个叫作"红岗"或者"响岛"的地方奔去，就这些地名也已经够使猎人兴奋的了。我骑在暴烈、矮壮、力大无穷、称为"吉尔吉斯"的坐骑上，用缰绳紧紧地勒着它，觉得自己几乎已同它融为一体了。马打着响鼻，要求让它纵蹄驰骋，马蹄跺着由发黑的落叶铺成的厚厚的然而轻盈的地毯，发出沙沙的喧声。在空落落的、潮湿的、寒冷的树林里，每个声音都能很响地传开去。远处什么地方有一条猎狗尖声吠了起来，随即第二条，第三

1　俄国民间对阔叶林的叫法。

条……群起响应，吠声狂热而悲凉，倏忽间，整个树林好像是用玻璃做成的，被狗的狂吠和人的喊叫震得叮当作响。在这片喧嚣声中，砰的一声枪响——终于"干上"了，大家都向远处的什么地方猛扑过去。

"别放跑——啦！"不知什么人用一种绝望的声调喊叫起来，声音大得响彻了整个林子。

"唔，别放跑啦！"脑子里闪过了一个使我陶醉的念头。我朝马大喝一声，随即就像从链条上挣脱出来一样，在树林里狂奔起来，连路都不去分辨。只见树木在眼前飞快地掠过，马蹄踢起的泥土瓣里啪啦地溅到脸上。我刚一冲出树林，就见到一群毛色斑驳的猎狗，正拉开距离在冬麦地里向前飞奔，于是我更使劲地驱策着"吉尔吉斯"马去截住那头野兽，穿过一片又一片冬麦地、初耕过的休闲地和麦茬地，结果却闯入了另一座孤林，既看不到猎狗，也听不清它们疯狂的吠声和呻吟了。这时我由于剧烈的运动已浑身湿透，索索发抖，便勒住大汗淋漓、嘶嘶喘气的坐骑，贪婪地大口大口吸着树木丛生的幽谷里的冰凉的潮气。远处，猎人的呼喊声和犬吠声在静息下去，而在我周围呢，更是死一般的寂静。半幽闭的参天的树林纹丝不动地挺立着，使你觉得自己仿佛置身于一座美轮美奂的禁宫之中。从沟壑里冒出一股股使蘑菇得以滋生的潮气的浓重味道，以及腐烂的树叶和湿漉漉的树皮的强烈气息。从沟壑里升起的潮气越来越重，树林里越来越冷，越来越暗……是宿夜的时候了。但是在打猎之后要把猎狗召集拢来可并不容易。树林里久久地回荡着角笛无望的、忧郁的呜呜声，久久地响彻着喊叫声、詈骂声和犬吠声……最后，天完全黑了，这一大群猎人便蜂拥到一个同他们几乎素昧平生的独身地主的庄园里投宿，顿时，庄园的整个院子闹腾开了，庄园的住宅里亮起了灯笼、蜡烛、油灯，由家仆举着走出来迎接这帮不速之客……

遇上这样好客的邻居，人们是很乐意在他家里住上几天的。天麻麻亮，人们就骑着马，冒着砭骨的寒风，踏着湿漉漉的初雪，去树林和田野打猎，近黄昏才回来，一个个浑身是泥，面孔通红，身上沾着马汗的味道和捕获到的野兽的毛的膻味——随即就开宴豪饮。在旷野里冻了整整一天后，来到灯火通明、人头攒动的屋里，觉得格外暖和。所有的人都解开了猎装的纽扣，从一个房间走到另一个房间，乱哄哄地喝着、吃着，七嘴八舌地交换着对那头被击毙的巨狼的印象，这头狼龇牙咧嘴，圆睁着眼睛，毛茸茸的尾巴甩在一边，横卧在客厅中央，用它那淡红的、已经冷了的血染污着地板。你在酒醉饭饱之后，会感到一种甜滋滋的慵困，会感到那种年轻人所特有的愉悦的睡意，以致人们的谈话声好像是隔着水传到你耳朵里来的。你那被风吹糙了的脸直发烧，而一合上眼睛，整个大地就在你脚下浮动起来。当你步入某处拐角上一间古色古香的、供着小小的圣像和圣体灯的房间，躺到床上的鸭绒褥子上时，你眼前就会浮现出斑斓似火的猎犬的幻影，全身就会感到那种跃马奔驰时的酸痛，但是不知不觉地，你就会连同这些幻影和感觉一齐淹没在甜蜜而健康的梦中，甚至忘却了这间屋子当初曾是一个老人的祈祷室，而他的名声是同好些阴森可怖的有关农奴制的传说连在一起的，忘却了他就是死在这间祈祷室里，而且十之八九还是死在这张床上的。

偶尔睡过了头，错过了打猎，那休息起来就更其惬意了。你醒后，久久地躺在床上，屋里一片恬静。可以听到花匠如何蹑手蹑脚地走进一间间屋里去生旺火炉，以及劈柴如何像打枪一般噼啪作响。你起床后，将在这座已经是一派过冬气象的庄园里享受整整一天的清静。你不慌不忙地穿好衣服，去果园漫步时，会在湿漉漉的叶丛中间发现一个偶然忘了摘掉的冰凉的、湿漉漉的苹果，不知怎的，这种苹果特别好吃，跟其他苹果的滋味截然不同。然后你就去浏览藏书——都是祖传的书籍。厚厚的皮革封面，山羊皮的书脊上烫有一枚枚小小的金星。这些书好似教堂收藏的典籍，虽然书页都已发黄，纸张又厚又粗，然而它们的气味却是多么好闻啊！这是一种沁人心脾的有点发酸的霉味，散发出古书的气息……书上的眉批也饶有趣味，是用鹅翎笔写的，字体挺大，圆转柔和。你打开书来，一句眉批就映入眼帘："这是堪与古今一切哲人媲美的思想，是智慧之花，是肺腑之情"……于是你不由自主地就被这本书本身吸引住了。这本书出于"贵族哲人"[1]的手笔，寓意隽永，是一百年前由某一位"荣膺许多勋章者"资助出版的，承印者是社会救济公署印刷厂，讲述的是"贵族哲人有闲暇也有才能探讨人的智慧可以升华至什么高度，他的夙愿是制订一个如何在他村庄的广阔土地上建立人间乐园的计划"……然后你会在无意之中翻到一本题为《伏尔泰先生讽喻性的哲学著述》的书，于是你就会长时间地陶醉于这个译本亲切而又做作的文体："我的先生们！伊拉斯谟[2]在十六世纪揄扬愚昧；（这个分号就是一种做作的间歇。）而诸君却要我向你们赞美智慧……"然后，你从

1　"贵族哲人"是俄国作家费奥多尔·伊凡诺维奇·德米特里耶夫·马蒙诺夫（1728—1790年左右）的笔名。

2　伊拉斯谟（1469？—1536），文艺复兴时期尼德兰人文主义者。

叶卡捷琳娜[1]时代的古籍转到浪漫主义时代，转到文选，转到那些感伤主义的、夸张的、卷帙浩繁的长篇小说……一只杜鹃从挂钟里跳出来，在空无一人的屋子里，以嘲弄而又凄婉的声调，朝你咕咕叫着，于是你心里就会渐渐产生一种甜蜜而莫名的忧郁……

曜，这本是《阿历克斯的秘密》[2]，这本是《维克托，或称森林之子》[3]："午夜降临了！神圣的寂静取代了白昼的喧嚣和农人快乐的歌谣。梦展开阴暗的双翼，遮蔽了我们半球的土地；梦从翅膀上洒落下罂粟花和幻想……幻想……可是继之而来的却往往只是痛苦的厄运……"一个个亲切而古老的词汇在眼前闪过：悬崖与柞木林，苍白的月色与孤独，鬼魂与幽灵，"厄洛斯们"[4]，玫瑰与百合，"顽童的淘气与恶作剧"，百合花般的纤手，柳德米拉与阿林娜……曜，这几本是刊有茹科夫斯基、巴丘希科夫[5]、皇村学校的学生普希金的名字的杂志。于是我怀着惆怅的心情思念起我的祖母来了。我曾看到她在几架翼琴[6]的伴奏下跳波洛涅兹舞[7]，曾听见她用懒洋洋的声音朗诵《叶甫盖尼·奥涅金》中的篇什。于

1　指俄国女皇叶卡捷琳娜二世（1729—1796）。她的在位年代是1762年至1796年。这个专制女皇与法国哲学家伏尔泰有通信之谊。为骗取国际上对她的好感，自称是伏尔泰的崇拜者。在其执政期间，俄国曾出版过一些伏尔泰的著述。

2　《阿历克斯的秘密》是法国作家迪克雷·迪米尼尔（1761—1819）的一部长篇小说。

3　《维克托，或称森林之子》也是迪克雷·迪米尼尔的一部小说。

4　希腊神话中的爱神。

5　巴丘希科夫（1787—1855），俄国诗人。

6　一译古钢琴，现代钢琴的前身。

7　波兰一种旧式的隆重的交谊舞。

是那古朴的、充满幻想的生活又映现在我眼前……当初，在贵族庄园里有过多么好的少女和妇人啊！她们的肖像从墙上俯视着我，她们娇妍的脸庞上流露出贵族的气度，她们的华发梳成古色古香的发式，她们长长的睫毛妩媚地垂在忧悒而温柔的双眸上……

四

安东诺夫卡苹果的香气正在从地主庄园中消失。虽说香气四溢的日子还是不久以前的事，可我却觉得已经过去几乎整整一百年了。维谢尔基村的老人们都已先后归天，安娜·格拉西莫芙娜也已故世，阿尔谢尼伊·谢苗内奇自尽了……开始了小地主的时代，这些小地主都穷得到了要讨饭的地步。但是即使这种破落的小地主的生活也是美好的！

于是我又看到自己来到了农村，那是在深秋的时分。天色淡蓝而晦暝。我一大早就跨上马，带着一条猎狗，背着猎枪和角笛，上旷野去了。风吹进枪口，发出嘘嘘的声响，风凛冽地迎面刮来，有时还夹着干燥的雪珠。整整一天我在渺无人烟的荒野上踟蹰……直到夕阳西坠，我才策马回庄园去。人又饿又冷，我遥遥望见维谢尔基村的点点灯火，闻到从庄园里飘来的人烟的气息时，我心头顿时感到温暖和欢愉。我至今还记得，我们家喜欢在这个时分摸黑闲聊，不掌灯，就在朦胧的暮霭中谈天说地。我走进屋里，发现窗上已装好了过冬用的双层玻璃窗，这就更勾起了我渴望宁静地度过冬天的心情。在仆人室里，那个雇工生了火炉，于是我就跟儿时一样，蹲在一堆麦秸旁边，麦秸已散发出冬天特有的清香，我一会儿望着火光融融的炉子，一会儿望望窗外，那儿黄昏正发出青光，在郁郁地逝去。后来，我走到下房去。下房里灯火通明，十分热闹：村姑们在切白菜，只见切菜的弯刀毫光闪闪，我谛听着切菜发出的和谐的嚓嚓声，以及村姑们所唱的和谐的、忧郁而欢快的农谣……有时，某个也是小地主的邻人，驾车路过我们家，就把我接去住上一阵……啊，小地主的生活也的确是美好的！

小地主总是天刚拂晓就起身了。他使劲地伸个懒腰，跨下床来，用廉价的黑烟丝或者干脆用马合烟[1]卷成一支又粗又大的烟卷，抽将起来。十一月份的黎明以其朦胧的晨光渐渐廓清着这间简陋的、四壁空空的书房，现出了挂在床头的几张毛茸茸的黄色的狐皮，以及一个矮壮男子的身影，他穿着灯笼裤和没束腰带的斜领衬衫，而镜子则映出了他的睡意未消的、酷似鞑靼人的面孔。在这间半明不暗的暖和的房间里，静得如死一般。而在门外的走廊里，那个年老的厨娘则还在鼾睡。她打小姑娘的时候起，就进地主的宅子干活了。但是这并不妨碍老爷用响得震撼屋宇的声音吩咐道：

"卢克丽娅，生茶炊！"

然后，他穿上皮靴，把外套披到肩上，也不扣好衬衣的领子，就向门廊走去。在上了锁的门厅里有一股狗的气味，几条猎狗懒洋洋地伸着懒腰，尖声地叫着，微笑着，围住了他。

"出发！"他用一种纡尊降贵的男低音慢吞吞地喝道，随即穿过果园向打麦场走去。他大口地吸着黎明时分凛冽的寒气和在夜间上了冻的光秃秃的果园的气息。两旁的桦树已经被砍伐掉一半的小径上，满地的落叶由于严寒而冻得发黑，全都卷了拢来，在靴子下发出簌簌的声音。在低垂的、晨光熹微的苍穹下，可以看

———————————

1　一种下等烟草。

到几只竖起羽毛的寒鸦在禾捆干燥棚的屋脊上酣睡……今天可是打猎的好日子！老爷不由自主地在小径中央站停下来，久久地凝望着深秋的田野，凝望着绿油油的冬麦地，地里阒无一人，只有几头牛犊在田间游荡。两条雌猎狗尖声尖气地在他脚边吠着，而那条"醉鬼"已经跑到果园外边，在刺脚的麦茬地里跳跃着，向前奔去，仿佛是在呼唤主人快去旷野打猎。但是在眼下这个节令，光带几条普通猎狗，能干得了什么呢？野兽现在都待在旷野里、初耕过的休闲地里、荒僻的小道上，而害怕待在树林里，因为风刮得残叶簌簌直响……唉，现在要是有一两条灵猊该有多好！

在禾捆干燥棚里，人们正要动手脱粒。脱粒机的滚筒慢慢地转动着，发出隆隆的声响。几匹套在传动装置上的马，踩着撒满马粪的那一圈地，晃晃悠悠地走着，懒懒地拉紧了套绳。赶牲口的人坐在传动装置中央的一条小板凳上，一边转动着身子，用始终不变的声调吆喝着几匹拉套的马，一边用鞭子单单抽打那匹棕色的骟马，这匹马比其他几匹马还要懒，一面走，一面仗着它的眼睛被蒙住了，竟打起瞌睡来。

"姑娘们，快，快！"一个负责投料的中年汉子，穿一件宽大的粗麻布衬衫，厉声地催促道。

村姑们匆匆忙忙地打扫干净脱粒场，有的扛着抬床，有的拿着扫帚，川流不息地奔走着。

"上帝保佑！"投料的说罢，就投下一捆麦子去，试试机器灵不灵，这一捆麦子带着嗡嗡声和呼啸声向滚筒飞去，随即像把张开的扇子，从滚筒下飞了出来。滚筒响得越来越坚定了，脱粒进行得热火朝天，转眼之间，所有的声音汇合成了一片悦耳动听的脱粒的喧声。老爷站在禾捆干燥棚门口，望着黑洞洞的棚子里隐约浮现的红色和黄色的头巾、手、耙子、麦秸。所有这一切都伴随着滚筒的隆隆声和赶牲口的人单调的吆喝声和呼哨声，有节奏地移动着、忙碌着。麦糠像烟雾似的向门口飞去。老爷站在那里，落得浑身都是灰不溜秋的糠。他不时回头眺望着旷野……不消多久旷野就要披上银妆了，初雪很快就会把旷野覆没……

初雪终于飘落下来，这可是头一场雪呀！十一月那阵子，由于没有灵猊，无法打猎；但是现在冬天到了，可以同普通猎狗一起"干活"了。于是小地主们，就像往昔一样，又聚集拢来，掏出仅存的一点钱，开怀畅饮，每天白天都在白雪漫漫的旷野里消磨时光。而到了晚上，在某个偏僻的田庄里，厢房的窗户就会透出灯光，远远地划破冬夜的黑暗。在那里，在那间小小的厢房里，一团团的烟雾在屋中飘浮，蜡烛发出昏暗的光，吉他调好了弦……

　　暮色中狂风啸吟，
　　吹开了我的家门——

有个人用浑厚的男高音唱道。其余的人随即装得像开玩笑似的，以一种破釜沉舟的勇气，悲戚地、不入调地齐声和唱起来：

　　吹开了我的家门，
　　还用白雪抹去了道路的残痕……

[意] 路伊吉·皮兰德娄（1867—1936）

Luigi Pirandello

意大利小说家、戏剧家、诗人。

出生于西西里岛南部的一个小镇，曾就读于巴勒莫大学和罗马大学文学系，后赴德国波恩大学深造。

皮兰德娄的创作极为丰富，一生有短篇小说三百余篇，另长篇小说七部，剧本四十多部，以及诗集多卷。

代表作有《已故的帕斯加尔》《亨利四世》。1934年，获得诺贝尔文学奖。

西西里柠檬

[意] 路伊吉·皮兰德娄

吴正仪 译

"苔莱西娜住这里吗？"

那用人，还只穿着衬衣，不过已经扣好了高高的衣领，从头到脚地打量面前这个站在台阶上的青年：一副乡巴佬面孔，粗呢大衣的衣领竖到耳根，双手冻得紫红发僵，重量平衡的一只手攥着个肮脏的口袋，一只手拿着个破旧的手提箱。

"苔莱西娜？她是什么人？"用人反问道，扬起两道连成一条线的浓眉，那眉毛好似用嘴边剃下的胡须贴成的，胡须没有被浪费。

青年先摇晃一下脑袋，把鼻尖上冻出的一滴鼻涕吸上去，然后回答说：

"苔莱西娜，女歌唱家。"

"哟，"用人惊呼，露出讥讽的微笑，"她真叫苔莱西娜吗？你们是什么人呢？"

"她在不在？"青年追问，皱着眉头，抽了抽鼻子，"请您告诉她，米古乔来了，让我进去吧。"

"这会儿家里没有人，"用人嘴边挂着微笑回答，"西娜·马尔尼斯女士还在剧院里并且……"

"马尔塔大婶也不在吗？"米古乔打断他。

"哦，您是她的侄子？"

用人立刻变得彬彬有礼。

"那么您请进，请进，没有人在。大婶也在剧院。戏散场之前她们是不会回来的。今天是您的……女主人是您的什么人呢？大概是堂妹吧？今天是她的专场演出会。"

米古乔一时窘迫不安地不知说什么才好。

"我不是……不，不是堂兄，真的。我是……是米古乔·博纳维诺，她知道的。我特地从家乡来。"

用人听了这番回答后，首先认为还是撤销对他的"您"的称呼，仍然称他为"你"更合适一些。他把米古乔领进厨房边的一间黑房间里，那里有人正鼾声大作，然后说：

"你们坐在这儿。现在我去拿灯。"

米古乔先朝鼾声响起的地方望了望，但什么也看不清，又往厨房那边瞧瞧，厨师正由一名学徒协助在准备晚餐。烹调中的食物的混合香味刺激着他，使他觉得头昏脑涨。他从早晨起几乎没有吃过东西，他从墨西拿省来，坐了整整一夜一天的火车。

用人端来一盏灯，只见那房间的墙壁之间拉着一根绳子，上面挂着一道布幔，打鼾的人就在那帷幕之后，睡意蒙眬地咕哝道：

"谁呀？"

"喂，多丽娜，起来吧！"用人叫道，"你看，蓬维契诺先生来了。"

"博纳维诺。"米古乔纠正他，同时往手指头上呵热气。

"博纳维诺，博纳维诺，女主人的熟人。你睡得好死：有人按响门铃，你都没有听见。我该布置餐桌了，不能什么事都让我来干，你懂吗？厨师也得提醒，他对今晚来的人的口味不了解。"

那人打了一个又长又响的哈欠，伸个懒腰，好像受了冷风的突然袭击而接连不断地打起喷嚏来，以此来回答用人的抱怨，用人一边走开一边说：

"就这样吧！"

米古乔微微一笑，目送他穿过另一间昏暗的房间，走向深处的灯火明亮的餐厅，那里摆着豪华的餐桌，他目瞪口呆，若有所思，直到鼾声重起，才转过头来望望布幔。

用人在腋下夹着餐巾走进走出，一会儿埋怨继续酣睡的多丽娜，一会儿抱怨厨师，那厨师一定是为这次晚宴特地新雇请来的，不断地问这问那，弄得他很不耐烦。米古乔为了不让自己也惹怒用人，便小心地把一些想问他的问题憋回肚子里。也许他应当告诉他或暗示他，自己就是苔莱西娜的未婚夫，可是他不知道为什么就是不想这么做；他看见用人虽然没穿燕尾服，还是那么着装优雅和举止潇洒，就难以抑制自己的局促不安，也许他害怕那用人把他当主人看待。可是用人从身边经过时，米古乔还是不住地问道：

"请问……这房子是谁的？"

"我们住在这里，就是我们的。"

米古乔只得摇摇头。

了不得，那么说，都是真的啦？抓住了机遇，成就大事业了。这位绅士派头的用人、厨师和他的助手，还有在帷幕后面打呼噜的多丽娜，都是听从苔莱西娜使唤的仆人。过去谁能预料有这一天呢？

米古乔想起苔莱西娜和她母亲在遥远的墨西拿住过的那间简陋的小阁楼。五年前，如若没有他帮忙，母女二人也许早就饿死在那远方的阁楼里了。多亏他，他发现了苔莱西娜那副珍贵的嗓子。她像屋檐上的一只麻雀那样不停地歌唱，却不知道自己的珍宝；她唱歌，是为了排遣烦恼，她唱歌，是为了忘掉穷困，他曾经不顾双亲，特别是母亲的反对，尽力接济过她。难道他能在苔莱西娜的父亲死后忍心看她受苦而不管吗？因为她一无所有而抛弃她吗？而他，不论好坏，总算在市乐队里有一席长笛的位置呢。好堂皇的道理！何况还有爱心呢？

啊，那真是上天的启迪，命运的提示，发现她的嗓子是在四月一个春光明媚的日子里，就在阁楼的窗子前，窗框里镶嵌着湛蓝湛蓝的天空。当时别人不曾注意。苔莱西娜唱的是一支热情的西西里抒情歌曲，米古乔还记得那充满柔情的歌词。那天，由于父亲刚刚去世，他的父母又顽固反对，苔莱西娜内心凄苦不堪。记得在听她唱时，他的心里也觉得很是悲哀，眼泪夺眶而出。这首歌听过许多次了，但是被唱得这样真挚动人，却是从来还没听过。他得到的印象太深刻了，以至于第二天，没有预先告诉她的母亲，就擅自把他当乐队指挥的朋友带到阁楼里来了。从此开始了初级的声乐课程，连续两年，他为她花掉了自己的全部收入：租钢琴，买乐谱，给指挥一些友好的酬谢。那些遥远的日子是多么美好！苔莱西娜全身心燃烧着展翅高飞的愿望，向往着声乐老师预言的光辉的未来；同时，对他也柔情似火，表达了由衷的感激，多么幸福的共同美梦！

马尔塔大婶，恰恰相反，心酸地摇头，这个可怜的老太太，一辈子历尽坎坷，对未来没有信心了。她替女儿担心，不愿意她心存摆脱多年吃苦受穷处境的奢望；而且她明白，明白他为这种危险的狂热梦想所付出的代价。

可是，不论是他还是苔莱西娜都没有听大婶的话。一位年轻作曲家听过苔莱西娜在音乐会上的演唱之后说，若是不给她延请最好的老师，不让她接受完整的艺术教育，那真是罪过；无论付出什么样的代价，都应当把她送到那波里音乐学院去。大婶听了这番高论，表示反对也只是枉然。

于是，他，米古乔，没有想第二遍，就同双亲闹翻，把当神父的叔叔留给他继承的一座田庄变卖了，送苔莱西娜去那波里完成学业。

从那以后，他没有再见过她。信件，是的……他收到她从音乐学院寄来的信，后来，就是马尔塔大婶写的信了。苔莱西娜在圣·卡尔洛剧院首演一举成名，各大剧院竞相邀请，她投身于艺术生涯，顾不上给他写信了。可怜的老人写信虽然力求工整，仍然是字迹颤颤巍巍的，难以辨认，苔莱西娜总是在妈妈的每封信尾附上一笔："亲爱的米古乔，我同意妈妈所说的全部意思。祝你健康并愿你爱我。"他们早就有约在先，他等她五六年，让她无牵挂地去闯出一条路来，他们都还年轻，可以等待。为了反驳他家里的人对苔莱西娜和她母亲的污蔑中伤，在这五年当中，只要有人想看这些信，他就出示给他们。后来他生病了，濒临死亡，在这种情况下，马尔塔大婶和苔莱西娜汇来一笔数目相当可观的款子，他对此并不知情。病中用掉了一些钱，可是余下的金额，他硬从亲属们贪婪的手中夺了出来，现在，他正是来把钱还给苔莱西娜的。因为，钱不值一提！他不想要。并不是因为他觉得那是施舍，他曾经为她花过多少呢；可是……不算什么！他自己是不会说这话的，尤其是现在，在这里，在这座房子里……金钱，算不了什么！他既然已经等待许多年了，是还可以再度等下去的。然而苔莱西娜有了结余，那就标志着她有了可靠的前程，因此实

184

现从前的诺言的时候到了，除非有人不愿意践约。

米古乔站起身来，扬扬眉毛，好像要肯定这一结论，他又朝冻僵的手上呵气，并且在地上跺脚。

"冷吗？"用人走过来对他说，"现在等不了多久了。你们来厨房吧。你们会暖和一些。"

米古乔不愿意听从他的建议，用人那种居高临下的态度，使他感到难堪和气愤。他又坐了下来，沮丧地想着心事。不久，一阵响亮的门铃声震动了他。

"你们就在这里，让我先去通报一声。"

"哎哟，哎哟，哎哟哪……"布幔后面传出了一个拖长的声音，随后走出一个又矮又胖的婆娘，跛着一条腿，还没有完全睁开眼睛，一条羊毛披巾裹到了鼻子上，头发染成金黄色。

米古乔瞪眼打量她。她也惊奇地睁大眼睛面对陌生人。

"女主人回来了。"米古乔重复一句。

多丽娜顿时猛然清醒过来。

"我来了，我来了……"她说着就摘下了披巾扔向帷幔后面，挪动整个笨重的身躯，往门口扑过去。

这个浓妆艳抹的老妖精的出现，用人的阻拦，突然使沮丧的米古乔产生出一种不祥的预感。他听见了马尔塔大婶尖声尖气的说话声：

"多丽娜，放到那边去，放客厅里！客厅里！"

用人和多丽娜从他面前走过，手里捧着绚丽多彩的花篮。他伸长脖子向里面灯火辉煌的客厅探望，看见许多身穿燕尾服的先生们在喧闹。他的视线模糊了：他太惊讶，太激动，不觉之中热泪盈眶。他闭上眼睛，在黑暗之中紧缩全身，仿佛为了忍受那一阵长久的刺耳的笑声在心里引起的痛楚，是苔莱西娜在笑吗？上帝呀，她为什么在那里笑得如此放肆呢？

一声压低的呼唤使他张开眼睛，他看见马尔塔大婶站在面前，几乎不敢相认了。可怜的老太太，头上戴着帽子！一件华贵的天鹅绒披肩沉沉地压在身上。

"怎么，米古乔……是你在这里吗？"

"马尔塔大婶……"米古乔惊叫，像是吓坏了似的，仍旧呆望着她。

"怎么回事呀？"老太太慌忙地说下去，"不报个信儿，出了什么事情？你什么时候到的？今晚正好……啊，上帝，上帝……"

"我是来……"米古乔结结巴巴地，不知说什么好。

"等一等！"马尔塔大婶打断他的话，"怎么办呢？怎么办呢？你看来了多少人，我的孩子？今天是苔莱西娜的庆祝会，她的专场演出……你等一等，在这里等一会儿……"

"您若是，"米古乔嗫嚅道，他提心吊胆地，嗓子眼发紧，"您若是觉得我该离开……"

"不，我是说，你稍微等一下。"善良的老人赶紧回答，显得十分狼狈的样子。

"可是我，"米古乔接着说，"不知道在这个城里可以去什么地方……在这个时候……"

马尔塔大婶举起一只戴手套的手做了个请等候的手势，就离他而去，走进了客厅。过了一会儿，他觉得大厅像堕入深渊，突然间鸦雀无声。接着他听见了清楚的、明确无误的苔莱西娜的说话声：

"请稍候，先生们！"

他又一次泪水模糊了视线，期待着她的出现。可是苔莱西娜没有露面，客厅里又喧哗起来。几分钟之后，他像过了几百年，却见马尔塔大婶转回来了，脱掉了帽子、披肩和手套，显得自在多了。

"我们在这里等一会儿，好吗？"她对他说，"我陪你……现在开晚饭……我们就在这儿。多丽娜给我们预备好这张小桌子，我们一起在这里吃；我们一起回忆从前的一些好日子，好吧？……我真不敢相信我看到了你，我的孩子，在这儿，就在这儿，面对面地……你知道吗，那边，有多少客人……她，真可怜，不得不应酬……职业呀，你懂吗？唉，有什么办法呢！你看报了吗？大消息，我的孩子！可是我……我，就像漂在海面，总是……真不敢相信，今天晚上能够同你一起坐在这里。"

好心的老太太说呀说的，本能地不让米古乔有思索的时间，最后搓搓手，微笑着，温情地望着他。

多丽娜过来在桌子上摆好餐具，匆匆忙忙地，因为在客厅那边，宴会已经开始了。

"她会过来吗？"米古乔闷声闷气地问道，流露出心中的焦虑，"我是说，至少得见见她。"

"当然会来的，"老人立刻回答他，极力掩饰尴尬相，"她已经对我说过了，抽出空儿就马上来。"

两人相视而笑，仿佛最终彼此相认了。经过局促不安和兴奋激动之后，他们的心灵通过微笑互致问候。"您就是马尔塔大婶。"——米古乔的眼睛说。"你，米古乔，我亲爱的好孩子，还是老样子，可怜的人！"——马尔塔大婶的眼睛说。但是善良的老人立即垂下眼睑，不让米古乔从眼中看出更多的东西。她又搓搓手，说道：

"我们吃饭吧？"

"我真是饿了！"米古乔满心愉快和信任地叫起来。

"先画十字，在这里只有当着你的面我才敢画。"老太太眨着一只眼睛戏谑地说，画了个十字。

用人走过来给他们端上第一道菜。米古乔留心观察马尔塔大婶如何从盘子里取菜。可是轮到他时，刚伸出手就想起长途旅行之后手太脏，脸涨得通红，不知如何是好，抬起头来望望用人，此刻那用人毕恭毕敬地面带微笑向他轻轻地点一下头，示意请他自取。幸好马尔塔大婶把他拉出了困境：

"我来，我来，米古乔，我替你拿。"

他真想吻她一下表示感谢！他有了菜，用人刚走远，他也急忙画了个十字。

"好孩子！"马尔塔大婶对他说道。

他感到愉快，很自在，就开始大嚼特嚼起来，好像一辈子没吃过东西似的，不再顾忌自己的手和那个用人了。

然而，每次用人推开客厅的玻璃转门出来进去的时候，就从那里传出一阵欢声笑语，搅得他不安地朝那面看看，然后盯住老太太痛苦、慈爱的眼睛，像要从中找到某种解释。可是，他看到的是暂时不要问、稍后再解释的恳求的目光。于是两个人又相对而笑，重新边吃边谈论远方的故乡、朋友和熟人，马尔塔大婶向他问个没完没了。

"你不喝酒吗？"

米古乔伸手去拿酒瓶，可是，就在这时候，客厅的门再次打开，他听见丝绸的窸窣声和匆忙的脚步声，看见亮光一闪，仿佛房间里猛然灯火齐明，照得他眼睛看不清东西了。

"苔莱西娜……"

话到嘴边却说不下去了，他感到震惊。啊，简直就是女王驾临！

他的脸烧得绯红，瞪着眼，张着嘴，傻里傻气地盯着她看。她怎么会是……这样呢？袒露着前胸、肩膀、手臂……浑身珠光宝气，绫罗绸缎，闪闪发光……他看不出站在面前的是一个活生生的真人。她对他说了什么？那声音，那眼睛，那笑容，丝毫都认不出是她，而像是梦中的幻影。

"你好吗？米古乔，你现在身体健康吧？好样的，好样的……你生过病，如果我没有记错的话……我们一会儿见……现在，妈妈在这里陪你……我们说好啦，是吗？"

苔莱西娜跑回客厅，全身上下沙沙作响。

"你不吃了吗？"马尔塔大婶见他木然发呆了好一会儿，就胆怯地问他一句。

他略微转过脸来看她。

"吃吧。"老太太指着他的盘子逼他。

米古乔把两根指头伸向又皱又黑的衣领，扯了扯，想长长地舒一口气。

"还吃吗？"

他像告别似的在下巴底下挥了几次手，意思是说：我吃不下了，不想吃了。他又静默了许久，垂头丧气，沉浸在刚才的情景里，最后喃喃地说："她变样了……"他看到马尔塔大婶心酸地摇头，也停止了吃饭，好像在等待什么。

"没有什么可想的了……"他几乎自言自语地又说了一句，闭上了眼睛。

此刻在黑暗中，他看见他们之间裂开着一道鸿沟。不，对面的那个人不是她，不是他的苔莱西娜。一切都结束了……早就结束了，早已结束了，他太笨，他太傻，现在才发现。在家乡人们告诉过他，他固执地不肯相信……现在，他在这宅子里扮演着什么角色？如果那些绅士先生，那个用人，都知道了他米古乔·博纳维诺坐了三十六个小时火车，累得半死地远道而来，是因为自认是这个女王的未婚夫，他们会一起哈哈大笑，那些先生，那个用人，那个厨师和他的助手，那个多丽娜！假如苔莱西娜把他拖到客厅里去，当着他们的面说："你们看，这个可怜的长笛手说，要当我的丈夫！"她亲口答应过他的，这是真的；可是，当初他如何能够料到有一天事情会变成这样呢？他为她开辟了这条道路，并且支持她继续在这条路上前进，这也是真的；可是，结果呢，她已经走得很远、很远，而他，依然如故，星期天在小城的广场上吹长笛，他怎么能够追得上她呢？连想也不要想了……对于如今变成了阔人的她，当年为她花掉的那几个钱又算得了什么呢？他感到羞愧的只是想到有人可能怀疑他来的目的，是要用过去的那点钱索取某种权利。这时他突然记起口袋里装着苔莱西娜在他生病期间寄去的那笔钱。他脸上发烫，觉得受到了侮辱，他伸手去摸上衣胸前的口袋，那里装着钱夹。

"我这次来，马尔塔大婶，"他慌忙说道，"也是为了把你们寄给我的钱归还给你们。这些钱算什么，是报酬呢，还是还债？我看到苔莱西娜变成了一位……不错，我觉得是一位女王了！我看见……不说了！也不再想了！可是，这笔钱，我不要，我不配受她这么多……事情过去了，就不再提起……可是，钱，又算得了什么！我觉得遗憾的只是这些不是原数……"

"我的孩子，你说什么呀？"马尔塔大婶感到很难过，含着眼泪打断他的话。

米古乔做手势让她不要说话。

"不是我花掉的，是我家里的人花的，当时我生病，什么都不知道。就算抵消我过去支付的那一点儿吧……您还记得吗？我们以后就不再想这事儿了。这里是剩下的钱。我走了。"

"什么？这么快吗？"马尔塔大婶惊呼，极力阻拦他，"你至少等我去告诉一下苔莱西娜。你不是听见她说过还要见你吗？我去告诉她……"

"不，不必了，"米古乔决然地回答她，"让她陪着那些先生，她在那里更好，那里才是她待的地方。我，不幸的人……见到过她了，我心满意足了……或者您去也好……您也到那边去……去听听他们会怎么笑吧！我不愿意让他们笑话我……我走了。"

马尔塔大婶把米古乔的突然决定往最坏的意思上想：看成一种表示鄙薄的举动，是嫉恨驱使的。如今，这个可怜的老人认为，所有的人，只要见到她女儿，就会立刻产生最坏的猜疑，正是这种猜疑使得她时常伤心落泪而得不到劝慰，成为她内心的隐痛，喧闹的奢侈生活令她憎恶，使她疲惫不堪的晚年蒙受莫大的耻辱。

"可是我，"她脱口而出，"我已经看管不住她了，我的孩子……"

"为什么？"米古乔从她的眼神里突然看到了一种他还没有来得及想到的疑问，于是问道，并且他的脸色阴沉下来。

老太太为自己的失职而惊慌不安，双手哆哆嗦嗦地蒙住脸，但还是控制不住地让泪水扑簌簌地往下流。

"是的，是的，你走吧，我的孩子，走吧……"她抽抽噎噎地说道，"她不再属于你了，你说得对……当初你们若是听我的话就好了！"

"那么，"米古乔勃然大怒，他朝她弯下身子，使劲掰开她蒙在脸上的一只手。她将一根手指放在嘴唇上，向他表示乞求怜悯的眼光是那样的悲哀和可怜，使得他压住怒火，换了语气，尽量轻柔地接着说道，"哦，那么是她，她……她配不上我了。够了，够了，我还是要走的……而且，现在，更应当走了……马尔塔大婶，多傻哟，我原来还不明白哩！别哭……已经是这样了，有什么办法呢？幸运，人人都说……幸运……"

他从桌子底下拿起手提箱和布袋子，走到门口，这时他想起在布袋子里装着他从家乡给苔莱西娜带来的鲜美柠檬。

"哦，马尔塔大婶，您看。"他说。

他解开布袋的口，用一只胳臂在桌子上挡着，把那些芳香的鲜果倒在上面。

"如果我把这些柠檬都扔出去，"他又说了一句，"砸到那些先生的脑袋上，怎么样？"

"千万不要这么干。"小老太太涕泪交流地呻吟道，同时做了个手势，恳求他不要说下去。

"不会的，什么也不干。"米古乔接着说，苦笑着把空口袋塞进衣兜里，"我本来是带给她的，但是现在我只留给您一个人，马尔塔大婶。"

他拿起一个柠檬，举到她的鼻子底下。

"您闻闻，马尔塔大婶，闻一闻咱们家乡的泥土味儿……说起来，我还为它上了税钱呢……算了。只给您一个人，您记住了……对她就这么说：'我祝她交上好运！'"

他重新提起小箱子，走出去。但是他走在台阶上时，一种痛苦的失落感袭上心头：孤身一人，在黑夜里，被遗弃在一座陌生的大城市里，远离家乡，失望，沮丧，委屈……他走到大门口，只见门外大雨滂沱。他没有勇气冒着大雨闯进不认识的大街。他轻轻地返回屋里，走上楼梯的拐角处，然后在第一级台阶上坐下，在膝盖上支起胳臂肘，脑袋垂落在手掌上，不出声地哭了。

在宴会快结束时，苔莱西娜再次出现在小房间里，她看见妈妈又在那里独自垂泪，而客厅那边的先生们正在欢声笑语闹个不休。

"他走了？"她问道，感到很意外。

马尔塔大婶不看她，只是肯定地点了点头。苔莱西娜目光茫然地呆想了一会儿，然后叹息道：

"可怜的人……"

说完又立刻微笑了。

"你看哪，"母亲对她说着，不再用餐巾擦拭眼泪，"他给你带来了柠檬……"

"啊，真好看！"苔莱西娜一下子跳过去，惊喜地叫道。她将一只胳臂紧贴在腰前，另一只手往怀里装柠檬，尽可能多地捧走一些。

"不行，不要拿到那边去！"母亲强烈反对。

可是苔莱西娜耸耸肩，跑向客厅，一路嚷道：

"西西里柠檬！西西里柠檬！"

[德] 赫尔曼·黑塞（1877—1962）

Hermann Hesse

一位拥有德国、瑞士双重公民权的作家、诗人和画家。

出身于德国卡尔夫镇一个新教牧师家庭，父母曾在印度传教，自幼在浓厚的宗教气氛中长大。

他的大部分作品都涉及一个人对真实性、自我认识和灵性的追求。代表作有《悉达多》《荒原狼》《克林索尔的最后夏天》等。

"因为他富有灵感的著作，在大胆和深入的同时，体现了经典的人道主义理想和高品质的风格"，于1946年被授予诺贝尔文学奖。

婚约

[德] 赫尔曼·黑塞

张佩芬　译

　　在希尔兴街有一家不大不小的布店，它和附近几家店铺一样，还没有受到时髦风尚的影响，因而博得好评。每个顾客离开时，即使是二十多年经常光临的老顾客，店员们也都要说一声："请您下次再来光顾。"有时候，来了几个上年纪的老太太，要按照旧尺寸购买缎带和花边，他们也就拿出旧码尺来接待。负责接待的是布店主人尚未结婚的小姐和一个雇用的女店员，老店主本人也是从早到晚在店堂里，虽然从不开口说话，但却总是忙碌不停。他将近有七十岁，个子矮小，脸色很红润，灰白的胡子修剪得短短的。他那也许早已秃顶的头上终年戴着一顶浆得笔挺的圆帽子，上面用十字布绣着花朵和花纹。他叫安德雷斯·翁格尔特，是这个城里一位忠厚可敬的老绅士。

　　这位沉默寡言的矮小商人看上去毫无特殊之处，数十年来总是这个样子，固然现在年已老迈，可当年青春年少时也是如此。当然，安德雷斯·翁格尔特也有过少年和青年时代，若是问问老一辈人，你就能知道，他从前的绰号叫"矮子翁格尔特"，背着他，人人都这么叫。大约三十五年前，他甚至有过一段"逸事"，如今虽已无人谈说，当年在盖尔贝绍尔却是家喻户晓的，这件事

196

就是他订婚的经过。

年轻的安德雷斯早在学生时代就不喜欢说话和社交活动，他不论在哪儿总觉得自己是多余的人，总觉得人人都在注意他，因而非常小心和拘谨，对每一个人都很谦逊和礼让。对老师，他深深地尊敬；对同学，是又羡慕又害怕。人们从未看见他在街上或游戏场里玩耍，只是偶尔才见到他在河里游泳。冬天，一看见有孩子手里攥着一把雪，他就赶紧蹲下去缩起身子。他常常在家里心满意足地、文气地玩着姐姐留下来的布娃娃，或者在店堂里用秤称面粉、盐和沙子等等，把它们装进小口袋里，又倒出来，又重新装好，又再称一称，就这样交替反复地玩着。他也很高兴帮助母亲做一点轻活儿，替她采购点东西，或者在院子里寻找爬在莴苣上的小蜗牛。

他的同学们确实常常惹他，捉弄他，他却从不生气，几乎是毫不在乎。总而言之，他生活得无忧无虑，简直可以说是心满意足。他在朋友间既然没有发现友谊和类似的感情，也无法和他们交往，就把友谊统统给了布娃娃。他的父亲早已故世，他又是一个遗腹子，因此，母亲对他期望很高，却又非常放任他。这种一味的溺爱中多少带着点怜悯的成分。

这种平平庸庸的情况一直持续到小安德雷斯离开学校，在市区的迪尔兰姆商店实习一年期满为止。这时候他十七岁，他那渴望温情的心灵开始走向另一条道路。腼腆胆小的安德雷斯开始张大眼睛凝视姑娘们，在心里筑起了爱女性的圣坛，他的爱情道路越是坎坷不平，爱情的火焰越是旺盛炽热。

他有很多机会结交和看见年轻的姑娘们，因为他实习期满后就到伯母的布店工作，他是未来的继承人。每天都有小姑娘、女学生、年轻的姑娘和老小姐、女仆和妇女们来来往往，挑选花边或刺绣品，有的夸奖有的挑剔，有的讨价还价，有的买好了货物又回转来调换。安德雷斯对她们个个都殷勤接待，他不停地开关抽屉，上上下下爬高凳，一会儿打开布匹，一会儿折叠包装，一会儿又填写订单，回答价格，每个星期他都要爱上一个不同的女顾客。他红着脸夸奖自己的花边和毛料，用颤抖的手填写账单，当年轻漂亮的小姐傲慢地走出店铺时，他手扶着门框，心里突突跳动，口里念叨着：请下次再来光顾。

为了讨好取悦他所爱慕的美女们，安德雷斯开始注意自己的修饰和举止风度。每天早晨都小心地梳理他那明亮的金发，衣服和衬衫总是十分干净，焦急地盼望他那迟迟出现的胡子生长茂密。他学会了一套接待顾客的高雅姿态，学会了递送货物时把左手平放在柜台上，一条腿微微弯曲，只用一条腿支撑着身体，就连笑容也大有讲究，他的微笑已能焕发出内心幸福的光辉。此外他还经常搜集美妙的新词汇，大都是些副词，但他尽量使它们听来新鲜而有意义。他自幼不善辞令，羞于张嘴，从来很少讲出主语、宾语都很齐全的句子，于是便用这种特别的语句来加以补救，他习惯于说些毫无意义和听不懂的话，企图冒充自己善于辞令。

如果有人对他说："今天天气真好。"矮子翁格尔特就回答："的确……啊，是的……然而……对不起……总之……"当一个女顾客问他，这块布可以拿走了吧，他就这么说道："噢，请吧，是的，毫无问题，是这样，完全正确。"如果有人问他身体可好，他就回答："非常感谢……当然很好……十分健康……"在特别重要和庄严的场合，他免不了说些"虽然如此，总而言之，绝不可能"之类的话。说话的时候，他的全身，从倾斜的脑袋直至支撑着身体的脚尖，都表现出全神贯注、十分殷勤的样子。但表现得最充分的是他那按比例看来过长的脖子，它又细又瘦，青筋毕露，还点缀着一个大得惊人的、转动着的喉结。当这个瘦小的店员用这些支离破碎的话回答别人时，人们得到的印象是他的脖子占了身长的三分之一。

大自然造物绝不会毫无道理。翁格尔特那巨大的喉结虽然和他的拙劣口才不相配，但倒是一个热情的歌手非常合宜的特征。翁格尔特极其热爱唱歌。不论在说那些最成功的客套话时，还是在表演最美妙的商人姿态时，还是在婉转述说"总而言之""倘若如此"时，在他内心深处引起的快感总不如唱歌来得实际。这种才能在学生时期被隐藏着，进入青春期后便逐渐扩展开来，虽然只是偷偷摸摸地演唱。如果他并非极端秘密地享受内心的喜悦和艺术，那么这种态度就与翁格尔特一贯腼腆羞怯的本性不一致了。

晚上，从饭后到就寝前一小时之内，他躲进自己的房间，在黑暗里唱起歌来，深深陶醉于抒情的曲调之中。他的声音可算是男高音，功夫不够之处就努力以情感来弥补。他的眼睛洋溢着湿润的光泽，聪明的脑袋微微后仰，喉结随着歌声上下起伏。他最爱唱的歌曲是《当燕子归去的时候》，唱到"别了，啊，悲伤的离别"这一段歌词时，就拖长颤抖的声音，有时候眼里还噙满泪珠。

他在经商方面进步很快。他原来计划再到大城市去磨炼几年，但是他很快就成了他伯母商店里的得力帮手，店里再也少不了他，何况他又是这家铺子日后的继承人，它将保证他一辈子的物质福利。可是安德雷斯的心却渴望着别的东西。尽管他含情脉脉、彬彬有礼，但在年轻姑娘，尤其是那些美貌的姑娘眼中，他只是一个滑稽人物而已。一连串的失意之后，他对所有的姑娘都表示中意，只要哪一位稍稍向他俯就一步，他就愿意娶她。但是没有一个姑娘向他俯就，虽然他谈吐高雅，他的盥洗室里摆满了讲究的用品。

有一个人倒是例外，但他独独对她毫无所觉。她就是波拉·基琪尔小姐，大家叫她琪西波蕾，她一直对他很友好，也非常关心他。她当然并不年轻，也不算漂亮，比他年长几岁，可以说很不起眼，但却是一个勤劳忠厚的姑娘，出身于一个富裕的手工业工人家庭。他们在街上邂逅，只要安德雷斯向她打招呼，她总是亲切诚恳地答礼；她来布店采购时，也总是和气、朴实、客客气气的，使接待工作又轻松又省力。而她却把安德雷斯那套商人的殷勤款待看作是一片真情。总而言之，他看她只觉得不讨厌，可以信赖而已，此外就无所谓了。她属于那少数不在他心上的未婚少女之一，她离开店铺时也从未令他惘然若失过。

为了讨好姑娘们，他忽而寄希望于精致的新皮鞋，忽而又把希望寄托在一条漂亮的围巾上，对他那正在慢慢长出来的胡子更是珍惜万分。最后他还从一个旅行商人手里购买了一只镶着一粒大宝石的金戒指。当时他已经二十七岁了。

一直到了三十岁上，他还只是怀着渴望在婚姻港口的远处逡巡迂回。母亲和伯母认为有必要插一手以促进事情的进展。于是那位上了年纪的伯母就表示说，她希望在自己还活着的时候就把店务移交给侄儿，但是必须在他和本地一个品行端正的女孩子举行婚礼之后。这也正是他母亲的心意。她多方考虑后，认为必须让孩子参加一些社团活动，可以多接触一些人，也能学学怎样和女孩子交往。她知道他非常喜爱唱歌，便想由此作为开端，她建议他报名参加一个歌咏团。

安德雷斯虽然讨厌社交活动，却也首肯了。不过他认为与其参加歌咏团，不如参加教堂的合唱队，因为他更喜欢严肃的音乐。其实真正的原因是玛格丽特·迪尔兰姆也参加了教堂合唱队。她是安德雷斯从前实习一年时的商店老板的小姐，是一个活泼美丽的姑娘，年龄只有二十岁多一点儿，安德雷斯最近爱上了她，因为一段时间以来他没有遇见年龄相当的未婚姑娘，至少是没有漂亮的姑娘。

母亲没有理由加以反对。教堂合唱队确实不如歌咏团那么热闹，也不举办那么多社交晚会，但是这里的会费便宜得多，再说参加的姑娘又都是好人家出身，在平常练习和正式演出时，安德雷斯有很多机会接触她们。于是她立即带他来到合唱队主持人家中，主持人是一位上了年纪的老教师，他亲切地接待了他们。

"啊，翁格尔特先生，"他问，"您想加入合唱队？"

"是的，的确，请……"

"您从前学过唱歌吗？"

"噢，是的，不过似乎……"

"好吧，我们试试看。请您唱一首您能背下来的歌，哪一首都行。"

翁格尔特像孩子一般满脸通红，一句也唱不出来。但是老教师再三要求，最后几乎都快生气了，安德雷斯才压制住恐惧，望望静坐在一旁露出失望神色的母亲，唱起一首他所喜爱的歌曲。由于心神不宁，第一节他就唱错了拍子。

老教师向他示意够了，并且客气地说道，他诚然唱得不错，看来很能掌握感情[1]，不过似乎更适于表现世俗的音乐，他何不到

1　原文是意大利文con amore，意谓"富于爱慕之情"。

歌咏团去试一试呢。翁格尔特先生正要结结巴巴回答，他的母亲急忙插嘴替他说情：她知道这孩子唱得确实很好，只是今天有点儿紧张，若能让他参加，她真是感激不尽。歌咏团是另一码事，不够高雅。而她每年对教堂也都有捐赠，简而言之，好心的老先生至少要给他一段练习的时间，然后看看他此后的成绩。老人再次劝告他们说，唱圣诗并不是什么有趣的事情，站在唱诗坛上练习无疑也不会舒服，可是最后还是母亲的滔滔雄辩获得了胜利。三十多岁的男人竟然申请参加合唱队，而且由母亲保护着前来，老教师活了这么大年纪也是头一回碰上。这样的成年人参加合唱队确实非同寻常，也令人不安，但是这件事却使他暗暗感到高兴，当然不是为了音乐的缘故。他告诉安德雷斯参加下一次排练，然后微笑着送他们出门。

星期三晚上，矮子翁格尔特准时来到练习室。大家正为复活节练习大合唱。陆续来到的男女歌唱家们都向这位新会员亲切问好，人人显得非常愉快和开朗，这使翁格尔特也感到快乐。玛格丽特·迪尔兰姆也来了，她也微笑着向他打招呼。虽然好几次背后传来窃笑声，但他早已习惯于被人看作有点滑稽的人，这也就不以为耻了。使他惊讶的是举止严肃的琪西波蕾也在座，不久他又发现她竟是最受重视的歌手之一。她过去对他的态度一直是和蔼可亲，现在却对他出奇的冷淡，似乎很讨厌他也挤到这里来。但是琪西波蕾和他又有什么相干呢？

练唱时，翁格尔特极其小心。幸而学校里学的那套乐谱常识他还大致记得，尚可对付着跟在别人后面一节节往下哼哼。至于整首歌就完全没有把握了。他满怀忧虑，生怕走了调。他的犹豫紧张使老教师感到好笑，也引起了他的同情，甚至在临别时，老教师还勉励他说："坚持学下去，时间一长就会有进步的。"不过那天晚上安德雷斯已经很满足，他的位置挨着玛格丽特，可以恣意欣赏她的美貌。他又想到礼拜天前后那几次正式排练中，男高音歌手在练习坛上的位置恰好排在姑娘们后面，一想到整个复活节期间都可以待在迪尔兰姆小姐身边毫无拘束地注视她，安德雷斯不禁满心喜悦。可是自己个子太矮，站在其他男歌手中间可能什么也看不到，想到这里又不免十分烦恼。他鼓起勇气期期艾艾地向另外一个男歌手诉说自己今后在练习坛上的困难处境，当然并没有说出令他苦恼的真正理由。这位同事就微笑着安慰他说，一定帮他找一个最好的位置。

排练一结束，大家匆匆告别后就各自回家了。有几位先生陪送女士回家，另有几个人结伙去了酒店。翁格尔特独自一人可怜巴巴地站在昏暗的院子里目送着别人，玛格丽特的离去尤其使他感到怅然。琪西波蕾从他身边走过，他一拿下帽子，她就说道："回家吗？我们同路，可以一起走。"他很感激，两人并肩穿过三月天阴冷潮湿的街道回到家中，除了互相道别，一路上什么话也没有说。

第二天，玛格丽特·迪尔兰姆来到布店，他赶忙亲自接待。他挥动尺子就像舞动小提琴弓一般，抚摩各种布料都像摸着了丝绸，每一项小小的服务，他都殷勤周到，心中暗暗希望，她会和他谈几句关于昨天晚上，关于合唱队，关于排练的事情。她果然谈了。她在跨出门口时问道："翁格尔特先生，我真没想到您也喜欢唱歌。您唱了很久了吧？"当他心里怦怦跳着，吃吃地回答"是的……应该说……请原谅"时，她已略略一点头在街上消失得无影无踪了。

"瞧着吧，瞧着吧！"他暗暗思忖着，心里编织着未来的美梦，生平第一回把纯毛饰带和半毛饰带放错了地方。

复活节即将来临，和往年一样，在耶稣受难节和复活节都有合唱队的演出，因而这一周内要排练好几次。翁格尔特总是准时到达，他费尽心机不惹人讨厌，对每一个人都尽量讨好。只有琪西波蕾似乎对他不太满意，这使他感到不快，因为她终究是他可以完全信赖的唯一的姑娘，而且通常总是和她结伴回家的，尽管他不时下定决心想陪送玛格丽特回家，但始终没有勇气实现这一愿望，所以总和波拉同行。第一回他们在路上没说一句话。第二回基琪尔就诘问他，为什么如此沉默寡言，难道害怕她吗？

"不是的！"他吃惊地结结巴巴道，"不是这样……不如说……当然不是……相反的。"

她轻声笑了，又问道："唱歌的感觉怎么样？很有趣吗？"

"当然是的……非常的……事实如此。"

她摇摇头轻声说："难道真的不能和您好好谈话吗，翁格尔特先生？您说话怎么总在兜圈子？"

他困窘地看着她，口吃得更加厉害了。

"我这么说是好意，"她接下去说，"您说是吗？"

他用力地点头。

"那么好吧！您除了会说'怎么！总之！对不起！'诸如此类的话，其他话就不会说了吗？"

"啊，我会说的，虽然……实际上。"

"您看，又是'虽然！实际上！'请告诉我，您晚上和母亲、伯母闲谈时说的是德语吧？您和我以及别人也这么说话就可以了。人们说话都应该有条有理，您不想这样吗？"

"当然我也想这样……的确如此……"

"很好，您还是很明白的。我现在可以和您谈谈了，有一些话我一直想跟您谈一谈。"

于是她不管他是否习惯，就和他谈开了。她说，他既然不擅长唱歌，参加合唱队岂不反常，图什么呢？再说那里又都是些比他年轻得多的人。在那里，人们经常用各种方式拿他当笑料，难道他毫无察觉吗？她的谈话内容越是使他感到屈辱，他就越是感到这番劝告确是出于好心和友善。他几乎要哭出来，不知是该冷淡地谢绝呢，还是该衷心地感谢。这时他们已走到基琪尔家门口。波拉向他伸出手去，并且诚恳地对他说道：

"晚安，翁格尔特先生，别以为我是恶意，我们下次再继续谈吧，好不好？"

他昏昏沉沉回到家里。她那番直言不讳的话实在令他痛心，但是居然有人如此友好、诚恳、好心地同他谈话，这还是第一次，也确实使他感到安慰。

在下一次排练后的归家途中，他已能用普通的话语和她交谈，也就是说同日常和母亲谈话时一样。这一成功大大增添了他的勇气和信心。再下一个晚上，他甚至试图向她表白自己，他几乎就要说出迪尔兰姆小姐的名字了。但他终于没有说出口，因为他想波拉不可能帮助他的。波拉确实没有让他说完。她突然打断他的自白，说道："您想结婚了吧，是不是？这才是您应该做的聪明事。您是到结婚的年龄了。"

"年龄是大了一些。"他悲哀地说。但对这话她仅仅是一笑而已，因而他只得毫无慰藉地回去了。再下一次他又把话题引到这方面来。波拉只是对答说，他必须知道自己究竟想同什么人结婚；

按他在合唱队扮演的角色而言，显然不会对事情有任何促进，因为年轻的小姐无论如何也不会挑一个被大家当作笑料的人来做自己的爱人的。

这几句话使他的心灵深处痛苦万分。此时紧张筹备着的耶稣受难节即将来临，翁格尔特将要生平第一次随着合唱队登上乐坛。那天早晨他特别细心地穿好衣服，戴上大礼帽，提前来到了教堂。找到给他指定的位置以后，他向那位曾经答应帮他找位置的同事再一次提出了要求。事实上那一位显然没有忘记这件事，他向奏风琴的乐师招招手，那个人会心地笑着搬来一只小木箱，放在翁格尔特所站的位置上，要他站上去，于是这个小个子不论想看人，或者被别人看，都与身材最高的男高音歌手处于同等地位。不过这么站着既费劲又危险，他必须精确地保持身体的平衡，否则就可能跌落到站在栏杆边的姑娘们下面去，就要跌断腿，因为风琴前面是一道狭窄而陡直的台阶，一直往下就是教堂大厅，想到这里他不禁汗流如注。但是他也有高兴之处，美丽的迪尔兰姆小姐紧挨着他，他的两只眼睛正好对着她的颈项。当合唱和全部祈祷仪式结束时，他感到自己已经筋疲力尽。待到大门洞开，钟声敲响时，他不由得深深出了一口气。

第二天琪西波蕾指责他说，他站在垫高了的位置上还那么扬扬自得，简直成了笑柄。他保证道，今后决不再以自己的矮小为耻，不过明天的复活节演出还需要最后使用一次小箱子，为了不至于使那位替他效劳的先生伤心。她也不好给他点明，那一位先生搬来箱子只是想戏弄他而已。波拉无可奈何地摇摇头，对他的愚笨大为生气，同时也为他的纯洁善良所深深感动。

星期天复活节早上，教堂合唱队的演出较前一天的更为庄严。

在严肃的音乐演奏过程中，翁格尔特只顾在小箱子上拼命维持平衡。合唱临近结束时，他吃惊地感到自己脚下的箱子在摇晃，大有散架的趋势。他别无他法，只能一动不动地站着，以免滚落到台下去。翁格尔特渐渐缩起身子，满脸痛苦，发出轻微的呻吟声，除了感到灾难和不幸将要来临，其他什么也不想了。最后总算完了，他安然无恙地跳到地上，指挥、教堂大厅、合唱席以及金发玛格丽特的漂亮颈项都从他的眼帘中消失了。幸运的是，整个教堂中，除了正在唱歌的男歌手，只有一部分坐在附近的男学生看到了他这一幕。富于感染力的复活节歌声越过他蜷曲的身子，欢乐地高高飞翔而去。

风琴师奏完终曲后，人们纷纷离开了教堂，只有合唱队的队员们还站在台上互相交谈着，因为按照往年的先例，在复活节的次日，合唱队都要举行盛大的郊游。安德雷斯·翁格尔特对这次郊游早就寄托了很大希望。这次他甚而有勇气询问迪尔兰姆小姐是否也去，并且问话时居然没有口吃。

"是的，我当然去，"漂亮姑娘平静地回答，然后又添了一句，"刚才您不难受吗？"说着忍不住想笑，于是不待他答话就急忙逃走了。这一幕恰好落在波拉眼里，她的同情和严肃的目光更使翁格尔特困惑不解。他的炽热的勇气也骤然重新冷了下来。若是他不曾把郊游的事告诉过母亲，而且他母亲不曾要求同行的话，那么他现在就会放弃郊游、合唱队以及一切希望。

复活节的星期一，天气晴朗，天空一片碧蓝。下午两点，合唱队的全体人员带着亲戚朋友几乎都到了，他们先在城市郊区的落叶松树林下集合。翁格尔特也偕母亲同来了。上一天晚上他向母亲坦白承认自己爱上了玛格丽特，但是希望渺茫。母亲如果在郊游时助他一臂之力，也许尚有一线希望。她极愿自己的孩子获得称心的爱人，但是她觉得玛格丽特过于年轻，过于漂亮，和他并不匹配。当然试一试也无妨，最要紧的是让翁格尔特尽早娶亲，以便接管店务。

山路陡直险峻，大家爬得很累，已经没有余力唱歌了。尽管如此，翁格尔特太太却仍然是精力充沛，呼吸通畅，并对她儿子今后数小时内的举止行为作了谆谆教诲，然后又找到迪尔兰姆太太兴高采烈地谈起来。玛格丽特的母亲爬山爬得气喘吁吁，一边听着有趣的开心事情，一边回答着必须回答的问话。翁格尔特太太从美妙的天气开始，谈到了教堂音乐的可贵之处，又称赞迪尔兰姆太太气色颇佳，接着把玛格丽特迷人的春装夸了一通。半路上为了化妆而停留片刻后，翁格尔特太太又娓娓叙述了她妯娌的布店近年来所取得的惊人成就。迪尔兰姆太太听到这里也少不了要夸奖年轻的翁格尔特先生几句，说他几年前在迪尔兰姆先生家见习时，她丈夫就已发现和肯定了安德雷斯的风趣和经商能力。这几句奉承话使得做母亲的心花怒放，她叹息道，当然，安德雷斯很是勤勉，所以店务才能如此扩展，如今这家华丽的商店已经等于是他的产业了，可惜安德雷斯对女性太腼腆羞怯。他并非不喜欢结婚，也不是缺乏成家的品德，而是太缺少自信心和行动的勇气了。

迪尔兰姆太太开始安慰这位忧心忡忡的母亲，话题自然而然引申到她女儿身上，她倒还没有替女儿考虑得这么远，但是她敢保证，城里所有未婚的小姐都会愿意和安德雷斯联姻的。这些话让翁格尔特太太觉得心里像喝了蜜糖水一般甜丝丝的。

这时候玛格丽特和一伙年轻人已经走远了，翁格尔特也加入了这一小群最年轻最活泼的人的队伍，尽管他由于腿短，要跟上他们得使出浑身的力气。

今天大家对他特别友好，因为这个有着一双钟情的眼睛、胆子又极小的矮子对这群淘气鬼来说，真是送上门来的玩意儿。连美丽的玛格丽特也参与其事，假装正经地一次次把这个单恋者拉到身边谈话，害得他神魂颠倒，结结巴巴地语无伦次。

这种戏弄并没有维持多久。可怜的小伙子逐渐发觉大家在千方百计地拿他当消遣，他本想给予报复，但最后还是沮丧地放弃了这个念头，并竭力装出什么也没有察觉的样子。每隔一刻钟，这伙年轻人的兴致就高涨一分。而安德雷斯对这些向他倾注的种种挖苦、嘲弄和打趣感觉得越明白，就越是故意哈哈大笑。末了，这伙人中有一个身材高大的鲁莽的助理药剂师，开了一个非常粗鲁的玩笑，从而结束了这场闹剧。

他们恰巧经过一棵美丽而古老的橡树下面，这位药剂师说，他想试试能否用手攀住这棵高大橡树的最低的那根树枝。他纵身跳了许多次，但总是够不着它，围成半圆形看他表演的观众开始嘲笑他。他灵机一动，心想，何不找个替身当靶子，这样自己就可以挽回面子了。他猛然转身抓住矮子翁格尔特的身体，然后把他高高举起，同时叫他抓住那根树枝，要他紧紧抓住不放。翁格尔特被这次突然袭击所激怒，但在半空中摇摇晃晃的实在怕人，他只好攀住树枝，紧紧地抓着不放；那人一看到他已攀住树枝，便立即松了手，只剩下翁格尔特孤零零地吊在树上，在这伙人的哄笑声中可怜巴巴地蹬动双腿，发出愤怒的尖叫声。

"放我下来！"他大声尖叫，"你们赶快放我下来啊！"

他的声音嘶哑，感到受了彻底的打击，受了永远无法洗清的奇耻大辱。而那个药剂师还提议说，罚他表演一个节目才行。大家又都兴高采烈地随声附和。

连玛格丽特·迪尔兰姆也叫嚷道："一定要表演完了才能下来。"

事到如今他也无法反抗。

"好吧，好吧，"他嚷道，"快点说吧！"

那伙捣蛋鬼简短地提了要求，翁格尔特先生参加教堂合唱队已有三个星期，但是还没有人听见过他的歌声，他若不给在场的人唱一支歌，就不让他脱离目前的险境。

话音未落，安德雷斯已经唱起来，因为他觉得力气快用完了。他呜咽着唱起了《请想一想那个时刻》——第一节尚未唱完，他就支持不住松开了手，尖叫着摔了下来。大家都吓得大惊失色，倘若他摔断了腿，那岂不太令人后悔和难过了吗？可他安然无恙地站了起来，捡起掉落在身边沼泽地上的帽子，小心翼翼地再戴到头上，一言不发地又折回刚才走过的路上。拐过第一个弯以后，他就在路边坐下略事休憩。

那个药剂师内疚地悄悄跟在他后面，想要请他原谅，翁格尔特却不想理他。

"我真是十分抱歉，"他又一次请求说，"我实在不是恶意。请您原谅，请回到大伙儿这里来吧！"

"事情已经完了。"翁格尔特说，示意他走开，那个人只好失望地离去。

片刻之后，第二批年龄较大的人，包括两位母亲在内，也慢慢地走近了。翁格尔特走到母亲身边说道：

"我要回去了。"

"回去？为什么呢？出了什么事吗？"

"没有。我现在已完全明白，再待下去就毫无意义了。"

"真的吗？你求婚遭到了拒绝吗？"

"不是的。不过我想倒不如……"

她不让他说完话，拉着他向前走。

"别傻了！一起走吧，事情会好起来的。喝咖啡的时候我安排你坐在玛格丽特身边，打起精神来。"

他愁容满面地摇摇头，然而却服从了，跟着母亲继续往前走。琪西波蕾打算同他谈一谈，看见他目光呆滞，沉默无言，满脸不快的神色，只好打消了这个念头，当着众人的面翁格尔特还从不曾露出这种神色过。

半小时后，大家抵达了郊游的目的地——一座小小的林中村庄，这里有一家以咖啡闻名的饭馆，饭馆附近还有一座古代强盗骑士城堡的遗迹。在饭馆的小花园里，那伙早已抵达的年轻人正在兴高采烈地做游戏。现在他们把桌子从屋子里搬出来，依次排齐，又搬来了椅子和长凳。然后铺上干净台布，摆上了杯、碟、咖啡壶和面包点心等。翁格尔特太太没有食言，她把儿子的座位安排在玛格丽特身边。而他并没有利用这有利条件，始终郁郁不乐地沉浸于自己的苦恼之中，木然地用汤匙搅拌着已经冰凉的咖啡，虽然母亲向他频频示意，他却顽固地沉默着。

喝完第二杯咖啡后，年轻人中的头儿建议散步到城堡废墟去，在那里做游戏玩耍。于是青年男女们在一片喧嚷声中纷纷离席，玛格丽特·迪尔兰姆也站了起来，动身前把她那镶着珍珠的漂亮提包交给了垂头丧气坐在一旁的翁格尔特，并说道：

"翁格尔特先生，请您替我保管一下，我们要去玩了。"他点点头，接过提包。她竟认定他一定留在老年人身边，不去参加他们的游戏，这一冷酷的现实已经不再令他吃惊了。他只是惊讶自己怎么没能一开始就察觉这一切：刚去排演合唱时大家异乎寻常的欢迎，那只小木箱事件以及其他许多事。

年轻一辈人走后，留下来的人继续喝着咖啡，闲聊，翁格尔特悄悄离开座位，穿过花园后面的田野，朝森林走去。他手里拿着的小提包在阳光下闪闪发光。他在一棵新砍的树木残干前停住脚步。他掏出手帕铺在尚很潮湿的木头上，坐了下去，然后用双手托着头，陷入了悲哀的沉思，当他的目光再度落到那只色彩斑斓的手提包上时，这时，随着一阵清风，耳中又听到那伙年轻人的欢叫和吵嚷声，他便深深垂下他那沉重的脑袋，开始压低声音，孩子一般地哭泣起来。

他就那样坐了一个多钟点。他的眼睛已经恢复常态，激动的情绪也已消逝，只是比往常更深切地感到自己处境的不幸和一切努力的枉然。这时他听见一阵轻轻的脚步声向他移近，随后是一阵衣服的窸窣声，还没等他跳起来，波拉·基琪尔已经站在他身旁了。

"怎么孤零零一个人？"她开玩笑似的问。他不作声，她就细细审视他的脸，突然神情严肃地用女性特有的温柔问道："发生了什么事？您遭遇不幸了吗？"

"没有，"翁格尔特轻声回答，不再考虑任何修辞，"没有。我只是看出了自己和大家不相适应。我成了他们的小丑。"

"是吗，恐怕没有那么严重吧……"

"不，事实如此。我是他们的小丑，尤其是小姐们的小丑。由于我善良老实，大家就认为我笨。您说得对，我本来不应该参加合唱队的。"

"您可以退出呀，这样不就万事大吉了吗？"

"我当然要退出的，我恨不得今天就退出呢。但是还远远没有万事大吉。"

"为什么呢？"

"因为我已成了姑娘们的笑料。因为完全不可能有人对我……"

他几乎又要大声哭泣。她便柔声问道："不可能有人对您怎么样？"

他抽抽噎噎地接着说："因为不可能有任何姑娘再尊重我，并且诚恳地对待我了。"

"翁格尔特先生，"波拉慢慢说道，"您不认为您错了吗？难道您认为我也不尊重您，待您不诚恳吗？"

"当然您待我很好。我也相信您仍旧尊重我。可这不是一码事。"

"好吧，那是什么事呢？"

"我的上帝，我简直说不出口。我一想到别的人都比我幸福时，我几乎要疯了，我毕竟也是一个男人呀，是吗？但是有谁……愿意和我……愿意和我结婚呢！"

沉默很久以后，波拉才又开口说道：

"嗯，那么您曾经向某一个人求过婚，问她愿不愿嫁给您吗？"

"求婚！没有的事。还用得着求婚吗？我早就明白谁也不会嫁给我。"

"那么您是期望着姑娘们来到您跟前说：'啊，翁格尔特先生，您若和我结婚，我将感到非常高兴！'当然，那样的话，您就等着吧。"

"我明白的，"安德雷斯叹了一口气说，"波拉小姐，我的意思您应该明白。只要我知道有谁认为我好，而且稍稍真心待我，那

213

么我就会……"

"那么您也许会宽宏大量地向她眨眨眼，或者用手指召唤她！我的上帝，您是……您真是……"

她边说边跑开了，没有发出任何笑声，而是噙着眼泪。翁格尔特没看见她流泪，却听到她的声音有些异样，也觉得她的跑开有点反常，便跟着追来，追上之后，两人在默默无语中突然拥抱在一起接了吻。矮子翁格尔特就这样订下了婚约。

当他羞涩地，同时又勇敢地挽着未婚妻的胳膊回转饭馆的花园时，大家已准备动身离开，只等待他们两人了。在一片骚动、惊讶、叹息和祝贺声中，美女玛格丽特走到翁格尔特面前，问道："哎哟，您把我的提包放在哪儿啦？"

未婚夫听了一愣，急急忙忙又折回树林里去，未婚妻也跟着跑去。就在他方才独坐哭泣的地方，手提包正在枯叶堆里闪着光，波拉说道："我们回来一次正好，你的手帕也掉在这里呢。"

[法] 安德烈·纪德（1869—1951）

André Gide

法国作家。

出身于巴黎的一个中产阶级新教家庭，自小在诺曼底孤独地长大，在早期已成为多产作家。

擅长虚构和自传书写，一生著有小说、剧本、论文、散文、日记、书信多种，代表作有《如果麦子不死》《窄门》《人间食粮》等。

"为了他多样性的与有艺术质地的著作，在这些著作中，他以无所畏惧地对真理的热爱，并以敏锐的心理学洞察力，呈现了人性的种种问题与处境"，1947年瑞典文学院授予其诺贝尔文学奖。

浪子归来

[法] 安德烈·纪德

李玉民 译

浪子归来

我为私心的快慰，在此描绘救世主耶稣基督给我们讲述的这篇寓言，犹如古人所作的三联画。我任由激发我的双重感兴混淆而杂乱，无意彰显任何神灵对我的胜利，也无意彰显自己的胜利。不过，读者如若考问我的虔诚，也许在我的描述中不难发现；我就像在图画边角的一位施主，跪在浪子的对面；也像他那样，既含笑又泪流满面。

——献给亚瑟·封丹

浪子久别家门之后，厌倦了想入非非，也鄙弃了自身，在自寻寒苦的沉沦中，又念起父亲的面容，念起母亲常去俯在他床头的那个颇大的房间，念起那个有活水灌注的园子，想当初他总要逃出那终年紧闭的园子，还念起他从来就不爱的哥哥，而节俭的哥哥却为他保存了他未能挥霍的那份财产；浪子心中承认他并没有找到幸福，也未能在缺乏幸福的情况下，延长他所追求的陶醉。"噢！"他想道，"父亲当初十分生气，如果以为我死了，再见到我时，也许不顾我的罪孽，还会很高兴吧；如果我低首下心回到他面前，垂着头，风尘仆仆，跪在他面前说道：'父亲，我作了孽，违忤了天，也违忤了你。'如果他伸手把我扶起来，对我说：'进来吧，孩子……'那我该怎么办呢？"浪子不再多想，已经虔诚地上路了。

他走出山峦，终于望见自家炊烟袅袅的房顶。正是暮晚时分，他要等夜色朦胧，以便略微掩饰一点他的狼狈相。他远远就听见父亲的声音，双膝不禁发软；他倒下去，双手掩面，明知自己是正出的儿子，也还是为自己的耻辱而羞愧。他饿了；破斗篷的衬褶里只有一把甜橡实，像他饲养的小猪那样用来果腹。他望见家中正做晚饭，辨认出母亲走到屋前台阶……他再也克制不住，径直跑下山坡，走进院子，迎面的却是一只犬；家犬已不认识他了。他想跟仆人说，而仆人也生疑，赶紧避开，去禀报主人。主人出来了。

他无疑在等待浪子，一见面就认出来了。他张开双臂；于是，儿子跪到他面前，用一只胳臂遮住脸面，举起右手请求原谅，高声说道：

"父亲！父亲，我作了大孽，违忤了天，也违忤了你，已经不配你对我的称呼。不过至少，让我做你的　个仆人吧，做个最末等的仆人，让我待在家中的一个角落，让我生活……"

父亲扶起浪子，紧紧搂抱：

"孩子！祝福你回到我身边的这一天吧！"

他的喜悦溢出心田，眼泪涌出来；他吻了儿子的额头，又抬起头来，转向仆人们说道：

"拿最漂亮的袍子来，给他穿上鞋子，给他戴上一只最贵重的戒指。去牛栏，挑一头最肥的小牛宰了，准备一个欢乐的筵席，因为我说过死了的儿子还活着。"

消息传开了。他急忙跑去，不愿意让人去讲这话：

"孩子他娘，我们流泪想念的儿子回家了。"

全家人的欢乐就像高扬的一首颂歌，闹得长子心事重重。他出席了全家的欢宴，是父亲发了话，逼得他没法儿才入座的。连最低微的仆人都请来了，满席的人唯独他板着面孔，一脸怒气：为什么这样款待一个忏悔的罪人，要胜过他这个从未犯过罪的人呢？比起爱来，他更看重规矩。他肯出席筵席，是给弟弟一个面子，让他高兴一晚上，而且父母也答应了他，明天就狠狠训斥浪子，他本人也打定主意，要好好教训弟弟一顿。

火把烈焰腾空，筵席结束，仆人撤下杯盘。夜晚没有一丝风，全家上下都困乏了，一个个都去睡觉了。然而我知道，在浪子隔壁的房间有一个孩子，浪子的弟弟，一夜直到天亮，他怎么也无法睡着。

父亲的责备

上帝啊，我今天像个孩子，跪到您面前，泪流满面。我忆起并在这里抄下您这喻世的故事，就因为我知道，您的浪子是怎样一种人，因为在他身上我看到自己，而且我听到自己的心声，有时在心里重复您让他在苦海中喊出的这句话：

"我父亲那儿有多少雇工，丰衣足食；而我呢，就饿死在这里！"

我想象父亲的拥抱，在这种父爱的滚热中，我的心会融化。我甚至想象前一代的苦难；唉！我想象人的一切渴望。我相信这个故事，我甚至就是那个人，一走出山，又望见久别家园的蓝屋顶，心就狂跳起来。我还等什么，何不奔向家，冲进去呢？一家人在等我。我眼前已经浮现宰好的小肥牛……停一停吧，不要太急切地摆筵席！——浪子啊！我在挂念你；你先告诉我，洗尘宴过后，第二天父亲对你讲了什么。父亲啊，不管长子如何恣意您，但愿透过他的话语，我能听到您的声音！

"孩子，你为什么离开了我？"

"我真的离开过您吗？父亲！您不是无所不在吗？我从未断过爱您。"

"不要强辩！我有房子安置你。这是为你建造的。多少代人劳作，为了让你的心灵有个安身之所，得到可意的享乐，过舒适的生活，有个职业。而你，是儿子，是继承人。为什么要逃离这个家呢？"

"因为家关住我，我出不去。家，不是您，父亲。"

"这是我建起来的，还是为了你。"

"嗳！这话不是您说的，而是我哥哥讲的。您呢，您创造了世界、房子，以及其他一切。不过房子，这是别人，而不是您建造的。我知道，别人假借您的名义。"

"人得休息，需要房子挡风遮雨。太狂了！你以为能够露天睡觉吗？"

"这还需要多么狂吗？比我穷苦的人，就是那么过来的。"

"那是穷人。你呢，并不穷。谁也不会放弃自己的财富。我让你成了比别人富有的人。"

"父亲，您完全清楚，我离开家时，能带走的财富全带走了。带不走的财富，对我又有什么意义呢？"

"带走的那些财富，全让你挥霍了。"

"我用您的黄金换来欢乐，用您的教诲换来奇思异想，用我的纯真换来诗，用我的庄重换来欲望。"

"你厉行节俭的父母殚精竭虑，培养你这么多品德，难道就是为了这样吗？"

"如果让我燃起更美的火焰，也许是吧，一种新的激情将我点燃。"

"想想摩西望见圣荆丛的那纯洁火焰吧：那火焰只放光而不燃烧。"

"我见识过燃烧的爱。"

"我要教给你的爱，能让人清爽，你瞧，转眼就完了，浪子，给你留下了什么呢？"

"留下了那些欢乐的记忆。"

"欢乐之后就落魄了。"

"我在落魄中，就感到接近您了，父亲。"

"非得穷困逼迫，你才回到我身边吗？"

"我不知道，我不知道。我是在无水的沙漠中，才最爱我的干渴。"

"你陷入穷困，才更好地感到财富的价值。"

"不，不是这样！您怎么没有理解我的话，父亲？我的心完全掏空了，就装满了爱。我花掉了所有财富，买来了激情。"

"这么说，你远离了我，也很幸福？"

"我并未觉得远离了您。"

"那么，是什么促使你回来的呢？说。"

"我不知道，也许是懒惰吧。"

"懒惰，儿子！怎么！居然不是爱？"

“父亲，我对您说过，我从来没有像在沙漠里那样爱您。但是我厌倦了，每天早晨都得觅食生存。在家里，至少吃得很好。”

“对，仆人什么都准备好了。这么说，促使你回来的，是饥饿了。”

“也许还有怯懦、疾病……食物没有保障，日久天长，我的身体就衰弱了。因为，我用来果腹的是野果、蝗虫和蜂蜜。艰难的生活条件，起初还激励我的热情，后来就越来越难以忍受了。夜晚，我感到寒冷时，就想到父亲家中有给我铺好的床；我挨饿时，就想到父亲家中有丰盛的菜肴，能让我顿顿吃饱。我屈服了，自觉已没有足够勇气，也没有足够力气再拼下去，然而……”

“于是，你就觉得过冬的小肥牛肉很香啦？”

浪子痛哭流涕。面孔扑到地上：

“父亲！父亲！甜橡实的野香味，不管怎样还留在我的口中。还没有什么能盖住这种味道。”

“可怜的孩子！”父亲边扶起他边接口说道，“我对你说话，也许口气太生硬了，是你哥哥要我这样的，这个家他做主。是他要我对你说：‘离开这个家，你绝无保障。’不过你听好了：是我造了你，你心中想什么我全知道。我也知道是什么促使你出走的。其实，我就在路的尽头等你。你本可以呼唤我……我就在那儿呢。”

“父亲！这么说，我不回来，也可以找到你了……”

“你感到气力不支，回来也是对的。现在去吧，回到我让人给你收拾好的房间。今天就谈到这里吧，你去歇息。明天可以跟你哥哥谈谈。”

哥哥的责备

浪子一开头就高屋建瓴。

"大哥，"他说话了，"咱们两人不大相像。哥，咱们俩不一样。"

哥哥说道：

"这要怪你。"

"为什么怪我？"

"因为我遵守规矩。凡是别出心裁的，都是狂妄的果实或种子。"

"我所能有的特殊品性，都是缺点吗？"

"只有引导你回到规矩上的品性，才能称为优点，而其余的全应克制。"

"我怕的就是这种肢解：你要消除的品性，也受诸父亲。"

"嗳！不是消除，我对你说的是克制。"

"我完全理解你的意思。不管怎么说，我毕竟克制了我的品德。"

"也正因为如此，我现在才重新发现它们。你还应当发扬光大。你要明白我的建议：不是压缩，而是弘扬你的天性。人的天性中，肉体和精神的成分极不相同，又极难约束，但是必须协同努力：最坏的应当滋养最好的，而最好的又应当服从于……"

"我当初追求的，也正是张扬这种天性，而且在沙漠中找到了——也许和你向我建议的差别不大。"

"老实说，我还真想强加给你。"

"我们父亲讲话可没有这么生硬。"

"我知道父亲对你说了什么。含混不清。什么事儿他都说不大明白了，因此别人让他怎么说，他就怎么说。不过，我很了解他的想法。在仆人面前，我是唯一的传话者，谁若想弄明白父亲的意思，就得听我的解释。"

"没有你，我也很容易就听懂他的话了。"

"你以为听懂了，其实理解偏了。父亲的想法，不能有好几种方式解释，也不能有好几种方式聆听。爱他也没有好几种方式，这样，我们才能在对他的爱中达到一致。"

"在他的家中。"

"这种爱引人回来。你看得明白，你这不回来了。现在告诉我：是什么促使你离开的？"

"我特别强烈地感到，家不是整个世界。我本人呢，也不完全是你们所希望的一个人。当时我不由自主地想象别的庄稼、别的土地，想象可以疯跑的路、还没有人走过的路；我还想象我身上有个新生命，感到就要冲出去。于是我就离家出走了。"

"想想看，当初我也像你一样，抛弃父亲的家，那会成什么样子呀。我们的财产，要全被仆人和盗贼抢光了。"

"那也无所谓，因为我望见了别的财富……"

"你那是妄念夸张。兄弟，是有过无秩序的状态。人是从怎样的混沌中出来，你若是还不知道可以去讨教。人出来很不容易，还带着一身天生的重负，一旦神灵不再往上提，就会重新跌入混沌中。你可不要以身尝试。组成你的那些成分，排列得十分整齐，但你稍一放纵，稍一疏忽，就又回到混乱的状态了……而且，有一点你永远也不会知道，就是人经历了多长时间，才算造就了人。现在，模型算是有了。我们可得把握住了。'抓紧你所持有的，'[1]圣灵对教会的天使这样说，紧接着还补充道，'不让任何人夺走你

1　见《新约·启示录》第三章第二节。

的冠冕。'你所持有的，就是你的冠冕，也就是在他人和你自己之上的这个王国。你的冠冕，篡夺者正在觊觎：篡夺者到处都有，在你周围转悠，附到你身上。抓紧，兄弟！抓紧了。"

"我放开的时间太久了，不可能再紧紧抓住我的财产了。"

"能行，能行，我来帮你。你离开家之后，我照看了这份财产。"

"还有，圣灵的这句话我也知道，你没有引全。"

"不错，圣灵接着这样说：'得胜者，我就把他变成上帝圣殿的一根柱子，他再也不出圣殿了。'"

"'他再也不出圣殿了'，这正是让我惧怕的。"

"如果是为了他的幸福呢？"

"唔！我明白得很。不过，在这座殿里，我有过体验……"

"你出去肯定境况很糟，要不你怎么肯回来。"

"我知道，我知道。我是回来了，我承认。"

"这里有大量财富，你还要到别处寻找什么呢？进而言之：你的财富只是在这里。"

"我知道你为我保管了财产。"

"你的财产没有挥霍掉的部分，也就是说，我们共有的那部分：地产。"

"这么说，我自己的财产一点也没有了？"

"有，一份特别的馈赠，父亲也许会同意给你。"

"我只要那一份，我只愿意拥有那一份。"

"真狂傲！不会问你要不要。坦率地讲，那一份要看运气。我倒劝你还是放弃为好。个人所得的那一份，恰恰把你毁了。那些财富，你一下子就挥霍光了。"

"其余的，当时我也带不走。"

"因此你会看到，还保存得完好无损。今天就谈到这儿吧。进了家门，去歇息吧。"

"正好我也很疲倦了。"

"那就祝福你的疲倦！现在去睡觉吧。明天，母亲还要跟你谈谈呢。"

母亲

浪子，你听完兄长的话，思想还有抵触，现在就让你的心讲讲吧。现在你多么舒服啊，半卧在坐着的母亲的脚下，脸埋在她的双膝间，感受她那爱抚的手按下你倔强的颈项。

"为什么丢下我这么久？"

母亲见你只用眼泪回答。便又说道：

"孩子，现在为什么哭呢？你回到我身边来了。我等你时，眼泪都流干了。"

"您还等我？"

"从来就没有停止盼你回来。每天夜晚临睡觉，我总要想：今夜他若是回来，能打开门吗？因而久久睡不着觉。每天清晨，我还没有完全醒来，心里就想：今天他能回来吗？接着我便祈祷。不知祈祷了多少次，终于把你盼回家了。"

"您的祈祷催我回来了。"

"我的孩子，不要笑我。"

"母亲啊！我低首下心，回到您身边。您瞧，我的额头垂得比您的心还低！我昨天那些念头，没有一个今天不变得毫无意义。在您身边，我就不大明白为什么离家出走了。"

"你不再走了吗？"

"我走不了啦。"

"当时，外面究竟有什么吸引你呢？"

"我不愿意再想这事儿了：什么也没有……是我自己。"

"那么你那时以为，远离开我们会幸福？"

"我并不追求幸福。"

"那你寻求什么来着？"

"我寻求……我是谁。"

"嗳！是你父母的儿子，也是你手足的兄弟。"

"我不像我的弟兄。不要说这个了，反正我回来了。"

"不，还要谈一谈：不要以为你的弟兄和你就那么不同。"

"从今往后，我唯一用心的，就是像你们一样。"

"你这样讲，似乎有些勉强。"

"最累的事，莫过于要与众不同。这一旅程，最终我走累了。"

"真的，你现在就显老了。"

"我受老苦了。"

"我可怜的孩子！你在外边，毫无疑问，不是每天晚上都有人给你铺好床，也不是每顿饭都有人给你摆上餐桌吧？"

"我找到什么就吃什么，饿得不行的时候，往往只吃到青果，或者要烂的果实。"

"你受的苦，恐怕不只是挨饿吧？"

"还有正午的烈日、深夜的寒风、大漠的流沙和把我的脚刺伤流血的荆棘，这一切都未能阻止我，然而——这一点我没有对哥哥说——我还得打工……"

"为什么要隐瞒呢？"

"有些主人很坏，糟蹋我的身体，挫辱我的自尊，还不给我饱饭吃。当时我就想：哼！成了为打工而打工！……于是，我又梦见了家园，也就回来了。"

浪子再次垂下母亲爱抚的额头。

"现在你打算做什么？"

"我对您说过了：努力向我大哥看齐，学会经管家产，也像他一样娶妻……"

"你讲这话，一定是想到了哪个姑娘。"

"只要是您看中的，无论哪个都喜欢。您从前怎么给哥哥办的，就怎么给我办吧。"

"我倒愿意按照你的心思挑选。"

"无所谓！我的心早有过选择。现在，我放弃带我远离你们的狂傲，指引我选择吧。我听从安排，我对您说过。将来，我也同样要求我的孩子听命。我这样打算，就觉得不再那么不着边际了。"

"听我说，现在就有个孩子，你可以管一管了。"

"您说什么？您指的是谁呀？"

"指的是你弟弟，你离家出走那会儿，他还不满十岁，现在你都难以认出他来了，而他……"

"把话讲完，母亲，现在您担心什么呢？"

"你在他身上，能够认出你自己来，因为他同你离家时一模一样。"

"像我吗？"

"像你从前的样子，跟你说吧，但还不像，唉！不像你现在变成的样子。"

"他会变过来的。"

"他必须马上变过来。去跟他谈一谈，你是浪子，他会听你的。明白告诉他，路上有多艰难困苦，别让他去受……"

"究竟有什么让您对我弟弟如此惊慌呢？也许，只有一点相似之处罢了……"

"不，不，你们兄弟俩，在更深处相像。现在我担心他的事，从前在你身上，开头并没有引起我应有的不安。他看书太杂，并不总是挑好书看。"

"不就是这事儿吗？"

"他常常伫立在园子的最高点，你也知道，从那里望过墙头，能看见整个地方。"

"我想起来了。就这些吗？"

"他不大待在我们身边，常往田野里跑。"

"哦！他去那儿干什么？"

"没做什么不好的事儿。不过，他去常打交道的人，并不是那些农夫，而是离我们最远的莽汉，以及外乡人。尤其有一个来自很远的地方，给他讲不少故事。"

"唔！就是那个放猪倌。"

"对呀。从前你认识他？……你弟弟要听他讲故事，每天傍晚都随他去猪圈，吃晚饭时才回家，也没有胃口，还满身臭烘烘的。怎么说他都没用，越管越顶牛。有几次，早晨天刚亮，我们谁还都没起床，他就跑去见那个猪倌，一直陪人家赶猪群出大门。"

"他呢，知道他不该出门呀。"

"从前你也知道！我敢肯定，迟早有一天，他要从我身边跑掉。迟早有一天，他会离家出走……"

"不会的，我去跟他讲，母亲，您不必惊慌。"

"好多事儿，我知道你的话他会听的。第一天晚上，你看见他是怎么瞧你的吗？你的破衣烂衫覆盖着何等魔力啊！接着，父亲给你换上了紫袍。当时我就担心，他在思想里别把这两种衣服混淆了，担心吸引他的，首先还是那破衣烂衫。不过现在看来，我这种念头恐怕太离谱。总而言之，我的孩子，假如早料到要遭那么多苦难，你就不会离开我们，对不对？"

"我弄不清怎么会离开你们、离开您了，母亲。"

"那好吧！这一切，都对他讲讲。"

"这一切，明天晚上我就对他说。现在，您吻一下我的额头吧，就像我小时候，您看着我入睡那样。我困了。"

"去睡吧。我也去为你们大伙儿祈祷。"

同弟弟的对话

浪子的隔壁，是一个并不算小、四壁光光的房间。浪子端着灯，走到弟弟睡觉的床前。只见弟弟面向墙壁。他开口了，声音极低，怕吵醒万一睡着的孩子。

"我想同你谈谈，小弟。"

"有什么妨碍你吗？"

"我以为你睡觉呢。"

"不睡觉也可以做梦。"

"你在做梦，梦见什么啦？"

"跟你有什么关系！我的梦，假如我都不理解，那么你也未必能解释清楚。"

"这么说，你的梦很难捉摸啦？你跟我讲讲嘛，我来试试看。"

"你的梦难道你能选择？我的梦可随意得很，比我还自由……你来这儿做什么？为什么打扰我睡觉呢？"

"你没睡着呢，我来也是小声同你聊聊。"

"你有什么好跟我聊的？"

"没什么，如果你是这种口气。"

"那就再见了。"

浪子走到门口，却把灯撂在地上，屋里的光线就很昏暗了。这时他又走回来，坐到床沿儿，在幽暗中长时间抚摩孩子转过去的额头。

"你回答我的口气多生硬，我回答大哥的话可从来没有这样。然而，我以前也是跟他作对。"

倔强的孩子猛然坐起来。

"你说，是大哥派你来的吧？"

"不对，小弟；不是他，而是母亲。"

"哼！你自己就不会来了。"

"可是，我是作为朋友来的。"

孩子半卧在床上，定睛凝视着浪子。

"我的家人里，怎么会有我的朋友呢？"

"你误会大哥了……"

"不要对我提他！我恨他……一提起他，我整个这颗心就按捺不住。就因为他，我回答你口气才这么生硬。"

"究竟是怎么回事儿？"

"说了你也不会明白。"

"说说看嘛……"

浪子摇着偎在他身上的弟弟，少年精神完全放松了。

"你回来的那天夜晚，我没有睡着觉，整夜都在想：原来我还有个哥哥，我却不知道……正是这个缘故，我的心才跳得那么厉害，看见你走进院子，浑身罩着光彩。"

"唉！我那时穿着一身破衣烂衫。"

"对，我看到你了，那样就已经很光彩了。我看到父亲做了什么：他给你戴上一只戒指，而大哥却没有那样的。我不想向任何人询问你的情况，仅仅知道你从很远的地方回来，而在筵席上，你的目光……"

"你也出席宴会了？"

"唔！我知道你没有看见我。筵席自始至终，你都无视周围的人，目光望向远方。我也知道第二天夜晚，你去跟父亲谈话，那很好，可是第三天……"

"把话讲完。"

"噢！哪怕是一句亲热的话，你也总该对我讲呀！"

"这么说，你在等我？"

"等死我了！你想想，如果那天晚上，你没有跟大哥谈话，又谈了那么久，我会这样恨大哥吗？你们有什么话好说的呢？你应该知道，如果说你像我，那么你跟他却毫无共通之处。"

"我的过失很大，对不起他。"

"这可能吗？"

"至少对不起我们的父亲和母亲。你也知道，我离家出走了。"

"对，我知道，很久以前的事了，是不是？"

"那时我跟你现在的年龄相仿。"

"啊！……这就是你所说的过失吗？"

"对，这就是我的过失，我的罪孽。"

"你走的时候，感到做错了吗？"

"没有，我内心倒感觉非走不可。"

"走了之后呢？出了什么事儿，把你当初认定的真理变成了谬误呢？"

"我遭了很大罪。"

"只为这个你就说你错了？"

"不，不完全如此：正是这一点引起我的反思。"

"当初你就没有思考过吗？"

"当然思考过，可是，我那薄弱的理智被我的欲望控制了。"

"后来又被痛苦控制了。结果，今天你回来了……屈服了。"

"不，不完全如此，是安分了。"

"总之，你放弃了本想成为的那种人。"

"是狂傲要我成为的那种人。"

少年沉默了片刻，继而他突然哭起来，高声说道：

"哥哥！我正是你离家出走时的样子。噢！告诉我，你在旅途上遇到的全是令人失望的东西吗？而我预感外面与这里不同的一切，无非是海市蜃楼啦？我感到自身崭新的一切，全是痴心妄想啦？告诉我，你在路上都碰到什么灰心丧气的事啦？噢！是什么促使你回来的？"

"我追寻的自由，又丧失了：身受拘迫，我就不得不为人效命。"

"我在这里也受拘迫。"

"嗯，但那是效命于坏主人，而这里，你服务的对象，毕竟是父母。"

"嗳！反正是效命，至少能选择主人吧，难道连这点自由都没有吗？"

232

"当初我也是抱着这种希望。我就像扫罗[1]追寻他的驴子那样，也去追寻我的欲望，脚力能走多远就走多远。然而，等待他的是一个王国，而我寻到的却是苦难。不过……"

"你是不是走错路了？"

"我是一直朝前走的。"

"你敢肯定吗？其实，还有别的王国，还有不是王土的地方，总可以去发现。"

"谁告诉你的？"

"我知道。我感觉到的。我还觉得已经统治那里了。"

"太狂傲了！"

"哼！哼！这是大哥对你说的话。为什么你现在也对我重复这种话呢？这种狂傲，你怎么不保住！那你就不会回来了。"

"那我也就不会认识你了。"

"会的，会的，在那边，我会同你会合，你能认出我这个小弟；甚至可以说，我还觉得出走就是为了找到你。"

"你要出走？"

"你还不明白吗？你不是亲口鼓励我走吗？"

"我是想打消你归来，不过先得打消你出走。"

"不，不，别对我讲这种话；不，你也不愿意这样讲。你也同样，对不对？当初你走的时候，就像一个出征者。"

"而这也使我更难忍受给人奴役。"

1　据《旧约·撒母耳记》载，扫罗为父亲寻驴子，走了许多地方也未找见，后来找先知撒母耳问路，而撒母耳已奉耶和华指示，要立扫罗为以色列人的国王。

“那你为什么屈从呢？难道你就那么累得不行了？”

“不，还没有，但是我已有所怀疑。”

“你说什么？”

“怀疑一切，怀疑我自己。我想停下，最终在一个地方驻足。这个主人向我保证的安适，吸引了我……对，现在我明显感觉到了。我不行了。”

浪子垂下头，用手捂住眼睛。

“那么开头什么情况呢？”

“我长时间行走，穿越辽阔的蛮荒大地。”

“沙漠？”

“也不全是沙漠。”

“你去那儿寻找什么呢？”

“我自己也闹不明白了。”

“你站起来，瞧瞧我床头桌上，就在撕破的那本书旁边。”

“看见了，是一个裂开的石榴。”

“还是那天晚上，放猪倌给我带来的，那次他走了三天才回来。”

“对，这是一个野石榴。”

“我知道。这石榴涩得要命，然而我觉得，我若是渴急了，也会咬着吃的。”

“唔！现在我可以告诉你了，我在沙漠里寻找的就是这种焦渴。”

“这种焦渴，还非吃这种不甜的果实而不能解……”

“不然，它倒让人喜欢上这种焦渴。”

“你知道什么地方能采到呢？”

“就是在一座荒废的小果园里，黄昏之前到达那里，四周没有围墙了，直接连着沙漠。那里流淌着一条小溪，枝头挂着一些半熟的果实。"

"什么果实？"

"跟我们园子里的一样，但那是野生的。那里终日都非常热。"

"听我说，知道今晚我为什么等你吗？天不亮我就要走了。就在今天夜晚，今天夜晚。等天一蒙蒙亮……我已经打好了行装，今晚草鞋都留在身边了。"

"什么！我没有做成的事儿，你要去做？"

"你给我开了路，想着你，我就能坚持下去。"

"我该敬佩你；而你则相反，应该忘掉我。你随身带着什么？"

"你也清楚，我是小儿子，家产根本没份儿。我空手上路。"

"这样更好。"

"你对着窗口看什么呢？"

"看咱们先辈长眠的园子。"

"哥……"少年说着，从床上起来，用他那变得和声音一样温柔的手臂，搂住了浪子的脖子，"跟我一道走吧。"

"让我留下吧！让我留下！我留下来安慰我们的母亲。没有我，你会更勇敢。现在到时候了。天色发白了。悄悄地走吧。好了！小弟，拥抱我吧，你带走了我的全部希望。你要坚强，忘掉我们，忘掉我。但愿你不要回来。下去慢一点儿。我拿灯照亮……"

"唉！让我拉着你的手，一直走到门口。"

"当心脚下的台阶……"

[美] 威廉·福克纳（1897—1962）

William Faulkner

美国小说家、诗人和剧作家。

出身于密西西比州新奥尔巴尼一个没落的庄园主家庭，他没有受过多少正规教育，但从小爱好阅读，20世纪20年代末期开始以写作为业，先后创作了一系列具有美国南方风格和气息、反映南方生活的小说。代表作有《喧哗与骚动》《我弥留之际》《押沙龙！押沙龙！》等。

他是意识流文学在美国的代表人物，1949年诺贝尔文学奖得主，获奖原因为"他对当代美国小说做出了强有力的和艺术上无与伦比的贡献"。

干旱的九月

[美] 威廉·福克纳

张和龙 译

一

　　整整六十二天大旱无雨后，有一桩谣言，或者说一个传闻，不管你叫它什么吧，就像干草堆里扔进了一根火苗，迅速燃烧蔓延，穿透了残阳如血的九月的黄昏。那是关于米妮·库柏小姐和一个黑奴的事儿。什么强暴啊，侮辱啊，恐惧啊——就在那个星期六的晚上，人们聚集在理发店里，不清楚究竟发生了什么。天花板上的吊扇没有吹来清爽的凉风，而是不停地搅动着浑浊的空气，将一股股浓烈的洗发水和润发膏的陈腐味儿，还有人群中呼出来的污浊气息和身上散发出来的汗馊味儿，又源源不断地吹回到他们的身上。

　　"这事儿绝不是威尔·麦斯干的！"理发师说。他人到中年，身形偏瘦，褐色皮肤，神情和善。他正在给一位顾客理发。"我了解威尔·麦斯。他是一个心地善良的黑奴。我也了解米妮·库柏小姐。"

　　"你了解她什么？"第二个理发师说。

　　"她是谁？"那位顾客问，"一位年轻姑娘？"

　　"才不是！"理发师说，"她的年纪在四十岁左右。还没结婚呢。所以我为什么不相信……"

"什么信不信的，见鬼去吧！"一个大块头青年破口大骂。他身上的丝绸衬衫汗渍渍的。"你宁可相信黑鬼的话，也不相信白种女人的话吗？"

"我不相信威尔·麦斯会做出这种事情来！"理发师说，"我了解威尔·麦斯。"

"兴许你知道是谁干的。兴许你已把他送出镇子了，你这个该死的亲黑鬼的家伙。"

"我不相信真有那么一回事。我觉得什么事也没发生。伙计们，你们想想看，要是女人岁数大了还没结婚的话，她们会不会对男人胡思乱想……"

"你真是一个混账的白人！"理发的顾客呵斥道。他在裹身的围布下动了动。大块头青年跳起脚来。"你不相信？"他反问道，"你是在指责白种女人撒谎吗？"

那个顾客几乎站了起来，理发师只好将剃刀停在半空。他并没有回头。

"全怪这该死的天气。"另一个人说，"碰到这种鬼天气，男人们什么事都能干得出来。甚至对她也能干得出来。"

谁也没笑。理发师用温和而坚定的语调说："我可没有指责别人的意思。我明白，你们也都明白，一个女人怎么会……"

"你这个该死的亲黑鬼的家伙！"年轻人骂道。

"住嘴，布奇！"另一个人说，"我们还是把真相查清楚，回头再行动也不迟啊。"

"谁去查？谁去查清真相？"年轻人说，"真相，见鬼去吧！"

"你真是个优秀的白人青年，"顾客说，"难道不是吗？"他的胡须上涂满了泡沫，看起来就像是动画片中的小跳鼠。"你告诉他们，杰克，"他对大块头青年说，"如果这个镇子上的白人都死光了，你们还可以把我算进来，尽管我只是一个推销员，而且还是外乡人。"

"你说得对，伙计。"理发师说，"首先得把真相查清楚。我了解威尔·麦斯。"

"得了吧，我的上帝！"年轻人大叫，"想不到，这个镇子上还有一个白人——"

"住嘴，布奇！"第二个开口说话的人说，"我们有足够的时间来查啊。"

那位顾客抬了抬屁股，朝他看了过去。"难道你认为，黑鬼强暴了白人是可以饶恕的吗？难道你想说，你是白人却赞成这样的事情吗？你最好滚回北方去，从哪儿来滚回到哪儿去。南方不需要你这样的人。"

"什么北方北方的？"第二个人说，"我可是这儿土生土长的本地人！"

"嗨！我的上帝啊！"年轻人感叹。他用紧张而困惑的目光朝周围扫视着，仿佛尽力回忆起他想说的话和想做的事情来。他用袖子擦了擦脸上的汗珠。"该死的，我绝不会让一个白种女人——"

"你告诉他们，杰克，"那位推销员说，"看在上帝的份儿上，要是他们——"

理发店的纱门被砰的一声撞开了。一个人走了进来，他叉开双腿站在那儿，身形笨重，姿态轻松。他身穿白色衬衫，领口处敞开着，头上戴着一顶毡帽。他用咄咄逼人的目光打量着人群。这个人的名字叫麦克兰顿，曾在法国前线做过指挥官，因为作战英勇获得过荣誉勋章。

"喂！"他大喊，"难道你们打算就干坐在这儿，任凭黑鬼在杰弗逊的大街上强奸白人吗？"

布奇又跳了起来。他的丝绸衬衫紧紧地贴在宽大的肩膀上，两个腋窝下都渗出了淡褐色的半月形汗渍。"我刚才就是这么跟他们说的！我刚才就是——"

"真的发生强暴了吗？"第三个人反问道，"就像霍克肖说的那样，她可不是第一次被男人惊吓了。想想一年前吧，说什么有个男人躲在厨房的屋顶上，偷偷摸摸地看她脱衣服呢！"

"你说什么？"理发的顾客问，"那是怎么回事？"理发师又慢慢地把他按回到椅子上。他斜靠在椅背上，依然仰着头，理发师继续用力往下按着。

麦克兰顿突然转头冲第三个说话的人喝道："有没有发生强暴，真他妈的有那么重要吗？难道你们就这样放过这帮黑鬼，干等着事情真的发生吗？"

"我刚才就是这么说的！"布奇大喊。他漫无目的地乱骂了一通。

"嗨。嗨。"第四个人说，"声音小点。不用大喊大叫。"

"对！"麦克兰顿说，"根本没必要再啰唆什么了。该说的话我都说了。谁愿意跟我走？"他踮一踮脚尖，眼睛朝四下打量着。

理发师把推销员的头往下按住，剃刀停在半空。"还是先把事情查清楚吧，伙计们。我了解威尔·麦斯。绝对不是他干的。我们还是把警长找来，不要冤枉了好人啊。"

麦克兰顿突然把愤怒而僵硬的脸转向他。理发师的目光并没有躲开。他们俩就像是来自两个不同的种族。正在理发的其他理发师也停下了手中的活。"你的意思是说，"麦克兰顿喝问道，"你宁可相信黑鬼的鬼话，也不相信白种女人的话吗？真他妈的，你这个该死的亲黑鬼的——"

第三个说话的人起身抓住麦克兰顿的胳膊。他本人也当过兵。"得了，得了。我们还是把事情搞清楚再说。有谁知道究竟发生了什么吗？"

"搞清楚个鬼！"麦克兰顿把自己的手臂挣脱开了，"愿意跟我走的人站出来。不愿跟我走的人——"他朝四下扫视着，同时用衣袖在脸上抹了一把。

有三个人站了起来。推销员在椅子上坐直了身体。"还有我呢！"他一边说着，一边扯着脖子上的围布，"把这块破布从我身上拿开。我跟他去。我可不是这儿的人，上帝啊，要是我们的母亲、妻子、姐妹——"他用围布在脸上擦了一把，随后丢到地上。麦克兰顿站在那儿，对着其他人骂骂咧咧。又一个人站了起来，朝他走去。剩下的人坐立不安，相互之间不敢对视，随后也一个接一个站了起来，加入他的行列中。

理发师从地上捡起了围布，整齐地叠了起来。"伙计们，可不能这么做啊。威尔·麦斯绝对没有干！我了解他。"

"去你的吧！"麦克兰顿说完，猛地转过身子，裤子口袋里露出了一把笨重的自动手枪的枪柄。他们走出理发室，身后的纱门砰地关上，在死寂的空气中发出了一声闷响。

理发师小心迅速地擦好剃须刀，把它放了起来，然后跑步来到后室，从墙上取下帽子。"我会尽快赶回来的。"他对另外两位理发师说，"我可不能让——"他快步走了出去，一路小跑着。两位理发师追着他来到门口，纱门正好反弹了回来。他们探身出去，目送他一路远去的背影。空气凝固而沉闷。舌根处能感受到金属的味道。

"他赶过去能有啥用呢？"第一个理发师说。第二个理发师小声嘟囔着："上帝啊，上帝！可不要把麦克兰顿给惹恼了呀，要不然霍克肖就和威尔·麦斯一样惨了。"

"上帝啊，上帝！"第二个理发师一直喃喃自语。

"你觉得真是威尔·麦斯干的吗？"第一个理发师问。

二

她的年纪约莫三十八九岁。她的母亲身有残疾，行动不便。她的姨妈体形瘦小，面色枯黄，但吃苦耐劳。她们三人住在一栋矮小的木板房内。每天上午十点至十一点，她都会出现在走廊上，头戴一顶花边女帽，坐在门廊的秋千上荡来荡去，一直荡到中午时分。午饭后，她总会在床上躺上一会儿，直到下午天气变得凉爽起来。午后时分，她会从每年夏天新买的三四套薄纱连衣裙中，挑出一件穿上，然后前往镇中心的商铺，与其他几位女友一道消磨整个下午。她们在店铺里挑挑拣拣、叽叽喳喳、毫不留情地讨价还价，却根本没想过要买点什么。

她的家境殷实——尽管不是杰弗逊小镇上最富裕的人家，但也还算宽裕——她身材依然苗条，但长相一般；虽然面色亮堂，可神态却略显憔悴。年轻时，她身材秀颀，体态健美，浑身迸发出内在的活力。曾有一段时间，她在同辈人参加的高中舞会和教会联谊会中，借着貌美登上了小镇社交生活的顶峰，只是当年她还少不更事，尚未形成阶级意识。

然而芳华岁月逐渐消失，她却始终未能明悟。那些才华与外表略逊一筹的同辈人当中，男的开始对她冷落不屑，并以此为乐；女的对她心生报复，且乐不可支。打那时起，她的面色虽然亮堂，但神态却变得憔悴了。她仍然带着这个既像面具又像旗子的面容，继续参加昏暗的门廊与夏日的草坪上举办的各种舞会，拒不接受亲眼看见的事实，内心深处却满是困惑与恼怒。有一天晚上，她在舞会上听见一位男同学和两位女同学的闲言碎语后，就再也没有接受任何邀请了。

她眼看着与自己一道长大的女友们一个个结婚嫁人，生儿育女，但是却发现始终没有一个男人钟情于她。没过几年的光景，女友们的孩子开始用"阿姨"来称呼她了。孩子们的母亲用愉快的声音对他们说，米妮阿姨年轻的时候真是人见人爱啊。这时候，镇子里的人开始发现每个星期天的下午，她和银行的一位出纳员同车兜风了。他是一个四十岁左右的鳏夫，肤色黝黑，身上总有淡淡的洗发水或威士忌的味儿。他是镇子上第一个买汽车的人，那是一辆红色小型敞篷车。而米妮则是镇子上第一个头戴汽车软帽和面纱的人。那会儿，镇子上的人议论纷纷："可怜的米妮啊！""她的年纪可不小了，应该能照顾自己了。"也就在这个时候，她开始让女友的孩子们不再叫她"阿姨"而改叫"表姐"了。

公共舆论谴责她与男人勾搭成奸，已经是十二年前的事了。那位出纳员到孟菲斯的银行工作，算来也有八个年头了。他每年圣诞节回来一趟，参加河边狩猎俱乐部举办的年度单身聚会。邻居们透过窗帘能够看见这帮人打门前经过。她们在圣诞节串门访友时，顺便跟她讲了出纳员的情况，说他面色如何红润啦，说他在孟菲斯如何春风得意啦。她们一边说着，一边用明亮的眼睛偷偷打量着她那既亮堂又憔悴的面容。通常在那段时间里，她的呼气中会散发出威士忌的味儿。威士忌是一个年轻人，一个苏打水小店的伙计卖给她的。"是的。是我卖给这个老姑娘的。我觉得她有权让自己乐呵一下吧。"

她的母亲整日闭门不出。枯瘦的姨妈打理着整座房子。在那样的情况下，米妮穿着亮丽的衣裙，在闲暇和空虚中打发时光，算是与现实严重脱节了。每天晚上，她都要去看看动画片，只和女友、邻居一道。每天下午，她就挑出一件新衣服穿上，自个儿到闹市区闲逛。那些年轻的"表妹们"在午后的街道上嬉戏玩乐，她们的头发精美光滑，手臂纤细，屁股故意扭动着。她们要么自个儿凑在一起玩着，要么与苏打水小店里的男孩一道嘻嘻哈哈，大喊大叫。她从这群孩子的身旁经过，打满街的店铺门前走过，门廊里坐着或斜躺着的男人们已经不再用目光追随她的身影了。

三

理发师快步来到街上，稀疏的路灯上飞虫盘绕，生硬刺眼的强光照亮了死寂的空气。白天已经在阴沉的灰霾中死去。漆黑的广场上覆盖了一层疲惫了的灰霾。广场上方的天空犹如铜钟的内壁一样清澈。内壁上挂着一轮明亮硕大的圆月。

他赶过去的时候，麦克兰顿和另外三个人已经登上了停在巷子里的汽车。麦克兰顿低下肥硕的脑袋，从车窗朝外面看过来。"你改主意了，是不是啊？"他问，"真他妈的太好了！上帝啊，明天镇子上的人都会传你今晚说过的话——"

"好了，好了。"退役士兵说，"霍克肖没问题。来吧，霍克。上车吧。"

"绝不是威尔·麦斯干的，伙计们。"理发师说，"说不定什么事也没发生。其实呀，你们都和我一样明白，我们镇子上的黑人比其他镇子上的黑人老实多了。你们都明白，有的女人喜欢对男人胡说八道，那常常是毫无来由的。话说回来，米妮小姐——"

"没错！没错！"退役士兵说，"我们只是过去跟他说道说道，没别的。"

"说道个鬼呀！"布奇说，"我们就是要干掉这个——"

"别乱说！看在上帝的份儿上！"退役士兵说，"难不成你想让镇上的每一个人——"

"就是要让他们知道，我对上帝发誓！"麦克兰顿说，"好好警告这帮兔崽子，竟然对白种女人——"

"我们走吧，走吧。还有一辆车子到了。"第二辆车呼啸地开了过来，在巷子口掀起了一团尘土。麦克兰顿启动了他的车子，开在了前面，腾起的尘土犹如下了一场浓雾。街道两旁的路灯泛起了一轮轮的光晕，如同浸泡在水中一般。他们的车子径直开出了镇子。

凹凸不平的巷子向右拐去。巷子里弥漫着尘土，地面上也是如此。黑魆魆的制冰厂矗立在夜幕的天空下。黑奴麦斯是这家制冰厂的值夜看守。"我们最好把车停在这儿，好不好？"退役士兵说。麦克兰顿没有理睬他。他将车子猛地开了过去，随后戛然停住，汽车前灯的强光照在光秃秃的墙壁上。

"听我说，伙计们，"理发师说，"如果他还在这儿的话，正好说明事情绝不是他干的。是不是啊？如果真是他干的，他早就跑掉了。你们难道看不出来吗？"第二辆车子开过来，也停了下来。麦克兰顿下了车。布奇也跳下车，站在他的身旁。"听我说，伙计们。"理发师说。

"关上车灯！"麦克兰顿说。无声无息的夜幕笼罩着四方。黑暗中万籁寂静，只听见这群人粗重的呼吸声。过去两个月来，他们一直生活在这令人窒闷的尘土中。不一会儿，麦克兰顿和布奇的细碎脚步声渐行渐远，随后传来了麦克兰顿的呼喊声："威尔！……威尔！"

夜幕笼罩的天空中，惨白而泛红的月晕越来越大。月亮在山峦的上方喘息着，给天空、尘土镀上了一层银色的亮光。他们仿佛浸泡在一碗熔化的铅液中，呼吸着，苟活着。四周既没有夜鸟的叽喳声，也没有昆虫的吱吱声，一切悄无声息，只有他们的呼吸声，还有车身外壳收缩时发出的轻微嗒嗒声。他们的身体挨到一起的时候，流出来的热汗似乎干涸了，身上已经不再湿滑。"上帝啊！"一个声音在说，"我们下车吧。"

可是他们没有动，直到黑暗的前方传来模糊的嘈杂声。这时，他们下了车，在悄无声息的夜幕下紧张地等待着。随后又传来了另一种声音：大口喘气的呼呼声。麦克兰顿低声咒骂着。他们站了很长一会儿，然后朝前跑去。他们跟跟跄跄地跑着，好像要逃避着什么。"杀了他，杀了这兔崽子！"一个声音在低吼。麦克兰顿用手拦住了他们。

"别在这儿。"他说，"把他弄上车。"

"杀了他，杀了这个黑崽子！"那个声音继续咕哝着。他们将黑人拖上了车。理发师一直等在汽车旁。他能感觉到自己在流汗。他知道他的胃就要难受了。

"怎么回事啊，上尉？"黑人问，"我什么坏事也没做呀。我对上帝发誓，约翰先生。"有人掏出了手铐。他们围着他手脚并用，好像他只是一根柱子。他们谁也没说话，专心致志、碍手碍脚地忙活着。他把手伸向了手铐，迅速而不断地打量着眼前一张张模糊的脸。"那是谁呀，上尉？"他边说边俯下身子，凑到别人的脸上查看着，连他的呼气和脸上的汗馊味儿都能听到和闻到。他叫出了一两个人的名字。"你们都以为我干过什么呀，约翰先生？"

麦克兰顿将车门砰的一声搋开。"进去！"他命令道。

黑人没有动弹。"你们要把我怎么样，约翰先生？我什么坏事也没干啊。白人先生们，上尉，我什么坏事也没干啊。我对上帝发誓！"他又叫出了另外一个名字。

"进去！"麦克兰顿喝道，随后抬手打了黑人一拳。其他人吐出一口气，吭嗤吭嗤地拥上来，一顿乱拳砸在他的身上。他感到一阵头昏目眩，开始破口大骂，双手挥舞着手铐格挡在脸前，并重重地打在理发师的嘴巴上，理发师也回敬了他一拳。"把他弄上车。"麦克兰顿喊道。他们用力推搡着他。他不再挣扎了。上车后，他一声不吭地坐着，其他人也都上了各自的车子。他夹在理发师与退役士兵中间，蜷缩着身子，不想碰到他们。他的眼睛不停地转动着，迅速打量着车内的一张张面孔。布奇站在脚踏板上。车子开动了。理发师掏出手绢捂在嘴巴上。

"你怎么啦，霍克？"退役士兵问。

"没什么。"理发师说。车子开回到公路上，离开了小镇。第二辆车拉开了一段距离，躲避着前车扬起的尘土。他们朝前行驶，不断加速。最郊外的房子也被抛在了车后。

"该死的，他身上有股臭味儿！"退役士兵说。

"我们会摆平的。"与麦克兰顿一起坐在前排的推销员说。站在脚踏板上的布奇诅咒着那一阵阵火热的干风。理发师突然向前俯过身子，碰了一下麦克兰顿的胳膊。

"让我下车，约翰。"他说。

"跳出去吧，亲黑鬼的家伙。"麦克兰顿说道，头也没回。他飞快地开着汽车。第二辆车的耀眼灯光照亮了前车腾起的尘土。不一会儿，麦克兰顿把车子开到了一条小路上。这条小路久已不用，上面坑坑洼洼。它的远端是一座废弃的砖窑——那儿有一座座泛红的小土墩，还有一排排无底的窑炉，里面杂草丛生，藤蔓缠绕。这个地方曾被人当作牧场，直到有一天主人走失了一头骡子。尽管他用长长的竹竿朝窑炉里仔细捅过，但是窑炉深不见底。

"约翰！"理发师说。

"你就跳车吧。"麦克兰顿一边说，一边沿着坑坑洼洼的小路把车开得飞快。坐在理发师旁边的黑人叫着："亨利先生！"

理发师把身子朝前挪了挪。狭窄的路面朝汽车冲过来，随后被甩在了车后。迎面的疾风犹如从熄火的熔炉中吹过来一般，热度不再，却令人窒息。车子在坑坑洼洼中颠簸前行。

"亨利先生！"黑人叫着。

理发师开始用力踹着车门。"小心，留神！"退役士兵说，但是理发师已经把车门踢开，晃晃悠悠地站到脚踏板上。退役士兵歪过身子，越过黑人，想抓住他，但是他已经跳下去了。车子没有减速继续朝前开去。

跳车时的冲力带着他冲过积满灰尘的草丛，最后摔进了一条壕沟中。周围的尘土噗地飞腾起来，干枯的草叶发出了清脆的、恼人的断裂声。他躺在那儿，感到气闷而恶心。直到第二辆车子开过去，马达声逐渐消失，他才站起来，一瘸一拐地走着，来到马路上，转身面对镇子的方向。他用手掸了掸身上的泥土。月亮升得更高了，终于越过低空的尘埃，显得格外清澈明亮。不一会儿，尘土笼罩下的小镇泛出了亮光。他一瘸一拐地向前走去。这时，他听到身后传来了汽车的轰鸣声，以及越来越亮的刺眼灯光。他离开了马路，再次蜷缩在草丛中，直到车子远去。随后，麦克兰顿的车子也开过来了。车上只有四个人了，布奇也坐到车子里。

汽车继续向前开去。尘土吞没了车身，灯光与轰鸣声也慢慢消失了。车子掀起的尘土在空中飞舞了好一会儿，但是没过多久，又回落到永恒的地面上。理发师回到马路上，跛着脚朝镇子走去。

四

那个星期六的傍晚，她在饭前更衣时，浑身感觉像发了烧一样。她的双手扣着衣扣，却不停地颤抖。她的眼睛里露出发烧时的神情。梳头时，卷曲的头发发出了脆脆的噼啪声。女友们过来找她的时候，她还在更衣打扮。她们坐了下来，看着她穿上轻薄透明的内衣和长筒袜，换上了一件崭新的薄纱连衣裙。"你今天这状态能出门吗？"她们问她，明亮的眼睛中闪过一丝忧虑。"等你的状态完全恢复了，一定要告诉我们究竟发生了什么。他说了什么，做了什么，全都告诉我们。"

她们穿行在昏暗的树荫下，朝广场的方向走去。这时，就像是游泳的人即将潜水一样，她开始大口大口地呼吸起来，直到浑身不再哆嗦发颤为止。四个人步履缓慢，一来是因为天气异常炎热，二来是为了消除她的焦虑。就在她们快要走到广场的时候，她的身体又开始哆嗦起来。她仰着头朝前走着，用握紧的双拳抵在太阳穴上。身旁的女友们窃窃私语，眼睛里也闪烁着发烧一般的神情。

她们走进广场。米妮身穿崭新的连衣裙，夹在女伴中间，显得十分柔弱。颤抖越来越严重了，步履也越来越缓慢了，就像是吃着冰激凌的孩子。她高昂着头，憔悴面容上的那双眼睛依然炯炯发光。她在经过旅馆的时候，那些袒露上身坐在椅子上的小贩纷纷转头朝她看去。"就是那个女的，你瞧见了吗？中间穿粉红色衣服的那个。""真的是她吗？他们把那个黑鬼怎么着了？他们把他——？""没怎么着。他没事。""真没事，是吗？""是的。他只是作短暂旅行而已。"她们走过药店的时候，连在门廊上闲逛的年轻人也抬帽示意，只是他们的眼睛却盯上了她扭动的屁股和双腿。

她们从这些举帽示意的男人身旁经过，窃窃私语声便戛然而止，人们不再信口议论，而是显得小心翼翼。"你看到了吗？"女友们一边说着，一边发出了长长的、啧啧称奇的感叹，声音里透着得意，"广场上没有一个黑鬼。一个也没有了！"

她们来到了电影院。那儿仿佛是一个微缩版的仙境。大厅里灯火通明，彩色海报上所描绘的是变化无常、既可怕又美丽的人生境况。她的嘴唇抖动了起来。等灯光熄灭、电影开映的时候，情况就会好转的，所以她尽力憋住发笑的冲动，不至于过早地笑出来。她加快了步子，人们纷纷转头朝她看去，并发出了低沉的惊讶声。她们找到了熟悉的老位置，那儿可以看见强光照耀下的过道，可以看见成双结对的青年男女们走进来。

灯光骤然熄灭，屏幕上闪着银光，此刻展现在眼前的是人生的美丽、激情或悲伤。年轻男女们依然在不断进场，半明半暗中能闻到他们身上的香水味，能听见他们的喁喁私语声。他们的背影显得雅致润泽，秀颀敏捷的身体略显笨拙，却透着青春的活力。银幕上的梦想在不断演绎着，无可阻挡地延续着。就在这时，她放声大笑起来。她本来想憋住笑声，可是却发出了更大的笑声，惹得观众纷纷回头看她。在狂笑中，女友们把她扶起来，带着她出了电影院。当她站到人行道上的时候，依然狂笑不止，声嘶力竭。出租车来了后，女友们把她扶上了车。

女友们替她脱下粉红色的连衣裙、透明的内衣和长筒袜，把她扶到床上躺下，在她的太阳穴放上碎冰，派人去叫医生。医生一下子没有找到，她们只好留下来照料她，这会儿她又时断时续地大笑起来。她们不断地更换碎冰，替她扇风降温。在冷冰的作用下，她止住了笑声，静静地躺了一会儿，只发出轻微的呻吟声。可是没过多久，她的狂笑再次爆发，那声音变成了歇斯底里的尖叫。

"嘘嘘嘘！嘘嘘嘘！"女友们一面劝止，一面更换冰袋。她们将顺了她的头发，查看着她头上的白发。"可怜的姑娘啊！"她们交头接耳起来，"你们觉得真有那么回事吗？"她们的眼睛忽明忽暗地闪烁着，既神神秘秘，又不无动容。"嘘嘘嘘！可怜的姑娘啊！可怜的米妮！"

五

麦克兰顿开车回到自己漂亮的新居时，已经是午夜时分。他的房子方方正正，小巧玲珑，就像一只鸟笼一样。墙上刷着绿白相间的油漆，显得干净整洁。他锁好车门，登上门廊，进了屋子。他的妻子从台灯旁的椅子上起身相迎。麦克兰顿停下脚步，瞪着眼睛看她，直到她目光垂下。

"你看一看那钟！"他边说边抬手指了过去。他的妻子站在他的面前，低垂着头，手里拿着一本杂志。她脸色苍白，神情紧张，看起来很疲劳。"我不是跟你说过吗，不要这样熬夜等我，看我什么时候回家?"

"约翰!"她一边说着一边放下手中的杂志。他却稳稳地站在那儿,脸上淌着汗,用熬红了的眼睛直瞪着她。

"我不是跟你说过吗?"他朝她走去,她抬头看他。他一把抓住她的肩膀,她只好一动不动地站着,眼睛仍然看着他。

"不要这样,约翰!我睡不着……天气太热了,也不知道怎么了。请你不要这样,约翰!你弄疼我了。"

"我不是跟你说过吗?"他松开手,半推半搡地把她扔到躺椅上。她躺在那儿,静静地看着他离开房间。

他穿过屋子,一把扯下衬衫。他站在屋后屏蔽的门廊里,用衬衫擦着脑袋和肩膀,随后将衬衫扔在一边。他从裤袋里取出手枪,把它放到桌子上,然后坐到床上,把鞋脱下,站起身,将裤子褪了下来。他的身上又淌了很多汗。他弯下腰,气呼呼地找着刚刚扔掉的衬衫。后来终于找到了,又用衬衫擦了擦身子,然后靠在满是尘土的墙壁上。他站在那儿,大口喘着气。四周没有动静,没有声音,甚至也没有虫声。在冰冷的月光下,在凝视的群星下面,这个黑暗的世界似乎被击倒了。

[法] 弗朗索瓦·莫里亚克（1885—1970）

François Mauriac

　　法国小说家、剧作家、评论家、诗人和记者。

　　出生于法国波尔多，一岁丧父，由笃信天主教的母亲抚养长大。早年在当地的教会学校学习，后进入波尔多大学学习，毕业后移居巴黎。此后一直专心从事文学创作。代表作有《爱的荒漠》《蝮蛇结》《黛莱丝·戴克茹》等。

　　1933 年被选为法兰西学院院士。1952 年，瑞典文学院授予他该年度的诺贝尔文学奖。

黛莱丝·戴克茹

[法] 弗朗索瓦·莫里亚克

罗新璋 译

> 主啊，发发慈悲，怜悯怜悯那些痴男怨女！哦，造物主，难道天下真有这类怪物！只有你才知道人世间为什么会有他们，是什么因缘造成他们，怎么才能不成为他们……

> ——夏尔·波德莱尔

黛莱丝，众人都说，像你这样的人是子虚乌有的。但我知道，你确乎存在，我窥探了多年，时常拦住你的去路，揭去你的假面。

记得我年轻时，曾见过你那白净的小脸，没有血色的嘴唇，坐在沉闷的法庭上，听凭律师摆布，他们倒还算好，不像盛饰的阔太太那么刻薄。

后来，在乡间的客厅里，你又出现在我面前，样子像位幽怨的少妇，生活在守旧的婆婆和良懦的丈夫之间，对他们的照应管束，不由得感到愠怒。"不知她是怎么回事，"他们不解地说，"我们可事事都给她张罗得好好的。"

此后，我也多次欣赏你托额沉思之状，用你那稍嫌大了点的手托着宽阔而清秀的前额。有多少次，透过一家老少排成的根根栅栏，看你蹑手蹑脚，绕室徘徊，还用哀怨的目光，恶狠狠地瞪我一眼。

你比我笔下的其他主人公，还要不讨人喜欢；很多人感到奇怪，我怎么会想出这样一个人物来。对品德高尚、心无愧怍的人，难道不能去赞一词？须知心无愧怍的人，就没有值得说道的故事；而深藏的心灵，卑污的肉体，他们的种种情事，我恰好又有所闻。

黛莱丝，但愿你的创痛能把你引向天主，望你无负于圣女劳居丝特的令名。有些人，尽管相信苦难的灵魂可以堕落，可以得救，但还是嚷嚷不要亵渎神明。

至少，我希望，把你抛弃在街头时，你不会是伶仃一人。

一

律师过来把门打开。黛莱丝·戴克茹在法院幽隐的甬道里，感到雾气扑面而来，不禁深深吸了一口气。她怕有人等着看热闹，迟迟疑疑不敢出去。梧桐树下站着一个人，竖起大衣领子，她一眼认出是自己的父亲。律师嚷了一句："免予起诉。"接着转向黛莱丝：

"你请便吧，外面没有人。"

她走下湿漉漉的台阶。可不，广场虽小，也显得十分空旷。做父亲的也不过来亲她，甚至连瞧都没瞧她一眼。他只管向杜霍斯律师打听，律师放低声音，生怕给人偷听去了似的；她隐约听见他们说：

"明天，我可以收到免予起诉的正式文本。"

"不至于有意外吧？"

"想来不至于。像俗话说的，生萝卜已煮成熟萝卜了。"

"我女婿肯作证词，案子准会这样了结。"

"准不准，谁知道。"

"既然他亲口说，滴剂他从来没数过……"

"你知道，拉罗克先生，这类案子里，受害人的证词……"

黛莱丝这时提高嗓门说：

"压根儿就没什么受害人。"

"我的意思是，受他自己有欠谨慎的害，太太。"

两个男子朝这位身裹大衣、站着不动的年轻女子看了看。她脸色苍白，没有一点表情。这时她问马车停在哪里。父亲让车子停在城外布朵大道上，免得惹人注意。

他们穿过广场。梧桐的落叶，三片两片，粘在被雨水淋湿的长凳上。幸亏天时短多了。再说，去布朵大道，可以走专区行署那边几条比较冷僻的街巷。黛莱丝走在中间，身材比两旁的男人要高出半个头。他们重新推敲案情，好像没她这个人在场似的。但中间隔着个女人，似乎有点碍事，胳膊肘不时撞着她。于是她就退后一步，脱掉左手的手套，一路走一路刮落墙上的青苔。有时，有个工人骑着自行车赶过他们；有时，是辆马车，泥浆四溅，逼得她往墙边靠。这时，暮色昏黄，笼天盖地，过路人不致认出她来。溟蒙的雾气和烤面包的香味，不仅是小城傍晚的气息，对她这个重返人世的人，也是生活的芳香。沉睡的大地，湿润而带草香，她闭起眼睛闻了闻。随父亲说什么，她竭力不去听。这矮个子男人迈着罗圈腿径自往前走，也不回头看自己女儿一下。黛莱丝这时要是倒在路边，恐怕她父亲和律师都不会发觉。他们现在不怕放开喉咙说话了。

"戴克茹先生的证词是很好，这不假。须知，那张药方是确有其事的！所以是个伪证……而且，起诉的是裴德梅大夫……"

"原诉已撤回了……"

"无论如何，令爱的解释，是授人以柄的：什么陌生人交给她一张处方啦……"

这几句话，听了几个礼拜都听烦了；黛莱丝倒不是走不动，而是不想再听了，索性放慢脚步。可是走得再慢，也照样听得见她爸的尖嗓子：

"我对她可没少说：'哎，倒霉的孩子，再找个别的说法吧……找个别的说法……'"

他的确没少说，应当还他一个公道。那么干吗还这么暴躁呢？家声清白保住了，到议院选举之日，这件事早已冷了，谁还记得？——黛莱丝这样忖量，不想去追上他们。两个男人，你一言我一语，连说带比画，就在当街停了下来。

"听我说，拉罗克，你得顶回去。就在《播种者报》星期版上发起攻势。要不要我来主持其事？想个好题目，比如《恶意诽谤》之类……"

"算了，老兄。再说，万一回敬起来，怎么措辞呢？预审这道，明摆着是草草了事，还不清楚？连笔迹都没送去鉴定。避而不谈，息事宁人，看来只有这办法了。要想有所动作，就得付代价。但是，家丑不可外扬，遮掩过去算了……"

黛莱丝没听到杜霍斯的答话，他们迈开大步走远了。像一个濒于窒息的人，她大口吸着雨夜的空气。脑际突然浮现一张陌生面孔，那是她外婆朱丽·贝拉德——说陌生，是因为无论在拉罗克家还是戴克茹家，都找不出一张她的画像或照片。大家对她茫无所知，只知有一天她离家出走。黛莱丝想，自己说不定也会给这么轻轻抹去，了无痕迹。日后，她的女儿，她的小玛丽，也休想在相册里找到一张生母的照片。玛丽此刻在阿什鹭鸶家里该睡着了吧？黛莱丝今夜晚一些时候就能赶到。等会儿走进黑沉沉的房间，就能听到孩子的鼻息。她会俯下身去，像找水喝一样，嗫着嘴唇去找这睡着的小生命。

沟旁停着一辆四轮马车，车篷已放下，车灯照着两匹瘦马的屁股。往远看去，路的两旁是黑沉沉的树木，像一堵厚墙。近处，青松夹峙，树梢交覆，状如穹门，伸出去一条神秘的路。头顶上，只露出一长溜天空，像一条枝丫交错的河道。

车夫贪看了黛莱丝一眼。黛莱丝问，到了泥栈车站，是不是还赶得上末班火车。他告她尽可放心，不过，还是赶紧点好。

"求你干这份苦差事，也是最后一次了，卡尔丹老爹。"

"太太在这里没别的事要办了？"

黛莱丝摇了摇头，车夫看起她来，像要把她吞下去似的。难道她一辈子都得这样给人打量吗？

"怎么样，还满意吧？"

她爸仿佛这才看到她似的。黛莱丝迅疾一瞥，见他脸色蜡黄，满脸的硬胡子，给车灯照得白里泛黄。她低声说："受罪真受够了……累死我啦……"跟着就住了口，说了又顶什么用？他既没听，也没瞧她。黛莱丝难受不难受，跟他有什么相干？他所关心的，是不要因这个宝贝女儿，连累他进参议院。（女孩子家，全都歇斯底里，假如不是白痴的话。）幸亏她已嫁到戴克茹家，不姓拉罗克了。逃过刑事法庭这一关，他松了一口气。怎么提防政敌来揭他的伤疤呢？对，明天就去谒见省长。谢天谢地，《保护荒原报》的社长还攥在他手里哪，那桩渔色幼女的事……他搀着黛莱丝胳膊说：

"快上车吧，该走啦。"

这时，律师或许是使坏，或许仅仅想在黛莱丝走前招呼一下，便问："今晚是不是就跟贝尔纳·戴克茹先生聚首。"她答道："那当然啰，丈夫等着我哪……"离开法院之后，她这才第一次想到，可不，再过几小时，就要跨进家门，看到丈夫还带着病容躺在那里，而后就跟这男人厮守在一起，开始那无穷无尽的日日夜夜。

开始预审以来，她就搬到这座小城里，住在城门口父亲家里。今晚要走的这段路，她无疑已走过多次。那时，她没别的心事，只考虑如何把案情的进展如实告诉丈夫。每次上车前，听杜霍斯最后的嘱告，倘她丈夫再次受到质询，告诉他该如何如何回答——那个时候，黛莱丝没什么愁苦，想到要和这个生病男人见面，也不觉得有什么难堪。他们之间，要紧的不在乎事情的真正经过，而是商量哪些话可说，哪些话不可说。夫妻俩只有这次为开脱罪责，进行辩护，才这么齐心，正像他们只有在亲骨肉玛丽身上才这么融洽一样。他们得编出一个简明严密的故事，好应付那位喜欢推敲的法官。那时节，一乘上今晚来接她的这辆车，就急着想赶完这趟夜路，而此刻倒巴望这条路永远走不完才好！她记起来，那时上了车，就把丈夫急于想知道的情况回想一下，恨不得就已到了阿什鹭鸶那间房间。（贝尔纳倒不怕承认，说黛莱丝有一晚跟他讲过，有个陌生人，推说欠药房的钱，不便再去，托她代为按方取药……贝尔纳记得当时还埋怨妻子做事冒失，但律师不同意他这么说……）

噩梦做完了，今晚，贝尔纳和黛莱丝，两人能谈什么呢？她脑海里又看到那幢偏僻的房屋，有丈夫在等她。她想象得出，房间的方砖地中央摆着一张床，桌上放着一盏低低的灯，旁边是报纸和药瓶之类……马车开过，守夜犬给惊醒过来，狂吠几声，接着又是一片寂静，静穆得跟她瞅着贝尔纳狂吐的那些夜晚一样。黛莱丝竭力想象等会儿他们彼此怎么瞧第一眼。过了今晚，第二天，大后天，以后的日子，一个又一个礼拜，就得在阿什鹭鸶这幢房子里度过，对他们亲历的这场戏，无须再编什么冠冕堂皇的说法了。而留在他们记忆中的，倒是真实的经过……真实的经过……黛莱丝一惊，急忙转身对律师（实际上是对老父）说：

"我打算先在丈夫身边住几天。等情况好转，就回父亲家。"

"啊，不必，不必，我的小乖乖！"

看到车夫在座位上转动身子，拉罗克先生压低声音说：

"你疯啦？这种时候离开丈夫？你们得像两根手指……骨肉相连，懂吗？直到老死……"

"你说得对，爸。我的头脑不知到哪儿去了。那么你到阿什鹭鸶来？"

"这样吧，黛莱丝，跟早先一样，每逢星期四赶集那天，我在家等你们。你们像从前一样，到我那里来！"

她真不懂，难道老规矩稍微改变一下，就会要他们的命？事情就这么定下来了？他还信得过我黛莱丝吗？我给家里招来那么多麻烦……

"你丈夫叫你怎么办，就怎么办。我言尽于此了。"

说罢，他把黛莱丝推进车里。

黛莱丝见律师向她伸过手来，指甲又黑又硬。"结局圆满，一切美满。"他说。这倒是实话。要是案子按正常程序进行下去，就不会有他的好处了，家里到时会另请高明，搬请波尔多的贝卡夫大律师了。可不，一切美满……

二

旧式马车，皮面有股霉味，黛莱丝倒爱闻……烟忘了带，也好，她本来就讨厌摸黑抽烟。车灯照出路旁的斜坡、杂树和巨松的树根。马车的影子，掠过碎石堆，忽高忽低，起伏不平。有时走过辆大车，骡子自己会靠右走，赶车的安坐不动，只顾打盹。这样姗姗而行，黛莱丝觉得会永远到不了阿什鹭鸶，也巴不得永远到不了才好。马车走一个多钟头，可到泥栈车站，再换站站都停的小火车，到圣格雷下车，然后搭乡间马车（路糟糕透顶，汽车夜里都不肯走），过去二十里路，就到了阿什鹭鸶。在随便哪段路上，命运之神都来得及突然跳出来救她。开庭前夕，她怕起诉得以成立，曾瞎想最好来一次地震，此刻又陷于同样的幻想之中。她摘下帽子，一张小脸很苍白，头在皮革气味很重的靠背上摇来晃去，身子也随着车子的颠簸而晃动。直到今晚，她的生活总是这样被人追着逼着，现在终算解脱了，但感到疲乏已极。脸颊凹陷，颧骨高耸，嘴巴瘪缩（只有前额开阔，优美），这副相貌，活脱是个囚妇——不错，尽管别人并不认为她有罪——判定她受永世孤独的罪！以前，大家说她风姿动人，其实这种魅力，是所有不想用强颜欢笑来掩饰内心苦闷的女子都会具有的。马车颠簸不已，走进一条从茂密的松林里开出来的路。坐在车厢后面的少妇，现在面罩已经揭去，她用右手轻轻摸着发烫的脸。贝尔纳用伪证救了她，见面之后，他第一句话会说什么呢？看来今晚不会提什么问题……那么明天呢？黛莱丝闭上眼睛，过了一忽儿又睁开来，马走得很吃力，心里想不知是爬哪个坡。哎！何必多想呢？将来的事，或许比她想的要简单。何必多想。睡吧……自己怎么不在马车里了？绿桌布后面是预审推事……还是此公……他明明知道案子已经了结，却摇头晃脑在说什么："免诉通知不能发出，因为发现新的线索。"新的线索？黛莱丝扭过脸去，免得让人看到她神色惊惶。"你好好回想一下，夫人。你有件旧披风吧？十月里打野鸽穿的那件。你口袋里面没忘了什么，或藏了什么？"她无法申辩，只感到憋得透不过气来。法官一个劲儿盯着她，把一个小包放在桌上，包上盖着红封印，上面开的药名，黛莱丝背都背得出来。法官一板一眼地念道：

哥罗芳　　　　30克

乌头碱　　　　20号丸药

洋地黄毒苷　　20克

法官大笑起来……车闸煞着轮子，轧轧响了一阵。黛莱丝惊醒过来，心头一宽，肺里吸满了雾气——这会儿该是沿着白水溪往下走了。少女时代，梦里常常做错一道题，罚她补考，醒来感到一身轻快。今晚，同样也有这种醒来释然之感。不过还有点惶恐，因为免于起诉还没正式宣布。"可你知道，此事先得照知律师……"

终于自由了……还有什么可奢求的呢？跟贝尔纳一起生活下去，对她说来还不是玩儿一样。连根兜底告诉他，什么也不隐讳，这才是得救之道。把以前隐而未说的一切，全亮出来，而且自今晚始！主意既定，黛莱丝心里充满喜悦。趁到阿什鹭鸶之前，还来得及"准备自己的忏悔词"——从前，在愉快的假期，她的好友，虔诚的安娜·特·拉特拉夫，过完周末后爱说这句话。安娜小妹，我天真无邪的女伴，你可知道，在这个故事里你占了什么位置！心地纯净的人，往往不知道他们每日每夜参与了什么事例，不知道他们童稚的脚底下长出了什么毒芽。

别看这小姑娘，道理还是她对。黛莱丝当时已上中学，生性好辩，说话尖刻，安娜常说："你体会不到，认罪之后得到宽恕，有多痛快——场净地光，弃旧图新，正可以重新开始生活。"是的，黛莱丝一经决定如实以告，心里就已感到轻松自如。"贝尔纳一切都会知道，我全告诉他……"

那么，等会儿说些什么呢？从何谈起呢？欲望，决断，难以预料的事故，前因后果搅在一起，难道靠几句话就能说清楚？那些承认自己有罪的人，不知怎么面对事实？"而我，就不明白自己有什么罪。人家强加给我的罪名，我根本没想去犯。我想干什么，连自己都不知道。我身上这股横暴的力，非我自己所能左右，也不知会在什么地方发作：所过之处，摧决一切，连我自己都怕……"

冒烟的煤油灯，照着泥栈车站的泥灰墙。马车停住，阴影旋即从四周弥漫过来！靠站的一列火车上，传来牛羊的哀鸣。卡尔丹接过黛莱丝的提包，又像要吞人那样瞧着她。他老婆必嘱咐过他："你好好瞧瞧她什么样子，什么脸色……"黛莱丝出于本能，对父亲的车夫嫣然一笑。对这笑容，地方上的人曾有说法："她是俊是丑，谁也不去介意，只觉得她挺媚……"她请车夫代她去买张火车票，因为她怕穿过候车室，那儿有两个农妇，膝上搁着篮子，颠头颠脑在织毛线。

车夫买了票回来，黛莱丝叫他把零钱留下。他举手行了个礼，然后拉起缰绳，临走还转过身来，最后盯了东家女儿一眼。

车厢还没挂好。从前，每逢暑假或开学，黛莱丝和安娜总爱在泥栈车站逗留一下，到附近客店吃一份火腿炒鸡蛋。然后互挽腰肢，沿着大路走去，这条路今天晚上显得特别黑，而在那逝去的岁月里，黛莱丝印象中却是洒满银白色月光的。两人长长的影子叠在一起，她们看了觉得好玩，彼此少不得议论议论老师和同学——一个回护自己寄宿的进修院，一个夸自己就读的学校。"安娜……"黛莱丝不觉在暗中喊出这名字来。要不然跟贝尔纳就先谈安娜……贝尔纳这个人最刻板，他把人的七情六欲分门别类，彼此隔开，而不知互能沟通。这种虚无缥缈的感情世界，是黛莱丝生活的天地，也是痛苦的缘由。但是，怎么才能使贝尔纳也深入堂奥领略一番呢？而且，这一步非做到不可。等会儿到了贝尔纳房里，唯一可行的，就是坐在他床头，把事情的经过一五一十说下来，直到他拦住话头："现在我明白了，你要振作起来。一切都可以原谅。"

她摸黑走过站长的花园，虽然看不到洋菊，却能闻到清香。这时，头等车厢里还没人，灯光昏暗，连脸都照不清，更不消说看书了。可是，比起自己惨痛的经历，还有哪个故事不显得平淡无奇呢？她可以羞死，愁死，怨死，累死，但绝不会无聊而死。

她缩在一角，闭上眼睛。一个像她这样聪明的女人，对这桩变故竟会讲不清，岂不难以置信？想必等她忏悔完了，贝尔纳会扶她起来，说："太太平平过日子吧，黛莱丝，这桩事心里就别再嘀咕了。事情过去就算了，不会把我们拆开的，咱们就在阿什鸳鸯这幢房子里一起终老吧。我有点口渴，请你去厨房给我泡杯橘子汁。汁水再浑，我也照样一口气喝下去。那味道即使叫我想起以前喝的早茶，也没关系。那一阵子我常吐，你还记得吗？你可爱的手托着我的脑袋，看我吐出那些发绿的脏东西，也不扭过头去。我晕过去，也没把你吓坏。只有那天晚上，我的腿突然麻痹，没有知觉，你的脸色才顿时刷刷白。我直哆嗦，你记得吗？连裴德梅这笨伯大夫，看到我体温这么高，脉搏这么乱，也吓呆了……"

"哎！"黛莱丝想，"他还是没懂。只得再从头说起……"我们的事是打哪里开的头？我们两人的命运，要分也分不开，就像那些植物，无法把所有的根根须须都拔起来。探根寻源，要一直追溯到童年吗？但童年，本身也是一种结束，一种终止。

黛莱丝的童年，好比最脏的河水，也发源于白雪皑皑的山头。中学阶段，无忧无虑，女生之间的钩心斗角，跟她渺不相干。老师常在班上表扬她，当作大家的楷模。黛莱丝别无所求，成为佼佼者的得意，对她就是莫大的报赏。这种意识，就是她心中唯一的、足够的光明，她之所以敦品励学，不是怕受罚，而是出于优秀生的自豪……她的一位老师就这样说过。黛莱丝问自己："我那时真的就那么快活，那么天真吗？婚前的一切，在记忆中显得那么纯洁，无疑跟婚后恰成对比，婚姻成了擦不去抹不掉的污秽。中学阶段，比起做新娘和当母亲的时候，简直像是天堂，可当时自己并不觉得。怎么料得到，我进入生活之前的那几年，倒是过了真正的生活？纯洁，确乎如此，说是天使，也不错！不过，是个情窦初开的天使。不管老师怎么说，我深自痛苦，也使别人痛苦。不论是自食其果，还是女友惹我烦恼，我都能以苦为乐。即使是痛苦，也是纯粹的痛苦，没有什么悔恨来撩乱心意。痛苦和欢乐，都是从天真无邪的逗乐中引出来的。"

炎夏季节，在阿什鹭鸶的橡树下相见，只要不觉得自己有什么地方比不上安娜，对黛莱丝便是莫大的慰藉。她要使自己有资格对这位在圣心修道院长大的姑娘说："你纯洁，我也不比你差，我可不是靠奖励奖出来，训导训出来的……"安娜的纯洁，多半出于无知。修道院的嬷嬷，在这些少女与尘世之间隔上重重帷幕，把德行与无知混为一谈，为黛莱丝所鄙夷不屑。以前在阿什鹭鸶过暑假时，黛莱丝常说安娜："你呀，亲爱的，你不了解人生……"啊，那些美妙的夏天……黛莱丝搭乘的小火车终于开动了，她心里想，真要弄清原委，就该追溯到那几年的夏天。说来不信，就在我们人生最明净的清晨，最险恶的风暴已酝酿在半空中了。碧蓝碧蓝的晨空，往往是后半天坏天气的先兆。花摧木折，污浊四溢，征候已具。黛莱丝一生的任何时刻，都没像这段时间里那样无忧无虑，不营不谋。生活里没有突然的转折，只有顺着不易觉察的斜坡往下滑，起初很慢，然后愈来愈快。今晚这个茫然失措，在夜色掩护下悄然回去的女子，正是当年在阿什鹭鸶过暑假时那个容色喜人的少女。

真是疲乏！对那些前尘影事，现在再去捉摸什么隐秘的动机，又有何用！少妇望着窗子，除了映在玻璃上自己那张死人脸，什么也看不清。机车的速率突变，汽笛长鸣一声，慢慢进了站。摇晃的信号灯，方言土语的招呼吆喝，小猪卸下火车的尖叫声：宇泽斯特到了。下一站就是圣格雷。在那里换乡间马车，走最后一程，就到阿什鹭鸶了。黛莱丝想为自己洗刷，已无多少时间可考虑了！

三

阿什鹭鸶可谓地处海隅。到了那里，就前去无路了。当地人所谓的辖区，其实仅仅几座农庄，没有教堂，没有区公所，没有墓园。房子东一幢西一幢的，散在大片麦田里。这里到圣格雷有二十来里路，有一条坑坑洼洼、满是车辙的道相连。过了阿什鹭鸶，就变成砂土路，再过去一百五十里地，就到了大西洋边，沿途尽是沼泽、泥塘、细瘦的松树和莽莽的旷野。残冬将尽的时候，旷野上的羊群，毛色也是灰扑扑的。圣格雷镇上的一些大户人家，都发迹于这穷乡僻壤。到上世纪中叶，除畜牧方面的微薄收入，松脂和木材也开始算入进账。今天还在世的老辈，他们的祖上相继搬到圣格雷镇定居，而原先在阿什鹭鸶的旧屋，便成为佃庄。雕花的大梁，或大理石的壁炉，足以表明宅第当年的气派。梁木的椽子逐年在下垂，有的屋顶不堪重压，几乎碰到了地面。

这批老屋中，只有拉罗克和戴克茹两家还是房主自己住着，宅第依然保持祖上传下来时的格局。谢奥默·拉罗克是当地的区长，还是B市的议员，在县城拥有自己的公馆，但对阿什鹭鸶的产业一直不肯稍加变易，因为这是他太太带来的陪嫁，她死于产褥热，那时黛莱丝还睡在摇篮里。所以，女儿喜欢到阿什鹭鸶度假，做父亲的也不以为怪。黛莱丝每年七月就到乡下来，由她父亲的姐姐克拉拉姑妈照应。克拉拉姑妈是老姑娘，耳朵全聋了。她喜欢这里的清静，说省得看别人动嘴唇说话。这里除风声松涛，更无别的声响。拉罗克先生看到女儿去阿什鹭鸶，倒也很高兴，一则身边少个累赘，再则她可以和贝尔纳·戴克茹接近。黛莱丝之嫁贝尔纳，虽未经言宣，两家却早就有意了。

贝尔纳·戴克茹从先父手里继承了阿什鹭鸶这幢房子,跟拉罗克家正好贴邻而居。每年不到打猎季节,就看不到他的人影。他十月份才来住,事先在附近搭好打野鸽的窝棚。入冬后,这守规矩的孩子便去巴黎续修法学课。夏天,来家住的日子不多,因为继父埃克多·特·拉特拉夫总惹他恼火。他寡母改嫁时,此公"身无分文",而现在挥金如土,在圣格雷已传为奇谈。贝尔纳的异父妹妹安娜,年纪太小,还不值得他关心。那么,在黛莱丝身上,心思是不是花得更多一些呢?当地人意念中已把他俩看成天生一对,两家的产业好像本来就该合并一处似的。小伙子很识时务,在这一点上跟地方上的看法倒颇为一致。然而,他并不是什么都听其自然,恰恰把善于安排引以为傲的。这个有点发福的年轻人常说:"一个人倒霉,是错在自己,咎有应得……"结婚之前,功课和娱乐可谓平分秋色。珍馐美酒,尤其是打猎,他固然不肯怠慢,但用起功来,照他母亲的说法,也够一鼓作气的。因为丈夫理应比妻子有学问,而黛莱丝的才情已遐迩闻名,无疑,还极有头脑……但是,贝尔纳知道女人会向什么让步。他母亲常开导他,"脚踏两只船"也不坏。焉知拉罗克老头不能助他一臂之力?贝尔纳到意大利、西班牙、荷兰做了几次"事先大事准备"的旅行之后,便在二十六岁上和黛莱丝结婚成亲,黛莱丝在当地算得上是最富有、最聪明的姑娘了,或许不算最漂亮,但"她究竟是俊是丑,谁也不会介意,只觉得她挺媚……"

黛莱丝朝自己脑海里的贝尔纳滑稽相凄然一笑:"说真的,比起我肯嫁的大多数小伙子,他要算较文雅的一个了。"原野上妇女远比男子出色,男孩子中学时就厮混在一起,无从高雅起来。原野足以羁縻人心,使人精神上留恋不舍。原野也自有其乐事,别的对他们仿佛都不存在似的。所以，当地人要是不大像佃农，不肯说土话，没有朴野的举止，就等于背弃和叛离乡土。贝尔纳粗粝的外表下，何尝不宅心仁厚？他一度濒临死亡，佃户们说："他一死，这里就没有好心肠的老爷了。"不错，心地善良，而且公允持正，为人诚恳。自己不懂的事，从不夸夸其谈，他承认自己的局限。年轻时倒也不怎么难看，他像希腊神话中的希波利特，追野兔的劲道比追女孩子还大。

　　黛莱丝垂着眼皮，前额抵着车窗玻璃，眼前又幻出往日的情景。早上九点光景，太阳还不太热，从圣格雷通向阿什鹭鸶的路上过来一辆自行车，车上不是他——神情冷漠的未婚夫，而是他妹妹——满脸通红的安娜。这时，松林里的知了叫得天气越来越热，整片原野热乎乎的，像只火炉，草丛里飞出成群成群的苍蝇。"加件上衣再进客厅，那是个冰窖……"克拉拉姑妈接着又说，"小姑娘，等汗水干了再喝水……"安娜大声向聋老太问好，但是喊也白喊。"不必拉开嗓门叫，亲爱的，看你动动嘴唇，她就懂你意思了……"年轻的姑娘尽管每个字都咬得很准，小嘴都说走了形，姑妈还是答非所问，逗得两个女孩子忍俊不禁，赶紧跑出去大笑一场。

　　黛莱丝坐在幽暗的车厢一角，回顾一生中这些纯洁的日子——纯洁，而且还朦朦胧胧带点幸福。当初不知道，这点微明不亮的欢乐之光，竟是她在这世上绝无仅有的福分。怎么料得到，她一生好景就存于这暗洞洞的客厅里，在那盛夏酷暑——在铺着大红棱纹布的长沙发上，坐在安娜身旁，看她翻阅摊在膝盖上的照相簿！但是，这种幸福感，从哪儿来的呢？黛莱丝兴趣很广，安娜跟她有什么共同爱好呢？安娜讨厌看书，只喜欢做做针线，说说笑笑，什么事都没主见。而黛莱丝，不论保尔·特·柯克的小说，圣勃夫的《月曜日文谈》，抑或梯也尔的《执政府史》，以及凡是留在乡间壁橱里的一切，都看得津津有味。两人没有任何共同的情趣，除了在骄阳如火的午后，人家躲在阴凉处，她俩待在一起就觉得挺有趣。安娜有时站起来，看看热气是否已经消退。可是，百叶窗一打开，阳光就像熔金一般迸射进来，好像要把靠席烤焦似的，只得再关上，躺在房内。

到薄暮时分，夕阳的余晖已照到树根，只有近地面的最后一只知了依然声嘶力竭地在叫，热气似乎还在橡树下屯聚不散。两位女友斜倚在田埂边，仿佛坐在河畔一般。风雨欲来之前，天上的云影幻成种种流变的图像：安娜刚看出一个长翅膀的女人，不等黛莱丝看清，又说变成伸长躯干的怪兽了。

到了九月，等吃过下午点心，就可出门，跑进这片干旱的莽原——阿什鹭鸶这地方，连一弯溪流都没有。在砂地上走好久，才到达一条叫"鱼儿溪"的小溪源头。水源有多处，萦回在桤树根下，淹没一长溜一长溜低洼的草地。她们光着脚丫子，踩着凉水，冻得失去感觉，伸出来等水一干，又热得发烫。这一带有好些窝棚，等十月份打野鸽时，便给猪户纷纷占去。她俩也宾至如归，厕身一个窝棚，就像待在黝黯的客厅里一样。彼此无话可说，也就默然不语。她们在这里一歇脚就是老半天，贞静无邪，时间一分钟一分钟过去，根本没想要动弹一下，就像猎人看到鸟群飞来，蹲着不动，示意旁人别出声。她们也一样，觉得一举手之间，就能把这种缥缈而烂漫的情趣赶跑。安娜先伸了个懒腰，不耐烦起来，急着要趁日落前打云雀；黛莱丝最讨厌这玩意儿，然而依然陪随不舍，因为跟安娜老觉得待不够。安娜在进门处取下一支无后坐力的二十四毫米猎枪。黛莱丝坐在斜坡上，看安娜躲在麦田里端枪对着太阳，好像要把太阳打下来。黛莱丝捂上耳朵，醉心的嘶叫在蓝天戛然终止，开枪的姑娘赶紧跑去把受伤的鸟儿捡回来，小心翼翼地攥在手里，用嘴唇理着依旧热乎乎的羽毛，直到小鸟断气死去。

"你明天还来吗？"

"噢，不，不每天来。"

安娜不想天天见面，自有她的道理，无可反对。任何异议，黛莱丝都觉得不可解。安娜不来，并非有事绊住。可不，何必天天见面呢？她说："日子一长，就会嫌烦。"黛莱丝接口说："是的……是的……千万别勉强。想来就来……倘使没别的更有趣的事可做。"路已经暗下来，骑车的女孩子按着铃，消失在路上。

黛莱丝转身回家。佃农见了，只远远地跟她打个招呼；小孩见了，也没跑拢来。羊群散在橡树底下，突然一起狂奔起来，急得牧羊人大声吆喝。姑妈已倚门而待。一见黛莱丝，便像所有聋人一样，叽叽呱呱说个不停，容不得别人插嘴。为什么心里这么烦躁？书也不想看，什么都打不起精神来，还是再出去游荡。"不要走远，就要开饭了。"姑妈喊道。她走到路口，极目望去，一片空旷。厨房门口的钟，当当当敲响了。今天到傍晚时分，或许就得点灯了。这片寂静，对木然坐着、两手叠放在桌布上的聋老太固然显得深沉，对这个狂躁失仪的少女，又何尝不是如此？

啊，贝尔纳，贝尔纳，以你的单纯、盲目，怎样才能把你引入这个混沌的世界？但是，黛莱丝想，我一开口他准会打断我："谁叫你嫁给我的？我并没追求你……"真的，为什么要嫁给他？他确实没有任何性急的表示。黛莱丝想起来，贝尔纳的母亲，特·拉特拉夫夫人，逢人便说："我儿子完全可以再等一等的，可女方着急要成亲，是女方着急，女方着急。她为人处世跟我们不一样，真是无可奈何。比方说，她抽烟抽得像个大兵，还偏要做出这副派头来。但话又得说回来，她人倒很直爽，像金子一样纯。我们指点指点，要不了多久，她就会走上正道的。当然，结这门亲，并不样样叫人称心。不错……她外婆贝拉德……我知道……但事过境迁，谁还老记得，你说是不是？说起来呢，倒是闹过一点风波，不过，掩饰得还算严实。遗传你信吗？我们亲家公不怎么信，那就不管啦。反正他对女儿堪为表率，真是个教外圣徒。他在地方上有影响。谁都免不了有求于人。总之，有些事只能将就过去。还有，信不信随你，她比我们家阔。说来人家不信，但确实如此。只要她仰慕贝尔纳，还不至于坏事。"

的确，她当年仰慕过他，这本非难事。在阿什鹭鸶的客厅，或田边的橡树下，她一抬眼，看起他来，就有本事显得一派纯真，脉脉含情。脚下跪着如此佳丽，固然使小伙子飘飘然，但并不惊奇。他母亲常告诫他："别跟她闹着玩，她心里也烦。"

"嫁给他，是因为……"黛莱丝皱着眉头，一只手遮着眼睛，竭力追索着。其中未始不夹杂一种稚趣，因为一结婚，就可以做安娜的嫂子。安娜尤其觉得有趣，黛莱丝对这层亲属关系，倒并不怎么看重。实在说，有什么可脸红的？她对贝尔纳的二千顷地，也并非完全无动于衷。"她血管里就流着财产欲。"吃了长长一顿晚饭，撤去席面，端上白酒的时候，黛莱丝常坐着不走，喜欢听男人家谈佃农、坑木、松脂和松节油这些事。估算起资产来，她尤感入耳动心。占有偌大一片森林，无疑是十分诱人的。"其实，他也一样，看上我的松林……"她当初想必听从了某种隐秘的情感，此刻很想弄个明白。也许在这桩婚事里，不是想支配或占有什么，而是想找个托庇之所。急于结婚，难道不是出于惶恐心理？这个喜欢过家家当主妇的女孩，这个讲究实际的少女，是想从中找个安身立命的归宿，可对付连她自己也茫然的什么危险。订婚阶段，显得最为懂事：一旦纳入家庭这体系，便可得其所哉。只要进入某种社会范畴，她就得救了。

订婚那年春天，他俩沿着这条砂石路，从阿什鹭鸶一直走到维尔梅查。橡树枝头的残叶还在蓝天飘零，枯蕨野草满地都是，而绿色的新芽正破土而出。贝尔纳说："当心烟蒂头，地上还烧得起来。这块荒地上，要救火还没有水呢。"她问："这类野蕨里，真的含有氰酸钾吗？"贝尔纳不知道含量是否大到可以致人死命，便声气柔和地反问："你想死？"她置之一笑。他曾表示，希望她变得单纯些。黛莱丝记得，当时她闭着眼睛，他用两只大手捧着她的小脑袋，附在她耳边低语道："这里头很有些要不得的想法。"她答道："那要靠你来打消，贝尔纳。"

一帮泥水匠正在给维尔梅查庄园添房造屋，他们看着工匠干活。庄园的主人是波尔多人，硕果仅存的一个儿子也"不良于肺"，他们想叫他住到这里来，乃姐就是得这种病死的。贝尔纳很瞧不起亚瑟维多这家人："他们指天发誓，说祖上绝非犹太人……但是，只要看看他们的长相就一目了然了。而且，还生肺病，所有的病里……"黛莱丝显得心平气和。安娜届时会从圣赛巴斯蒂安修道院赶回来参加婚礼，还将会同台季伦家的儿子进行慈善募捐。她请黛莱丝趁"下次邮班"函告其他女傧相穿什么衣衫："我能不能得到点样布？色彩选的协调，与所有人都有关……"黛莱丝的心情从未这样平静——说是平静，其实只是一种半睡眠状态，只是怀里那条蛇暂时冬眠罢了。

四

结婚那天，天气异常闷热，在圣格雷狭长的教堂里，太太们叽叽呱呱的话语，盖过了嗡嗡嘤嘤的风琴，她们的体气比香烛还浓。正是在这一天，黛莱丝感到四顾茫然。她像梦游似的进入牢笼，听到沉重的关门声，可怜的女孩子才突然惊醒过来。什么都没变，但感到今后再也不能独自沉迷了。她蜷伏在家庭的重围之中，像一点狡黠的火星，在杂草乱叶底下蔓延，由近及远，把松树一棵棵点着，把整座林子化为一片火海，这群人里，除了安娜，没一张脸值得一顾。安娜快活得像孩子似的，她的快活，适足以把黛莱丝隔开！安娜似乎不知道她们今晚就要分离，不光在空间上，而在黛莱丝到了受难关头——她天真未凿的躯体就要受到不可弥补的毁损。安娜留在河岸这边，依旧完好如初；黛莱丝则行将归属已经事人的那群女子。她记得刚才在圣器室，俯身去亲安娜的小脸蛋，看到她那盈盈的笑脸，突然感到周围一片空虚——世界上只剩下若隐若现的苦痛和依稀渺茫的欢快。顷刻之间，感到自己心中这股蒙昧之力，与安娜姣好的粉脸有多不协调。

时隔良久，圣格雷和B市的人谈起这次盛大的婚礼（那天有上百个佃农和佣工在橡树底下任情吃喝），不能不提到新娘子，"她不是那种端庄的美，就是人显得媚"。可是，结婚那天，大家觉得好难看，甚至样子吓人："简直不像她自己，像换了一个人……"

别人只看到她外表跟平时不一样，怪那身礼服太白，天气太热，其实，谁都不识她的真面目。

那婚礼，既有乡间的喜庆气氛，又不乏中产阶级的豪华排场。向晚时分，新郎新娘的汽车在三五成群的归客和花枝招展的少女之间缓缓驰过，行人向他们招手欢呼。路上落满了合欢花，他们的车子赶过一辆辆蜿蜒驰去的大车，赶车的都是些好喝一杯的快活人。黛莱丝想到就要到来的夜晚，心里私语道："想来怪害怕的……"随即改口："噢，不……不至于那么可怕。"意大利水乡之行，她很受罪吗？谈不上，她玩这一手：真人不露相。未婚夫容易欺骗，做丈夫的则不然！假话谁都会说，但用肉体作假却是一门学问。欲念，适意，承欢后的倦怠，要装得像，却不是人人都有的本事。黛莱丝善于曲意逢迎，感到又委屈，又有点快意。丈夫硬要跟她一起探索这陌生的感觉世界。她凭想象，以为其中对她也可能有某种欢愉——但是，是什么欢愉呢？黛莱丝之想发现快感，犹如对着烟雨蒙蒙的山色要想象出艳阳下的胜景一样。

贝尔纳像个缺少眼力的大孩子，看画展，总担心和旅行指南上的作品编号不符，用最短的时间看了该看的东西，就感到心满意足——真是容易上当的家伙！他一头钻进温柔乡里，就像小猪拱来拱去，在食槽里找自己的快活（"我就是食槽。"黛莱丝想）一样，从猪圈外望进去，倒怪有意思的。他的神气跟小猪一样，匆忙，猴急，一本正经，他干什么都按部就班的。"你真以为这也得照规矩来？"黛莱丝感到有点吃惊，有时这么问上一句。有关房中的一切，他从哪里学来的？怎么知道区别正派人和色情狂的爱抚？他总是径情直遂，而不踟躇蹰躇。归途中，他们在巴黎滞留一夜。在音乐厅看到游艺节目不尽如人意，贝尔纳竟会拂袖而去：

"你说说看，拿这个给外国人看！真不要脸！人家就据此作出判断……"黛莱丝当然佩服之至，就是这个道德君子，不出一个钟头，就会叫她在暗中饱受他那些乐此不疲的花头经。

"可怜的贝尔纳！——他为人倒也不比别人坏！但是欲念一上来，跟我们最亲近的人，就会变成另一个人，跟畜生一样。这种狂劲，足以拆散我们与配偶的关系。看到贝尔纳一头沉湎于自己的乐事之中，我嘛，只好装死，怕这个神经发作的家伙受到违拗，会把我掐死。他常这样，临近快活之极，突然发觉自己很孤独。急切的动作，也颓然中止了。等贝尔纳神志恢复过来，常发现我好像给扔在海滩上似的，咬着牙关，浑身冰冷。"

安娜只来过一封信。她不大爱写信——但是，说也奇怪，黛莱丝读来，句句惬意：信固然是抒发我们的真情实感，不过，更多的时候，是写些叫人读来愉快的话。安娜抱怨说，自亚瑟维多少爷到来之后，家里就不让她上维尔梅查那边去了。她只远远看到杂树丛里放着他那条长椅，她怕生痨病的人。

这几页信，黛莱丝不时拿出来看看，并不指望还能收到别的。所以邮差送信来（在音乐厅退场后的第二天早晨），在三个信封上都认出安娜的笔迹，就颇感意外了。好几个邮局把"留局自取"的信件，给他们一并转到巴黎，因为他们中途取消了几站，用贝尔纳的话说，是"急于回窝"——但真正的原因，是夫妻俩搞不到一块儿。他撇下猎枪猎狗，喝不到乡村酒店独具风味的开胃酒，就十分不得劲；其次呢，这女人也似乎太冷淡了点，老含讥带讽的，从无快适的表示，也不爱谈这桩有趣事！……黛莱丝这方面呢，也巴望快点回到圣格雷，像羁押在临时监房的流放犯，心存好奇，想看看葬送余生的孤岛究竟是什么模样。黛莱丝拿着信封，仔细辨认邮戳上的日子，刚拆开最早的一封，就听到贝尔纳一声喊，接着又嚷嚷了几句，她没听清，因为临街的窗子开着，公共汽车正好在路口减速行驶。贝尔纳刮脸刮到一半，就停下来凝神看母亲的来信。黛莱丝现在好像还看到他那件网眼背心，肌肉发达的胳膊，苍白的脸色，以及突然涨红的面孔和脖子。那是七月的一个早晨，天气热得像含着硫黄。太阳烟熏火燎的，照在对面死气沉沉的墙面，显得更脏了。贝尔纳朝黛莱丝走来，嚷道："真太过分了！哎，你的好朋友安娜，把事情都做绝了。谁想得到我妹妹……"看到黛莱丝探询的目光，他问："你想得到吗，她竟会爱上亚瑟维多少爷？真是好事一桩！就为了那痨病鬼，他家才增建维尔梅查的房子……的确如此，她还挺当真的……安娜说要硬顶下去，直到十八岁成年自己能做主为止……妈说她简直是个十足的疯丫头。但愿台季伦家还不知道这事！台季伦那小子很可能就此不来求婚了。你不是有她的信吗？反正，咱们就会知道……你先拆信吧。"

"我要挨着次序看。再说，也不高兴给你看。"

他就知道她这个脾气：不把事情搞复杂不算数。但眼下最要紧的，是让她劝劝他妹妹听点道理。

"爸妈寄厚望于你呢。安娜什么事都听你的……是这样的……他们把你当救星，等你回去呢。"

等她穿衣服的时候，贝尔纳就出去拍电报，订两张去南方的快车票。她也可以开始整理箱子了。

"我妹妹的信，你要等到什么时候才看？"

"等你不在这儿的时候。"

他关上门走了好一会儿，黛莱丝还躺在那里抽烟，眼睛瞧着对面阳台，看到那上面镀金的大字已褪色发黑。然后，才撕开第一封信。不，不，这种热情如火的语言，绝不是那个小傻瓜，那个智短识浅在修道院长大的女孩子所想得出来的。这种赞美之词，不可能出于那颗枯索的心——她那颗心怎么样，黛莱丝想必是知道的。这种幸福的慨叹，只能发自情窦初开、肉体第一次感到欢快的女子。

　　……跟他初次相遇，简直不相信这就是他：他逗着狗，边跑边叫。谁能相信，这是个大病号……其实，他没病。鉴于他家有不幸的先例，特加防范而已。也不能说他体质虚弱——不过有些单薄罢了。还有，他是一向给娇宠惯的……你认不出我来了吧？等暑气一退，我就给他去找斗篷……

假如此刻贝尔纳回到房里，就会看到坐在床上的，不是他的女人，而是一个他不认识又叫不出名字的怪人。黛莱丝扔掉香烟，拆开第二封信：

　　……我可以一直等下去。不管是什么阻挠，我都不怕；心头有了爱，根本理会不到这些。他们把我扣在圣格雷，但阿什鸳鸯还没远到无法跟约翰相会。那个窝棚还记得吗？是你，好朋友，先期选定这个地方，让我领略到那样的快活……噢！别以为我们做了什么坏事。此人很斯文。像他那种小伙子，你大概还想象不出。他跟你一样，勤奋好学，博览群书。年轻人能这样，自无可怪怨，我也从未想到要去取笑他。能像你这样博学，再大的代价我都肯付！亲爱的，仅仅这么触摸一下，就如此快意，真不知你如今该如何销魂呢！在那间窝棚——以前你总把我们的点心带到那里吃——坐在他身旁，浑身有种幸福之感，仿佛伸手就能摸到。我心里想，还有更甚于此的快活呢。等约翰脸色苍白地离去，我回味着方才的爱抚，期待着明天的种种，对于那些不知道，也从未领略过这种快乐的可怜虫，随他们怎样抱怨，哀求，责骂，我都不以为意……亲爱的，请原谅我跟你侈谈这种幸福，好像你还有所不知似的。跟你一比，我完全是个嫩角色。我相信，你准会站在我们一边，对付那些刁难我们的人……

黛莱丝拆开第三封信，上面只寥寥数语：

快来，好朋友！他们要把我俩活活拆散。整天有人看住我。他们以为你会站在他们一边。我说过，一切全听你的一句话。我要把一切都跟你解释明白：他没有病……我很快活，也很痛苦。为他而痛苦，我感到快活。我愿他也痛苦，当作爱我的一种标记……

黛莱丝没再往下看。把信插回信封时，发现里边有张照片，方才没看到。她凑近窗口，端详这相貌：小伙子长着一头浓发，脑袋显得大了点。黛莱丝还认出拍照的地点。约翰·亚瑟维多像大卫塑像那样站在斜坡上（后面是放牧羊群的原野）。上衣搭在胳膊上，衬衫领口略略敞开……"这里就是他说的许可抚爱的极限……"黛莱丝抬眼看镜子，对自己的脸色感到吃惊。她松开牙关，咽了口唾沫，用花露水擦了擦前额的鬓角。"她尝到了甜头，可我呢？为什么我没尝到……"照片就留在桌上，旁边有枚发亮的大头针。

"我居然……干过这事……"火车颠簸起来，正冲下一段斜坡。黛莱丝坐在车里一再追索："两年前，就在旅馆那间房间，我拿大头针在他照片的心口上戳了许多洞——并非出于愤恨，心里倒很平和，就像做一桩稀松平常的事一样。然后，把扎了许多洞眼的照片扔进厕所，放水冲掉。"

贝尔纳回来，见她神色庄重，好像经过深思熟虑，已有对策，表示很赞赏。只是她烟不该抽得那么凶，这等于慢性自杀！依黛莱丝的看法，对小姑娘一时的任性，不必过于介意。她尽力去开导她就是……贝尔纳希望黛莱丝能够做出保证——他心里美不滋儿的，口袋里已装了两张回去的车票；尤感得意的，是家里人已在借重他的妻子。他跟黛莱丝说，该花就花，此次旅行的最后一顿中饭，他们要到蒲洛涅森林的某某饭店去吃。在出租汽车里，他大谈打猎计划，巴利雄替他训练出一条狗，回去马上想试一试。母亲信里说，经过治疗，那匹母马现在已不瘸了……这时，饭店里嘉宾还不多，一道菜一套排场，令人生畏。黛莱丝仿佛还闻到天竺葵和卤汁味。莱茵葡萄佳酿，贝尔纳还从来没喝过："妈的，这可不是白给的。"人生几何，并非天天都能这样过节。贝尔纳的宽肩膀，挡着黛莱丝的视线，遮住他背后的餐厅。大玻璃窗外面，汽车开过去或停下来，毫无声响。她看到贝尔纳耳边那块肌肉在嚼动，知道那叫颞颥肌。几口酒下肚，他就满脸通红：真是个乡下人！几星期来，这活动场所，每天吃的酒食都消化不了。黛莱丝对他谈不上有什么怨恨，只是希望能自个儿清静一下，咂摸一下自己的痛苦，找找痛苦的根源！只要丈夫不在眼前，就不必勉强自己吃饭，强作欢颜，留心自己的表情，掩饰发亮的目光。就可以自由自在，耽溺于这种绝望情绪之中：一个以为会同你在荒岛上一起白头偕老的人，突然逃之夭夭，跨过与外界的鸿沟，与其他人打成一片——岂不等于换了一个星球……但是不对，谁能换个星球呢？……安娜原属淳朴单纯的一群，早先在孤寂的假期里，黛莱丝见到的那个枕着她膝盖睡去的安娜，只是个幻影罢了。真正的安娜，她并不认识；真正的安娜，今天在圣格雷和阿什鹭鸶之间那空棚里与亚瑟维多少爷相会呢。

"你怎么啦？怎么不吃？菜不要剩了。花这个价钱，剩了可惜。是不是天太热？你不会晕过去吧？难道是身子不舒服……已经有了……"

她微微一笑，只是嘴角略带点笑意罢了。她推说惦记着安娜的事——该谈谈安娜才是。贝尔纳说，这事只要她肯管，他就放心了。黛莱丝问，他父母为什么要反对这门亲事？贝尔纳听了，以为是取笑他，求她别再提这种怪问题。

"首先，你明明知道他们是犹太人。我妈认识亚瑟维多爷爷，那老头儿就是不肯受洗礼。"

但黛莱丝认为，在波尔多，没有比那些葡裔犹太人更古老的旧家了：

"我们的祖先还在当可怜的羊倌，在沼泽旁发烧打寒战的时候，亚瑟维多他们已经窃据要津了。"

"哎，黛莱丝，不要为斗嘴而斗嘴。凡是犹太人，都是一路货……而且，他们这个家族已经退化——痨病都生到骨髓里去了，这还有谁不知道。"

黛莱丝点上一支烟，这动作贝尔纳看了总觉得不顺眼。

"你说说看，"她诘难道，"你爷爷，你曾祖，是得什么病死的？你娶我的时候，怎么不问问是什么病送了我妈的命？我们祖上生痨病，得梅毒的，还不多到足以污秽环境。"

"你说到哪儿去了，黛莱丝。我跟你说，即使是玩笑，故意怄我，也不要把家里牵扯进去。"

好像伤了他面子，他挺了挺胸脯——既要显得气派，又要不落得可笑。但黛莱丝也不甘示弱：

"家里那种谨小慎微，胆小如鼠，我只觉得好笑！看到明显的污点，做得疾恶如仇的样子，但对更多看不见的毛病，反倒不闻不问！……你也说过隐疾这个词……不是吗？断送一个家族最可怕的病，从根子上说，难道不是某种隐疾吗？该想的不去想，两家只管齐心，想把乌七八糟的事统统遮掩过去，埋葬以尽。倘使没有用人，外人什么都不知道。亏得还有用人……"

"我不高兴理你。说开了头，最好就让你一个人说个够。碰到我不要紧，知道你是说着玩的。但在家里，你知道，那可不行。我们从来不拿家里的事打哈哈。"

家里！黛莱丝让香烟慢慢熄灭，凝视着这面由一个个活人排成的栅栏，这个四面尽是耳目的牢笼，而她，双手抱腿，下巴支着膝盖，一动不动蹲在笼里，坐以待毙。

"哎，黛莱丝，别做出这副样子，要是你看到自己现在这副模样……"

她浅浅一笑，又戴上一副假面具：

"我说着玩儿的……亲爱的，你真是个大傻瓜。"

在出租汽车里，贝尔纳想挨近她，她一把把他推了开去。

临回家的前一晚，他们刚九点就上床了。黛莱丝吃了一片药，本想早早入睡，反而不能成寐。有一忽儿她迷迷糊糊的，这时贝尔纳嘴里不知叽叽咕咕些什么，翻了个身，她感到壮实的身体热烘烘地靠了过来。她推了他一把，躲着那热气，尽量往床边睡。不出几分钟，他又靠拢来，好像灵魂缥缈而去，躯壳却依然有知，哪怕在梦乡里也会找上自己的伴侣。她使劲推了一下，也没把他推醒，只推开了点……啊！能一劳永逸，永远把他推开该多好！把他推下床，推进黑咕隆咚里去……

汽车喇叭在巴黎的夜空下此起彼伏，如同在阿什鹭鸶的月夜，鸡犬之声此呼彼应一般。街面上还没泛起凉意。黛莱丝把床头灯拧亮，胳膊肘撑在枕上，看着身边这个浑然不动、正当二十七岁盛年的男子：他把毯子给蹬开了，呼吸轻得听不到，一头乱发遮着依旧很明净的前额和还不见皱纹的眼角。像解除武装，赤身露体的亚当一样，他睡得很沉，犹如长眠。他女人把毯子一掀，翻盖在他身上，自己起来，找出那封没看完的信，凑着灯光看下去：

　　他要是叫我跟他走，我会头也不回，舍弃一切的。我们爱抚到最后，快要到极限时，便倏然打住，倒不是我扭捏，而是他愿意如此——或者更确切地说，是他在抵拒我。我倒希望能达到不曾领略的极致，可他一再说，浅尝辄止，其乐无穷。言下之意，该一直这样不尽有余了。他还自鸣得意，能这样悬崖勒马，说换了别人，就会迤逦而下，一发而不可收……

黛莱丝推开窗户，把信撕成碎片，俯身下望，四周的石砌房子，像个深坑，这时一辆街车开过，辗破黎明前的寂静。碎纸片飘飘摇摇，洒落在下面几层的阳台上。她闻到一股青草味，不知从哪方乡野吹来的，一直吹到这片沥青沙漠里。她想象自己殒身险楼，血污满地，警察和看热闹的人在周围走来走去……想得太多，要死就死不成了，黛莱丝！说真的，她并不想死。她还有件紧要事要办，既非报复，亦非泄恨，而是想超度圣格雷那个小傻妞，她居然相信还有幸福可言！应当让她像黛莱丝一样，明白幸福是根本不存在的。她们之间即使没有别的相似之处，至少这点还是共同的：烦闷无聊，既无崇高的使命，也无神圣的义务，除了日常琐事，生活中别无企盼——只有孤苦寂寞，无可告慰的孤苦寂寞！这时曙色已照临屋顶。她回到床上，一躺到一动不动的男人身边，他又靠了过来。

她一觉醒来，头脑清醒，性情和易。何必推寻得那么远呢？家里要她帮忙，她就顺着家里的意思办，这样就可以放心，不会有什么偏差。贝尔纳常说，安娜要是错过台季伦家这门亲事，那就大大失策了；黛莱丝也同意这看法。台季伦家固然不属于他们这个圈子，爷爷还是个放羊的……但他们拥有当地最好的松林。再说，安娜的嫁妆也不会那么丰厚。她父亲那儿不能承望得到什么，除了靠近朗贡地方，峡谷冲积地上那片葡萄园，而且两年里倒有一年给淹了。所以，安娜无论如何不宜错过这门亲事。这时房里飘进一股可可茶的香味，黛莱丝闻了感到恶心。这种轻度的不适，证实了其他征兆不为无因：怀孕了，真快！"还是马上就有的好，"贝尔纳说，"以后就不用再费心了。"他用敬重的目光看着他女人，要知道她肚里怀着的，正是那大片松林唯一继家传后的主人。

五

圣格雷，就要到了！圣格雷……黛莱丝张望了一下，看看她脑海里早就走过的这条路。贝尔纳会跟她亦步亦趋吗？这一曲折的历程，他有耐心慢慢走过来吗？她不敢存什么奢望。然而，关键的事尚未涉及呢。"即使他跟我走到这道关口，对我说来，一切都还有待重新发现。"她自己就是一个谜，值得好好探索。这位有产阶级的年轻媳妇，在圣格雷结婚时，人人都夸她聪明智慧，可她究竟是怎样一个人呢？她想起结婚后在婆家那栋清凉而阴暗的屋里度过的头几个礼拜。朝广场那面的百叶窗长年关着，从左边窗栏，可以望见庭院里向日葵、天竺葵和牵牛花开得火红一片。特·拉特拉夫夫妇整天蛰居在底层灰暗的小客厅里，安娜已不准外出，就在院子里转悠，黛莱丝则奔走于双方之间，既是公公婆婆的心腹，也是小姑安娜的同党。她对特·拉特拉夫夫妇说："你们呢，也稍稍作点让步，提议带她去旅行旅行，先不忙做什么决定。关键问题上，我保证她照你们的意思办。等你们走后，我再相机行事。"怎么行事呢？老夫妇看出，黛莱丝大概想去找亚瑟维多少爷。"婆婆，不用旁敲侧击的办法，不能收效。"听婆婆口气，风声还没泄露，谢天谢地！唯一知情的，是邮局收信的莫诺小姐。安娜的信，已给她扣下多封。"这姑娘会守口如瓶的。而且她已给我们捏住，不会多嘴多舌的。"

"不要太为难安娜……"公公埃克多一再这么说。他这个做父亲的，不论女儿多任性，多荒诞，一向对她很放纵，现在只能顺着他太太的意思说："不发狠心不成事。"还说："有朝一日，她会感谢我们的。"话是不错的，但是，会不会没到那时，安娜先就病倒了？这，老夫妻俩就说不上来了。他们眼神茫然，心思自然追踪着那个头顶烈日，不饮不食，日见消瘦的女儿。她踩了花也没看到，像头小鹿似的沿着栅栏走来走去，想找个豁口出去……婆太太摇头叹气说："肉汤总不至于要我代她喝吧？她在院子里采水果当饭吃，上了饭桌就摊只空盘子什么都不碰。"公公埃克多认为："我们要是同意了，她以后反会怪我们……等她生下几个可怜虫……"他这种辩解，婆太太大不以为然："幸亏台季伦他们还没回来。他们很看重这门亲事，也是我们的造化……"

等黛莱丝离开客厅，俩老便相互探询："也不知修道院往安娜脑里灌输了些什么？"婆太太说："她周围尽是好榜样，看什么书我们也很当心……黛莱丝倒说过，使小姑娘神魂颠倒的，莫过于《佳作丛书》里的爱情小说了……不过，黛莱丝这人好说反话……而且，谢天谢地，安娜不会看书看上瘾，我从没为这个责备过她。这一点上，她倒的确像大家闺秀。其实，要是能带她出去换换空气……你还记得吧？她那次出麻疹，又并发支气管炎，我们后来带她去萨利，对她康复不是挺有好处吗？她爱上哪儿，就上哪儿，咱们总算好商量了吧？这孩子也怪可怜的，说真的。"公公叹了口气，低声问："噢！跟咱们一起旅行……"婆太太耳朵有点背，问："你说什么来着？""没什么，没什么……"今日家业殷富，他老人家蓦然想起当年热恋中的那次旅行，觉得是多么美好，少年钟情的岁月，又是多么值得赞颂！

黛莱丝走进院子，见到年轻姑娘，去年做的衣衫穿在身上已显得过分肥大了。

"怎么样？"安娜一见女友走来，便急口问道。

八月的下午，灰蒙蒙的小径，沙沙响的干燥草坪，晒焦的风吕草味，加上比任何花草还要枯黄的少女，黛莱丝心里真是感慨万千。有时，一阵雷雨逼得她们躲进花房，听着冰雹打在玻璃棚顶叮咚作响。

"反正见不到他，出去走走又有何妨？"

"见不到是见不到，但我知道，他在二十里外，呼吸着同样的空气。刮东风的时候，这儿的钟声就能传到他那里。你说说看，贝尔纳在阿什鹭鸶或在巴黎，对你难道都一样？虽然看不到他人，可我知道约翰就离这儿不远。礼拜天在教堂望弥撒，我连头都没回一下，从我们彼此的位子只能看到正中的祭坛，中间有根柱子隔着。但一出教堂……"

"这礼拜天，他没去吗？"

黛莱丝这是明知故问。她知道安娜被母亲拖着，在人堆里白白找了半天，他缺席未去。

"他兴许是病了……写来的信都给扣了，我什么都不知道。"

"他会想不出办法捎个信来，总有点蹊跷。"

"如果你肯帮忙，黛莱丝……是的，我知道你的处境很为难……"

"旅行的事，你不妨先答应下来。等你走了，或许……"

"我不能远离他。"

"但他倒要走了。再过几个礼拜，他就要离开阿什鹭鸶。"

"啊，别说了！一想起来，就受不了。能帮我活下去的话，他连一句都没有。我都要想死了。他有些话，给了我莫大快慰，我时时刻刻都在回味。想呀想的，想得我都怀疑他是不是真的说过。喏，这句话，我们最后一次见面，好像听他说过：'我生活里除了你，没有别人……'反正是这个意思，要么是：'你是我生活里最最亲的……'究竟怎么说的，我都弄糊涂了。"

安娜微蹙眉尖，对这句当时听来大感安慰的话，还在追寻其余音遗绪，把含义引申得愈来愈深。

"那么，他人究竟怎样，那小伙子？"

"你想象不出的。"

"他就那么非同一般？"

"我很愿意给你形容一下……但是，不管我怎么说，他都比我说的要好得多……不过，你听了或许会觉得他平平而已……但，我敢说，绝不是这样。"

安娜以一腔热爱去看这年轻人，以致看得眼花缭乱，什么都分辨不清了。黛莱丝想："我嘛，感情越炽热，头脑就越冷静。我喜欢的人，连毫末之微都逃不过我的眼睛。"

"哎，黛莱丝，实在万不得已，我只好去旅行的话，烦你去看他一下，再把他的话转告我，也把我的信递给他，好吗？如果我出门，如果我真有勇气出门……"

黛莱丝离开这个充满光与热的王国，像一只无精打采的黄蜂，重又钻进办公事的正房：她公公婆婆株守以待，等自动降温，看女儿帖然就范。经过来回斡旋，最后才把安娜出去旅行的事定下来。要不是台季伦一家就要回来，黛莱丝连这点成绩都交不出。面对新的危险，安娜有点恐慌。黛莱丝一再说，以富家子弟而论，"他够不错的了，那个台季伦。"

"但是，黛莱丝，我约略见过一面：夹鼻眼镜，头发都秃了，是个老家伙。"

"他才二十九呢……"

"所以我说是个老家伙。再说，老不老……"

晚饭桌上，一家人尽讲庇亚里茨海滨疗养地的情况，担心找不到旅馆。黛莱丝打量安娜，看她木然坐着，显得无精打采。"自己要克制一下……人得强迫自己。"特·拉特拉夫太太唠唠叨叨地说。安娜像个木头人，把汤匙往嘴边送，眼睛没一点儿神。对她来说，除了那个不在眼前的人，无论什么事，无论什么人，全都不存在。回味以前听到的情话，受到的爱抚，嘴角便漾起一丝笑意。记得有一次在窝棚里，约翰·亚瑟维多手重了一点，把她的上衣撕破了一点。

黛莱丝见贝尔纳上身俯在盘子上，因为他背着光坐，脸看不清，只听得细嚼慢咽的声响，像牛在反刍，咂摸神圣的食品。她站起身来，离开饭桌。婆太太说："她不愿别人看出来。我倒很想宠宠她，可她不要人家照应。她这点不舒服，按月份说来，反应还算小的。她说不抽烟，但还抽得很凶呢。"老太太想起自己怀孕的情景，又说："记得怀贝尔纳时，我常闻一只橡皮球，这样胃才好受些。"

"黛莱丝，你在哪儿？"

"这里哪，长凳上。"

"啊，不错。看见你的香烟了。"

安娜摸着坐下来，头靠在黛莱丝肩上，仰望上空："他也看到这些星星，听到阵阵晚钟……"又央求道："亲亲我，黛莱丝。"但黛莱丝没俯身去亲这张充满信赖的脸。只问：

"你痛苦吗？"

"不，今朝倒不觉得痛苦。因为我相信，无论什么方式，反正会跟他在一起的。我现在心里很平静。最要紧的，是要让他知道，不久通过你他会知道：我决定做这次旅行。等我回来，不管什么墙挡着，我都要冲过去。迟早会扑进他怀里。这一点，我像对自己的生命一样有把握。不，黛莱丝，至少你别向我说教，别跟我讲家里怎样……"

"我倒没想家里怎样，亲爱的，而是想他会怎样。我们做女人的，不能轻易落进一个男人的生活：他也一样，有他的家，有他的利害考虑，有他的工作，说不定还有别的相好……"

"不会的，他对我说过：'我生活里只有你……'还有一次，他说：'我们的爱情，是我此刻唯一看重的事……'"

"此刻？"

"你怎么想的？以为就是他说话的那一刻？"

黛莱丝无须再问她是否痛苦：黑暗中都能听到她痛苦的声息，不过心里却没有一点怜惜之情。怜惜她做什么？心里有个心心相印的人，嘴上念念他的名字，该是多么甜蜜！一想到他活在世上，白天吐故纳新，晚上枕臂而睡，天亮醒来，年轻的身体沐浴在晨雾里……

"你哭了吗，黛莱丝？是为我流眼泪？你也爱着我，是吧？"

安娜跪坐在凳上，头贴着黛莱丝腹部，突然挺坐起来：

"我前额上感到有什么东西在动……"

"是的，动了有好几天了。"

"是小孩？"

"嗯，已经是个有生命的东西了。"

像从前走在泥栈车站那条路上，走在回阿什鹭鸶那条路上一样，她们互挽腰肢往家里走。黛莱丝记得，她当时为肚子里这颤巍巍的累赘，没少担惊受怕，内心深处对这神形未备的肉体也不知倾注了多少感情！她依稀看到自己那晚坐在房里，对着敞开的窗户，（贝尔纳在院子里朝她喊道："别点灯，当心蚊子！"）计算还有几个月临产。她真想识得什么神仙，可以不把这个由她血肉做成的陌生生命降临到人世来。

六

奇怪的是，黛莱丝回想起安娜随父母走后，觉得那些日子里，自己一直浑浑噩噩。本来说好，等他们走后，她去阿什鹭鸶，找个法门，施影响于亚瑟维多，劝他善罢甘休。不料到了阿什鹭鸶，只想休息、睡觉。贝尔纳同意不住他家，住在黛莱丝的娘家，那里更舒服些，一切家务可由克拉拉姑妈为他们分担。但别人的事，跟她黛莱丝有什么相干？让他们自己管自己去吧。她就喜欢愣愣地待着，直到临产。

可是，贝尔纳每天早晨都提个头，说她曾答应去找亚瑟维多，弄得她非常恼火。她现在已没什么好声气，对丈夫不像先前那样能给予容忍。贝尔纳想，这种脾气或许是怀孕的缘故。他这时搅上了一桩耿耿在心的事，整天惶惶不可终日。此种情况在他那族类虽较普遍，但三十岁前还很少见。原来这个精壮汉子，无端怕起死来了。"我自己有感觉，你们知道什么？"他言之净净，别人还能说什么？生在养尊处优之家，又是健饭豪饮之徒，外表看来健壮得很。好像沃土上的一棵松树，长势迅猛，但树心很快给蛀烂了，只好在盛年期砍倒。"这是神经过敏！"大家都这么说，但他自己明明感到铁打的身体出了裂纹。此后的种种，简直令人不信：他不吃也不饿！"干吗不去瞧瞧大夫？"他耸耸肩，表示满不在乎。说真的，他宁可这么牵肠挂肚，也不愿听到宣布死亡，那要可怕得多。夜里痰喘起来，有时可以把黛莱丝惊醒。这时，他抓起妻子的手，按在自己心口，要她感知自己心律不齐。她点上蜡烛，起床把戊盐酸冲在杯子里。心里想：这合剂倒碰巧能治病，干吗不是致命的呢？所谓安神催眠，都算不得数，唯有使人长眠不醒的，才可谓货真价实。活得这么愁眉苦脸，对那一去不复返的安息，为什么又如此害怕呢？贝尔纳比她先睡着。这么个大块头，打起呼噜来，有时听了叫人心烦，在他旁边怎么睡得着？谢天谢地，现在倒不近她身了——贝尔纳觉得，所有的体力活动中，要数此道对心脏最为危险。天蒙蒙亮的时候，公鸡把庄户人家唤醒过来。教堂的晨钟，随着东风，当当成韵。黛莱丝方合上眼睛蒙眬睡去，她男人已起来走动。他像农夫一样，很快穿上衣服，把脸在冷水里一浸就算洗过了。想起菜橱里还有碗脚，便像条狗一样钻进厨房，站着啃个鸡架子，吃片冻肉，或者再加一串葡萄，一块擦大蒜的面包头。一天中，数这顿饭吃得最痛快。剩骨头就扔给两条狗啃。晨雾弥漫，已颇有秋意了。此时此刻，贝尔纳毫无病痛之感，觉得浑身蓬蓬勃勃，有股青春的活力。野鸽等会儿就要飞过，得先准备起来，把媒鸟的眼睛弄瞎。十一点钟回到家里，发现黛莱丝还躺在那里。

"喂，找亚瑟维多的事，怎么样啦？你知道，妈在庇亚里茨等消息，等留局自取的信件呢。"

"你的心脏怎么样？"

"你别提好不好？你一提，我又有感觉了。显而易见，倒证明是神经性的……你是不是也认为是神经性的？"

黛莱丝从来不肯投其所好，说他爱听的话：

"谁知道，你感觉怎样，只有你自己最清楚。你爸死于心绞痛，这并不是一个理由……何况你还年轻……看来，心脏是戴克茹家的弱项。贝尔纳，你真怪，这么怕死！你难道不像我，深感生得无用吗？啊？你不想想，像我们这样的人，活着跟死去也相差无几吗？"

他耸耸肩：她就会拿这类奇谈怪论来烦人。这点儿聪明，有什么稀奇！无非跟真理唱反调罢了。跟我缠是白费唇舌，有这点本事还不如留着去对付亚瑟维多。

"他十月中旬就要离开维尔梅查，你知道吗？"

火车到了圣格雷的前一站——维朗特罗。黛莱丝想："怎样才能让贝尔纳相信，我并不爱那小伙子？他一定以为我移情别恋了。跟所有不懂爱情的人一样，在他想来，犯了人家指控我的那种罪，必定是情杀案无疑了。"贝尔纳应该能明白，她那时虽觉得他不识趣，但远谈不上恨他。也不相信别的男人会对自己有所帮助。说到底，贝尔纳也不算那么坏。怪只怪小说里写的非常人物，在实际生活里从未遇上一个。

她认识的人中，唯一高明的，就是她父亲。此人是个头脑固执、性情多疑的激进派，黛莱丝爱把他想得很了不起。他可谓三头六臂：有田地，有实业，除了 B 市有锯木厂，在圣格雷还有加工厂，自己和亲友地产上的松脂统由该厂处理。他尤其可算得是政界人物，其强硬作风固然于他不利，但他的主张讲话却为人所重。他对妇女，极为轻蔑！哪怕对黛莱丝也不例外，即使人人都夸她聪明。出了这桩事之后，使常对律师说："女人都是歇斯底里，要是不蠢的话！"这位反宗教的健将，在私人生活方面却十分腼腆。他有时也哼哼贝朗瑞的谣曲，但有些话在他面前可说不得，他一听就像少年一样赧然脸红。贝尔纳听他继父说，拉罗克先生结婚之前，一直守身如玉。"他丧妻之后，很多人跟我说过，没看到他有什么情妇。你岳丈真是个人物！"可不是，他确实是个人物。远离之下，黛莱丝会把他的形象加以美化，一旦到他身边，就感到他的卑俗。他常回阿什鸶鸶，而不大去圣格雷，因为不愿见特·拉特拉夫这家人。跟他们在一起，虽然相约不谈政治，但是汤一端上来，争论就开场了，开头说些蠢话，跟着就言辞尖刻起来。黛莱丝觉得加入他们的谈话，简直是丢自己脸。她闭口不说，以示清高，除非涉及宗教问题。这时，她就给父亲助威。每个人都嚷着说话，连克拉拉姑妈都能听到一言半语，于是聋老太也用可怕的嗓门参战。她历来激进，劲道不减当年，声称修道院里那些事她都知道。黛莱丝心里想，姑妈骨子里比特·拉特拉夫家哪个人都有信仰，她之所以公开反上帝，是因为老天把她生得又聋又丑，到死都没男人爱她要她。有一天，特·拉特拉夫太太怫然离开饭桌，从此大家心照不宣，不再谈玄说理。再者，一谈政治，这些人就大动肝火，但是不管左派右派，基本点上并无多大分歧，那就是：财产是尘世唯一的好东西；人生在世，什么也比不上拥有地产。但是，要有所失，才能有所得。那么失，又失到什么程度才合适？黛莱丝是"血管里就流着财富欲"，很想用玩世不恭的口吻把这问题提出来。拉罗克和特·拉特拉夫他们明明有此同好，却又闪烁其词，她最讨厌这种虚假态度。听到她父亲慷慨陈词，扬言"对民主忠诚不贰"，黛莱丝便打断他的话头："不必来这一套，这里没有外人。"这种政治高调，她只感到恶心。在这个国家，根本谈不上什么悲壮的阶级冲突，即使穷光蛋也想做财主，也想拥有更多的财产。对田地、打猎、吃喝的共同爱好，使所有人，财主和农民，不分彼此，结成一体。但贝尔纳算受过教育，大家说他见多识广。黛莱丝也私自庆幸，他总算是个可以交谈的人。"总之，他比周围的人要强得多……"在同约翰·亚瑟维多见面之前，她对贝尔纳一直持这看法。

　　在那个季节，夜的凉意可以延续一个上午，而下午吃过点心，不论太阳多热，只要远处薄雾一起，黄昏便悄然降临。头几群野鸽已经飞过，贝尔纳是不到天黑不回家的。然而这天，因为一夜没睡好，就一口气跑到波尔多看医生去了。

　　"我那时无所用心，"黛莱丝想，"每天走一小时路，因为孕妇应当走走路。我不往树林子去，那里打猎的窝棚很多，走几步就得停下来吹口哨通报，等对方嚷一声才能通过。有时答你一声长哨：鸽群正飞落在橡树上，敬请隐蔽。回到家里，就坐在客厅或厨房的炉火前迷迷糊糊打瞌睡，让克拉拉姑妈来服侍。老姑妈说话鼻音很重，讲些厨娘和佃农的事，我没怎么听进去，就像上帝对信女不屑一顾一样。她唠唠叨叨，说个没完，这样就不用听别人说话了。讲的大抵是她照应的佃户家的伤心事，她对他们很热诚，也很清醒：劳碌一生的老人，最后濒于饿死；身残肢缺的，遭世人遗弃；干重活的女人，累得精疲力竭，等等。说到凄惨的字眼，就用土话学给我听，不免过分轻松。说真的，姑妈就是喜欢我，跑着给我解鞋带，脱袜子，用苍老的手焐我的脚，我连看都不看她一眼。

"巴利雄第二天要上圣格雷，就会来问有什么吩咐。克拉拉姑妈就把要办的事列一张表，把村子里病人手上的药方也都收拢来。'你第一桩事，是先去药房。要把这些药配齐，达尔盖一天都忙不过来……'

"跟约翰初次见面的情形……应当把每个细节都回想起来。我选定那个废弃的窝棚，以前和安娜曾在那里吃过点心，也知道安娜后来喜欢在那里同约翰幽会。不，在我想法里，并没有朝圣的意思。这一带的松树已长得很高，没人会到这里打野鸽的，也就不会打扰猎人。再说，这间窝棚已派不上用场，四周的树林把天边都遮住了。本来林梢尚未相连，中间留出一长溜空隙，可以仰望飞鸟；如今，头上这条天街不见了。要知道：十月的太阳还很毒，我在砂子路上走得很吃力，苍蝇还围着飞。呀，肚子真沉！盼着快点到棚里，好在烂木头凳子上坐一坐。我推开门，跑出来一个年轻人，没戴帽子。我一眼就认出是约翰·亚瑟维多。起先以为冲散了他的幽会，因为他神色很慌张。要想回避也来不及了。但很奇怪，他直留我：'没事，太太，请进请进，我可以发誓，根本没什么打扰。'

"他坚请之下，我走进窝棚，倒很惊讶，里面的确没有人。牧羊姑娘不会从别的出口溜掉了？不过也没听到树枝踩断的声响。他认出是我，就先提起安娜来，我在凳子上坐下来，他站着，姿势跟照片上一样。他穿一件柞丝绸的衬衫，我盯着他胸口，曾用大头针在他照片上扎过的地方：纯是好奇，没有任何感情色彩。他长得英俊吗？高高的前额，像他那一族人一样柔和的眼睛，脸颊太大了一点。这年纪的男孩子，我讨厌的是一脸粉刺，像要化脓似的，怕是血气太旺的缘故。尤其是那汗手，跟人握手之前先得用手帕擦擦。但目光灼灼，像小狗热得张嘴喘气一样，他的大嘴总张开一点，露出一排尖尖的牙齿。而我，又怎样呢？记得当时完全站在家族一边。我拿出盛气凌人的架势，煞有介事地责备他，不该把一个体面人家搅得乱七八糟，四分五裂。记得他先是一副错愕的神色，那绝不是装出来的，接着哈哈大笑：'这么说来，你以为我要娶她？我想沾这个光？'我一愣，顿时看出安娜的痴情和这小子的冷漠之间，横亘着一道多深的鸿沟。他竭力为自己表白：面对这样一个妙人儿，怎能不动心呢？寻个快活，又有何不可？正因为他们之间谈不到结婚问题，这种爱情游戏就没什么坏处。当然，表面上装得跟安娜是一个想法……我听得心头火起，叫他别往下说了；他也愤愤然，说安娜可以作证，他善于自恃，从不越规。再说，他不怀疑安娜小姐因他而冲动，才得以在她枯寂的人生里领略到一段美妙的时光。'你说她现在很痛苦，是吗？但是，夫人，你不认为在她的命运中，除了这桩痛苦，还有什么更值得期待的呢？我久闻大名，知道你跟这里的人不一样，这些事可以对你说。在安娜踏上圣格雷那艘旧家的航船作凄凉的远航之前，我先期给予她一番感受，一阵梦想——这是救她，把她从绝望中，至少从糊涂中救出来。'他这套大言不惭、装点门面的话，我听了是气恼，还是同感，已不复记忆。实际上，因为他讲得很快，开头我都跟不上，过了一忽儿才习惯他的滔滔不绝。'你以为我想攀这门亲，把锚抛在沙漠里，或在巴黎背上这么一个小姑娘？安娜无疑会在我心目中留下一个美好的印象，这不成问题。刚才你推开门，惊了我一下，我正想着她呢……但一个人怎么能把自己限死呢，太太？每分钟都应有每分钟的乐趣，不同于前一分钟的乐趣。'

"这种像小动物般的一味贪求，这种独善其身的人情世故，我听来觉得十分新奇，就不去打断他。是的，我的确有点目眩神夺，而他只用了三言两语，我的天！但确乎如此。我记得这时听到繁碎的脚音，叮叮当当的铃声，羊倌的大声吆喝，显然是有群羊从远处走来。我对小伙子说，我们两人在棚屋里，别人看了会奇怪的。很希望他能回答说，那咱们就别作声，等羊群走过再说，这样，两人就能静静待着，像一起做了桩错事，我或许会很高兴。（我一下子也变得苛求起来，希望每分钟也给我带来值得生活的内容。）但约翰·亚瑟维多没表示异议，径自打开棚屋的门，很客气地站在门旁，让我先出来。相信我不会见怪之后，他才跟上来，一路陪我到阿什鹭鸶。回来的路上，觉得时间过得很快，虽然我的同行之伴天南地北讲了许许多多事！凡是我自以为略懂一点的事，他都有番奇谈怪论，给人耳目一新之感。比如宗教问题，我把在家里说的老调重弹一遍，他打断我说：'是的，不错……但问题要复杂得多……'的确，他对争论的问题，都能说得一清二楚，不由得人不佩服……难道真那么值得佩服？我相信，这些论调现在再听，我会作呕的。比如他说，原先一直以为，人生里除了寻求天主，追随天主，其他都无关紧要。'有些人自以为已找到天主，便就地踏步，营建蜗庐，晏然高卧。我一向看不起这些人。你得乘船登筏，扬帆出海，像逃避死亡一样逃避他们……'

　　"他问我，有没有看过赫奈·巴赞写的《傅戈神甫传》，我只是笑而不答。他说，他看了这本书大受震动。'生活于夷险中，就其深刻的含义而言，或许更在于寻找天主，而不在找到天主，皈依正道。'他自我描述'探寻神秘的伟大历险'，抱怨自己的气质不宜做这类尝试。说，就他记忆所及，'不记得自己有过堪称纯洁

的时期。'

"话说得这样不加掩饰，这样明心见性，跟我们内地人的拘谨迂执和对内心生活的讳莫如深，真是大异其趣！圣格雷的街谈巷议，全是鸡毛蒜皮，浮光掠影；心里的念头，是从不宣之于口的。对贝尔纳，我究竟了解多少？想起他来，仅止于这种漫画式的勾勒，但他实际上远不止于此。约翰口若悬河，我只默然听着。到我嘴边的话，都是家里议论时的一些老生常谈。正像这儿所有车辆都要'合辙'，就是说车轮要跟车辙一样宽，我所有的想法，到这天为止，也都依合父辈的'旧辙'。约翰·亚瑟维多不戴帽子径自走着，从敞开的衬衫看到他少年的胸脯和挺直的脖子。他的仪表里，我感受到一种魅力？噢！笑话，不可能！在我遇到的人中，他是第一个把精神生活看得高于一切。他一再提起他巴黎的师友，他们的言谈或著作。既然有这样一些师友，我就不能当他是凤毛麟角的怪人。他属于人数众多的优秀阶层，或者照他的说法，属于那些'真正存在的人'之列。他举出这个人那个人的名字，没想到我会压根儿没听说过，可我也装得好像不是头一回听到。

"路一拐弯，就看到阿什鹭鸶的田野了。我不觉脱口道：'噢！已经到了！'这片薄地上已收过黑麦，烧荒的烟雾贴着地面散开来。羊群从斜坡的豁口像一股脏奶奔冲而下，低着头像在啃砂地。约翰得穿过这片田地，才能到维尔梅查家里。我对他说：'我陪你走一段。这些问题，我很感兴趣。'但是，一下子倒又找不到什么话可说了。地里的麦茬，透过鞋帮，直扎我的脚。我觉得他此刻好像愿意独自行走，对掠过脑际的念头，可任意遐想。我提醒他，我们根本没提安娜的事呢。他说，一个人说什么想什么，都是因缘时会，自己做不得主的。'或者得照神秘派的方法……’他又很警辟地补上一句：‘像我们这样的人，永远是随波逐流，顺坡下驴的。’这样，他把话题又引到他目前的读物上来。我们相约下次见面，再决定对安娜的做法。他这时说话心不在焉的，也不回答我的问题，径自弯下腰去，像孩子一样指给我看一个蘑菇，鼻子嘴巴都凑了过去。”

七

贝尔纳站在门口，等黛莱丝回来。在暗中刚辨认出她的衣衫，便嚷开了：“还说我没什么，没什么！别看我这身架子，你信不，我有贫血。简直叫人不信，可这是千真万确的。所以不能光看外表哪。我要进行一种治疗……叫福勒氏疗法，药里带砒霜的。最要紧的，是要先开胃口。”

黛莱丝记得，起初听了并不在意：对贝尔纳的事，比起往常来，她已经淡漠了许多——这个打击好像发生在很远的地方，根本不相干似的。他说他的，黛莱丝没听进去，她整个身心正转向另一个天地，那里有热切的心，渴望了解别人，渴望——用约翰得意之余常说的那句话，渴望求知，“成其为自己”。在饭桌上，临了，她讲起跟约翰见面的事，贝尔纳冲着她说：“你怎么事先不说一声？真怪！嗳，那么你们怎么决定的呢？”

她胡乱编了一通，后来倒真是遵此而行的：约翰·亚瑟维多同意给安娜去一封信，用婉转的措辞，劝她绝了这个念头。黛莱丝说，那小伙子本来就没打算结这门亲，贝尔纳听了哈哈大笑：亚瑟维多家的人，居然不想跟特·拉特拉夫家攀亲！“嗨！你也笨得可以。简单得很，那是他明知事无可为，回天无力，哪个还来碰钉子！你还太嫩，我的小夫人！"

贝尔纳怕蚊子，不让点灯，所以看不见黛莱丝的表情——"我的胃口倒又好了。"他提了一句，波尔多那大夫算是妙手回春，把他的命救过来了。

"后来，还时常见到约翰·亚瑟维多吗？他是十月底离开阿什鹭鸶的……我们一起散步，大概有过五六次，给安娜写信那次，记得最清楚。这小伙子很天真，写了一些话，自以为别人看了会宽心，我看了直反感，只是没跟他说罢了。我们后来又出去几次，印象都搅在一起，并成一桩回忆了。约翰·亚瑟维多跟我讲起巴黎，以及他的郊游，于是我就想象出一个理想王国，在那里人人把'成其为自己'奉为金科玉律。'在你们这里，到死都得说违心之言。'他说这句话，是否有含意，是否猜到了我的什么？依他说来，这种令人窒息的气氛，在我简直是无法忍受的。'你瞧，'他对我说，'你看这茫茫一片的冰层，所有的灵魂都给冻住了。有时，从冰窟窿里可以看见下面黑森森的水：那是有谁挣扎了一下，跟着就没顶不见了，冰壳又结起来……这儿和别处一样，各人有各人的命运，但又一律屈从于一种令人沮丧的共同命运之下。哪个人想抗争一下，就该他倒霉；出了事，家里的人都守口如瓶。像这里的口头禅：还是少说为妙……'

"'哦，不错！'我喊出声来，有时，我想打听一下某个叔公，哪个阿婆的下落，照相簿里自然没有他们的照片，却从来得不到答复，除了有一次人家漏出一句：'他后来不见了……不知所终。'

"约翰·亚瑟维多是不是怕我也落到这个地步？他跟我说，他从来没想到要跟安娜谈这些事，尽管她一往情深，只不过是一颗单纯的灵魂，哪怕现在有点犟头倔脑，但很快就会乖乖就范的。'你可不一样！从你的言谈之中，可以感到你有一种真诚的渴望……'这些话，难道也要句句传给贝尔纳听？贝尔纳要能听懂，简直是做梦！——不过他得知道，我也不是不战而降的。记得我曾经回敬过约翰，说他巧言令色，把我随俗浮沉的事也美言了一番。我连中学伦理课上的例子，都搬弄了出来。'成其为自己？'我套用他的话，'但我们的自我，无非是走到哪一步，就是哪个样。'（话说到这里，用不着发挥了，对贝尔纳或许又当别论。）亚瑟维多认为，没有比自暴自弃更要不得的了。他说，任何英雄或圣人，都在一再回顾自己的以往，首先要竭尽所能，做到自己力所能及的一切。他反复说：'只有超越自我，才能接近天主。'还有一个论调是：'接受自己的现状，对优秀人士来说，就是要不怕自己跟自己过不去，要撕下脸来，进行毫不假借的争斗。因此，常是那些看透人生的人，反倒去皈依戒律森严的教派。'

　　"这类道德观念固然不必同贝尔纳讨论——甚至可以同意他的说法，这些无非是贫嘴薄舌的诡辩；但是他应该知道，应该设法知道，像我这样的女人，听了那小伙子放言高论，会受什么影响，晚上坐在老屋的饭厅里会起什么感触。贝尔纳正在隔壁厨房里脱靴子，操着一口土话，讲述白天打猎的经过。桌上扔了一只口袋，生擒的斑尾鸽正在袋里扑打翅膀，把袋子都鼓了起来。贝尔纳慢条斯理地吃着饭，胃口又好了，感到很高兴。他数着福勒氏滴剂，深情地说：'这就是健康！'火炉烧得很旺，最后上甜食的时候，他座椅一转，伸脚就烤到了火。他看着《小吉隆特报》，眼睛慢慢闭拢来，有时还打鼾，但更多的时候，是连呼吸的声音都听不到。巴利雄女人趿着拖鞋在厨房里摸来摸去，然后把蜡烛台送进来。

于是，一片寂静——阿什鹭鸶的寂静！没到过荒郊野地的人，是无法领略的。寂静，把房屋团团围住，好像凝固了一般，密林里没有一人，除了偶尔听到猫头鹰的叫声（夜里听来，好像是我们自己压抑的呜咽）。

"尤其是亚瑟维多走后，对寂静才感受特深。此前，一想到明天白天又能见到约翰，黑暗的外界就侵犯不到我的内心。知道他就睡在附近，旷野和黑夜也就不觉得那么空荡荡的了。最后一次见面的时候，他满怀希望，跟我相约一年之后再见，说届时我已解脱重负了。（我至今都不明白他是随口说说的，抑或另有想法。我倾向于认为，他这个巴黎人，在阿什鹭鸶，耐不住这寂静，才把我当作唯一可与谈谈的人。）他离去之后，我好像钻进一条长长的隧道，越走越暗，有时心里嘀咕，在窒息之前，能不能跑得出去，吸点自由的空气。直到一月份我分娩，也没有发生什么事……"

想到这里，黛莱丝迟疑了一下，竭力把思路从约翰走后第二天家里发生的事上引开。

"不，不，"她想，"这事跟我等会儿要跟贝尔纳解释的毫不相干。朝这个路子想下去会一无所获，白费时间。"但是这念头很执拗，像脱缰的马拦都拦不住。

十月里那一晚的情景，黛莱丝始终无法从记忆里抹去。贝尔纳在楼上脱衣服准备上床，黛莱丝想等劈柴烧完再上去——能独自个儿静静待一会儿，她感到很高兴：约翰·亚瑟维多这时在干什么呢？或者在他讲过的那家小酒吧喝酒，或者（夜是那么轻柔）正和朋友在空寂的蒲洛涅森林开车兜风。抑或在伏案用功，远处传来巴黎的喧嚣，案头的寂静，是他抵挡市声而创造出来的。这寂静，不是来自外界，不像这里的寂静压得黛莱丝透不过气来。这寂静，是他惨淡经营得来的，方圆不超过灯光所及的范围，没越出琳琅满目的书架之外……黛莱丝这么想着，忽然听得屋外犬吠，接着又呜咽了几声。这时，过道里传来一个熟悉的、疲惫的声音，她心里倒平静下来：安娜推门进来，她是从圣格雷摸黑赶来的，鞋帮上沾满了泥巴。她的小脸显得很憔悴，眼睛却发出明亮的光芒。她摘下帽子，朝靠椅上一扔，问道："他呢？"

黛莱丝和约翰把信写好寄出，以为大事已了——没想到安娜会不罢休，好像一个人遇到生死攸关的问题，用几点理由，几句开导，就能把人家说退似的！母亲的监视，居然被她骗过，搭上火车来了。朝阿什鹭鸶来的路上，一片漆黑，就靠树梢之间留出的一溜天光引路。"关键是要见到他。见到了人，准能重新征服他。非见到他本人不可。"一脚高一脚低地走着，脚踝踩在车辙里还扭了一下，就这样心急火燎地遄程而来。而现在黛莱丝告诉她，约翰已经走了，回巴黎了。安娜摇摇头，表示不信。她只有表示不信，才能强打精神，不至于在疲惫和绝望中垮下来。

"你撒谎，你一向如此。"

看到黛莱丝要申辩，她补上一句：

"啊！你好，向着家里！装得很超脱……你一结婚，就变成一家子里的人啦……是的，没错，你以为做了桩好事。这样出卖我，就可以挽救我啦，嗯？……免了吧，你也不必再解释。"

她转身打开门，黛莱丝问她上哪儿。

"到维尔梅查，他家里去。"

"我跟你再说一遍，他两天前就走了。"

"你的话，我不信！"

她径自走了。黛莱丝把挂在前厅的马灯点上，提着追上去。

"你会迷路的，我的小安娜。你走的这条路，是通向毕乌治的。到维尔梅查，得走这条路。"

原野上轻雾缭绕。她们穿过雾霭，听到沿路的狗叫。此刻，维尔梅查的橡树已经在望，约翰家的屋子不像在沉睡，而像是死宅。安娜绕着这人去楼空的坟墓转了一圈，拿两个拳头在门上乱捶一阵。黛莱丝把灯放在草地上，伫立一边，看她女友像轻盈的幽灵贴着底层的窗口一个个张望过去。安娜心里无疑念着那个名字，只是没喊出来，知道喊出来也无济于事。她有一会儿走到房后不见了，接着又绕回门前，在台阶上坐下来，双臂合抱搁在膝上，把头埋在里面。黛莱丝搀她起来，拖她往回走。安娜一路上跌跌撞撞的，口口声声说："我明天一早就上巴黎。巴黎未必就那么大。我一定要在巴黎把他找到……"声调像小女孩反抗到最后，准备打退堂鼓了。

贝尔纳被她们的说话声吵醒了，穿着睡衣一直在客厅里等。这场兄妹冲突，黛莱丝真不该把争执从记忆中驱除。按说妹妹已走得疲惫不堪，这汉子居然一把攥着她手腕，拖进二楼一间房里，下锁把她关在里面。而这汉子，黛莱丝，就是你的丈夫！就是再过两个小时，要成为你判官的那个贝尔纳。家族观念支配着他的一言一行，摒除他的一切疑虑。无论什么情况，他都知道该怎么做才符合家庭利益。你绞尽脑汁，准备好长篇大论为自己辩护，但只有没有准绳的男人才会向这种奇怪的推理让步。你这些论据，不值贝尔纳一笑。"我知道该怎么办。"他一向知道自己该怎么做的。他拿不定主意的时候，便说："这事在家里已经谈过，我们认为……"怎么能认为，对你的判决他会没准备？你的命运已经给安排定了，还是省省心睡一忽儿吧。

八

安娜跟父母回到圣格雷的时候，已经随方就圆，变得很乖顺了。黛莱丝一直到临产，都没有离开阿什鹭鸶。十一月里，夜是异样的长，算真正领略到了寂静的况味。给约翰·亚瑟维多去了封信，也杳无回音。多半是认为不值得找麻烦跟一个乡下女人通信吧。首先，一个大肚子女人，总不会给人留下什么美好的回忆。或许相隔之下，他觉得黛莱丝毫无意趣，要是她会使些小玩意儿，搔首弄姿的，许能把这个糊涂虫给迷住！但是，对这种貌似单纯的朴质，这种径情直遂的目光，这种毫不推阻的手势，他又能懂得多少呢？真的，他以为黛莱丝会跟安娜一样，拿他的话当真，舍弃一切来追随他。对于过早放下武器，使男人来不及尝到攻城略地之乐的女子，约翰·亚瑟维多总不无戒备。他胜券在握，不怕战果溜掉。而黛莱丝这方面呢，却尽量使自己生活在这小伙子的氛围之中。约翰赏识的书，她从波尔多订了来，看后觉得浑然不解。只感到百无聊赖！做婴儿衣物吧？"这不是她干的活！"婆太太常常这么说。乡下死于产褥热的很多。黛莱丝断言自己逃不过这一关，结局会跟母亲一样，说得克拉拉姑妈直掉泪。她还少不了添上一句："死不死对我也无所谓。"这倒纯粹是谎话！她对生，从来没有像现在这样执着。贝尔纳对她，也从来没有像现在这样体贴："他关心的不是我，而是我肚子里的东西。听他操着一口讨厌的土话：'再来点土豆泥……别吃鱼……今天你走了不少路了……'这些话说了也白说，我听了不会比奶妈听人家说她奶水不好更受用的。家里把我当作神壶，看成传宗接代的花萼，而且必要时，为了保全胎儿，会不惜把我牺牲掉的。我个人好像不复存在似的。我像葡萄藤，在家里人看来，只有挂在枝头的葡萄才最宝贵。"

"一直到十二月底，都生活在这种幽暗的环境之中。好像四野多到不可胜数的松树还不足意，绵绵的细雨，更在阴沉的屋子周围加上千万道雨柱水栅。到圣格雷去的唯一通道，眼看就要冰封雪冻，他们就用车把我送到镇上，那里的房子稍好一点，不像阿什鹭鸶那么暗。门前空地上几株上了年头的梧桐，顶着雨丝风片，护着枝头未坠的枯叶。克拉拉姑妈除了阿什鹭鸶，别的地方都住不惯，所以不能到圣格雷守在我的枕旁。但是她不管天气，时常乘着'合辙'的双轮马车迢迢而来，带着黑麦粉和蜂蜜做的甜饼，糖球或其他糕点之类，这些甜食我小时候非常欢喜，而她以为我现在还照样喜欢呢。

"我只有在饭桌上才看到安娜。她现在不跟我说话。人好像听天由命，俯仰由人，一下子失掉了青春的娇嫩。头发梳得太往后了，露出两只白皙而难看的耳朵。大家闭口不提台季伦这名字，但婆太太断言，安娜既没说同意，也不再说不同意。啊！亚瑟维多算是说对了，不用多久就可以给她套上笼头，逼她赶上趟儿的。贝尔纳的身体，没有前一阵子好，饭前又在喝开胃酒了。周围这些人在谈什么呢？时常谈起住在我们对门的本堂神甫，记得是这样。比如说，他们相互探问：'他广场上一天过四次，为什么每次都要换条路走呢？……'"

这位神甫还很年轻，亚瑟维多曾说到过他，黛莱丝对他自然也更加注意一点。神甫跟本区的教民不相往还，大家觉得他高傲："我们这里不需要这种样子的神甫。"他到特·拉特拉夫家来拜访过几次，黛莱丝看到他皮肤很白，前额很高。他没有一个朋友。这漫漫的长夜，他是如何消磨的呢？他为什么要选择这一生涯？"他很谨严，"婆太太说，"每晚都做祷告，但是缺乏宗教热忱。在他身上找不到所谓的虔诚。对慈善事业，他更是撒手不管。"教养院的铜管乐队也给他撤销了，她大为惋惜。家长抱怨说，孩子上足球场，他也不陪着。"整天埋头书本当然挺美，但是一个教区也就很快给断送掉了。"

黛莱丝为了听他的声音，常去教堂。"你才发这个心，但是我的孩子，你的身体情况，已可以把你免了。"神甫的布道，无论解释教义，阐明伦理，语言都不带个人色彩。但他有那么一种语调，那么一种手势，黛莱丝觉得特别有味，有时候某一个字显得格外深沉……啊！说不定他能帮她从这烦乱的内心世界理出个头绪来。他跟别人不同，做了一个可悲的抉择：除了内心的孤独，还因为这身道袍，又跟凡人隔着一片沙漠。这种日常宗教仪式里，他能得到什么安慰吗？黛莱丝很想参加平日的弥撒。那时，除了唱诗班的孩子，没有别人，想听听他俯在圣餐前究竟独自细语些什么。但果真去了，她家里和村里的人都会觉得奇怪，以为她要信教了。

黛莱丝这时期尽管十分痛苦，但她真正觉得痛不欲生，还是在分娩之后。表面上看不出丝毫痕迹，和贝尔纳并没发生争执；对公公婆婆，连她丈夫都没有像她那样敬重。而悲剧正在这里。他们没有任何破裂的理由，本来很可能这样白头偕老，谁也不会想到变故。发生不和，总是因为在哪一点上，彼此意见相左吧。

可是黛莱丝从来不去招惹贝尔纳，更不要说违拗公婆了。他们说的话，跟她毫不相干，更没有回答的必要。他们之间有共同语言吗？同样的话，往往可以赋予不同的含意。黛莱丝说一句心直口快的话，家里的人便认为她开玩笑。"我只装没听见，"婆太太说，"如果她还说，我就做得不以为意，给她个没趣。让她知道，跟我们来这一套是不行的……"

特·拉特拉夫太太尤其看不惯的，是黛莱丝一听人家说小玛丽跟她很像，便表示不悦。婆太太觉得她过分。"这个孩子，你没法不承认……"少妇对这类大惊小怪的说法，时常掩盖不了自己的反感情绪。"这孩子，哪里像我啦，"她一口咬定说，"瞧她那深色皮肤，黑眼睛。你们再看看我的照片：我小时候皮肤才白呢。"

她不愿意玛丽像她。这块肉既然从身上分出去了，就希望彼此不要再相仿佛。有些闲言闲语，说她当了母亲并没淹却别的感情。但婆太太担保说，黛莱丝有她自己的方式喜欢女儿："当然啰，不能要她给孩子洗澡换尿布，这不是她的所长。但我亲眼看到她整夜整夜坐在摇篮旁边，烟也不抽，净看着小囡睡觉……再说，我们的保姆很勤谨，还有，安娜也在。啊！这一个，我可以打赌，将来做娘准定出色……"

自从婴儿抱回家来，安娜倒真的重新开始了生活。摇篮自有吸引女人的力量，而安娜比别的女人尤甚，觉得摆弄孩子大有乐趣。为了能自由出入孩子房里，她主动跟黛莱丝言归于好，虽然除了某些亲昵的称呼和手势，昔日的温情早已荡然无存。安娜尤其怕黛莱丝做了母亲，妒性发作："小家伙不大认她娘，倒认我。看到我便笑。那天她在我手上，看到黛莱丝要来抱，便急得直哭。她就喜欢我，有时弄得我很不好办……"

311

其实大可不必。黛莱丝在人生的这个阶段，对女儿像对所有身外之物一样，都疏阔得很。她把人事万物，连她自己的灵与肉，全看得如梦似幻，像飘在半空的水汽。在这片虚无中，只有贝尔纳是一种可怕的现实：肥胖的身体，浓重的鼻音，专断的口气，扬扬自得的神气。快逃离这个世界吧……但是，用什么方法呢？逃到哪里去呢？天刚刚热起来，黛莱丝已觉得气闷抑塞。并没有什么迹象，预示要出什么事。这一年过得怎么样呢？想不起发生过什么变故或争执。只记得在圣体瞻礼那天，对丈夫感到格外的厌恶。那天，她躲在百叶窗后面，看宗教行列走过，跟在神幡后面的，几乎只有贝尔纳一个男人。这时村里成了空巷，好像街上放出了一头狮子……大家躲着藏着，免得碰上行列经过脱帽或下跪。等危险一过，一家家又打开了大门。黛莱丝打量着神甫，只见他双手擎着十字架，几乎闭着眼睛在走路。嘴里念念有词的，一副很痛苦的神情，不知在向谁倾诉？紧跟在后面的贝尔纳，在"履尽他的宗教义务！"

几星期过去了，滴雨未下。贝尔纳惶惶不可终日，担心发生火灾，心脏又开始不舒服起来。麓沙那一带，已经烧掉五百公顷树木。"要是刮北风，我在拜利萨克的那一片松林也完了。"黛莱丝望着没有云翳的天空，自己也不明白究竟期待着什么。要是一直不下雨呢？……终有一天，周围的树林会哔哔剥剥烧起来，甚至殃及村子。为什么荒原上的村子，倒从来不起火呢？火只烧树不烧人，她觉得不公平。失火的原因，家里常常讨论个没完：是随便扔了烟蒂，还是看守疏忽？黛莱丝梦想自己半夜起来，走出屋子，把烟蒂扔在杂草丛生的树林里，一直烧到破晓，黑烟蔽空，天色无光……跟着，她把这个念头挥去，她生来就爱松树，怨气不该出在树木上呀！

　　现在该正视自己做的那件事了。怎么跟贝尔纳解释呢？别无良策，还是帮他把事情的经过逐步回忆下来。那天正值马诺大火。这时，有几个人跑进饭厅，他们一家正在急忙吃中饭。有的说，火离镇上还挺远，有的主张立即就敲钟报警。松脂烧着的气息，弥漫着这个酷暑天。太阳也显得乌烟瘴气的。黛莱丝恍惚又见当时的情景：贝尔纳转过脸去，听巴利雄的报告，汗毛很重的手搁在杯子上，任福勒氏滴剂一滴一滴往下滴。接着，把药水一口喝了下去。黛莱丝也热得头昏脑涨，没想到要提醒他剂量比平时多了一倍。大家纷纷离开饭桌，只有她还坐着剥杏仁。众人扰扰，她独处化外，像对所有与己无关的事一样，淡然处之无动于衷。警钟终于没敲，贝尔纳也终于回来了："这次算你对，没有庸人自扰。是马诺那边火烧……"他问了一句："我喝过滴剂吗？"不等回答，又往杯子里倒起来。她没开口，是懒，无疑地，也是累。这一瞬间里，她在想什么呢？"总不能说，我当时的不作声也是有预谋的吧？"

　　然而，这天夜里，贝尔纳又是吐，又是流泪。裴德梅大夫坐在病人床头，问黛莱丝白天的情况，她对饭桌上看到的事，却只字未提。其实，也很简单，只要提醒大夫，贝尔纳的药里有砒霜，也不至于连累自己。她完全可以这么说："我当时没有意识到……火一烧，谁都心慌意乱的……但我现在可以发誓，他服了双份的量……"可是，她没言语，难道连半点想讲的意思都没有？这件事，吃中饭时，在她意识里还是蒙昧不明的，这时开始在她心灵深处浮现上来——还没成形，但已属半意识状态了。

大夫走后，她瞧着终于入睡的贝尔纳，心里想："没有什么能够证明就是由于这个。会不会是阑尾炎呢，虽然没有别的症状……或许是传染性流感。"到大后天，贝尔纳能起床走动了。"多半就是这个啦。"黛莱丝无法肯定，倒很想弄个一清二楚。"是的，当时并没什么邪念，只是出于好奇，出于一种带点危险的好奇。第一次那天，贝尔纳进饭厅之前，我先在他杯子里滴了几滴福勒氏滴剂，记得心里是这么想的：'就试一次，把事由弄个明白……我只想知道，他究竟是不是因为这个才生病的。试一次算数。'"

火车慢慢减速，长鸣一声之后又开走了。黑暗中现出几点零星的灯火：圣格雷车站。但黛莱丝也没什么可多想的：罪恶张开血盆大口，把她吞了下去。后来发生的一切，贝尔纳跟她一样清楚：他的病突然又发了，黛莱丝日夜护理，弄得精疲力竭，什么也咽不下，以致贝尔纳劝她也试试福勒氏滴剂，他还从裴德梅大夫那里要了一张处方。可怜的大夫！他看到贝尔纳吐出来的绿东西，十分诧异，怎么也不相信病人的脉搏和体温会相差这么大。一般副伤寒病例，体温虽然高，但脉搏仍很平稳——现在脉搏这样急，体温又偏低，这算什么症状呢？传染性流感？是的，就说流感，那就什么都说在里头了。

婆太太想请名医来诊断，但又不愿得罪现在这位大夫，他是家里的老朋友。黛莱丝也怕再请大夫，打击贝尔纳的情绪。然而，八月中旬，又发作了一次，病情更加凶险，裴德梅自己提出，最好听听同行的意见。幸亏第二天，贝尔纳有所好转。过了三个星期，倒复原了。"好险呀，"裴德梅心里想，"要是那位医学泰斗一来，功劳全归他了。"

贝尔纳后来搬到阿什鹭鸶乡下，打算先养好身体，接着可以打野鸽。黛莱丝这个时期特别操劳。克拉拉姑妈得了急性风湿症，卧病在床。两个病人，再加一个婴儿，还不算姑妈半当中搁下来的那些事，统统落到这位少妇肩上。黛莱丝大发善心，代姑妈去看望当地的穷人。挨家挨户走访，像姑妈一样替他们抓药，自己掏钱付药费。走过维尔梅查，见约翰家的大门关着，也没想到要感伤一番。她不再去想约翰·亚瑟维多，世界上谁她都不想。她头晕目眩地独自钻进一条隧道，正走到最暗的一段，应该像蛮子一样，连想都不想，尽快走出黑暗，走出烟雾，去到自由的天地，呼吸自由的空气，越快越好！

　　十二月初，又发了一次病，把贝尔纳打垮了。一天早晨，他醒来后浑身哆嗦，腿脚不能动弹，摸上去也没感觉。而好戏还在后头！晚上，特·拉特拉夫先生从波尔多请来一位大夫，参加会诊。病人检查过后，大夫半晌无语——黛莱丝给他掌灯照亮，巴利雄女人还记得，她的脸色比床单还白。到了黝黯的楼梯口，裴德梅怕黛莱丝偷听，压低嗓子告诉他的同行，说药剂师达尔盖给他看过两张处方，都有改动的痕迹：第一张上，有只罪恶的手添上了福勒氏滴剂；另一张上，哥罗芳、洋地黄毒苷、乌头碱的分量都太重了。这两张方子，连同别的，都是巴利雄送去的。达尔盖配完这些毒麻药品，放心不下，第二天跑去找裴德梅……是的，所有这些事，贝尔纳跟黛莱丝一样清楚……那时叫来一辆救护车，把贝尔纳急速送往波尔多的一家私人诊所。第二天，病情就开始好转。黛莱丝则一人留在阿什鹭鸶。但是不管怎么清静，她总感到周围有一片声浪，好像蜷伏的野兽听到围捕的猎犬正在逼近，同时又像狂奔疾驰之后感到极度疲乏——眼看临近目的，唾手可得，却突然腿脚一软，颓然扑倒在地！

冬末的一个晚上，她父亲特地跑来，劝她想法为自己辩白。当时一切尚有挽回的余地。裴德梅已经同意收回成命，对其中一张处方，他也拿不准是不是出于自己手笔。至于乌头碱、哥罗芳和洋地黄毒苷，他是不会开那么大的剂量的，但在病人的血里又没查出什么……

黛莱丝还记得当时跟父亲一起坐在克拉拉姑妈床边的情景。房里只有炉子的火光，谁也不想点灯。她像小孩子背书（在失眠之夜心里已背了多次）一样，用平板的语调做了解释："我在路上碰到一个人，他不是阿什鹭鸶的本地人，说既然我派人到达尔盖那里取药，希望也能帮他把他的药给取一下，他因为欠达尔盖钱，不便露面……他说好自己到家里来把药取走，所以连姓名地址都没留下……"

"再想个别的说法吧！黛莱丝，我求求你，看在家庭的面上。再想个别的说法吧，倒霉的孩子！"

拉罗克老头连骂带求，软硬兼施。聋老太也感到黛莱丝面临致命威胁，从枕上撑起身子，呻吟道："他跟你说什么啦？他们要拿你怎的？干吗要害你呢？"

她居然对姑妈还笑了一笑，捏着她的手，像小女孩回答教理问答一般地背道："那个人我是路上碰到的，天又黑，看不清他面孔。他没有告诉我住在哪个庄上。有一天晚上，他来把药取走了。不巧，来的时候，家里又没人看到。"

九

圣格雷，终于到了！下了火车，幸好没人认出她来。巴利雄去交验车票的当口，她便绕过车站，跨过木板堆，走到停靠马车的路口。

这辆两轮马车，现在成了她的藏身之所。车子一走上坑坑洼洼的路，就不再怕碰到什么人了。她煞费周章拼凑出来的故事，顷刻之间散了架：那些自责的话，准备了半天，都不知去向了。不，她没有什么要为自己辩解的，甚至也不必提供什么理由。最简单的办法，就是默不作声，或者问一句答一句。她有什么可害怕的呢？今夜也跟所有的夜晚一样，照样会过去，明天太阳照样会升起。不管遇到什么事，相信总能应付过去。她对世界，甚至对自身，都取一种漠然超然的态度，凭着这种态度，最坏的事也没什么可怕！是的，虽生犹死。她这个活人，已经尝到死的滋味。

眼睛适应黑暗之后，在路口拐角的地方，认出那片庄园，几幢矮房子，像蜷伏的兽类。从前安娜骑车到这里，老怕有条狗窜出来往轮子里钻。再远一点，是一片洼地，桤木林立。即使大热天，她们到了这里，热乎乎的脸颊也隐隐感到一阵凉意。路上有个小男孩，骑车按铃过来，草帽下露出洁白的牙齿："你们瞧，双脱手！"这模糊的形象，令人神往。黛莱丝从以往的岁月里找出如此种种，对自己这颗疲惫的心，不失为一种抚慰。

蹄声嘚嘚，和着马步，往复念着："无用的一生——空虚的一生——无边的寂寞——无望的命运。"啊！只要做个姿态就行，可惜贝尔纳不会。他只要伸开双臂，而什么都不问一句！她多么想把头靠在男人的胸口，贴着一个血肉之躯痛痛快快哭一场！

她望见田边一脉斜坡，有一天很热，亚瑟维多曾在上面坐过。真是，她那时还相信世界上会有个地方，周围的人能了解她，甚至赞美她，爱慕她，使她得以像鲜花一样盛开！可是，跟她结了不解之缘的，却是孤独，一如癞疮之于麻风病人。"谁也帮不了我的忙，谁也拆不了我的台。"

"那里站着的，是先生和克拉拉姑妈。"

巴利雄说着，勒住缰绳。两个人影走了过来。贝尔纳依旧很衰弱，还出来接她——可见急于想得个确信。黛莱丝弓着身子站起来，老远就喊道："免予起诉！"没有别的反响，只听得："准该这样了结的！"贝尔纳扶姑妈上车，自己拉起缰绳，打发巴利雄走回家去。克拉拉姑妈坐在他们夫妻之间。还得朝着她耳朵大声嚷嚷，告诉她一切都妥了。（她对家里这桩变故，已模模糊糊有点知道。）那聋老太，由于习惯使然，又一口气讲个不停，说他们用的是同样伎俩，是德雷福斯事件重演。"造谣吧，造谣吧！造过谣，总能留下一点什么来。他们这一手实在厉害，而共和党人不提防就不对。那是些畜生，你让他们喘一口气吧，他们又会卷土重来……"老太太一路上唠唠叨叨的，这样夫妻俩就免得说话了。

克拉拉姑妈呼哧呼哧喘着气，拿着烛台上楼去。

"你们还不去睡觉？黛莱丝该累坏了。房里还给你留着点冻鸡和热汤呢。"

夫妻俩这时站在前厅里。老太太看见贝尔纳打开客厅的门，让黛莱丝先走，自己跟着进去。她要是不聋，一定贴着耳朵去偷听了……该她听不到活受罪，这样也不用提防她了。她把蜡烛吹灭，悄没声儿地下楼，眯起一只眼睛往钥匙孔里望进去：贝尔纳挪过一盏灯，他的脸照得很清楚，庄重之中带着怯懦。黛莱丝只看到坐着的背影，大衣、帽子给扔在一把扶手椅上，炉火把她的湿鞋烤得冒出热气来。过了一会儿，她转过脸来，朝丈夫笑了一笑，老太太看了颇感欣慰。

黛莱丝笑了一笑。从马棚到进屋这段短暂的时间里，她走在贝尔纳身旁，自以为恍然大悟，知道该怎么办了。一接近这男人，想进行解释、推心置腹的希求，顿时就化为乌有。即使是我们最熟的人，一旦不在眼前，就会把他们想走了样！这一路上，她不知不觉悬想出另一个贝尔纳，一个愿意了解她，能够了解她的贝尔纳——相见之下，就本相毕露，他一生中从来没有替旁人设身处地地想过，连一回都没有，从来不会跳出小我的圈子用对方的眼光来看问题。说真的，贝尔纳会听她说话吗？他在潮湿低矮的大房间里踱来踱去，有的地方地板已经朽蚀，踏上去咯咯作响。也不看他女人，只顾想着预先准备好的一篇话。黛莱丝也知道自己要说什么。但是，最简单的解决办法，往往是我们自己没想到的。她本来想说："我自己走开吧，贝尔纳。你不必有什么不安。只要你愿意，我立即就走，消失在茫茫的黑夜里。树林子，大黑天，我都不怕。我都认识，我们厮混熟了。我跟这块不毛之地一样，除了掠过天空的飞鸟和横冲直撞的野猪，什么都长不出来。你要抛开我，我也认了。把我的照片都烧了吧。连女儿也不必知道我叫什么名字。家里只当没有我这个人。"

但黛莱丝张开嘴来，说的却是：

"你可以把我打发走，贝尔纳。"

贝尔纳一听这话，陡然转身，从房间那一头急步赶过来，脸

319

上青筋暴突，结结巴巴地说：

"什么？你还敢有意见，有向往？够了，不许你再多说一句。你只配听着，照我的命令办，按我的决定做——我怎么决定就怎么做，不得变更。"

说到这里，也不结结巴巴了，跟用心准备好的话接上了茬。他靠在壁炉架上，语气很庄重，还从袋里掏出一张纸片，不时看上一眼。黛莱丝害怕的心理已经消失，克制不住想笑：他真太滑稽了，真是个滑稽家伙。他这口不登大雅之堂的土话，出了圣格雷，谁听了都会发笑。随他说吧，她反正走就是了。干吗还要演这场戏？这个蠢货要是从人堆里消失了，会了无影响。她看到他手上拿的纸在索索抖动，指甲也没修。手腕上也没围袖饰，纯粹是个乡下土财主，一出了窝，准会叫人笑掉大牙。这种人活着，对无论什么事，无论什么人，都毫无价值可言。只是出于习惯，才把一个人的存在赋予这么重大的意义。罗伯斯庇尔不作如是观，是对的，还有拿破仑，还有列宁……贝尔纳看到她居然还在笑，就更加气急败坏，提高嗓门，逼她听下去：

"你啊，你在我手心里，懂吗？家里怎么决定，你就怎么办，不然……"

"不然……怎样？"

她不想再装样了，用顶撞和讥诮的口气说：

"太晚了！你已经作过于我有利的证词。别想翻供了。除非你承认自己作了伪证……"

"放心，总能发现新的情节的。我书桌里就锁着一件证据，大家都不知道的。而且，不存在时效期限，谢天谢地！"

黛莱丝全身一凛，问道：

"你要拿我怎么办？"

他看看纸片，好像要找答案似的。这几秒钟里，黛莱丝注意到阿什鹭鸶静得出奇。这时，离头遍鸡叫还早。荒漠里没有清泉流过，树梢上也没有微风吹动。

"我不会在个人恩怨面前让步的。我自己的一切，可以不加计较，事关家里就不能不顾。我的一切决定，都以家庭利益为转移。为了家庭的声誉，我才不惜欺骗司法当局。上帝可以审判我。"

这种夸大其词的说法，黛莱丝听来很不受用，真想求他说得实在些。

"为家庭计，应当让人家相信我们是和睦的，使他们觉得，我认为你是无辜的，对你没有任何怀疑的。另一方面，我也要尽可能进行自卫……"

"你对我感到惧怕，贝尔纳？"

他嗫嚅道："惧怕？不。是憎恶。"接着又说，"咱们抓紧点，把事情一次说完。明天，咱们就离开这屋子，住到隔壁戴克茹家的老屋去。我在家里不愿看到你姑妈这个人。你一日三餐，由巴利雄女人给你送到房里。别的房间，不许去。你要到树林里走走，那我不限制。星期天，我们一起上圣格雷教堂去望弥撒。让人家看到你挽着我胳膊。下个月初，第一个星期四，我们就乘敞篷马车去 B 市，那里有集市，顺便去你父亲家，跟以前一样。"

"那么玛丽呢？"

"玛丽明天就跟保姆上圣格雷，由我母亲带她到南方去。就说为了健康的原因吧。你还不至于要人家把孩子交给你管吧？她也得避一避，免得受影响。我呜呼之后，等她满二十一岁，这产业就归她了。丈夫死后归孩子……为什么不可以呢？"

黛莱丝站起来，忍不住叫出声来：

"那么，你以为就是为那些松树，我才……"

她这一行为，固然有种种隐秘的缘由，但这蠢材连一桩也猜不到；他只会想到最卑劣的原因：

"当然啰，为那些松树……干吗要这样做呢？以为把人干掉，就万事大吉了。看来你也未必说得出别的动机……再说，这没什么意思了，我已不感兴趣，也不愿再加追究。将来你什么也不是，留下来的，只是你的一个名字，这有什么办法！等过了几个月，大家相信我们很和睦，安娜也嫁给了台季伦……你知道，台季伦家要求给他们一段时间，考虑考虑……到那时候，我就可以长住圣格雷，你就待在这儿。说你神经衰弱，或别的什么病……"

"比如说，发疯吧。"

"那可不行，这会连累玛丽。要找说得过去的理由，有的是。可不？"

黛莱丝喃喃自语道："待在阿什鹭鸶……直到老死……"她走过去推开窗子。

此刻，贝尔纳真感到痛快。他在这个女人面前，一直是畏首畏尾，矮了一头的，今天晚上，才一举而凌驾于她之上！这回该她感到自己怎么被人瞧不起了！他对自己的雍容大度，引以为豪。他母亲常说他是个圣人，全家都夸他心胸博大——他今天才第一次感到自己心胸确乎博大。他住院疗养时期，大家赔着小心，向他透露黛莱丝设计谋害的事，他听后极为冷静，颇得众人赞赏，其实并没费他多少事。对于不懂得爱的心灵，根本不存在什么严重的事。因为贝尔纳本无所爱，所以大难之后，才会如此快活。这跟一个人突然得知，多年来跟他过从甚密的人竟是个疯子时的感觉相仿佛。但是，这天晚上，贝尔纳感到了自己的力量：他已驾临乎生活之上。他感到飘飘然，任何困难都难不倒一个明理懂事的人。甚至就在这场轩然大波之后，他还确信，一个人之所以倒霉，完全是咎由自取。你瞧，这么严重的事态，他还不是像处理其他事情一样给解决了？这件事几乎遮尽所有人耳目，自己的面子也保住了，别人也不用替他抱屈——他也不要人家来可怜。固然是娶了一个怪物，但到头来还不是照他的办，有什么丢脸的呢？过单身汉生活，也有其好的一面。而且跟死亡打了一次照面，也很妙，对财产、打猎、车马、吃喝，总之，对生活，不是兴味更浓了吗？

黛莱丝站在窗前，依稀看出白色鹅卵石铺的小路，闻到洋菊清香。一丛丛的菊花，用栅栏跟过路的牲口挡开。再远一点是黑压压的一片橡树，遮着后面的松林，松涛的哀吟隐隐可闻，松脂的气息弥漫夜空。树木像一支敌军，虽然近在咫尺，但是看不见摸不着，把房子团团围住。又像屋前的守卫，看她在盛夏酷暑里热得透不过气来，在漫长的冬天恹恹欲绝，成为她慢慢窒息以死的最好见证。她关上窗子，朝贝尔纳走过来：

"你以为靠强迫，就能把我拴住？"

"随你怎么想吧……但是请记住，不捆上你的手脚，就不会放你出去。"

"别说大话吧！早看透你了，别装得比实际还凶。你才不会让你们家出这个丑的！我一百二十个放心！"

于是，像是把利弊得失都权衡过一样，他解释给她听：出走，等于承认自己有罪。在这种情况下，家里为了免得出丑，只得把坏死的肢体切除，当众扔掉。

"我母亲最初就想叫我们这么办来着，你想想看！我们本想听之任之，随便法院去办。要是不考虑安娜的婚事和玛丽……但时间还有，你不必急于回答。我把期限放宽到明天吧。"

黛莱丝低声说："我爸是向着我的。"

"你爸？我们完全达成一致了。他有他的前程，他的党派，他的想法，要考虑。他只求把这件丑闻暗中了结，任何代价在所不计。他为你尽了不少力，你至少得感激才是，亏了他，预审才草草收场……而且，想必他已经把他的意思告诉过你了……不是吗？"

贝尔纳这时倒没有提高嗓门，反变得谦和起来。并不是他产生了什么同情心。原来是没听到什么声息，他女人瘫在那里了。真是罪有应得。现在一切都恢复旧章了。换了别个男人，见此情景，会觉得于心不忍的。但贝尔纳，对自己这一下能拨乱反正，颇感得意。谁都会有察事不明的时候，尤其是对黛莱丝——连婆太太都看错了，她通常对周围的人是一眼便能看清的。那是因为现在大家不爱从大处考虑问题，不相信黛莱丝所受的教育会有这么大的危害。她无疑是个怪人，要是她信上帝……存着敬畏之心，做事才会审慎。贝尔纳就是这么想的。他还寻思：全镇都想看他们的笑话，等星期天看到他们夫妻俩和和顺顺上教堂，一定会大失所望！他巴不得马上就到星期天，好看看那些人的嘴脸！……这才叫公道哩。他拿起灯，正好照着黛莱丝的后颈：

"你还不上楼？"

她好像没听见。他提灯走了，让她一个人摸黑坐着。打开门来，看到克拉拉姑妈蹲在楼梯脚下。老太太两眼盯着他，他勉强一笑，搀她起来。但她蹲着不动——像主人临终前，老狗守在床

边不肯走开一样。贝尔纳把灯放在方砖地上，冲着老太太的耳朵
嚷道，说黛莱丝已经觉得好多了，她想睡觉前独自坐一忽儿：

"你知道，这是她的怪脾气！"

是的，姑妈太知道了。她往往在黛莱丝最想独坐沉思的时候，
闯进门去，讨个没趣。老太太有时只要罅开一条门缝，就知道自
己来得不是时候了。

她挣扎着站起来，靠在贝尔纳胳膊上，回到客厅上面自己的
房里。贝尔纳跟进屋里，替她把桌上的蜡烛点上，在她前额亲了
一下就退了出来。姑妈的眼睛一直盯着他。她耳朵虽然听不见，
但在人家脸上，什么看不出来？她等了一忽儿，估计贝尔纳已回
到自己房里，便轻轻开门出来……想不到他还在楼梯口，靠着栏
杆，正在卷烟卷。她急忙退回来，两腿直打战，回不过气来，连
脱衣服的力气都没有了。她就睁着眼，和衣躺在床上。

<h1 style="text-align:center">十</h1>

黛莱丝一动不动，独自坐在黝黑的客厅里。劈柴还在灰烬下
面燃烧。路上想好的一大篇自白，这时才零零星星给回想起来，
可惜为时已晚。为什么当时不说呢？现在自怨自艾又有什么用？
说真的，她把前因后果编了一套，但跟实际情形毫无关联。亚瑟
维多的夸夸其谈，当时听来觉得大有深意，好像真有什么分量似
的，现在想来煞是荒唐！不，不，她的所作所为，逃不出这条深
邃的铁律：她没能毁掉这个家，那么就该她给毁掉。他们固然有
理由把她当作怪物，她何尝不可以同样的态度来看待他们？表面
上看不出，内里他们自有一套慢功来收拾她。"家里跟我作对的那

股势力，就像钟表发条一样给上紧了，只是不知道怎样才能把机件卡住，才能及早从齿轮中脱身出来，无须找什么旁的理由，道理就'因为他们是他们，我是我……虚情矫饰，保住面子，改弦更张，这点事我不到两年就能办到；其他人，跟我同样处境的人孜孜矻矻，直到老死，慢慢对一切习以为常，变得麻木不仁，昏昏沉沉躺在家庭的怀抱里——家庭像母亲一样能给人以抚慰，具有无所不能的力量……可是我做不到……"

她站起来，推开窗子，感到清晨的凉意。干吗不逃走呢？这扇窗子，只要跨出去就行了。他们会追来吗？会把她重新送去法办吗？机不可失，一定得碰碰运气。什么都行，总比这种慢性死亡要强。黛莱丝已经拖过一把椅子，靠着窗口了。但是，她身无分文。纵有几千棵松树，现在也不顶用。没有贝尔纳出面，她一个子儿都取不到。这么逃走，还不跟杀人犯达盖赫逃到荒山野地，到处给人追逐一样。黛莱丝小时候看到他，很动了点恻隐之心，她还记得巴利雄女人在厨房里倒酒给警察喝——这倒霉虫的踪迹，还是戴克茹家那条狗发现的。他给捉到时，已在树林里饿得半死。黛莱丝看到他给绑着扔在一辆运麦秆的大车上。听说，他没到卡埃纳岛，就死在船上了。囚船……苦役……家里已有话在先，难道不会把她送去法办吗？贝尔纳说抓到了证据，多半是哄人，除非在旧披风的口袋里找到了那包毒药……

事情只有弄明白了，心里才能踏实。黛莱丝摸黑上楼，越往上走，就看得越清，晨光已经照临上面的窗户。顶楼的楼梯口，放着一个衣柜，里面挂着的一些旧衣物，也舍不得给人，因为出去打猎还可穿穿。那件褪色的披风，有个很深的口袋：克拉拉姑

326

妈从前独自去守望野鸽时，便把毛线活塞在这袋里。黛莱丝伸手进去，摸出一个蜡封的小包：

哥罗芳	30克
乌头碱	20号丸药
洋地黄毒苷	20克

　　把药名和剂量又看了一遍。死吧。她对死一向有点怕。关键是不要直接面对死亡——最好只想那些非做不可的动作：倒水，冲药，一口喝下，安然躺下，闭上眼睛。不要想得再远了。不是跟睡眠一样吗，有什么可怕的呢？她打了个寒噤，那是清晨的空气有点尖寒。她走下楼，在玛丽的卧室外面停下步来。保姆鼾声大作，像头牲口，黛莱丝推门进去，百叶窗已透出熹微的晨光。小铁床在黑暗中显得白蒙蒙的。两只小拳头搁在毯子上，枕上衬出一个轮廓还不分明的侧影。耳朵太大了一点——黛莱丝认出，这是自己的耳朵。人家说得对，这是她的一个复本，现在迷迷糊糊躺在这里。"我走了——但我身上的这一部分却留在这里，以及整个一生的命运，直到终点，一点都逃不掉。"习性，好恶，血缘的法则，是无可逃避的。黛莱丝在报上看到，绝望的人常拖儿带女一起去死。心地善良的人看了，把报纸一扔道："怎么可能有这种事？"因为她是怪物，所以深有同感，觉得这是完全可能的，甚至为了一点小事……她在床边跪下，用嘴唇轻轻抚拂丰软的小手，她自己也觉得惊讶，心里陡然一热，眼里涌出两滴清泪，流在发烫的面颊上：可怜的眼泪，她这个已经没有眼泪的人！

　　黛莱丝站起来，最后看了一眼孩子，然后回进自己房里。倒了一杯水，打开蜡封的小包，对着三盒毒药委决不下。

窗子开着。雄鸡的啼声，好像划破晨雾而来，松树的枝隙，依稀网住淡淡的雾霭。好一派乡村拂晓的景色！光明如许，怎么舍得捐弃？死是怎么一回事，谁都说不出个所以然来。黛莱丝对死后空寂之说信不大过，也没把握认定那里就没有别的存在。她只恨自己这么怕死。她会毫不迟疑怂恿别人去死，而自己面对虚无便这样踟蹰不前。这么怯懦，连她自己都不好意思起来！要是真有上帝——顷刻之间，她又看到在困人的圣体瞻礼节，那孤独的教士，身披镶金道袍，双手擎着十字架，嚅动着嘴唇，一副不胜痛苦的表情——那么趁现在还不算太晚，赶快挪开这只罪恶的手；如果上帝的意志，是要让这盲目的灵魂跨越这一关，那么，至少应以慈爱为怀，接纳他造就的这个怪物。黛莱丝把哥罗芳倒在杯子里，因为这个药名比较熟，使人想到睡眠，所以不那么害怕。得赶紧点！整个屋子就要醒了：巴利雄女人已经在开克拉拉姑妈房里的百叶窗。她向聋人嚷嚷什么呢？通常这老妈子动动嘴唇，聋老太就懂意思了。只听得砰砰的门响和急促的脚步。黛莱丝刚把披巾往桌上一盖，遮住毒药，巴利雄女人连门都没敲就闯了进来。

"老姑娘死了！等我发现，她身子都凉了。躺在床上，连衣服都没脱。"

尽管老太太不信教，家里人还是在她手里放了一串念珠，胸口上搁了一具耶稣受难十字架。佃户们进屋，在灵床前跪了一跪，然后出去，走前少不得对站在床脚边的黛莱丝打量一番——心里想：天晓得是不是又是她的拿手好戏？

贝尔纳上圣格雷报丧去了，同时办一下一应手续。他心里该觉得这桩变故来得正是时候，可以转移一下众人注意。

黛莱丝看着遗体，这个忠心耿耿的老太太现在躺在她的脚边，正当她黛莱丝要扑向死亡的怀抱之际。是偶合，还是碰巧？说是上天特殊的意志吧，她会耸耸肩，表示不以为然。地方上的人还相互传告："你看到了吗？她连哭的样子都不装一装！"黛莱丝在心里对逝者说："我还活着，但也像死尸一样，落到那些恨我的人手里。不过，也不必想得太远了。"

出丧下葬，黛莱丝都占有一席之地。下一个星期天，她跟贝尔纳一起上教堂，而且一反往常的习惯，不是从侧道，而是从正中的过道，堂而皇之走到自己的座位上。她在婆婆和丈夫之间坐定之后，才撩起面纱。旁边挡着根柱子，人家都看不见她。在她对面，是唱诗班。四周都有人围住。后面是信徒，右手是贝尔纳，左手是婆婆。只有祭坛可以直视无碍，好像从暗地里放公牛出来，只留出一条通向斗牛场的路：空旷的祭坛上，站在两个孩子之间的那神甫，收起本相，向上伸展两臂，嘴里正在喃喃低语着什么。

十一

贝尔纳和黛莱丝回到阿什鹭鸶，已是傍晚，住进长年空锁的戴克茹家的老屋。壁炉漏烟，窗子也关不严，门框给耗子啃了，风直往房里灌。但是，这年的秋天，非常美，对这样那样的小不如意，黛莱丝开始并不以为苦。贝尔纳整天外出打猎，要到天黑才回来。一回家，就坐在厨房里跟巴利雄他们一起吃晚饭：黛莱丝听到刀叉碰击，语声单调。到十月份，天很早就黑下来了。她从隔壁自己家里拿来的几本书，已经看得烂熟。跟贝尔纳提出向波尔多订书的事，也不见下文。他只答应烟抽完了，可以再买……

黛莱丝随手拨弄了一下壁炉，炉火给压下去了，冒出一股含树脂气息的青烟，又灼眼睛，又呛喉咙，她的嗓子眼因抽烟本来就很不舒服……黛莱丝草草吃完夜饭，等巴利雄女人把碗一收走，便熄灯睡觉。这么躺上几个钟头，才蒙眬睡去，在睡梦中求解脱！但阿什鹭鸶静得使她睡不着：她倒更喜欢刮风之夜——树梢悠长悠长的哀吟，含有人世间的温存。她在松涛细响中载沉载浮。风雨骤至的夜晚，她倒更容易入睡。

尽管长夜难挨，她还时常在黄昏之前就早早回家——或者因为有个做母亲的看到她走近就急忙把孩子领进屋里，或者因为她跟一个认识的牛倌打招呼而人家没理她。啊，到城里去，消失在茫茫的人海里多好。在阿什鹭鸶，她的传闻，没有一个牧羊人不知道，甚至连克拉拉姑妈的死也归到她名下。她不敢跨进人家的门槛，从自己家出去也走的是旁门，免得碰到左邻右舍。远远听到大车的声音，就急忙折进一条岔路。她走得很急，像惊弓之鸟一样，心里老不踏实，不时在路旁的杂树后边躲一下，等骑自行车的过去。

星期天，到圣格雷去望弥撒，就没有这种恐惧心理，情绪上也比较松弛。镇上的人，都向着她。她父亲和婆家把她说成是一个无辜受害、生命垂危的人，只是她自己不知道罢了。"我们怕这可怜的孩子从此一蹶不振。她什么人都不愿见，医生说还是不要逆她的意为好。贝尔纳很照顾她，但她的情绪很低落……"

那是十月份最后的一晚，狂风从大西洋呼呼吹来，久久地拍打着树梢。黛莱丝在半睡半醒之中，谛听着海洋的声息。清晨醒来，风声已不似昨夜那么呜呜咽咽。推开窗子，房里很暗。秋雨绵绵，不绝如缕，泻在屋瓦上，打在还很浓密的橡树叶子上。这天，贝尔纳没出门。黛莱丝一直在抽烟，把烟蒂一扔，走到楼梯口，听到丈夫在楼下从这间房踱到那间房。烟斗的味道一直钻进她房里，压过黛莱丝的黄烟丝：她又嗅到了当年生活的气息。坏天气才开始呢……壁炉里的火正熄灭下去，还得挨多少这样的日子呢？墙角的糊壁纸，受了潮，已经翘起剥离。原先挂在墙上的画像，贝尔纳已经取走，拿去装饰圣格雷的客厅，墙上还留着挂过画像的痕迹，生锈的钉子也空无所托。壁炉架上，一个假玳瑁镜框里，放着贝尔纳、他父亲和祖母的三张照片——贝尔纳的头发梳成埃杜亚王子式。照片已经褪色发白，仿佛死者在照片上又死了一次。整整这一天，要在这间房里度过，还有无数礼拜，无数岁月……

夜阴侵入房里，黛莱丝竟至于无法自持，轻轻地开门下楼，幽幽地踅进厨房。贝尔纳坐在矮凳上，朝着炉子，这时蓦地站了起来。巴利雄正在擦枪，也愣住了；巴利雄女人手上的线团掉了下来。看到三人愕然的表情，她问道：

"我把你们吓着了？"

"不准你进厨房，你不知道吗？"

她什么也没回答，便朝门口退去。贝尔纳把她喊住：

"既然看到你……就跟你说一下吧：我没有必要再留在这里了。经过努力，现在圣格雷的人对我们也颇表同情。大家相信，至少装得相信，你有点神经衰弱。也就是说，你喜欢独自过活，我嘛，时常来看望看望你。以后，望弥撒，你也可以不必去了……"

她嗫嚅着说她并不讨厌去望弥撒。他干脆答道，这并不是她高兴不高兴的事。他的目的已经达到了：

"既然你觉得望弥撒没有什么意思……"

她张嘴想说，终于缄口不语。他坚持己见，寸步不让，就怕她说出一句话，做出一个手势，把他快速取得的意想不到的战果折损掉了。

她问玛丽身体怎么样。他说很好，明天要跟安娜和妈妈一起上博里安去。他过些时候也要上那儿住几个礼拜，至多两个月吧。他打开门，请黛莱丝出去。

第二天凌晨，天色还很暗，她听见巴利雄已经在套车。还有丈夫的嗓门，马蹄的踢蹬，接着是吱咯吱咯远去的车声。后来，天下雨了，落在屋瓦上，打在模糊的玻璃窗上，洒在空旷的田野上，洒在茫茫的荒原和沼泽上，洒在僻处海隅的沙丘上，洒在辽阔的大洋上……

黛莱丝用正要抽完的烟，又点上一支。快四点钟时，披上一件"上蜡衣"，跑进雨地里去。天黑了，她感到害怕，才回家来。房里炉火已灭，她打了一个寒战，便上床睡了。七点光景，巴利雄女人送上来一份火腿炒鸡蛋，她看了就推开，老是这么油腻，都吃倒了胃口。不是焖肉，便是火腿。巴利雄女人说，没有更好的东西可侍奉她了，贝尔纳先生又不让她吃鸡鸭家禽。她也怨声载道，抱怨黛莱丝叫她白白把菜搬上搬下——她有心脏病，脚也浮肿。这么服侍服侍，已够她受的了。她肯这样做，也是看在贝

332

尔纳先生的面子上。

这天夜里，黛莱丝发烧了。但头脑却异常清醒，臆想着巴黎生活的情景。她又到了蒲洛涅森林的那家饭店，以前和贝尔纳一起来吃过饭，这次是跟亚瑟维多和其他年轻女子在一起。她把玳瑁烟盒放在桌上，点上一支阿卜杜拉。只有她一人在说话，倾诉着自己的感情，乐队的演奏很轻幽。满座欣喜，大家的神情都很专注，也没有人故作惊讶之状。

"完全跟我一样……"有位女子说，"我也有过这样一种感情。"

一位文学家把她拉到一旁："你应该把自己内心的感受写下来。我们的杂志可以发表，就叫《今日女性的日记》。"

有个小伙子正为她而痛苦，用自己的车送她回去。他们沿蒲洛涅大街回城。她左边就坐着这个为她倾倒的后生，可她一点不感到惶惑，只觉得很愉快。

"不，今晚不行，"她说，"今天晚上，我要跟一位女友一起吃晚饭。"

"那么明天晚上？"

"也不行。"

"你晚上就永远没空？"

"差不多永远没空……可以这么说吧……"

生活里有个亲近的人，世界上其余的一切都显得无足轻重了。这个人，她周围的人都不认识，尽管卑微不足道，但她整个的生命都围着这个只有她才看得见的太阳在转，只有她的身体才感到他的热力。巴黎的市声，汹涌澎湃，像松林里的风声一样。这个身体一靠近她，即使那么轻忽，都会使她呼吸局促起来。但她宁愿透不过气来，也不愿他离去。（这时，黛莱丝双臂悬空一抱，右手抱着自己的左肩，左手的指甲却搯着自己的右肩。）

她光着脚，起来推开窗户：四外漆黑，倒并不冷。但是，怎能想象天会有不下雨的一天呢？一直到世界末日，都会下雨的。她手上要是有钱，早就逃到巴黎，直接去找亚瑟维多，托他照应，他准会给她谋个差使。在巴黎做个单身女子，自食其力，谁也不靠……连家也不要！完全按自己的心意去找亲人——不是根据血缘，而是按志趣，也按肉体的需要：去发现真正的亲人，哪怕那么少，分得那么散……临了，她睡着了，窗户洞开。清晨寒冷而潮湿，把她冻醒过来。她牙齿直打战，提不起勇气去关窗，甚至也没有力气伸手拉一下毯子。

这天，她没起床，也没梳洗。只吃了点肉，喝了点咖啡，这样可以抽烟——空腹抽烟，胃受不了。她重新神游于半夜里的想象世界。阿什鹭鸶此刻已没有什么声响，下午的天色也暗得跟夜里差不多。一年当中，就数这几天白天最短。密雨不断，把日夜连成一片，昏晓浑然莫辨。静静的，静静的，一个黄昏接着一个黄昏。黛莱丝毫无睡意，梦境变得更加清晰。她设法从前尘影事里追索淡忘的脸容，她远远看到而觉得喜欢的嘴唇，以及黑夜中偶然跟她清白的身体挨近过的那些不分明的躯体。她悬想一种幸福，虚拟一种乐趣，瞎编一段不现实的恋爱故事。

"她连床也不起了，肉片和面包都原封不动，"过了几天，巴利雄女人对丈夫说，"但我敢打赌，她整瓶酒都喝得下去。你给她多少，这个娘儿们就会喝多少。再说，她的香烟会把被单烧着的。迟早会失火把我们都烧死。抽烟抽得把指甲都给熏黄了，好像在药水里浸过一样：这还不算不幸吗？难道被单不是钱吗？……等着我时常来给你换吧！"

334

她还说，不是她不肯打扫房间，整理床铺，而是这懒婆娘不肯从被窝里爬出来。早晨放在她房门口的热水壶，晚上去看还留在原地：这就用不着她巴利雄女人，肿着两条腿，把水一壶壶提上去了。

黛莱丝对假想的快意已感到餍足，思绪便从臆想的陌生人身上移开，揣想别的方法逃避现实。她见床前跪着许多人。人家把阿什鹭鸶一个垂危的孩子（就是那个看到她就逃开的孩子）抬到房里，她那只被尼古丁熏黄的手在他身上轻轻一摸，孩子便霍然而愈。她还想出其他一些更朴实的梦：在海滨一座房子里，想象有花园有阳台，她布置房间，选购家具，寻思圣格雷那些家具该怎么放，为了找合适的布料，自己跟自己吵了起来。接着，布景一换，变得比较朦胧，只剩一条林荫道，临海放着一条长凳。黛莱丝坐在那里，把头靠在一个人肩上，听到开晚饭的钟声，便走进浓密的林荫道，那人走在她旁边，双臂突然围上来，硬把她拉过去。一个吻，时间之流好像停住了；在热恋中，她想，会有无穷长的瞬间。这，她只能靠想象，永远不得而知了。她还看到一幢白色小楼，井台，吱嘎吱嘎响的辘轳，天芥菜浇过水后，香飘满院。晚饭是享受夜间情趣之前的一种休息，简直无法逼视，因为远过于我们心灵所能承受之力。黛莱丝感到比谁都缺乏的爱，这样一来，不仅大大得到报偿，而且沦肌浃髓而有余了。她隐隐约约听到巴利雄女人在尖声叫喊。这老东西又在嚷嚷什么呢？说什么贝尔纳不知哪一天，事先不加通知，就会从南方回来的，"先生看到房间这个样子，会怎么说呢？道道地地是个猪圈！不管愿意不愿意，太太你得起来"。黛莱丝坐在床上，骇然看着自己两条瘦削的腿，相形之下，脚显得特别大。巴利雄女人拿一件便袍往她身上一披，推她坐进扶手椅里。她伸手到旁边去摸烟，摸了个空。寒冷的阳光，从敞开的窗子里射进来。巴利雄女人拿了帚把，东掸西扫，气喘吁吁，嘴里不住嘀咕——她是个好人，家里的人都这么说，每逢圣诞节要杀她喂的猪，她都止不住要流眼泪。她怪黛莱丝不理她。在她看来，沉默便是轻侮，便是蔑视的表示。

但是黛莱丝说不说话，不决定于她自己。盖上了干净被子，感到浑身爽适，似乎等于道谢致意了。其实，她嘴里什么声音都没发出过。巴利雄女人临走前，冲着她说："这些被单，你别烧了！"黛莱丝怕她把烟卷拿走，伸手到桌上去摸：香烟已经不在了。没有香烟，怎么过日子？她的手指老要摸着这段干乎乎热烘烘的东西，没完没了地闻着吸着，房里弥漫着她吸进吐出的烟雾。巴利雄女人要到傍晚才上来，整整一下午无烟可抽！她闭上眼睛，蜡黄的手指做着夹烟卷的习惯动作。

七点钟的时候，巴利雄女人拿了一支蜡烛进房来，把托盘放在桌上，牛奶，咖啡，一块面包。"你不要别的东西了吧？"她在恶作剧，等黛莱丝自己提出要香烟。但是黛莱丝的脸一直朝着墙，连转都没转过来。

巴利雄女人大概一时疏忽，窗子没有关紧。一阵风把窗吹开，满屋子灌满夜里的凉气。黛莱丝没勇气从被子里爬出来，赤脚去把窗子关好。她身子一缩，把被子拉近眼睛，一动不动地躺着，只让眼皮和前额吹着冷风。外面一片松涛声，尽管像海洋一般喧嚣，却依然是阿什鹭鸶的寂静。黛莱丝想，如果她真喜欢吃苦，就不必往被子里钻了。她把被子掀开一点，只能冒几秒钟风寒。慢慢，时间就长一点，好像在玩儿一样。虽非出于故意，她把受罪当成了消遣，而且，焉知不当成她活在世上的理由。

十二

"先生来信了。"

黛莱丝没有伸手去接，巴利雄女人递着信又说：先生信里准会告知他什么时候回来，知道了可以准备起来。

"太太要不要我来念……"

黛莱丝说："那就念吧！"跟往常一样，巴利雄女人在场的时候，黛莱丝就面壁而坐。她迷迷糊糊听着，信里的话突然使她一震：

据巴利雄报告，阿什鹭鹭家中俱各安好，甚感欣慰……

贝尔纳宣称，拟从陆路回来，并想在沿途几个城市停留一下，确切的归期尚无法奉告。

但肯定不会晚于十二月二十日。看到我与安娜和台季伦同时回来，你大概不会觉得惊奇。他俩已在博里安订婚，但尚未正式定局。台季伦执意要先见见你，说是礼节问题。鄙见以为他是想从你所知的情况里，得出自己的看法。以你的聪慧而论，当不至于应付不来。但请注意，你有病在身，精神也不够健旺。总之，相信你能善自为之。家里对这门亲事，不论从哪方面考虑，都堪称满意，望能玉成其事，不致影响安娜之幸福。你能出力，自当感谢；倘从中作梗，鄙人也决不客气——我想，这不过是杞忧罢了。

这天天气很好，晴朗而寒冽。黛莱丝听从巴利雄女人的劝告，靠着她胳膊在花园里走了几步，但好不容易才吃下那份鸡脯肉。离十二月二十日，还有十天。如果太太肯多动动，要不了这么多天就会健朗起来的。

"不能说她有意作对，"巴利雄女人对丈夫说，"她也在尽力量做。最坏的狗，贝尔纳先生都有办法训练好。可不是，他知道什么时候给狗戴上'卡圈'。对这一位，不用多久，也能把她收拾得服服帖帖的。但是，最好别过分轻信……"

黛莱丝也强自振作，摒绝空想，克服倦怠和沮丧情绪，逼着自己走路，吃饭，使头脑恢复清醒，用自己的眼睛去看人生世态——她好像回到自己放火烧过的原野上，踏着灰堆，走在烧焦的松树之间。她竭力在这个家中——在她的家中——做到有说有笑。

十八日那天，天气阴沉，但没下雨。下午三点光景，黛莱丝坐在房里火炉前面，后脑靠着椅背在闭目养神。突然一阵马达声，把她惊醒了过来。她听出前厅里有贝尔纳说话的声音，也听到婆太太的口音。巴利雄女人上气不接下气地跑上来，连门都没敲就推了进来，黛莱丝这时已站在镜子前，在搽粉抹口红，心里想："安娜的小伙子第一次来，我总不能叫他看了害怕。"

贝尔纳没有先上楼来看他女人，真是铸下了大错。台季伦曾跟家里说，他绝对"不会给蒙住的"。见此情景，心里想："在贝尔纳方面，至少不够热切，颇值得深思。"他从安娜身边走开去，翻起皮领说："乡下这种客厅，就别想能烧得暖暖和和的。"又问贝尔纳："你们房子底下有没有地窖？不然，地板容易烂，除非铺一层水泥……"

安娜穿一件灰鼠皮大衣，戴一顶没有缎带也没有饰结的毡帽。（"但是，"婆太太说，"别看没点儿装饰，比我们以前带羽饰的帽子贵多了。凭毡帽的质地，本身就够漂亮的了。是蓝而佳服装公司的出品，还是勒蒲设计的款式。"）婆太太把高帮皮鞋伸到炉子前烤脚，脸上的皮肉虽松弛，但依旧很威严，这时朝门看着。她答应贝尔纳，她会相机行事。但是，也有言在先："别想叫我去亲她。对你母亲，压根儿不该提这种要求。握握她的手，已经够难为我的了。你想想：她的所作所为，还不够骇人听闻？而我最反感的，还不是这一点。我们知道，有的人就敢下毒手……但是，她那种假惺惺，才叫可怕！你记得吗？'婆婆，你坐这把靠椅吧，那要舒服得多……'你还想得起吧，当时，她多么怕打击你的情绪？'我那位可怜的宝贝最怕死，叫他看医生等于要他的命……'老天在上，我当时竟毫不怀疑。但她口口声声叫'可怜的宝贝'，我听了很吃惊……"

此刻，在阿什鹭鸶的客厅里，谁都有点拘谨，婆太太当然有所察觉。台季伦睁眼看着贝尔纳的表情，婆太太又考量着台季伦。

"贝尔纳，你该去看看黛莱丝在干什么……或许她身体更坏了。"

安娜神情冷漠，好像无论发生什么事跟她都无关似的。这时，她第一个听出熟悉的脚音："我听到她下来了。"贝尔纳一只手按在胸口，心突突跳了起来。真是愚不可及，怎么不早一天到，跟黛莱丝把见面的场面事先安排一下。谁知她会说些什么呢？她很可能坏了大事，但真要责备起来，又会抓不到什么错儿。她下楼下得这么慢！大家全站了起来，朝门看着，黛莱丝终于打开了门。

几年之后，贝尔纳回想起当时的情景，看到她病体支离的样子和搽脂抹粉的小脸，第一个感想是：刑事犯一个。倒不是因为黛莱丝犯的那桩罪。刹那间，他又看到《小巴黎》上那幅彩色插图——跟别的图片，一起贴在阿什鹭鸶花园的木棚厕所里。里面苍蝇嗡嗡嘤嘤，外面知了在炎日下嘎嘎长吟，他那时还是小孩子，像探究什么奥妙似的，瞧着这幅涂红抹绿的《普瓦蒂埃的囚妇》。

他现在就这样打量着面无血色、瘦骨嶙峋的黛莱丝。这个可怕的女人，以前没想方设法把她支开，就像没把随时会爆炸的炸弹扔进水里一样，真是荒唐。不管是存心还是无意，总之，黛莱丝招灾惹祸——甚至比这还糟，简直够得上社会新闻的水平。她不是杀人犯，便是冤屈鬼——家里的人也不怎么掩饰他们的情绪，顿时一阵唏嘘惊叹。台季伦看了不知该做何感想，得出什么结论。黛莱丝说：

"这很简单。近来天气不好，我走不出去，胃口也不太好。几乎什么也不吃。瘦一点，比胖好……谈谈你的事吧，安娜，我真为你高兴……"

她握着安娜的手——她坐着，安娜站着，一边打量着她。在这脸容上，别人认为消损已甚，安娜还是认出了她灼灼的目光。这目光定定然的，以前常把安娜看得心头火起。记得她问起黛莱丝："要到哪年哪月，你才不这样瞧我？"

"我的小安娜，你真是好福气，我为你高兴。"

说着，她朝着"好福气的安娜"和台季伦——眼光从上而下，掠过他脑门，警官般的唇髭，斜肩膀，夹克衫，青灰条纹裤里的矮粗腿——倏忽而逝地一笑。但是什么？跟其他男人一样的一个男人，反正，一个丈夫吧。接着，她的眼光又看着安娜：

"把帽子脱了……啊！这样就认出你来了，亲爱的。"

安娜现在也看得更真切了：这张带点怪相的嘴巴，这双老是干枯、没有眼泪的眼睛，但她不知道黛莱丝在想什么。台季伦这

340

时开口说，对一个喜欢家居的人，冬天住在乡下并不那么可怕：
"家里总有做不完的事。"

"你不问问你女儿的情况吗？"

"倒是真的……跟我说说看，玛丽怎么样……"

安娜又显得猜疑敌对起来。几个月来，她常跟母亲用一个腔调数落着："她的一切，我都可以原谅，她终究是个病人。但对女儿这么淡漠无情，可叫人受不了。一个做母亲的，不关心自己的孩子，尽管可以找出种种理由加以原谅，但我总觉得要不得。"

安娜在想什么，黛莱丝都看出来了："她瞧不起我，因为我没有一上来就问玛丽的事。怎么跟她解释呢？她不会懂的，我只想我自己，自顾尚嫌不暇呢。而安娜，她，只等有了孩子，就会把自己整个儿地放在孩子身上，像她母亲一样，像所有以家庭为重的女人一样。而我，总在寻找自我，发掘自我……这小伙子连夹克衫都不脱，就会给她弄出个孩子来，等一听到婴儿呱呱坠地的哭声，她就会把在我身旁度过的少女时代，把亚瑟维多的爱抚，统统给忘了。一心向家的女人，渴望失却个人的存在。为家族而牺牲自己，固然了不起。这种自甘消失、自甘毁灭的精神，自有其美的地方……但是我……"

她尽量不听他们说话，只顾想玛丽。女儿现在该会说话了吧："听孩子牙牙学语，我或许会高兴几分钟，但马上就会烦的，我还是愿意自己独自待着……"她问安娜：

"玛丽大概很会说话了吧？"

"你说一句，她就学一句，非常滑稽。听到鸡叫，或汽车喇叭，她就竖起小拇指说'叽叽叫'。真是可爱，真是宝贝！"

黛莱丝想："我得听听他们在说什么。脑子里空空如也。台季伦在说什么呢？"她侧耳细听。

"在我拜利萨克的庄园里，采树脂的没有这里的人勤快。他们每人只能采四筐，而阿什鹭鸶的乡下人可采到七八筐。"

"照松脂的行市看来，他们简直是懒坯！"

"你知道吗？采松脂的，现在一天可以挣到一百法郎……我怕我们这么说话，会累着戴克茹太太……"

黛莱丝的后颈靠着椅背，大家一齐站了起来。贝尔纳决定暂且不回圣格雷。台季伦答应由他把车开去，明天再叫司机开车把贝尔纳的行李捎来。黛莱丝挣扎着想站起来，还是婆婆把她拦住了。

她闭上眼睛，听见贝尔纳对她婆婆说：

"巴利雄这两口子也真是！得教训教训他们……要拿出点厉害给他们看看。"

"但要注意，不要做过头，别把他们赶走了。第一，他们知道的事太多，还有，这些田产……只有巴利雄一人知道所有的世界。"

贝尔纳谈了一个看法，黛莱丝没有听见，只听到她婆婆回答："还是要当心，不要太轻信了。她的一举一动，你都得留点神，别让她一个人进厨房，上饭厅……但是不像，不像是晕过去，是睡着了，或者是装样。"

黛莱丝睁开眼来，看到贝尔纳站在面前，手里端了一只杯子，对她说："把这喝了吧，这种西班牙葡萄酒，很提神。"他这个人是想到什么就非做不可的，便急急跑到厨房，大发雷霆。黛莱丝听见巴利雄女人一口刺耳的土话，心里想："贝尔纳害怕了，这是显而易见的。但是怕什么呢？"

他回进来说："我想，你到饭厅里吃饭，比在自己房里一个人吃要好一点。我已吩咐过了，像以前一样，饭桌上也摆上你的刀叉。"

黛莱丝重又见到打官司时期的贝尔纳，一个竭力想替她解围的盟友。他希望她无论如何先把病治好。不错，看来把他吓住了。黛莱丝看到他坐在对面捅炉火，但是绝对猜不到他睁大了眼睛在炉火中看到的形象：《小巴黎》上那幅涂红抹绿的《普瓦蒂埃的囚妇》。

雨水尽管很多，阿什鹭鸶的砂地还是存不住水。即使是大冬天，太阳只要晒上一个钟头，就一点没事，照样可以穿帆布鞋踩在洒满松针、又干又软的路上。贝尔纳整天出去打猎，到吃饭的时候才回来，问问黛莱丝身体如何，显出从未有过的关切。彼此的关系中，也很少有勉强她的地方。他要她每隔三天磅一下体重，饭后只能抽两支烟。"活动活动，胃口就好。"黛莱丝听从贝尔纳的劝告，每天走好多路。

她对阿什鹭鸶，也不再感到害怕。松树好像分得更开，行距拉得更大，招呼她去徜徉其间。一天晚上，贝尔纳对她说："你再耐心等一等，等到安娜结婚。婚礼上，应该让地方上的人再次看到我们在一起。之后，就还你自由。"她听了这话，一夜没睡着。快活之中带点不安，兴奋得合不上眼。天亮的时候，鸡的叫声好像不是此呼彼应，而是一起引吭高歌，响彻天地。贝尔纳放她到社会里去，就像以前把那头养不服的野猪放回荒野一样。等安娜结婚之后，人家爱怎么说就怎么说吧：贝尔纳把黛莱丝往巴黎的人海里一送，再自己一人逃回来。这在他们之间已是说定了的。既不离婚，也不公开分居，对外面就说是健康原因，比如说"旅行旅行对她身体有好处啦"，等等。每逢十一月的诸圣节，丈夫把黛莱丝名下的松脂款如数算清给她。

贝尔纳也不问黛莱丝有何打算，她到别的地方去吊死也随她的便。他对母亲说："等她离家走了，我心里才能泰然。"

"听说她要重新用她娘家的姓……即使这样，她干了荒唐事，还会连累到你的。"

贝尔纳认为，黛莱丝就像驾辕的马，喜欢顶撞。给了她自由，说不定倒会安分一些。不管怎样，先碰碰运气看。拉罗克先生也是这个意思。权衡之下，觉得还是让黛莱丝走开为好。这样，她很快就会给人忘掉，也没人再谈论了。重要的是，保持沉默。把黛莱丝从车辕里放出去——这个念头一经在他们心里生根，怎什么也休想叫他们放弃掉。而且，反倒是他们等得不耐烦起来。

残冬向尽，本来已经光秃的大地，加上枯枝败叶，更觉寥廓，只有橡树的枯叶，还紧紧粘在枝条上。黛莱丝喜欢这种空阔的景象。她发觉，阿什鹭鸶的寂静已不复存在。万籁俱寂的时候，森林像一个人那样在叹息，悲泣，晃晃荡荡，蒙眬睡去。夜晚只是一阵无穷的絮语。她未来的生活，这种还想象不出的生活，也会有黎明，但那时的黎明会是何等空寂，她倒会怀念起阿什鹭鸶早上醒来的时刻，有无数公鸡叫成一片。今后到夏季，她会想起这里白天知了长鸣，晚上蟋蟀低唱。在巴黎，固然看不到遭到乱砍滥伐的松树，但有令人害怕的人群，看了这里成堆的树，再去看那里成堆的人。

夫妻之间也不存在多少拘束，连他们自己都暗暗吃惊。黛莱丝发觉，大家反正要散了，也就更能忍受一点。贝尔纳对黛莱丝的体重——也对她的言谈，表示关切。现在她在丈夫面前说话也更随便了："在巴黎……到了巴黎，"她去住旅馆，或者找一套公寓。她打算去听课，听讲演，赴音乐会，"重新受教育，从打基础开始。"贝尔纳也不想再加监视，放心大胆吃他的酒喝他的汤。装

344

德梅大夫有时在阿什鹭鸶街上遇到他们，回家对太太说："怪就怪在他们一点不像在做戏。"

十三

时方三月，天气晴和，上午十点光景，街上已经人潮如涌。贝尔纳和黛莱丝坐在和平咖啡馆的露天座里。黛莱丝扔掉香烟，像荒原上长大的人一样，随即用脚跟去踩灭。

"你怕把人行道点着？"

贝尔纳说着，露出一个笑容。他怪自己陪黛莱丝竟一直陪到了巴黎。固然是在安娜新婚之后，要顾及一点面子——但主要是自己言听计从，顺了老婆的意。他寻思道：她这个人自有强人所难的本事，跟她在一起，免不了会迁就她那些出格的要求，哪怕像他这样稳重、坚毅，也没法不为这疯疯癫癫的女人所左右。临到分手之际，虽然他不肯承认，心里不禁感到凄然。这种情绪，本来和他无缘，但是居然触景生情，而且是为了黛莱丝……简直不可思议。他烦躁起来，急于想摆脱这种心烦意乱的情绪。看来只有坐上了南去的火车，他才能畅畅快快呼吸。今天晚上，汽车会在朗贡地方接他。一出车站，上了去维朗特罗的公路，就能看到成片成片的松林了。他觑着黛莱丝的侧影，发觉她的眼睛只要盯上一个过路人，就会一直盯到看不见为止。突然，他开口道：

"黛莱丝……我想问问你……"

说着把眼睛转向别处，他一向受不住这女人灼灼的目光，便急忙说：

"我想知道……你是不是讨厌我，嫌弃我？"

听到自己的话，他感到吃惊和恼怒。黛莱丝先是一笑，正颜瞧着他：好不容易！终于提了个问题！换了她，一上来就会提这个问题的。在去泥栈车站的马车里，在开往圣格雷的小火车里，她花了很长时间准备的悔疚之言，那一夜探本溯源、追思前情的努力，总之，那种累人的反躬自省，或许到了该见分晓的时刻了。虽然不是出于本意，她一直使贝尔纳觉得手足无措，复杂难办，现在他发问了，就像一个看不真切，感到疑惑的人……头脑不像以前那么简单，口气也不那么生硬。黛莱丝向这新人友善地一瞥，甚至带点母性的温存。然而，她的回答，却是含讥带讽的。

"我看上了你的松树，你不知道吗？不错，我想独占。"

他耸了耸肩：

"即令我以前这么想，现在也不信了。你为什么要这样做？今天你总可以跟我讲讲明白吧。"

她茫然望着远处：人行道上，摩肩接踵的人流，泥水混浊的河边，她躬身投河，拼命挣扎，在将沉未沉之际，看到了一线光明，一线希望。她想象自己又回到寂静的阿什鹭鸶，在隐蔽而凄凉的一角，整天价冥思遐想，修身养性：内心向往着冒险，精神上追求着上帝……这时，有个卖地毯和玻璃项链的摩洛哥人，以为她在对他笑，便走了过来。她依旧用调侃的口气说：

"我正想告诉你：'我也说不出为什么要那样做'。不过，我现在或许有点明白过来，你猜猜看！说不定就是为了要在你眼睛里看到那种不安，那种惊奇——总之，那种惶惑吧。这点是我一秒钟之前刚发现的。"

贝尔纳吼了一声，使黛莱丝想起他们那次蜜月旅行：

"到现在，你还在卖弄聪明……正正经经说，究竟为了什么？"

她收起了笑容。这次轮到她发问了：

"一个像你这样的人，贝尔纳，做什么事，出于什么动机，你心里都知道得清清楚楚的，是吗？"

"当然……多半……至少我觉得是这样。"

"我嘛，我什么都不想瞒你。为了看清事理，我受了多大折磨，你能知道就好了……所有的理由，我都可以告诉你，可是你知道吗？我一说出口，便觉得自欺欺人……"

贝尔纳听得不耐烦起来：

"然而，总该有那么一天吧，你拿定主意……下了手？"

"不错，就是马诺大火的那一天。"

他们互相挨近，低声说话。坐在巴黎的十字路口，阳光轻柔，春风不寒，飘来一阵阵外国烟丝的香味，吹起一面面红红黄黄的招旗——这时候去追忆那个闷热不堪的下午，黑烟弥漫的蓝天，松脂蔓烧的气味，以及她那颗蒙眬欲睡、罪恶意识渐渐浸淫的心，黛莱丝觉得有点格格不入。

"事情是这样起始的：那是在饭厅里，就是中午，光线也一向很暗的。你脸朝着巴利雄只顾说话，往杯子里滴药水时忘了数数了。"

黛莱丝没看贝尔纳，径自说话，唯恐漏掉一个细节。等听到笑声，才定睛看了他一下：是的，又是那种蠢笑。他说："你把我当什么人啦！"——表示不信。说真的，谁会相信她的话呢？他冷笑一声，黛莱丝又认出了那个自信十足、不为所动的贝尔纳。他又恢复了本相，黛莱丝重新感到无所归依。

"于是，这念头，"贝尔纳不客气地讥诮道，"就这样，突然凭空而来？"

去问她什么？只怪自己多此一举！他一向把她当成大疯子，不屑理会，现在这样一来，自己不是反倒进退失据了？而她却神气起来了，可不！他怎么会心血来潮，想到要去了解她？对这种神经不正常的人，好像还有什么需要了解似的！自己一时大意，竟没好好考虑……

"听我说，贝尔纳，我说这些，并不是想开脱，证明自己清白无辜，根本不是这个意思！"

她也特别偏颇，硬要坐实自己有罪。照她的说法，像这种得梦游病的人才干得出来的事，一定在几个月之前，心里就萌有犯罪念头了。而且，下手之后，一不做二不休，尽管头脑很清醒，却又那么狠毒，那么执着！

"我下不了手的时候，才感到自己心有多狠。只恨自己让你多受罪了。要干就干到底，而且要快！我忍不住做了这桩讨厌活儿。不错，真的当成了一种活儿。"

贝尔纳把她的话拦了回去：

"到现在还在说空话！这次你好好说说，你究竟想干什么！你给我说个明白。"

"我究竟想干什么？问我不想干什么，或许更好回答一点。我不想演戏作假，装腔作势，人云亦云，时时刻刻否定另一个黛莱丝……这我做不到，贝尔纳，我只求真诚无伪。不知怎的，跟你说的这一切，我自己听来都觉得那么假。"

"你说得轻一点，前面那位先生回过头来看咱们了。"

贝尔纳只巴望快快收场。他知道这个怪女人，对什么事都求之过深，没完没了。黛莱丝也明白了，这个男人刚靠拢了一下，又分道扬镳，各自东西了。她还不死心，想施展一下她迷人的笑容，把声音压得低沉而沙哑，这是贝尔纳以前十分赏识的。

"但是现在，贝尔纳，那个出于本能踩灭烟蒂、怕一点火星就把整座森林烧着的黛莱丝，那个喜欢清点松树、经营松脂的黛莱丝，那个嫁到戴克茹家、能在当地名门望族中占一席之地而引以为荣的黛莱丝，总之，对这样的安置感到满意的黛莱丝，这样一个黛莱丝，跟另一个，是同样真实的，同样活生生的。不，不，没有任何理由要为另一个而牺牲这一个。"

"哪来的另一个？"

她一下噤住了，不知如何回答是好。贝尔纳看了看表。她说："以后，我有时还要回去一下，办一点自己的事……看看玛丽。"

"自己的什么事？咱们的共同产业，不是归我管吗？说定当的事，就不要再变更了。为了家庭的名誉和玛丽的利益，凡是需要我们一起出面的场合，自有你的位置。像我们这样的大家庭，喜庆事儿总少不了，谢天谢地！当然，也有丧葬的事。眼前就摆着马丁叔公那桩事，他能拖到秋天，就是奇事了。你也有个机会可以走动走动，人老关着也会关烦的……"

一个骑马的警察吹了一下口哨，像打开一道无形的闸门，黑压压的一支步行大军，趁潮水般的汽车没有涌到之前，急忙穿过马路去。"我早就该像达盖赫那样，趁哪个夜里逃到南边的荒山野地里，在病树枯枝之间走呀走的，一直走到精疲力竭。但我没有这勇气，把头插在烂泥塘里，像去年阿什鹭鸶那个放羊老头，因为媳妇不给他饭吃就自寻短见。不过我可以躺在砂地上，闭上眼睛等死……固然，乌鸦蚂蚁不等……"

她看到人流滚滚，在她身体下面开出一条道来，拉她一起打滚，一起动作。真是无法可想。贝尔纳掏出怀表看了一下：

"十一点缺一刻，该回旅馆了……"

"你还要赶路，穿这么一点可能不够暖和。"

"今晚上汽车我会加衣服的。"

她脑中看到贝尔纳驶过的路，凉风掠过他的面颊，带来沼泽、松脂、薄荷、湿雾和烧草的气息。她看着贝尔纳嫣然一笑，这笑容，以前乡野农妇看了都说："人长得说不上俊，但就是很媚。"此刻贝尔纳要是说："我都原谅你，来吧……"她会站起来，跟他走的。然而，贝尔纳这会儿正对自己刚才心软感到恼火，对自己一反往常的姿势和说话感到憎嫌。贝尔纳像他的马车一样"合辙"，有他自己的路要走。今晚，回到圣格雷客厅率由旧章，他才感到平静、安逸。

"我最后一次求你，贝尔纳，请原谅我。"

这句话说得过分郑重，而且不带希望——这是她在做最后的努力，想使谈话继续下去。但贝尔纳一口驳回："别再提了……"

"你会感到冷清孤单的。我人不在，还占着个位子。为了你，我还是死了好。"

他耸了耸肩，用几乎轻快的口气，请她不必为他担忧。

"戴克茹家，每代有每代的孤老头子！看来我们这一代，该轮到我了。我各种条件都齐了——你不会不同意吧？唯一的遗憾，是我们只有一个女儿，我家的姓传不下去了。不过，即使我们在一起，老实说，我们也不会再要孩子了……就这样吧，总之，一切都好……你不必起来，坐着别动。"

他喊住一辆出租汽车，又走回来告诉黛莱丝，账已经付过了。

她盯着贝尔纳杯底的葡萄酒，看了很久，之后，重又打量过往的行人。有的好像在等人，走过来走过去。有个女人（是女工，还是女工打扮？）回过头来看了两次，对黛莱丝笑了一笑。此刻正是时装厂放工的时候。黛莱丝还不想离开这地方。她既不感到无聊，也不觉得忧伤。她决定今天下午先不去看亚瑟维多——于是，如释重负地叹了口气。她并不渴望见他。去了，无非是谈谈天，说点客套话！亚瑟维多，她已经认识了。她想接近的，是那些还不认识的人，他们不会勉强她说话。孤独寂寞，她也不怕。她只求一动不动地待着。正像她躺在南方的野地里会招来蚂蚁和野狗一样，在这里，在她周围，也隐隐感到有种骚扰和旋涡。她觉得有点饿，便站起来，在老英格兰时装店的镜子里照见自己的少妇身段：一身行装，紧腰合身。短鼻梁上，颧骨显得很高；一脸衰容，是阿什鹭鸶那段生活留下的印记。她想："我也到了说不出年纪的年纪了。"

　　像以前梦里常做的那样，她在王宫大街吃了中饭。既然不想回旅馆，何必回去呢？靠半瓶普伊酒的酒力，浑身暖洋洋的，觉得很适意。她要了一包烟，邻桌一小伙子打着打火机递过来，她报以微微一笑。去维朗特罗的路上，到了晚上，一定松荫幽深，想想自己一小时前，还想倚着贝尔纳一起钻进这条松树夹道！这里或别处，松树或枫树，大洋或平原，无论喜欢什么，都无所谓。天地间生生不已的一切，最打动她情兴的，莫过于血肉之躯的人了。"我喜爱的，不是石砌的都会，不是讲座和展览，而是活生生的人，是他们营营逐逐的生活，他们胸宇里比狂飙还猛烈的激情。阿什鹭鸶的松树，夜晚呜呜咽咽的，发出阵阵叹息，听来之所以动人，就因为好像通人性似的。"

黛莱丝喝了一点酒，抽了几支烟，像个好福气女人，独自笑了起来。她薄敷脂粉，尽态极妍，然后踏上马路，信步走去。

[美] 欧内斯特·米勒·海明威（1899—1961）

Ernest Miller Hemingway

当代美国著名小说家。

出身于美国芝加哥郊区的一个医生家庭，1917 年中学毕业后，参加新闻工作。第一次世界大战爆发，奔赴前线，1918 年，在意大利前线身受重伤，伤愈后侨居在法国巴黎，并开始了创作生涯。

20 世纪 20 年代末，海明威返回祖国。第二次世界大战结束后，定居古巴，继续从事创作。1952 年发表了中篇小说《老人与海》，因其简洁凝练的叙述、清晰流畅的行文和深刻的人物内心描写，1954 年被授予诺贝尔文学奖。

杀手

[美] 欧内斯特·米勒尔·海明威

刘勇军 译

亨利快餐店的门开了，两名男子走了进来，坐在柜台旁。

"来点什么？"乔治问他们。

"我不知道，"其中一人说，"阿尔，你想吃什么？"

"不知道，"阿尔说，"我哪里知道想吃什么。"

外面天色渐暗，窗外的路灯亮了。柜台旁的两个人看着菜单。尼克·亚当斯在柜台另一头打量着他们，两人进来时，他正在跟乔治说话。

"来一份烤猪里脊肉，配苹果酱和土豆泥。"第一个人说。

"这菜还没做好。"

"那你他妈的写在菜单上干吗？"

"那是晚餐，"乔治解释道，"六点才有。"

乔治瞅了眼柜台后面墙上的钟。

"现在才五点。"

"可钟上明明已经五点二十了。"第二个人道。

"这钟快二十分钟。"

"噢，就别管这该死的钟了。"第一个人说，"你们这儿有什么吃的？"

"这里什么样的三明治都有，"乔治说，"有火腿蛋、培根蛋、牛肝培根，还可以来一块牛排。"

"我来份煎鸡肉饼，配青豆、奶油沙司和土豆泥。"

"那是晚餐。"

"老子点什么都是晚餐，呃？你们就是这样做生意的？"

"这里火腿蛋、培根蛋、牛肝……"

"来份火腿鸡蛋吧。"那个叫阿尔的人说，他戴着圆顶窄边礼帽，穿一件胸前带扣的黑色大衣，那人的脸很小，面色很白，双唇紧闭，他围着一条丝绸围巾，戴着手套。

"我要一份培根鸡蛋。"另一个人说，他的身形跟阿尔差不多，虽然长得不像，他们的穿戴却像双胞胎。身上的大衣都太紧。两人身子前倾，胳膊肘搭在柜台上。

"有什么喝的？"阿尔问。

"银啤、贝沃[1]、干姜水。"乔治说。

"我是问有什么喝[2]的？"

"就我刚才说的那些。"

"这个小镇怪有意思的，"另一个人说，"叫什么来着？"

"萨米特。"

"听说过吗？"阿尔问他的朋友。

"没有。"朋友说。

"晚上大家都在这里干些什么？"阿尔问道。

"吃晚饭，"他的朋友说，"他们上这儿来吃正儿八经的晚餐。"

1　一种非酒精麦芽饮料，口感接近啤酒，在美国禁酒时期广受欢迎。

2　指烈酒。

"没错。"乔治说。

"你觉得没错？"阿尔问乔治。

"当然。"

"你小子还挺聪明的，是吧？"

"当然。"乔治说。

"呃，你可不聪明。"另一个小个子说，"他聪明吗，阿尔？"

"他是个蠢货，"阿尔说，随即转向尼克，"你叫什么名字？"

"亚当斯。"

"又是个聪明小子，"阿尔说，"难道他不是个聪明小子吗，马克斯？"

"这镇子全是聪明小子。"马克斯道。

乔治将两个大浅盘放在柜台上，一个盘子里是火腿蛋，另一个盘子里是培根蛋。他又放下两份作为配菜的炸薯条，关上了通往厨房的小窗。

"哪一盘是你的？"他问阿尔。

"你不记得了？"

"火腿蛋。"

"可真是个聪明小子。"马克斯说。他探身拿过火腿蛋，吃东西的时候两人都戴着手套。乔治则看着他们吃。

"你看什么？"马克斯望着乔治。

"没看什么。"

"你他妈的就是在看我。你明明在看我。"

"这小子兴许跟你闹着玩的，马克斯。"阿尔说。

乔治笑了笑。

"你用不着笑，"马克斯对他说，"你完全用不着笑，明白吗？"

"好。"乔治说。

"他觉得好就完事了，"马克斯对阿尔说，"他觉得好就完事了。瞧这话说的多好。"

"呵，这脑瓜子还真不是盖的。"阿尔说。两人继续吃东西。

"柜台那头的聪明小子叫什么来着？"阿尔问马克斯。

"嘿，聪明小子，"马克斯对尼克说，"你去柜台另一边，跟你的男朋友一块儿。"

"什么意思？"尼克问。

"没什么意思。"

"聪明小子，你最好过去。"阿尔说。尼克走到柜台后面。

"什么意思？"乔治问道。

"关你屁事。"阿尔说，"谁在厨房？"

"那个黑鬼。"

"什么时候冒出个黑鬼？"

"做菜的黑鬼。"

"叫他进来。"

"什么意思？"

"叫他进来。"

"你们以为这是什么地方？"

"我们他妈的当然知道这是什么地方。"那个叫马克斯的说，"我们看起来很蠢吗？"

"你说话的方式挺蠢的。"阿尔对他说，"跟一个毛头小子有什么好吵的？听着，"他对乔治说，"叫那个黑鬼到这儿来。"

"你们要对他干什么？"

"不干什么，动动脑子，聪明小子。我们能对一个黑鬼干什么？"

乔治打开那扇通往厨房的小窗。"萨姆,"他喊道,"来一下。"

通往厨房的门开了,那个黑人走了进来。"什么事?"他问。柜台旁的两个人瞅了他一眼。

"行,黑鬼。你就站在那里。"阿尔说。

那个叫萨姆的黑人系着围裙站在那里,看着柜台旁的那两个人。"好的,先生。"他说。阿尔从高脚凳上下来了。

"我跟这个黑鬼和聪明小子回厨房,"他说,"回厨房,黑鬼。你跟他一起去,聪明小子。"小个子跟着尼克和那个叫萨姆的厨子进了厨房,他们身后的门随即关上了。而那个叫马克斯的人则和乔治隔着柜台面对面坐着。他没看乔治,而是看着柜台后面配套的镜子。亨利快餐店由酒吧改建而成。

"嘿,聪明小子,"马克斯望着镜子说,"你干吗不说点什么?"

"这到底怎么回事?"

"嘿,阿尔,"马克斯喊道,"聪明小子想知道咋回事。"

"你干吗不告诉他?"阿尔的声音从厨房传来。

"你认为是怎么回事?"

"我不知道。"

"你认为呢?"

马克斯说话时眼睛没离开过镜子。

"我不想说。"

"嘿,阿尔,聪明小子说他懒得说咋回事。"

"我又没聋,好吧。"阿尔在厨房说。他刚用一个番茄酱瓶子支开那扇往厨房送盘子的小窗。"听着,聪明小子,"他在厨房对乔治说,"你再往吧台那头站过去点。马克斯,你往左边一点。"他像一个正在张罗集体照的摄影师。

"跟我说说呗，聪明小子，"马克斯说，"你觉得会有什么事发生？"

乔治什么也没说。

"那我可说了，"马克斯说，"我们要干掉一个瑞典佬。你认得一个叫奥利·安德烈松的大个子瑞典佬吗？"

"认得。"

"他每天都来这儿吃饭，对吗？"

"有时会来。"

"他六点来这儿，对吗？"

"来的话是这个点。"

"这些我们全知道，聪明小子，"马克斯说，"说点我们不知道的呗。看过电影吗？"

"偶尔看。"

"那你可得多看看。电影对你这样的聪明小子有好处。"

"你们干吗要杀奥利·安德烈松？他做了什么对不起你们的事吗？"

"他哪有机会对我们做什么。他连见都没见过我们。"

"他只能见到我们一次。"阿尔在厨房说。

"那你们干吗要杀他？"乔治问道。

"我们为一个朋友出面，帮朋友的忙而已，聪明小子。"

"闭嘴，"阿尔在厨房喊道，"你他妈的话太多了。"

"呃，我得给这个聪明小子找点乐子，对吧，聪明小子？"

"你他妈的话太多了，"阿尔说，"黑鬼和我的聪明小子自己在找乐子呢。我将他俩捆得跟修道院里的女朋友一样。"

"看来你在修道院待过？"

"这可说不准。"

"你去过一家犹太修道院。你就在那里待过。"

乔治抬头看了看钟。

"要是有人来了,你就跟他们说厨子不在,如果他们赖着不走,你就说你去后面亲自给他们做。明白了吗,聪明小子?"

"好吧,"乔治说,"完事后你们会对我们怎么样?"

"那可说不准,"马克斯说,"这档子事眼下可不好说。"

乔治抬头看了看钟。六点一刻。这时,临街的门开了,一名电车司机走了进来。

"你好,乔治,"他说,"来份晚餐。"

"萨姆不在,"乔治说,"约莫半个钟头后才会回来。"

"我还是去街那头吧。"电车司机说。乔治又看了看钟。六点二十。

"不错,聪明小子,"马克斯说,"你还真是个小绅士。"

"他怕我崩掉他的脑袋。"阿尔在厨房说。

"不对,"马克斯说,"不是这么回事。聪明小子是个好人,小伙人不错。我喜欢他。"

六点五十五分,乔治说:"他不会来了。"

其间快餐店又进来两个人。其中一名男子点了"外卖",乔治进厨房做了份火腿蛋三明治让他带走。他在厨房见到了阿尔,他坐在小窗旁边的一张高脚凳上,圆顶窄边礼帽搭在后脑勺上,一支枪身锯短的猎枪枪口在窗台上搁着。尼克和厨子背靠背蹲在墙角,嘴里各塞了一条毛巾。乔治做好三明治,用油纸包起来,放在纸袋中,拿到餐厅,那人给完钱就走了。

"聪明小子还真是个全才,"马克斯说,"他会做菜,什么都难不倒他。你会把某位姑娘调教成一个好老婆的，聪明小子。"

"是吗？"乔治说，"你们的朋友奥利·安德烈松不会来了。"

"我们再等他十分钟。"马克斯说。

马克斯看着镜子，又看了看钟。钟的指针指向七点，然后指向七点五分。

"算了，阿尔，"马克斯说，"咱们还是走吧。他不会来了。"

"最好再等五分钟。"阿尔在厨房说。

这五分钟里进来一个人，乔治跟他说厨子病了。

"你们他妈的为什么不再雇一名厨子，"那人说，"这不是在开快餐店吗？"他随即走了。

"算了吧，阿尔。"马克斯说。

"怎么处理这两个聪明小子和这个黑鬼？"

"他们没问题。"

"你这么想的？"

"没错，这事就算结束了。"

"我不喜欢这样。"阿尔说，"你太毛躁，话太多。"

"噢，见鬼，"马克斯说，"我们总得找点乐子，不是吗？"

"你话太多，还是老样子。"阿尔说。他从厨房走了出来，因为大衣太紧，锯短的猎枪枪管在他的腰间微微隆起。他用戴手套的手将大衣捋平了。

"再见，聪明小子，"他对乔治说，"你运气真不错。"

"这倒是实话，"马克斯说，"你应该去赌马，聪明小子。"

两人出了门，乔治透过窗户看他们从弧光灯下走过，穿过街道。身穿紧身大衣，戴着窄边礼帽的他们活像一对玩杂耍的。乔治从旋转门进入厨房，帮尼克和厨子松了绑。

"我再也受不了了，"厨子萨姆说，"我再也受不了了。"

尼克站起来。他嘴里从没被人塞过毛巾。

"我说，搞什么鬼。"他说，本想说句话让大伙儿消消气。

"他们是来杀奥利·安德烈松的，"乔治说，"他们原本想等他进来吃饭的时候开枪杀了他。"

"奥利·安德烈松？"

"对。"

厨子用两个拇指摸了摸两边的嘴角。

"他们都走了吗？"他问。

"是的，"乔治说，"他们现在已经走了。"

"我受不了这事儿，"厨子说，"我实在受不了这事儿。"

"听着，"乔治对尼克说，"你最好去见见奥利·安德烈松。"

"行。"

"你最好完全别去掺和这档子事，"厨子萨姆说，"还是躲得远远的好。"

"你不想去就别去。"乔治说。

"插手这事儿对你没有丁点儿好处，"厨子说，"躲得远远的。"

"我去见他。"尼克对乔治说，"他住在哪儿？"

厨子转身离开了。

"毛头小子都自以为是。"他说。

"他住在赫希的公寓里。"乔治对尼克说。

"我这就去。"

弧光灯的灯光透过外面一棵树的光秃秃的树枝照下来。尼克沿着电车轨道往街那头走去，在下一个弧光灯处拐进一条小街。街边第三栋房子便是赫希公寓。尼克走上两级台阶，按下门铃，开门的是个女人。

"奥利·安德烈松住这儿吗？"

"你要见他？"

"是的，如果他在的话。"

尼克跟着女人走了一段楼梯，往后来到走廊的尽头。她敲响房门。

"谁？"

"有人要见你，安德烈松先生。"女人说。

"我是尼克·亚当斯。"

"进来。"

尼克打开门，进入房间，奥利·安德烈松和衣躺在床上。他曾是一名重量级职业拳手。那张床对他这样的高个子来说太短了。他枕着两个枕头躺在那里，没看尼克。

"什么事？"他问。

"我刚才在亨利快餐店，"尼克说，"进来两个人，把我和厨子绑了，他们说要杀你。"

他说这话的时候听起来有点荒唐。奥利·安德烈松什么也没说。

"那两个家伙把我们关在厨房，"尼克继续说，"他们打算等你进来吃晚饭的时候开枪杀了你。"

奥利·安德烈松望着墙壁，一句话也没说。

"乔治认为我最好来跟你说一声。"

"对于这样的事，我也无能为力。"奥利·安德烈松说。

"我跟你说说他们长什么样吧。"

"我不想知道他们长什么样。"奥利·安德烈松说，然后望着墙壁，"谢谢你来告诉我。"

"没什么。"

尼克看着躺在床上的大个子。

"你不用我去报警吗？"

"用不着，"奥利·安德烈松说，"没什么用。"

"我能帮点什么忙吗？"

"不用，没什么好帮的。"

"他们兴许只是唬人的。"

"不，不只是唬人。"

奥利·安德烈松朝墙壁那侧翻了个身。

"唯一的问题是，"他对着墙壁说，"我只是没拿定主意要不要出门。我在这里待了一整天了。"

"你就不能离开这个镇子吗？"

"不了，"奥利·安德烈松道，"我不想到处跑了。"

他仍旧看着墙壁。

"现在做什么都没用了。"

"你就不能想想办法吗？"

"不能。我得罪人了。"他说话的语调依旧平淡，"现在做什么都没用了。等会儿我拿定主意出趟门。"

"我得回去找乔治了。"尼克说。

"再见。"奥利·安德烈松说，他并没有往尼克这边看，"谢谢你来一趟。"

尼克走了出去。他关门的时候，看见奥利·安德烈松仍然和衣躺在床上，望着墙壁。

"他在屋子里待了一整天。"女房东在楼下说，"我估摸他身体不舒服。我是这么跟他说的，'安德烈松先生，碰上这么个秋高气爽的好天气，你应当出去走走'，不过他不愿意。"

"他不愿出门。"

"他身体不舒服，我真为他难过，"女人说，"他可是个大好人。你知道，他以前打过拳击。"

"这我知道。"

"要不是那张脸，你还真看不出来，"女人说，这会儿，他们站在临街的门口说话，"他人特别和气。"

"好吧，晚安，赫希太太。"尼克说。

"我不是赫希太太，"女人道，"这房子是她的，我只是替她照管。我是贝尔太太。"

"呃，晚安，贝尔太太。"尼克说。

"晚安。"女人说。

尼克沿着漆黑的街道走到弧光灯下的拐角处，又沿电车轨道回到亨利快餐店。乔治在里头，待在柜台后面。

"你见到奥利了？"

"是的。"尼克说，"他待在房间里，不肯出门。"

听到尼克的声音，厨子打开了厨房的门。

"我听都不想听。"他说着重重地关上了门。

"你跟他说了吗？"

"当然，我都说了，不过他全知道。"

"他打算怎么办？"

"不怎么办。"

"他们会杀了他。"

"我估摸会。"

"他准是在芝加哥闯了祸。"

"应该是。"尼克说。

"这还真是件麻烦事。"

"太可怕了。"尼克说。

接下来他们没再说话。乔治伸手拿了一条毛巾,擦拭着柜台。

"也不知道他惹了什么事?"尼克说。

"出卖什么人了吧。他们会为这个杀人的。"

"我打算离开这个镇子。"尼克说。

"行,"乔治说,"走了好。"

"他明明知道有人会来杀他,可他偏要待在屋里送命,我一想到这个就受不了。太可怕了。"

"那么,"乔治说,"你最好别去想了。"

[法] 阿尔贝·加缪（1913—1960）

Albert Camus

法国小说家、戏剧家、哲学家、评论家，存在主义主要代表人物之一。

出身于阿尔及利亚蒙多维城一个农业工人家庭，一岁时，父亲在第一次世界大战中受伤死去，后来加缪依靠奖学金读完了小学和中学，并毕业于阿尔及尔大学。

第二次世界大战爆发后，加缪参加了法国的抵抗运动，1947年起成为职业作家。

加缪在他的创作中竭力把人间世界、社会的一切描写成冷漠的、荒唐的真实，成为"荒诞派"文学的倡导者，代表作有《局外人》《鼠疫》《西西弗神话》等。1957年被授予诺贝尔文学奖。

约拿斯

（或工作中的艺术家）

[法] 阿尔贝·加缪

李玉民 译

> 将我投进大海吧……因为我知道，正是我把这场大风暴给你们引来。
>
> ——《旧约·约拿书》[1] 第一章第十二节

画家吉勒贝尔·约拿斯相信自己的命星，而且只相信这颗命星，这并不排除他尊重，甚至赞赏他人的信仰。不过，他自己的信念并不与品德相左，因为他隐隐约约地认为，获得多少都理所当然。因此，大约到他三十五岁的时候，十来位批评家突然各不相让，争夺发现他这个天才的荣耀，而他却毫无惊诧之色。他那样宠辱不惊的态度，有些人归之为自负，其实恰恰相反，完全可以解释为一种自信的谦虚。约拿斯将这归功于高照他的福星，而不是他才华出众。

1　《旧约》十二小先知书的第五卷。此书记述的不是先知约拿的言论集，而是他的一段事迹：上帝召唤约拿做先知，以谴责尼尼微城的罪恶，而约拿逃避了这种任务。

于是有位画商向他提议签约，按月付酬，让他摆脱一切后顾之忧，他倒颇感意外了。建筑师拉多，上中学时就喜爱约拿斯及其命星，这回劝阻他，说每月的工钱只能保他温饱，画商绝不会吃亏，可是怎么劝说也没用。"总归有所得呀。"约拿斯说道。拉多干什么成什么，全凭着吃苦耐劳，他不免责备他这位朋友。"什么，总归有所得？一定得争一争。"白费唇舌。约拿斯心中感激自己的命星。"就照您的意思办吧。"他对画商说道。就这样，他放弃了在父亲经营的出版社的工作，全身心投入绘画，还感叹道："这就是一种运气。"

他的真实想法却是："这种运气能持续下去。"他所能追忆起来的早年，就觉得这种好运在起作用，因而深情感念他的父母双亲，首先是他们抚养孩子漫不经心，给了他充分幻想的闲工夫；其次是他们离异了，缘由是通奸。至少这是他父亲提出的事由，但是忽略说明一点，这一奸情相当特殊：丈夫不能容忍妻子的慈善事业。妻子是一位在俗的女圣人，不必曲解地说，她的整个人献给了受苦受难的人类。然而，丈夫硬要支配妻子的品行。"我受够了，"这位奥赛罗说道，"总受穷人的欺骗。"

这种误会，约拿斯倒受益匪浅。父母一准读过，或者听说过，有多少残忍的谋杀案例，其源起正是父母的离异，因此都竞相溺爱他，要把后果如此严重的变化扼杀在萌芽状态。在他们看来，精神上遭受这种打击的孩子，表露得越不明显，就越是令他们感到不安。心灵上受到的最深的伤害，往往是看不见的。约拿斯只要稍微表示一下，他对自己和这一天挺满意，父母平时的担心当即就达到惊慌失措的程度。于是，他们就加倍呵护照顾，结果孩子什么意愿都没有了。

假设的这种不幸，倒是为约拿斯赢得一个忠诚的兄弟，就是他的好友拉多。拉多的父母特别同情他的遭遇，经常邀请儿子念中学的这个小伙伴。他们深表同情的话语，激发起爱运动的健壮儿子萌生愿望，一定要保护这个他已经赞赏不用功就取得好成绩的同学。既赞赏又放下身段，这两种态度配合默契，约拿斯也就接受了这种友谊，像接受其他东西那样，真挚得令人鼓舞。

约拿斯无须特别努力，就完成了学业，还顺顺当当进入父亲经营的出版社，得以安身立命，而且通过间接的途径，发展他绘画的志趣。约拿斯的父亲是法国最大的出版商，正因为文化危机之故，他更加确信书籍代表未来。他常说："历史表明，人越不读书越买书。"因此，他极少阅读投给他的书稿，出版不出版，全凭作者的名望或题材的现实性来决定（以这种角度取舍，永远具有现实性的唯一题材，便是性了，这位出版商最终就专门出版这类书了）。他就一门心思找到新奇的装帧设计，安插毫无价值的广告。约拿斯接过审稿部的同时，也就有大把大把可派用场的闲暇时间。他就是这样同绘画不期而遇了。

他还是头一次发现，自己身上有一种意想不到的，但又乐此不疲的热情，每天的时日，他很快就用来作画了，而且轻轻松松就得心应手了。他一门心思绘画，除此似乎对什么都没有兴趣，到了成家的年龄，总算马马虎虎完了婚。他在日常生活中从不操心，只是怀着善意，微笑地对待人和事。倒是一起车祸成全了婚姻，好友拉多有一次驾驶摩托车带着他，开得太快把他摔伤，约拿斯右手骨折打上石膏，操不了画笔，闲极无聊，才得以关注爱情。就是从这次严重事故中，他也看出是福星高照，否则的话，他哪儿有闲工夫，看上一眼路易丝·普兰这样有魅力的姑娘。

不过，拉多却不以为然，认为路易丝不中看。他是个矮胖子，却只喜欢身材高大的女人。他说："真不知道，你怎么就相中了这只小蚂蚁。"路易丝也确实身材娇小，但是黑黑的皮肤，黑头发，黑眼睛，模样秀气俊美。约拿斯偌大个头儿，身体健壮，对这只小蚂蚁却动了感情，尤其觉得这姑娘心灵手巧。路易丝生性好动，这与约拿斯的懒散恰好相得益彰，而且对他大有好处。路易丝首先热衷于文学，至少她确信出版物能引起约拿斯的兴趣。她阅读杂乱无章，什么都看，没过几星期的工夫，她就什么都能谈了。约拿斯非常叹服，最终认为，既然路易丝能让他了解足够的情况，通报给他当今的主要发现，他就大可不必看书了。路易丝明确告诉他："不要再说谁是坏人，或者谁丑陋了，而应当说他故意坏，或者故意丑陋。"这种区分很重要，正如拉多所指出的，稍一疏忽就会否定全人类了，路易丝则断言这是普遍的真理，不容置辩，同时为言情报刊和哲学杂志所证实。"随你们怎么说吧。"约拿斯则来了一句，他很快就将这种残酷的发现置于脑后，还是幻想他的命星了。

路易丝一旦弄明白，约拿斯的兴趣只在绘画上，她就抛开文学，随即转而热衷于造型艺术，出入于博物馆和画展，拉着约拿斯一起跑。约拿斯看不懂同代人画的是什么，身为艺术家，这么单纯不免有点尴尬。不过，他颇为宽慰的是，有关他这门艺术的情况，他无不了然于胸了。不错，他刚刚看到的画作，到了明天，他甚至连画家的名字都会忘掉。然而，路易丝说得也在理，斩钉截铁地提醒他，她早在热衷于文学期间，就确定一点，其实人什么也不会忘记。毫无疑问，福星又在保佑约拿斯可以问心无愧，既信赖记忆，又得遗忘之便。

当然，路易丝的无私奉献，在约拿斯的日常生活中，发出奇珍异宝的最绚烂的光辉。这位善天使免除他购置鞋子和衣物之苦：对任何正常的男人来说，购物势必缩减本来就极为短暂的生命。她毅然决然，独自承受消磨时间的机器千百种发明，从晦涩难懂的社会保险单，一直到不断变换花样的纳税条例。"是啊，"拉多说道，"这没得说。可是，她总不能代替你去诊所看牙吧。"她替代不了，然而，她打电话约诊，选定最方便的看牙时间；她还清理四马力的小轿车，预订去度假的旅馆客房，购买家用煤，亲自去选购约拿斯渴望馈赠的礼品，挑选并分送给人鲜花，有时晚上还抽出时间，趁约拿斯不在，去他房间给他铺好床。

如此这般，她就同样兴冲冲地上了这张床，随后又同区长安排会面，早在约拿斯的天才得到公认的两年前，就带他见了区长，接着便组织蜜月旅行，一路安排参观所有博物馆。而且未雨绸缪，在住房特别紧张时期，事先找好了一套三室的公寓房，旅行回来便安了家。接下来，她几乎一连生了两个孩子，一男一女，照她的计划还要生第三胎，在约拿斯离开出版社，专攻绘画之后不久，这个计划就完成了。

不过，路易丝一生下头胎，接着二胎三胎，就一心照料孩子了。她还想着帮帮丈夫，可就是腾不出时间来。自不待言，她疏忽了约拿斯，心中不免愧疚，但是她性格果断，不会沉迷于这种心事。"爱咋咋地吧，"她说道，"反正各有各的一摊。"这种说法，约拿斯听了倒喜出望外，只因他像同时代所有艺术家那样，巴不得被人视为工匠。且说这位工匠少了关怀，只得亲自跑出去买鞋。本来这是自然而然的事，约拿斯还力图引为幸事。他当然要费点劲去逛商店，但是出力也有回报，单独外出一小时，这给夫妻的

372

幸福生活增添多大价值。

　　然而生存空间的重要性，远远超过家庭的所有其他问题。因为在他们周围，时间和空间都同样在紧缩，生了儿女，约拿斯从事新的行业，三室套房显得狭小了，而每月收入微薄，根本买不起一套更大的房子，路易丝和约拿斯只好凑合，挤在狭窄的空间里活动。他们住在一栋十八世纪公寓的二楼，位于京城的老街区。许多艺术家都住在这一区，遵循"艺术要在旧环境寻找创新"的原则。约拿斯也抱着这种信念，能住在这个街区深感欣慰。

　　他这套房子，要说陈旧还真够陈旧的。不过，楼房有几处设计不失为现代化，从而别开生面了，主要体现在面积虽狭小，却能向住户提供足够的空气：房间顶棚特别高，大窗户也很壮观，从其超大的比例来判断，肯定是用来招待宾客和举办盛宴的。但是，城市人口聚集，需要住房，而房源又很紧张，不断接手的房主出于无奈，就打了隔壁墙，将过分宽敞的大房隔成小间，再将增加数倍的单间高价租给蜂拥而至的房客。所谓空气的大容量，他们也少不了夸耀。这种好处毋庸置疑，不过也亏了房主无法将上面的空间也隔成小间。否则的话，他们绝不会犹豫，一定做出必要的牺牲，多为新生的一代提供栖身之所，而当年那一代人特别迷恋于结婚和繁衍后代。说起来，空间大也并非有利无弊。不便之处就是房间冬季很难取暖，房东就倒霉了，不得不增加取暖补贴。夏天，由于玻璃窗面积大，却没有百叶窗，房间就成为阳光肆虐的地方。当初房东疏忽，没有安装百叶窗，无疑是因为窗户太高，造价太贵，也就打了退堂鼓。挂上厚窗帘，毕竟也有同样效果而且毫无成本问题，反正要由房客负担。房东们倒是乐得帮忙，由他们的商店提供不能再低廉的窗帘。房地产业主的乐善好施，的确是他们的业余爱好。这些新贵，通常都经营布匹呢料。

约拿斯对这套房间的优点赞不绝口，轻易地接受了不便之处。谈到取暖补贴费，他对房东说："随您怎么定吧。"至于窗帘，他也同意路易丝的见解：只需遮挡卧室，别的屋窗户全部裸露。"我们没什么要掩饰的。"这颗纯洁的心说道。最大的那间屋，特别让约拿斯着迷，棚顶那么高，也不好安装顶灯。另两间屋小得多，由一条窄过道同大房间串联起来。尽头有厨房，挨着厕所，使用起来方便；旁边还有一小间，号称"淋浴室"。如此称呼亦无不可，但是要直上直下自行安装淋浴设备，站在里面一动不动，方可淋个痛快。

顶棚的确高得出奇，各房间又十分狭小，整套房子便组合成了几乎全镶玻璃的平行六面体：无处不是门窗，根本找不到家具依靠的位置，而且人淹没在白炽的强光里，好似立式水族馆中的浮沉子。此外，所有门窗都朝向天井，也就是说，对着相距不远的同类风格的窗户，透过那些玻璃窗，几乎一眼就能瞧见另一些高窗对着第二个天井。"这真是镜子厅堂。"约拿斯不胜欢喜地说道。他们采用拉多的建议，夫妇睡在一小间，另一间小屋留给即将出世的孩子。大房间，白天给约拿斯用来作画，晚间和吃饭的时候则共用。实在不行，也可以在厨房里吃饭，只要约拿斯或者路易丝有一个人肯站着。拉多真帮忙，设计了许多灵巧的设施。正是借助于旋转门、活动书架、折叠桌，他竟然弥补了家具的缺失，可也把这套房装饰成另类，好似一个魔术盒子了。

不过，等几间屋全让画幅和孩子占满了，就事不宜迟，该另外想辙了。第三个孩子出生之前，约拿斯在大房间里作画，路易丝在卧室打毛线，两个孩子占用了最后一间屋：小家伙在屋里闹

374

得欢实，还可以满处乱跑。因此他们决定，新生儿就安置在画室的一个角落，约拿斯用画布间隔开，如同挡了一道屏风：这样安置有好处，能听见孩子的动静，能马上回应孩子的呼叫。况且，从来用不着打扰约拿斯，路易丝总能料事在前。不等孩子哭闹，她就走进画室，而且万般小心，总是蹑手蹑脚。约拿斯见她如此谨慎，深为感动，有一天就向妻子保证，他并不那么敏感，有脚步声照样可以工作。路易丝则回答说，这也是怕惊醒孩子。约拿斯满心钦佩她怀着一颗母爱之心，开心大笑他误解了。这样一来，他真不敢实话实说，路易丝小心翼翼地走进来，比径直闯入还要碍事。首先因为，这样会拖长时间；其次是她那哑剧式的动作，不能不引人关注：手臂大大张开，上身微微后仰，腿则抬得老高。这种谨慎的方式，有时反倒适得其反：画室摆满了画作，路易丝随时可能打掉一幅。于是，孩子被响动惊醒，以自己的方式表示不满，而且表达得相当有力。儿子的肺活量让父亲大为惊喜，他跑过来哄孩子，妻子很快接过儿子。约拿斯这才拾起画幅，随后他便手持画笔，入迷似的聆听儿子那持续而洪亮的声音。

也正是这一时期，约拿斯事业有成，交了许多朋友。这些朋友爱打电话问候，或者突然登门拜访。经过反复掂量，电话就安装在画室。电话铃经常响起，总是惊扰孩子的睡眠，孩子的哭声和急切的铃声便响成一片。这工夫，路易丝如正巧在照料其他孩子，她就会带着他们跑过来，而且多半会看到约拿斯一只手已经抱起孩子，拿着画笔的手又拿起话筒：电话里传来与他共进午餐的盛情邀请。有人请吃饭，约拿斯很高兴，尽管谈话索然无味；不过，他喜欢晚间出门，以便保证一天完整的工作时间。可惜的是，大部分时间，朋友只请吃午饭，而这顿午餐无拘无束，是特意留给亲爱的约拿斯。亲爱的约拿斯接受了："悉听尊便！"随即挂断电话。"这个人可真热情！"说着把孩子交给路易丝。他又接着作画，但是很快被午饭或者晚饭打断。必须挪开画布，打开折叠桌，同孩子们一起坐下来。吃饭中间，约拿斯还不时瞥一眼正在绘制的作品，有时，至少开头阶段，他觉得孩子咀嚼和吞咽太慢，每顿饭都拖很长时间。不过，后来他从报上看到，要细嚼慢咽才好消化吸收，于是从此以后，每餐饭他就有理由慢慢享用了。

有时候，他新交的朋友前来拜访。拉多只能晚饭后过来，白天他坐办公室，况且也了解画家要在阳光下作画。约拿斯的新朋友，几乎全是艺术家或批评家之类。有些已经完成了画作，另一些则即将作画；至于批评家们，就关注已经画出或即将画出的作品。自不待言，他们全把艺术工作看得很高，抱怨当代世界组织不完善，致使艺术工作举步维艰，艺术家也难以静下心来思考，而这是必不可少的。好几个下午，他们都用来发牢骚，还恳求约拿斯继续工作，就当他们不在跟前，对待他们不必拘礼，他们又不是资产阶级，懂得一位艺术家的时间多么宝贵。有这样让主人无须陪着的朋友，约拿斯很高兴，便回到画架前，不过，他得不断地回答向他提出的问题，听他们讲奇闻趣事也大笑不止。

如此随意，让他的朋友们越发没了拘束感。他们的兴致那么高，那么实在，竟然忘了吃饭的时间。但孩子们记性很好，他们跑过来，掺和到客人中间，大喊大叫，客人们纷纷逗弄，让他们在膝上跳来跳去。天井上的一方青空阳光终于偏西，约拿斯放下画笔，只好请朋友们吃顿便饭，又一直交谈到深夜，话题当然是艺术，尤其谈论那些没有天分的画家，那些不在场的剽窃者和追名逐利者。约拿斯爱早起，好利用清晨的阳光。但是他知道这很难，早饭来不及做好，他本人也会疲倦。不过，一个晚上了解这么多事情，他也很高兴，这些情况对他不可能没有助益，只是在艺术上还看不出来。"在艺术上，也如在自然界里，"他说道，"这是福星效应。"

不仅朋友，有时门徒也参与进来：约拿斯现在自成一个门派，起初他还深为惊诧，不明白别人能从他的身上学到什么，他自己还要全面发现呢。他作为艺术家，仍在黑暗中摸索，怎么能给别人指出正道来呢？不过，他醒悟得相当快：一名弟子，未必就是渴望学到什么的人。恰恰相反，自称后学晚生者，往往是要教诲老师，以求那种无私的乐趣。这样一来，约拿斯就可以谦恭地接受这份额外的荣誉了。弟子们长时间向约拿斯解释他画作的内容及其动机。于是，约拿斯在他的作品中，发现许多颇令他惊讶的意图、大量他没有画进去的东西。他自觉构思贫乏，多亏了这些弟子，他才一下子感到充实了。面对这么多此前没有认识的财富，一丝骄傲的情绪，有时就掠过他的心头。"这毕竟是真的，"他心中暗道，"这张面孔，从远景看突显出来。我不大理解他们所说的间接人物化是什么意思。不过，我的画作显示这种效果，可见有相当的进展。"然而，这种不受用的高超技巧，他很快又归功于他的福星。"大有进展的是我的福星，"他又自言自语，"我呢，还是老样子，待在路易丝和孩子们身边。"

这些弟子还别有功绩：他们迫使约拿斯更加严于律己。他们在言谈中，将他捧得极高，大肆赞扬他的敬业精神和工作强度。结果他不能再有丝毫软弱懈怠的表现了。他有一种老习惯，每当完成一处难画的部分，重新投入工作之前，总要嚼一块糖或巧克力，现在只好改掉了。然而，他独处的时候，还是不管那一套，偷偷地向这种嗜好让步。好在弟子和朋友们几乎总是陪伴左右，帮助他巩固这种进步，况且，当着他们的面嚼巧克力，他不免有点难为情，更不能为这种小小的嗜好，打断了有趣的谈话。

此外，弟子们还要求他忠于自己的美学。约拿斯长久绘画，固然时而闪现一道灵光，于是现实呈现在眼前一片纯净的光亮中，至于自己遵循什么美学观，他实在模糊不清。弟子们则相反，他们有好多见解，既矛盾又武断，在这方面绝不开玩笑。约拿斯有时很想提出随心所欲，这是艺术家的谦卑朋友。可是，弟子们面对几幅偏离他们观点的画作皱起眉头，这就迫使他多考虑一点自己的艺术，总归大有益处。

最后，弟子们还以另一种方式帮助约拿斯，即硬要他评价他们的作品。事实上，每天都有人拿来绘画草图，置于约拿斯和他正在绘制的作品中间，以便彰显在最明亮的阳光中。必须拿出看法。直到这个时期，约拿斯始终暗自羞愧，不能深刻地评价一件艺术作品。除了少数几幅令他激动的作品，以及那些明显涂鸦的粗劣之作，其余的创作，他都同样觉得既有趣，又无所谓。因此，迫于无奈，他便组建一座武器库，搜罗五花八门的评语，用以应对他的弟子，须知他们同首都所有艺术家一样，多少都有点儿才华，他当着他们的面，必须讲出有相当差异的看法，才能满足每个人。这种难能可贵的义务，也就迫使他对绘画艺术形成一套见解和辞令。不过，他天性善良，并没有因此而变得尖酸刻薄。他很快就觉悟到，人家索求的，并不是没用的批评，而仅仅是他的鼓励，如有可能，乃至于赞扬。如若赞扬，只需因人而异。约拿斯不再像往常那样，只是善气迎人，现在能十分巧妙地运用和善之道了。

约拿斯在朋友和门生的簇拥中作画：他的画架四周，现在排列了一圈椅子，时光就是这样流逝了。邻居有时好奇，也隔窗观望，增加了观众的阵势。约拿斯同大家讨论，交换看法，审视向他求教的画稿，还冲从旁走过的路易丝微笑，哄一哄孩子，热情地应答打来的电话，手中的画笔从不放下，不时往新开始的画稿添上一两笔。从某种意义上讲，他的生活很充实，光阴没有虚掷，他也感谢命运不给他无聊的空闲。可是，从另一种意义上讲，要多少笔触才能完成一幅画，有时他就想有无聊的空闲也好，总可以用拼命地工作来逃避。情况恰恰相反，朋友们越是变得趣味盎然，约拿斯的创作越显得迟缓。即使有少许时刻完全独处，他已感到疲惫不堪，根本无力加倍拼搏。在这种时候，他只能梦想一套新的安排，调和友谊的乐趣和空闲无聊的功效。

　　他向路易丝敞开了心扉，路易丝则另有担心：眼看头两个孩子长大，他们的房间太狭小了。她提议将两个大孩子换到大房间，床铺用屏风隔开；小的移到小房间，也免得受电话惊扰。由于婴儿不占什么地方，小房间也可以充当约拿斯的画室。大房间白天可以接待客人，约拿斯就来回走动，出来看朋友，或者回屋工作，大家肯定能理解他需要离群独处。再者，要安置两个孩子睡觉，就可以敦促晚间聚会早些结束。约拿斯想了想，便说道："好极了。""而且，"路易丝又说道，"你那些朋友如果走得早，咱俩单独还能多待一会儿。"约拿斯注视着她。一丝悲哀的神色，从路易丝的脸上掠过。约拿斯深为感动，一把抱住她，满怀深情地亲吻。路易丝也情意缠绵，一时间，夫妻俩恩爱如初，像新婚那样幸福。她忽然想道：约拿斯用作画室的房间也许太小了。路易丝抓起折尺，他们量了之后发现，大房间摆满了他的画作，以及多得多的弟子们的作品，他平素绘画的场地，并不比今后安排的空间大多少。约拿斯说干就干，马上开始搬迁。

说起来真走运，他画得少了，名气反而越大。每次画展都受人期待，事先就发文赞美。不错，倒是有少数批评家，其中两位是他画室的常客。持一定的保留态度，稍微抵消他们的热捧。弟子们便义愤填膺，又将这小小的差误超量地找补回来。他们强调指出，他们当然把第一阶段的作品置于一切之上，但是目前的探索正在酝酿一场真正的革命。每次听人激赏他初期的作品，约拿斯就自责微微感到不快，并且忙不迭地道谢。唯独拉多咕哝道："真是一帮怪物……他们喜欢你，把你当作一动不动的雕像。跟他们在一起，没你的活路！"可是，约拿斯却为弟子们开脱："你理解不了，"他对拉多说道，"你呀，是我画的你全喜欢。"拉多则笑道："见你的鬼。我喜欢的不是你的画作，而是你的绘画艺术。"

不管怎么说，他的画作继续讨人喜欢。举办一次大受欢迎的画展之后，画商主动提出给他涨月薪。约拿斯接受了，还感激地逊让。"听您的意思，"画商说道，"好像您挺看重金钱的。"如此直率，赢得了画家的心。然而，他请画商允许他义卖一幅画时，画商便关切地询问，义卖是否"有收益"。约拿斯一无所知。于是，画商便提议严格按合同条款办事。"合同就是合同。"他又说道。在他们的合同里，慈善义卖没有写进条款。"随您怎么办都成。"画家便说道。

这种新的安排，仅仅让约拿斯满意了。的确，他可以经常躲进小屋，以便回复他现在收到的许多信件：他特别讲礼貌，来信不能不答复。那些信函，有些谈到约拿斯的艺术，其余的数量多得多，则是关于通信者个人的情况，或者想要在自己的绘画生涯中得到鼓励，或者想要求教乃至资助。随着约拿斯的姓名出现在报纸杂志上，他也不例外，往往应邀签名，揭露异常令人气愤的不公正事件。约拿斯回信，写写艺术上的见解，感谢对方的盛情，给人出个主意，省下一条领带的钱资助，也在送到他面前的主持正义的抗议书上签名。"你现在搞起政治来啦？这种营生，还是让作家和丑姑娘去干吧。"拉多对他说。不对。他只签署那些声明与党派政见无涉的抗议书。不过，所有抗议书都声称完全独立。一周连着一周，约拿斯口袋里鼓鼓囊囊装满信件，被疏忽的不断更新。他答复的最急件，通常是陌生人写来的，至于友人的来信，他就留待有时间再从容作答。这么多要尽的义务，总归侵吞了漫步的时间，侵扰了心中的无忧无虑。他总觉得延期误时，总有负罪感，即使在绘画中，也不时出现这种情况。

　　路易丝越来越被孩子们给拴住了，还得接过约拿斯原先本可以分担的家务，每天累得筋疲力尽。约拿斯看在眼里，痛在心中。他工作繁忙，毕竟还是乐在其中，而她却承担了最糟糕的部分。当妻子总是小跑时，他就意识到这一点。"电话！"大儿子嚷道。约拿斯丢下画幅，接了电话回来，心情很平静，是提醒他一次约会。"煤气！"一名办事员在门口吼道，是一个孩子给他开的门。"来啦，来啦！"等约拿斯离开电话，或者从门口回来，一位朋友、一名弟子，往往两者同时跟进了小房间，以便谈完开了头的话题。所有人也都熟悉了这条过道。他们待在过道闲聊，时而远远招呼约拿斯作证，或者干脆闯进小房间。"至少在这里，"他们边进屋边感叹，"可以见见您，而且也从容地说说话。"约拿斯深受感动，他说道："的确如此。最终，大家都见不着面了。"他也同样感到，他让那些见不着面的人失望了，不由得黯然神伤。那往往是些老友，极欲晤面，可是时间安排不上，他不可能什么都答应。因此就影响了他的名声。有人就说："他一成了名，架子就大起来了，什么人都不见了。"或者："除了他自己，他不爱任何人。"不对，他爱自己的绘画，也爱路易丝，爱他的孩子，爱拉多，还有几个人；而且，他对所有人都怀有善意。然而人生短促，时光飞逝，他本身的精力有限。既描绘世界和世人，同时又和他们一起生活，这谈何容易。再者说，他又不能抱怨，不能解释种种碍难。否则，人家就会拍拍他的肩膀："幸运的小伙子！这是盛名带来的后果！"

且说信件越积越多，而弟子们又容不得丝毫松懈，上流社会人士现在也蜂拥而至：约拿斯倒是认为，他们很可能跟常人一样，热衷于英国王室或者各地美食，那么也会对绘画产生兴趣。事实上，登门者主要是社交界女士，她们都特别随意，本人并不买画，仅仅把她们的男友带给画家，指望他们慷慨解囊，不过，这种期望经常落空。她们倒也肯帮帮路易丝，尤其是给客人烧茶倒水。一杯杯茶水，从一只手传到另一只手，起自厨房，穿越走廊，一直传到大房间，然后再折返，抵达小房间，那里面有可容得下的少数朋友和客人，约拿斯在中间正继续绘画，这时他不得不放下画笔，十分感激地端起茶杯，这是一位魅力四射的女士特意为他斟满的。

约拿斯喝着茶，审视一名弟子刚放到他画架上的原稿，同朋友们谈笑，又突然中断，求在场的一位朋友跑一趟邮局，将他昨夜写的一包信投出去，他随手扶起跌倒在他两腿之间的老二，以便摆出照相的姿势，接着："约拿斯，电话！"他举着茶杯连声道歉，从挤满走廊的人群中闯出一条路，再返回来，在画幅的一角添了几笔，又停下来回答那位迷人的女士，肯定要给她画肖像，再次回到画架前，继续作画。不料："约拿斯，签个字！""是什么呀？"他问道，"是邮差吗？""不是，是关于克什米尔的苦役犯。""来啦，来啦！"他答应着，随即跑向门口，接待一位年轻朋友和抗议书，关切地询问是否涉及政治，得到完全放心的回答，同时又聆听艺术家地位特殊，义不容辞之类劝导之后，他签了名，刚回画室又得出来，由人引见给他一名刚获胜的拳击手，或者某国最著名的剧作家，而他连对方的名字都没有听清楚。剧作家面对面注视他足有五分钟，以激动的目光表达因不懂法语而不能更清楚表明的情感，约拿斯则连连点头，由衷地表示幸会。这种无法收拾的局面，幸好被突然闯入的最负盛名而迷人的讲道者所打破，此公执意要认识这位大画家。约拿斯便道久仰，他摸了摸衣兜里的信件，又抓起画笔，准备再描几笔，可是，这得首先感谢人家当时送给他的一对"塞特"小猎犬，随即将猎犬置于夫妻的卧室，回身又接受赠送猎犬者相邀共进午餐，却听见路易丝那边惊呼：原来小猎犬尚未经历室内驯养，只好再移至淋浴间：它们在里面哀号不已，久而久之，大家便充耳不闻了。约拿斯时而越过众人脑袋，望望路易丝，似乎看出她眼含忧伤的神色。这一天终于熬过去，有些客人告辞，另一些客人则滞留在大房间，还恋恋不舍，无限爱怜地看着路易丝安排孩子睡觉。一位衣冠华丽的女士也上手帮忙，她想过会儿就得回到自家府邸，生活分散在两层楼里，哪儿像约拿斯家里这样亲密而温暖，心里不免有些伤感。

一个星期六下午，拉多给路易丝送来一个精巧的晾衣架，可以悬挂在厨房的顶棚上。他看到套房挤满了人，约拿斯在小房间，由行家簇拥着，正给送猎犬的女士画像，而一位官方的艺术家也在画他的肖像。据路易丝讲，那人绘制的是国家的订货："画出来

383

就是《创作中的艺术家》。"拉多退至房间一角，观看他的朋友显然正全神贯注地工作。一个从未谋面的行家俯身向拉多，说道："嘿，瞧他气色多好！"拉多没有应声。

"您画画吧，"那人接着说道，"我也是。跟您说吧，相信我这话，他在走下坡路。"

"已经到这地步？"拉多问道。

"对。就因为功成名就了。没人抵挡得住功成名就。他走到头了。"

"他走下坡路，还是走到头啦？"

"一位艺术家走下坡路，就走到头了。您瞧哇，他再也画不出什么了。现在是人家给他本人画像，画好了挂到墙上。"

晚些时候，夜深了，三人在夫妻卧室里，约拿斯站着，路易丝和拉多坐在床铺的一角。大家都不说话，孩子们已经入睡，两只猎犬寄存到乡下。刚才，路易丝洗了一大堆餐具，约拿斯和拉多则随即擦干，三人都累得很。拉多面对一大摞盘碟，不禁说道："请一个保姆吧。"

"让保姆住在哪儿啊？"路易丝忧伤地答道。

大家又相视无语。拉多突然问道：

"你满意吗？"

约拿斯微微一笑，但是难以掩饰疲倦的神态：

"满意呀。所有人对我都很好。"

"也不见得，"拉多说道，"你要留个心眼儿，不是所有人都心怀善意。"

"你指谁呀？"

"比如说，你的那些画家朋友。"

"这我知道，"约拿斯回答，"其实，许多画家都如此。即使最伟大的画家，他们也不敢确信自己的艺术生涯存在。于是，他们寻找证据，做出判断，批评责难。他们这样能增强信心，也就开始行于世上。他们非常孤单啊！"

拉多却连连摇头。

"相信我这话，"约拿斯又说道，"我了解他们。应当爱他们。"

"那么你呢，"拉多问道，"你行于世上吗？你可从不讲任何人的坏话。"

约拿斯笑起来："唔！我倒是经常想到坏话，只是随即又忘掉了。"他神情严肃起来，"不，我不能确定自己是否行于世。但是我有把握将来会存在下去。"

拉多问路易丝的想法。路易丝摆脱一下倦意，回答说约拿斯讲得对：来访者的见解无关紧要，唯独约拿斯的作品才重要。她也明显感到，孩子妨碍他工作。小儿子长大了，也该买一张沙发床，可是那又要占地方。怎么办呢，只能等待找一套更大的房子！约拿斯瞧着夫妻的卧室。当然不够理想，双人床太大，整天都空着。他想到此处，便告诉陷入冥思苦想的路易丝。至少在这间卧室，约拿斯能免遭烦扰。他们总归不敢躺到这张床上。"您觉得怎么样？"路易丝又反问拉多。拉多瞧着约拿斯。约拿斯正失神地凝望对面的窗户，继而举目仰望没有星辰的夜里，他走过去拉上窗帘，回身冲拉多笑了笑，什么话也没讲，挨着他坐到床上。路易丝显然累坏了，说是要去冲个澡。等屋里只剩下两位老友，约拿斯感到拉多用肩头碰了碰他的肩头。他没有看拉多，悠悠说道："我喜爱绘画。我就是想画下我的全部生活，白天和夜晚的生活。这种事，难道不是一种运气吗？"

拉多深情地注视他，答道："对，这是一种运气。"

孩子们一天天长大。看到他们又快活又健壮，约拿斯满心欢喜。他们早晨上学，下午四点钟放学回家。约拿斯还可以利用星期四、星期六下午，还有频繁长假的整个时段。他们都是半大孩子，还不能安安静静地玩耍，但是长得相当结实，让满屋子回荡他们的吵闹和欢笑声。必须叫他们安静下来，拿话吓唬，甚至装样子要打他们。衣服也要保持整洁干净，掉了纽扣要钉上。路易丝一个人实在忙不过来。请用人既没有地方住，而且也不能让外人插进他们的私密生活中，约拿斯便提议，请路易丝的姐姐罗丝来帮忙：她已孀居，有个女儿也长大了。

"对呀，"路易丝回答，"罗丝到家来，谁也不会觉得有妨碍。不需要了，随时可以把她打发走。"

约拿斯很高兴，这个办法好，既减轻路易丝的负担，又减轻他因妻子过劳而感到良心上的不安。尤其姐姐常带女儿来帮忙更是大大分担了家务。母女二人心肠特别好，品德和无私的精神，在他们善良的天性中大放异彩。她们竭尽全力，帮着操持家务，一点儿也不吝惜时间。她们在自家生活寂寞无聊，到路易丝家来，找到了无拘无束的快乐，也就更尽心尽力了。正如所预料的，没人感到有什么妨碍。从头一天起，两位亲戚就觉得是在自家家里。大房间通用，既为饭厅，又是洗衣房，又当幼儿园。小儿子睡的小房间，也用来放画作，加了一张行军床，罗丝不带女儿来时就睡在那上面。

约拿斯占用了卧室，在床铺和窗户之间的空地儿作画。只是要等孩子的房间收拾好，再收拾完这间卧室才能工作。这之后，再要找衣服，才会进来打扰他，家里唯一的大衣柜就放在卧室里。

客人虽然比之前少了些，他们还是照老习惯，出乎路易丝的意料，为了跟约拿斯好好聊一聊，毫不犹豫地躺到床上。孩子们也要来拥抱父亲。"让孩子瞧瞧画儿。"约拿斯给他们看他正画的形象，又亲热地拥抱了他们。他将孩子打发走，却感到他们完完全全，一点缝隙不留地占据了他的心：他们一离开，他的心就觉得空落落的。他爱他们如画，只因在这世上，唯独他们跟他的绘画一样鲜活。

然而，约拿斯画得少了，自己也不清楚是何缘故。他依然勤奋，但是，他画起来费难了，即使在他独自一人的时候。每逢这种情况，他就出神地凝望天空，从前他总是那么神不守舍，不知在想什么，现在却爱冥想了。他在想绘画，想他的艺术生涯，而不想动手画了。"我热爱绘画。"他心里还这样念叨，可是拿画笔的手却垂在身边，出神地听远处传来的无线电广播。

与此同时，他的声望降低了。有人拿来一些批评文章，有些持保留态度，另一些则讲坏话，还有几篇特别恶毒，他看了不由得揪心。不过，他倒往好处想，这些攻击也有教益，激励他努力工作。还继续登门造访的人，对他减少了几分崇敬，像看待老友那样不拘礼数了。当他要回屋绘画时，他们就会说：

"哎！你有的是时间！"

约拿斯听了心有感触，他们在一定程度上，已经把他纳入他们失败者之列了。可是，从另一层意义上看，这种新的密切关系也有补益的一面。拉多却耸耸肩膀，说道：

"你也太傻了，他们并不怎么喜爱你。"

"他们现在有点喜爱我了，"约拿斯答道，"有一点点爱，就很可观了。至于如何得到，那就无所谓了！"

就这样，他依旧健谈，依旧写信，依旧尽可能画画。时而他还真能画出来，尤其星期天下午，路易丝带孩子出去的时候。到了晚上，看看自己的画有点进展，他心中也窃喜。这一时期，他画天空。

有一天，画商告诉约拿斯，由于销量明显减少，他实在遗憾，不得不削减他的月薪。约拿斯接受了，然而，路易丝表示出了担心的情绪。正是九月份要开学，孩子必须换新装。她一贯勇气十足，自己动手做活儿，但很快就力不从心了。罗丝倒可以钉钉纽扣，却不会做衣服。幸好罗丝丈夫的堂妹手巧，前来帮助路易丝。她不时来到约拿斯的房间，坐到墙角的椅子上，一声不响地做针线活儿，神态那么安静，路易丝见状，便提示约拿斯画一幅《女工》。"好主意。"约拿斯说道。于是试笔，却接连画坏了两块画布，又不得不接着画他那幅天空。次日，他在家中走来走去，长时间思索而不作画。一个门生急匆匆送来一篇长文，不送到眼前他不会看的，从文中得知，他的绘画既评价过高，又已然过时了。画商也打来电话，重申对销量下降感到忧虑。约拿斯仍旧耽于幻想与思索。他对弟子说，文章有讲对的地方，不过他，约拿斯，还可画好多年。他回答画商，说他理解对方，但是并不忧虑，他要作一大幅画，是真正新颖的作品，一切从头再来。他讲这话时，就感到真是如此，他的作品已浮现在眼前，只需好好组织一下。

此后几天，他力求工作，先在走廊，隔天又到淋浴室，开着电灯作画，大后天竟然转移到厨房。不过，到处都遇见人，他头一回觉得受妨碍，无论是他不怎么认识的人，还是他所爱的家人。有一阵子，他搁下画笔，思考这情景。如果季节适宜，他本可以到户外写生。可惜即将入冬，开春之前，很难出去画风景。他还是试了试，随即放弃：寒风刺骨，直透心扉。一连好几天，他守着画幅，大多时间闲坐，或者伫立在窗前，不再画画了。他倒是养成早晨外出的习惯，心里盘算着画一幅速写：一棵树、一幢歪斜的房舍，路上瞥见一个侧影。可是一天结束了，他什么也没有画。反之，最微不足道的东西：报纸、遇见的熟人、橱窗的陈列品、一杯咖啡的热气，都会吸引他的注意力。每天夜晚，他都深感愧疚，随即又找出情有可原的借口。他要画的，这一点确定无疑，经过这个表面上空白之后，他会画得更好。这要在内心酝酿，仅此而已，他的福星终究会跃出浓雾灰霾，而且更加清新，更加明亮。眼下，他就泡在咖啡馆里。他早就发现烈酒一下肚，同样会兴奋起来，就像他奋力绘画的那些日子，那时他想到自己绘画，也只有在他孩子面前才会如此一往情深，如此热血沸腾。喝到第二杯白兰地时，他又在自身发现那种回肠九转的激动，就觉得同时成为这世界的主宰和奴隶。只不过，他现在双手无所事事，毫无凭依地体味这种激情，并未注入一幅画作中。然而，正是这种状态，最接近他活在世上的快乐：现在他坐在烟气腾腾、闹闹哄哄的地方，想入非非，虚掷着时光。

约拿斯有意躲避艺术家经常出没的场所和街区。碰到熟人提起他的绘画，他就不免心慌意乱。他想逃离，这显而易见，他果然逃掉了。他也知道人家在身后说什么："他真以伦勃朗自居啦！"于是，他的苦恼有增无减。不管怎样，他再也没有笑脸了。那些老朋友难免得出一种奇特的结论：

"他脸上没有笑容了，那是他太自鸣得意了。"

约拿斯得知背后这种议论，就更加敏感狐疑，越发逃避了。他走进一家咖啡馆，只要感到在座有个人认出他来，立时便兴致索然，一时间愣在原地，深感一种莫名其妙的怅然若失而又无可奈何，他那张面孔板起来，以掩饰内心的慌乱，同时也隐匿了突然对友谊的强烈渴望。他想到拉多那善气迎人的目光，于是猛然转身离去了。有一天，就在他离去时，有人在近距离说了一句：

"好一副神气十足的嘴脸。"

从此他就只往郊区跑了，到偏远的街区碰不到认识的人。他在那里可以畅所欲言，频频微笑，又恢复了厚道待人的态度，而别人什么也不问他。他还交上了几个相当随和的朋友。他特别喜欢其中一个伙伴，那是火车站一家餐厅的伙计，他常去那里，小伙计为他服务，就问过他靠什么生活。

"就是涂涂颜料。"约拿斯回答。

"是画家还是油漆匠？"

"是画家。"

"哎呀！"伙计说道，"那碗饭可不好吃！"

此后再也没涉及这个问题。不错，这碗饭是不好吃，但是约拿斯一定能摆脱困境，只要想好如何组织他酝酿的作品。

时日与酒杯相伴，他有了艳遇，女人帮了他。在做爱之前或者之后，他可以跟她们谈一谈，尤其可以吹一吹，她们理解他，即便不怎么信服。有时候，他就觉得又恢复了从前的精力。有一天，他受一位女友的鼓励，下定决心重操画笔。回到家中，正巧帮着做衣服的罗丝不在，他就在小房间试着重新作画。可是过了一小时，他又收起画布，漫不经心地冲路易丝笑笑，又出门了。他喝了一天酒，夜晚就住在女友家，其实对她并没有什么欲望。次日早晨，迎接他的路易丝痛苦不堪，面容十分憔悴。她盘问约拿斯是否与那女人睡了觉。约拿斯说他喝得烂醉，并没有干那种事，但是从前，他同别的女人发生过关系。路易丝登时脸色大变，痛不欲生，呈现一副溺水者的惨相。约拿斯见状，平生第一次心碎了。这时他才发觉，这一阵子，他心里没有路易丝，不由得深深愧疚，于是请求路易丝原谅，这一切结束了，明天就从头开始，恢复之前那样。路易丝一时说不出话来，她转过身去，偷偷地擦眼泪。

第二天，约拿斯一早就出门。天正下着雨。他扛了一捆木板回来，已经浇成了落汤鸡。两位老友前来看望，正在大房间喝咖啡，他们说道："约拿斯变了画法，要在木板上绘画啦！"

"那倒也不是，"约拿斯笑道，"不过，我确实要开始搞点新玩意儿。"

他走到连着淋浴室、厕所和厨房的小走廊，站在那里，久久凝望一直升至黝黯顶棚的高墙。需要一个梯凳。他便下楼到门房那里去借。

他回来时，家里又多了几位客人，又见到他的面，都喜不自胜，少不了要表示亲热，询问家庭的情况，他略一应酬，赶紧又到走廊尽头。恰巧这时，妻子从厨房里走出来。约拿斯放下梯凳，紧紧拥抱路易丝。路易丝则注视着丈夫。

"求求你了，"路易丝说道，"不要再这样了。"

"不，不，"约拿斯回答，"我是要画画。我必须画画。"

不过，他又像自言自语，目光飘忽不定。他动手干起来，在墙壁当腰固定一块横板，用以支撑一间狭小的"阁楼"，尽管又高又深。傍晚时分大功告成。约拿斯借助于梯凳，吊在横板上，做了几个引体向上，检验是否牢固。随后他走到客人中间，大家见他重又那么和蔼可亲，也都特别高兴。夜幕降临，客人差不多走光了。约拿斯擎着一盏煤油灯拿了一把椅子、一个凳子和一个画框，全搬上阁楼，让三个女人和三个孩子看得目瞪口呆。

"就是这样，"他从高栖的小阁楼说道，"我在这儿作画，不会打扰任何人了。"

路易丝问他有没有把握。

"当然了，"他回答，"只占一点点地方。我在这儿更自由些。从前有些大画家，就是在烛光下绘画，而且……"

"横板有那么结实吗？"

横板相当结实。

"放心吧，"约拿斯又说道，"这个办法很好。"说罢又翻身下来。

次日一早，他就爬上阁楼，将画框放到小凳子上，自己靠墙站立，也不点灯等待着。他直接听到的声音，仅仅来自厨房和厕所；别的声响仿佛从远处传来，如登门拜访，门铃或电话声响起，来回走动，谈话，传到他耳畔时音量减半，似乎来自街上或者另一个天井。此外，满屋子灯光刺眼，小阁楼上幽暗，能让人静下心来。不时有朋友来，伫立在阁楼下面，问道：

"你在上面干什么呢，约拿斯？"

"我在工作呀。"

"没有亮光作画？"

"是啊，暂时没有。"

他并没有绘画，只是在思考。比较他一直生活的环境，这种幽暗和半寂静，对他来说就等于荒漠或者坟墓了，他在这幽暗寂静中倾听自己的心声。一直传到小阁楼的声响，虽然都冲他而来，此后就似乎与他再无关系了。犹如孤零零在家里，沉睡中死去的那种人，到了早晨，电话铃声大作，响个不停，而房中空荡无人，

392

只有一具再也听不见声音的尸体。然而他约拿斯还活着，他在倾听内心的这种寂静，等待他的命星：那颗星仍然隐形，但是准备重新升起，最终会完好无损，跃出这些空虚日子的混乱。

"照耀吧，照耀吧，"他自言自语，"别让我看不到你的光明。"

可以肯定，福星还会高照。不过，他仍需思索更长时间，终于有了这种运气：既不与家人分离，又能独居幽处。他必须发现自己还不甚明了的东西，尽管他一直懂得，一直按照他所懂得的东西绘画。想必他终于抓住了这一秘密，看透了这不仅仅是艺术家的秘密。正因为如此，他并不点灯。

现在，约拿斯天天爬上阁楼。来客越来越稀少了，路易丝心事重重，也不大陪同客人谈话。约拿斯吃饭时下来，然后再登上高阁。他整天待在黑暗中，一动也不动。深夜，他回到已经睡下的妻子身边。过了数日，他求路易丝将午饭送上去，路易丝细心地照办了，这让他很感动。他跟路易丝商量，为他备些食物，存放在阁楼上，免得饿的时候打扰她。渐渐地，他整天都不下来了。然而，他几乎没有动备用的食物。

一天晚上，他招呼路易丝，要一床铺盖：

"我就在这里过夜了。"

路易丝仰头望着他，张开嘴，但是什么也没有说。她只是打量约拿斯，那副表情不安而忧伤。约拿斯猛然看出，路易丝这一阵老得厉害：全家生活的操劳，深深地侵蚀了她的肌体。他不免想到，他从来没有真正帮助过妻子。然而，没待他开口，路易丝先就冲他微笑，那种柔情更让约拿斯揪心。

"随你怎么样吧，亲爱的。"路易丝说道。

从此以后，他就在阁楼上过夜，几乎不再下来了。家里一下子就断了客人，因为无论白天还是夜晚来，再也见不到约拿斯了。对一些人说他去了乡下，厌倦说谎时，则对另一些人说，他另有画室了。唯独拉多始终如一，该来还是来。他登上梯凳，那颗大脑袋探到阁楼横板上面：

"还好吧？"拉多问候。

"好极啦！"

"你在作画？"

"跟作画没两样。"

"可是，你没有画布呀！"

"那也照样绘画。"

在梯凳和阁楼之间这样对话难以为继。拉多摇着头，又下来了，帮助路易丝换换保险丝，或者修修锁，然后，他不再登上梯凳，过来跟约拿斯说声再见。约拿斯在昏暗中应道："再见，老兄。"有一天，约拿斯回应时还加了一声谢谢。

"为什么谢呢？"拉多问道。

"因为你爱我呀！"

"多新鲜啊！"拉多来了一句，便走了。

还有一天晚上，约拿斯招呼拉多。拉多急忙跑过去。约拿斯头一次点亮了油灯，他俯下身，从阁楼探出来，一副焦急的神色。

"递给我一块画布。"约拿斯说道。

"哎呀，你怎么啦？瘦成这副样子，像个幽灵了。"

"有好几天了，我没怎么吃东西。不过没关系，我得画画了。"

"先吃点东西呀。"

"不用，我不饿。"

拉多拿来一块画布。约拿斯接过去，在退回阁楼的当儿，问了他一句：

"他们怎么样？"

"谁呀？"

"路易丝和孩子们。"

"他们很好，如果你能同他们在一起，那就更好了。"

"我不离开他们。你要特意告诉他们，我不离开他们。"

说罢，他便消失了。拉多回头对路易丝说出他的担心。路易丝坦言，她已苦恼了好几天："怎么办啊？噢！我若是能替他画该有多好！"她直面拉多，并不掩饰内心的痛苦。"没有他，我也活不下去。"她说道。

路易丝重又焕发少女的面容，拉多深感意外，发觉她满脸通红。

灯亮了一整夜，以及次日整个上午。拉多或者路易丝，谁来询问，约拿斯只回答这么一句：

"别管了，我在绘画呢。"

到了中午，他要煤油，冒着黑烟的灯重又明亮起来，一直到晚上。拉多留下，同路易丝和孩子们一起吃晚饭。午夜时分，他来向约拿斯告别，在一直亮灯的阁楼前等了片刻，什么话也没有说就走了。第二天早晨，路易丝起床，看见那盏灯还亮着。

开始晴朗的一天，但是约拿斯却毫无察觉，他将画布翻转过来对着秃墙。他已用尽了气力，双手放在膝上，坐在那里等待。他喃喃自语，以后永远也不必画画了，内心感到了幸福。他听见了自己孩子叽叽喳喳的声音，放水的声响，洗餐具的碰撞声。路易丝在说话。大马路上驶过一辆卡车，震得大玻璃窗哗哗直响。人世还在身边，富有朝气，令人赞赏：约拿斯聆听世人美妙的喧嚣。但是那喧声极远，不会妨碍他内心这股快活的力量，他的艺术，他表达不出来而永远沉寂的思想：正是这一切使他超然于万物，飞升到自由活跃的空间。孩子们满屋奔跑，小女儿咯咯笑，路易丝现在也笑了，他许久没有听见妻子的笑声了。他爱他们！他多么爱他们啊！他熄灭了煤油灯，周围重又一片昏暗，那不是他的福星，还一直照耀吗？正是那颗星，他认出来了，心里充满了感激，他无声无息倒下去时，还在凝望他的星。

"没什么大事，"稍后请来的大夫明确说，"他过度劳累。调养一周，他就能下床走动了。"

"他能治好，您有把握吗？"路易丝问道，她已面如死灰。

"能治好。"

在另一间屋里，拉多察看还完全白的画布，只见正中央，约拿斯仅写了一个词，字体极小，可以辨认，但是难以确定究竟应该读成"solitaire"还是"solidaire"[1]。

1　两个词仅有一个字母之差，而词义大相径庭：前者意为"孤独的"，后者意为"互联的"。

[美] 约翰·斯坦贝克（1902—1968）

John Steinbeck

美国当代小说家。

出身于加利福尼亚州一个中产阶级家庭，从小过惯乡村、牧场的生活，对乡野的美好环境怀有深切的感情。

1919 年高中毕业后就读于斯坦福大学，1925 年没有学位就离开了。此后边打零工，边学习写作。

20 世纪 20 年代末开始发表作品，代表作有《人鼠之间》《愤怒的葡萄》《珍珠》。

1962 年，斯坦贝克被授予诺贝尔文学奖，以表彰"他那现实主义的、富于想象力的创作，把蕴含同情的幽默和对社会的敏感结合起来"的功绩。

谋杀

[美] 约翰·斯坦贝克

刘勇军 译

这事发生在几年前的加州中部蒙特利县。卡农城堡山谷位于圣卢西亚山脉之中，谷周围矗立着许多高耸的山坡，山脊一座连着一座。从卡农城堡山谷的中心位置，有一些窄小的干涸河道向群山延伸，犹如一条条长满橡树的深谷，毒栎和鼠尾草丛生。在这座山谷的前端矗立着一座巨大的石头城堡，有扶壁，还有塔楼，很像十字军战士在征战途中建造的那些堡垒。只有近距离观察，才会发现那并不是一座真正的城堡，而是时间、水和侵蚀共同发挥作用，在柔软的层状砂岩上制造出的一个奇怪巧合。但从远处，不需要多少想象，便能分辨出残破的城垛、城门、塔楼，甚至箭缝。

在城堡脚下山谷较为平坦的地面上，有一栋破败的农舍，一幢饱经风霜、长满青苔的谷仓和一个歪斜的牛棚。农舍早已废弃了，几扇门连着生锈的铰链，来回晃动，夜里有风从城堡吹下来，那些门就吱嘎作响，砰砰地开合着。到这所房子来的人并不多。有时，一群男孩会在房间里走来走去，朝空荡荡的壁橱里张望，大声向鬼魂挑战，尽管他们并不相信有鬼。

这块地的主人叫吉姆·摩尔，他不喜欢有人来这栋房子。他的新房子建在山谷的更深处，他会骑马从那里过来，把男孩们赶走。他在篱笆上挂了"禁止入内"的牌子，免得有人好奇心太胜，或是出于病态的心理闯进去。有时，他想干脆把老房子烧掉，但是，他和那些双开摆动门、百叶窗和损坏的窗户之间有着一种奇怪而又强大的联系，使他无法动手毁掉整座房子。他把房子烧了，就等于毁了他人生中非常重要的一部分。他很清楚，当他带着自己那丰满却依然美丽的妻子去镇里，人们会扭过头，带着敬畏和几分艳羡，注视着他往回走。吉姆·摩尔在那所老房子里出生、长大。他熟悉谷仓里每一块风化了的粗糙木板，了解每一个光滑的旧食槽架。在他三十岁那年，父母双双去世。他蓄起胡子来庆祝自己成年。他把猪卖了，决定再也不养了。最后，他买了一头品种优良的根西公牛，好让他的牲畜更有价值，他还开始在礼拜六晚上到蒙特利去，喝个酩酊大醉，与三星俱乐部里那些吵吵闹闹的姑娘聊天。

一年后，吉姆·摩尔娶了耶尔卡·塞皮尔为妻。她是南斯拉夫人，父亲是松树峡谷一个身材粗壮、很有耐心的农夫。她是有外国血统，也有许多兄弟姐妹和堂表兄弟姐妹，吉姆却并不以此为傲，不过他很高兴妻子是个人间尤物。耶尔卡有一双鹿眼般的大眼睛，眼神里充满了好奇。她的鼻子精巧而笔挺，嘴唇厚而软糯。耶尔卡的皮肤总能带给吉姆震撼，因为在黑夜和黑夜之间，他时常忘记她的肤色是那么美丽。她温和恬静，是个持家好手，所以吉姆每每想起她父亲在婚礼上的建议，总会感到厌恶。那个老人在婚礼上喝多了啤酒，醉眼惺忪，肚子胀得鼓鼓的。他用胳膊肘捅了捅吉姆的肋部，充满暗示地咧嘴一笑，使他那双小小的黑眼睛几乎消失在了浮肿且满是皱纹的眼皮后面。

"你可别犯傻。"他说，"耶尔卡是个斯拉夫姑娘，和美国女孩不一样，她做错了事，你尽管打她，用不着客气。要是她一直表现不错，你照样可以揍她。我就打她妈妈。我爸爸也打我妈妈。斯拉夫姑娘！男人动手打她们，她们才高兴呢。"

"我不会打耶尔卡的。"吉姆说。

她父亲咯咯地笑了，又用胳膊肘捅了捅他。"别傻了。"他警告说，"你等着瞧吧。"他说完，又朝啤酒桶走去。

吉姆很快就发现，耶尔卡的确不像美国姑娘。她很安静。她从不先开口说话，只回答他的问题，后来在回答时也是轻声细语，十分简短。她像学习了解《圣经》的经文一样，学习了解她的丈夫。他们结婚一段时间后，吉姆再也不需要在家里找他习惯用的东西，因为不等他开口，耶尔卡就为他准备好了。她是一个好妻子，但她没有朋友。她从不说话。她那双大眼睛总是追随着他，他微笑时，有时她也会微笑，只是她的笑是疏离的，有所掩饰。她时时刻刻都在织呀、补呀。她坐在那里，看着自己那灵巧的双手，似乎又惊讶又骄傲她那双白皙小巧的手竟然可以制作出那么漂亮、用处那么大的东西。她太像动物了，有时，吉姆会像一时兴起去抚摸马儿一样，拍拍她的头和脖子。

耶尔卡把家里的一切都安排得井井有条。无论吉姆什么时候从炎热干燥的牧场或是从离得很远的农田回来，他的晚餐都已准备妥当，冒着腾腾的热气。她看着他吃饭，在他需要的时候把盘子推到他面前，在他的杯子空了的时候给他倒满。

刚结婚那会儿，他会把农场里发生的事讲给她听，但她只是对着他笑，就像个外国人，虽然听不懂他在说什么，却想极力讨好一样。

"那匹种马被带刺的铁丝网割伤了。"他说。

她听了，只答了一声"噢"。她的语调没有丝毫变化，既没有疑问，也没有兴趣。

　　不久他就意识到，他无论如何也无法与她沟通。即便她有自己的人生，对他而言也是遥不可及的。她眼中的那道屏障根本无法消除，因为它既不是因敌意而起，也并非有意设置。

　　晚上，他轻抚着她乌黑的直发，抚摸着她光滑到令人难以置信的金色双肩，她会非常愉快，轻轻地呜咽着。只有到了拥抱的高潮，她似乎才是个有生命的人，亲昵而热情。激情过后，她马上又变成了那个警觉而又极其尽职的妻子。

　　"你为什么从来不跟我说话？"他问，"你不想和我聊聊吗？"

　　"是的。"她说，"你想让我说什么？"她说着他的种族的语言，可她心里在想什么，他的种族就不得而知了。

　　一年过去了，吉姆开始渴望找别的女人做伴，那些女人会叽叽喳喳地闲聊，会在嬉笑间咒骂两句，露骨而粗俗。他又开始往镇里跑，和三星俱乐部里那些吵嚷的姑娘喝酒、玩闹。她们很喜欢在那里见到他，爱看他那张坚定而克制的脸和他爱笑的样子。

　　"你的妻子在哪里？"她们问道。

　　"在家里的谷仓。"他回答。这是一个永远不会失败的笑话。

　　一到礼拜六下午，他就给马套上鞍子，并在枪套里插一支步枪，碰上鹿就打回来。他总是问："你不介意一个人待着吗？"

　　"不。我不介意。"

　　他马上问："要是有人来怎么办？"

　　她眼中眸光一闪，脸上随即绽开笑容。"我会把他们打发走的。"她说。

　　"我大概明天中午回来。太远了，夜里骑马不安全。"他觉得妻子知道他要去哪儿，但她既没有出言抗议，也没有表现出任何反对的意思。"你应该生个孩子。"他说。

她面露喜色。"总有一天上帝会赐给我这个福分的。"她急切地说。

见她如此孤独，吉姆心里很不是滋味。如果她能和峡谷里的其他女人来往，她就不会那么孤单了，但她并不擅长与人交往。大约每隔一个月，她就套上平板马车去看母亲，以及住在她父亲家里的那一群兄弟姐妹和堂表兄弟姐妹，消磨一个下午。

"你会过得很愉快。"吉姆对她说，"你会说你们的语言，像鸭子一样喋喋不休地说上一个下午。你会和你那个一脸窘相的大表哥一起傻笑。要是我能挑出你一点毛病来，我只能说你是个该死的外国人。"他记得，她在把面包放进烤箱前，会在胸前画十字以示祝福，他还记得，她每晚都跪在床边祈祷，还把一幅圣像钉在储藏室的墙上。

六月的一个礼拜六，天气炎热，尘土飞扬，吉姆在农场平坦的空地上切燕麦。这一天过得十分漫长。六点过后，收割机才把最后一捆燕麦割完。他把叮当作响的机器拉到谷仓的院子里，倒进农具房，在那里卸下马身上的套具，牵着它们去山上，让它们整个礼拜日都在那里吃草。他走进厨房，只见耶尔卡正把晚饭放在桌上。他洗了手和脸，坐下来吃饭。

"我累了。"他说，"但我想我还是会去蒙特利。今晚会有满月。"

她温柔的眼睛里露出了笑意。

"这么说吧，"他道，"你想去的话，我可以带上你，我们找一辆卡车，搭顺风车过去。"

她又笑了，还摇了摇头。"不了，到时候商店都关门了。我宁愿留在家里。"

"好吧，那好吧，那我只套一匹马就好了。原本我以为我不去了，就把马都放到山上吃草了，不过抓一匹马应该不费力。你真的不想去吗？"

"如果时间早，我还可以逛逛商店，可你要十点才能到那儿。"

"不会那么晚，骑马去的话，九点多一点就能到。"

她的唇边漾出一抹笑容，但她的眼睛注视着他，等待他提要求。也许是因为漫长一天的工作太累了，他问道："你在想什么？"

"想什么？我记得我们刚结婚那阵子，你几乎每天都这么问。"

"但你此时此刻在想什么？"他怒气冲冲地追问道。

"啊……我在想那只黑母鸡孵的蛋。"她起身走到墙上的大日历前，"也许明天，也许礼拜一，就能孵出小鸡了。"

他刮完胡子、穿上蓝哔叽西装和新靴子时，已是傍晚了。耶尔卡早已把碗碟洗干净收拾好了。吉姆穿过厨房，看见她把灯放在靠窗的桌上，正坐在桌边织一只棕色的毛袜。

"你今晚怎么坐那里了？"他问，"你向来都坐这儿的。有时，你的举动很古怪。"

她的眼睛慢慢地从快速翻动的手上抬起。"这里能看到月亮。"她轻声说，"你说过今晚有满月。我想看月亮升起来。"

"但你也太傻了。从那扇窗户看不见的。我还以为你是个很有方向感的人呢。"

她冷淡地笑了笑。"那我就从卧室的窗户往外看。"

吉姆戴上黑帽子，走到外面。他穿过漆黑的空谷仓，从架子上取下一条缰绳。来到长满草的山坡上，他发出一声高亢尖锐的哨声。马儿们不再吃草，慢慢地向他靠近，停在二十英尺开外。他小心翼翼地走近一匹栗色骟马，把手从马屁股移动到马肚子，再移到马脖子上。缰绳上的扣环咔嗒一声扣上了。吉姆转身把马牵回谷仓。他把马鞍套上，系紧肚带，又把银边笼头套在马儿僵硬的耳朵上，扣上喉勒，把系绳系在马脖子上，接着把系绳的末端系在马鞍上。然后，他拉下缰绳，把马牵到房子边上。柔和的红光如同一顶光芒四射的冠冕，笼罩着东边的群山。不等山谷里的日光完全退去，满月就将升起。

在厨房里，耶尔卡还在窗边织着毛线。吉姆大步走到房间的角落，拿起他那支30-30卡宾枪。他一面把子弹装入弹匣，一面说："山上已经有月光了。你想看月亮升起来，最好现在就出去。泛着红光的月亮升起来，一定很漂亮。"

"等一会儿，我先把这部分织好。"她答。他走过去，拍拍她头上光滑的发丝。

"再见。我明天中午回来。"她乌黑的眼睛注视着他走出房门。

吉姆把步枪插进鞍旁的枪鞘，纵身上马，沿着山谷走了起来。在他的右边，一轮巨大的红月从渐渐被黑暗笼罩的小山后面迅速升起。白天晚霞的余晖和升起的月亮的光芒融合在一起，将树木的轮廓映得倍加浓重，使群山看来更显神秘。满是尘土的橡树闪闪发光，树荫如天鹅绒一样漆黑无比。一个巨大的长腿马影投射到左边，马影上还有半截人影，在吉姆前面一点向前移动。近处和远处的牧场都传来了狗叫声，组成了夜晚的歌声。公鸡开始啼叫，以为新一天的黎明这么快就到来了。吉姆让胯下骟马小跑起来。这时，有啪嗒啪嗒的马蹄声从他身后的城堡处传来。他想起了蒙特利三星俱乐部的金发女郎梅。"我要迟到了，她今晚是别人的了。"他想。这会儿，月亮已经升到了群山的上方。

吉姆走了一英里，突然听到有马蹄声来到近处。一个人骑着马慢跑过来，勒马停下。"是吉姆吗？"

"是我。你好，乔治。"

"我正要去你家，有件事要和你说。我那片土地的最北边有一个泉源，你知道吧？"

"是的。我知道。"

"我今天下午到那儿去了，发现那有一堆灭了的火，还有一头小牛的牛头和牛蹄子。牛皮在火里烧掉了一半，我把牛皮拉出来，看到上面有你的牲畜烙印。"

"见鬼。"吉姆说，"是多久前生的火？"

"灰烬下的地面还是热的。想必是昨晚吧。听着，吉姆，我不能和你一起过去看了。我得去镇里一趟，不过我觉得还是该告诉你一声，好让你去看看。"

吉姆轻声问："你知道有多少人吗？"

"不知道。我没仔细看。"

"好吧，我想我最好过去看看。我本来也要去镇里的。但如果有贼出没，我可不想再损失牲畜了。乔治，如果你不介意，我想抄近路，从你的地里过去。"

"我很想和你一起去，但我得去镇里。你带枪了吗？"

"是的，当然。在我的腿下面。谢谢你给我送信。"

"没关系。你想从什么地方抄近路都可以。再见。"邻居掉转马头，朝来时的方向慢跑着离开了。

吉姆在月光下坐了一会儿，低头看着自己那僵硬的身影。他从鞍鞘中拔出步枪，把一颗子弹插入枪膛，把枪横放在鞍桥上。他离开大路，向左转，爬上小山脊，穿过橡树林，翻过长满青草的陡峭山地，下山进入下一个峡谷。

半小时后，他找到了那如今已空无一人的营地。他把沉重粗糙的小牛头翻过来，摸了摸它那沾满灰尘的舌头，通过它的干燥程度来判断牛死了多久。他点燃了一根火柴，看了看烧掉一半的牛皮上的烙印。最后，他又骑上马，翻过长满草的光秃山丘，进入了自己的土地。

　　山顶上刮着夏日的暖风。月亮升入了天空，不再散发红色的光芒，而是变成了浓茶的颜色。山峦间，土狼在嗥叫，山下农舍里的狗也跟着伤心地嚎叫起来。山下深绿色的橡树和黄色的夏草在月光下呈现出各自的颜色。

　　吉姆循着牛铃的声音找到了他的牧群，发现它们在安静地吃草，还有几只鹿在和它们一起吃草。他听了听，希望能听到微风带来马蹄声或人的说话声。

　　到了十一点多，他才掉转马头往家走。他绕过砂岩城堡的西塔，穿过阴影，再次来到月光下。在山下面，他的谷仓和房子的屋顶闪着暗淡的光芒。卧室的窗户反射着月光。

　　吉姆穿过牧场，正在吃草的马都抬起了头。它们转过头，眼睛里闪着红光。

　　快到畜栏时，吉姆听到有匹马在谷仓里跺脚。他的手猛地一拉骟马。他仔细聆听。谷仓里马匹的跺脚声再次响起。吉姆举起步枪，不声不响地下了马。他松开马缰，蹑手蹑脚地向谷仓走去。

　　在黑暗中，他能听到马咀嚼草的磨牙声。他沿着谷仓一直走到那匹马所在的小隔间。听了一会儿后，他在枪托上划亮了一根火柴，只见小隔间里拴着一匹马，马身上套着鞍子和笼头。马嚼子滑到了下巴下面，马鞍肚带也松了。那匹马不再吃草，把头转向火柴的光亮。

吉姆吹熄火柴，迅速地走出了谷仓。他坐在马槽边上，朝水里望去。他的思绪转得很慢，他把自己的想法转化成语言，低声说了出来。

　　"能不能从窗户往里看看？不行。那样脑袋的影子就会投射到房间里。"

　　他端详着手里的步枪。在经常摩擦和抓握的地方，枪支的黑色饰面已经磨掉了，下面银色的金属显露在外面。

　　最后，他果断地站了起来，朝房子走去。上台阶的时候，每次都伸脚轻轻地在木板上试着踩一下，才把身体的重心放上去。三只牧犬从房子下面走出来，抖了抖身子，伸了伸懒腰，嗅了嗅，摇摇尾巴，又回去睡觉了。

　　厨房里黑得伸手不见五指，但吉姆清楚每件家具的位置。他把手伸在身前，摸索着桌角、椅背和毛巾架。他悄无声息地穿过厨房，连他自己也只能听见自己的呼吸声，裤腿蹭在一起的沙沙声，以及口袋里手表的嘀嗒声。卧室的门开着，一抹月光从里面倾泻到厨房的地板上。吉姆终于走到门口，往里看去。

　　月光洒在白色的床上。吉姆看见耶尔卡仰面躺在床上，一只柔软赤裸的胳膊搭在她的前额和眼睛上。一个男人躺在她旁边，面冲另一边，吉姆看不清他是谁，只能屏住呼吸看着。接着，耶尔卡在睡梦中动了动，那个男人翻了个身，叹了一口气。竟然是耶尔卡的表哥，也就是那个一脸窘相的大表哥。

　　吉姆转身，快步穿过厨房，走下后门的台阶。他又沿着院子走到水槽边，在水槽边缘坐了下来。月亮惨白惨白的，倒影在水里来回晃动，月光照亮了掉落在马嘴旁边的稻草和大麦。吉姆可以看到蚊子孑孓在水里上下翻滚，还可以看到食槽底部的苔藓上趴着一只蟾蜍。

他发出了几声干涩、沉重、压抑的啜泣，他搞不懂这一切到底是为什么，他的思绪就如同长满青草的山顶和从山顶呼啸而过的夏日凄风。

他想起父亲每次杀猪，母亲都拿着水桶去接猪喉咙里流出的血。她尽量站得远一点，把水桶举得离她一臂远，以免猪血溅到她的衣服上。

吉姆把手伸进水槽，把月亮的倒影搅乱，将泛着光的水搅动得旋转起来。他用潮湿的手弄湿了额头，然后站了起来。这次，他的动作不那么轻了，但他还是踮起脚尖穿过厨房，站在卧室门口。耶尔卡的胳膊动了动，眼睛微微睁开了一条缝。然后，她的眼睛睁得老大，接着泛起了泪光。吉姆望着她的眼睛，他的脸上毫无表情。耶尔卡的鼻子里淌出了一点鼻涕，卡在她上唇上方的凹陷处。她也注视着他。

吉姆扣上步枪的扳机。钢铁的咔嗒声响彻了整个房子。床上的那个男人不安地从睡梦中惊醒过来。吉姆的手在颤抖。他把枪举到肩上，紧紧地握着，以免抖动。透过瞄准器，他看到了那个男人眉毛和头发之间发白的额头。前瞄准器晃了一下，便恢复了静止。

枪声震动云霄。吉姆的目光依然沿着枪管看去，他看到床铺因子弹的冲击摇晃起来。那个男人的前额上出现了一个黑色的小洞，没有血从里面流出来。但在脑后，中空弹击中了大脑，击碎了头骨，脑浆和碎骨都溅到了枕头上。

一阵咯咯声从耶尔卡表哥的喉咙里传出来。他的手像白色的大蜘蛛一样，慢慢地从被子下伸出来动了动，随即抽搐了一下，便不再动了。

吉姆将目光慢慢地移回到耶尔卡身上。她流了很多鼻涕。她的目光从他身上移到了步枪的末端。她轻轻地呜咽着，如同一只冻僵了的小狗。

吉姆惊慌地转过身。他的鞋跟踏在厨房的地板上，嗒嗒作响，但到了屋外，他又慢慢地向水槽走去。他的喉咙里有一股咸味，他的心在剧烈地跳动着。他脱下帽子，把头浸入水中。然后弯下腰，哇哇大吐起来。在屋子里，他能听到耶尔卡走动的声音。她像小狗一样呜咽不止。吉姆直起身子，虚弱而眩晕。

他疲倦地穿过畜栏，走进牧场。他呼哨一声，那匹装好鞍子的马就过来了。他下意识地系紧缰绳，骑上马，沿路骑向山谷。粗矮的黑影在他身下移动着。皎洁的月亮高高挂在空中。不安的狗发出一成不变的吠叫声。

黎明时分，两匹马拉着一辆平板马车来到牧场的院子里，鸡吓得四散逃开。一个副县治安官和一个验尸官坐在座位上。吉姆·摩尔在马车厢里半靠在他的马鞍上。他那匹疲倦的骟马跟在后面。副县治安官拉下刹车，把绳子缠在车上。三人下了马车。

吉姆问："我是不是一定要进去？我太累了，极度紧张，看不了那场面。"

验尸官拉起嘴唇，仔细考虑了一下。"我想你不必进去。我们可以搞定，再四处看看。"

吉姆信步朝水槽走去。"喂，"他喊道，"能不能稍微清理一下？你们知道的。"

那两个人进了屋。

几分钟后，他们抬着那具僵硬的尸体走了出来。尸体用一床被子裹着。他们小心翼翼地把尸体放进车厢。吉姆向他们走去。"用不用我和你们走一趟？"

"你妻子呢，摩尔先生？"副县治安官问。

"我不知道，"他疲倦地说，"应该就在附近。"

"你确定你没有把她也杀了？"

"没有。我没碰她。我会去找她的，下午就带她过去。前提是你们现在不要我跟你们一起走。"

"我们有你的口供，也看过现场了，是不是，威尔？"验尸官说，"当然你会被指控谋杀，但指控一定会被驳回。这一带向来如此。摩尔先生，不要对你妻子下狠手。"

"我不会伤害她的。"吉姆说。

他站在那里，看着马车颠簸着驶走了。他无奈地在尘土中踢着脚。六月的骄阳从山头露出脸来，将灿烂的阳光照射到卧室的窗户上。

吉姆慢慢地走进屋子，拿出一根九英尺长的牛鞭。他穿过院子，走进谷仓。当他爬上草垛的梯子时，他听到有尖锐的小狗般的呜咽声响起。

吉姆又从谷仓里出来，肩上扛着耶尔卡。他把她轻轻地放在水槽旁的地上。她的头发上挂着干草，衬衣背后布满了一道道血痕。

吉姆在水管边把手帕弄湿，洗了洗她那咬破的嘴唇和她的脸，把她的头发向后梳好。她乌黑的眼睛注视着他的一举一动。

"你伤害我了，"她说，"你把我伤得很重。"

他严肃地点点头。"的确很重，再重一点，你就没命了。"

太阳炙烤着大地。几只绿头苍蝇嗡嗡地飞来飞去，寻找着血迹。

耶尔卡的厚嘴唇形成了一个笑容。"你吃早餐了吗？"

"没有。"他说，"还没有。"

"那好吧，我给你煎几个鸡蛋。"她忍着痛，挣扎着站起来。

"我来帮你。"他说，"我来帮你脱掉衬衣。血干了，衣料粘在你的背上，会很疼。"

"不。我自己来。"她的声音异常洪亮。她睁着黑眼睛，灼灼地望了他一会儿，然后转身一瘸一拐地走进屋里。

吉姆坐在水槽边上等着。他看见烟从烟囱里冒出来，直升入空中。过了一会儿，耶尔卡从厨房门口喊他。

"进来吧，吉姆。你的早餐好了。"

四个煎蛋和四片厚培根放在温热的盘子里，等他去吃。"咖啡马上就好。"她说。

"你不吃吗？"

"不。暂时不吃。我的嘴太痛了。"

他狼吞虎咽地吃着鸡蛋，吃完抬头看着她。她的黑发梳得很光滑。她换上了一件干净的白衬衫。"我们今天下午到镇里去。"他说，"我订购些木材，我们在峡谷深处建一座新房子。"

她飞快地看了一眼关着的卧室门，目光随即回到他身上。"嗯。"她说，"那太好了。"过了一会儿，她又说，"你还会为这件事用鞭子抽我吗？"

"不，不会再为这件事抽你了。"

耶尔卡的眼里露出了笑意。她在吉姆旁边的椅子上坐下，他伸出手，抚摸着她的头发和颈背。

[以] 施穆埃尔·约瑟夫·阿格农（1888—1970）

Shmuel Yosef Agnon

以色列作家，希伯来文小说家。

出生在加利西亚巴哈奇小镇，没有上学，由父母教育。最早用意第绪语写作，后改用希伯来文。1907 年至 1913 年在巴勒斯坦一带从事文学活动。后去柏林、莱比锡等地从事写作兼做出版工作。作品大多表现欧洲犹太人的生活，如小说《婚礼的华盖》。

1966 年，瑞典文学院宣布授予阿格农诺贝尔文学奖，阿格农是首位获得诺贝尔文学奖的希伯来文学家。

丢失的书 [1]

[以] 施穆埃尔·约瑟夫·阿格农

钟志清 译

　　施玛利阿·达扬是我们镇上的拉比法官，研习法律，通晓《犹太律法大纲》[2]，尤其是通晓其他拉比不太关注的日常生活祈祷书《生活之道》[3]。在有关《生活之道》的所有注释文献中，他最钟爱的是玛根·亚伯拉罕拉比的注文。

　　当然，玛根·亚伯拉罕的注文过于简短、晦涩，令人费解。因为玛根·亚伯拉罕尽管学识渊博，但却贫穷，无钱买纸书写，习惯在桌面、墙壁上写下其中篇故事，每每手上有一张纸，便将思想整理出来，用极简洁的语言迅速记下其精髓。

　　由于钟爱玛根·亚伯拉罕的注文，施玛利阿拉比亲自向每位学生说明、阐释、解说，使学生能够理解并领会。我说不好玛根拉比潜心这项工作有多少年之久。至于施玛利阿拉比，听说是耗费十二年界定、阐明、解释每一个词语。未留下任何没有解释的

1　引自外语教学与研究出版社于2019年出版的《丢失的书——阿格农中短篇小说选》。

2　即Shulhan Arukh，是16世纪约瑟夫·卡罗拉比撰写的犹太律法，中文取徐向群先生译法。

3　即Orah Hayyim，为《犹太律法大纲》中的第一章。

疑难段落。最后，他进行重新检查，未发现任何有待增减之处。

他叫人去请装订工人把纸张装订成册，欣欣然陶醉在印刷出版书稿的奇思妙想之中。

装订工人拿着一捆稿纸前来。

施玛利阿拉比拿起其著作对装订工人说："把这些稿纸装订在一起给我弄成一本书。"

装订工人把自己带来的纸搁置一边，捡起施玛利阿拉比的手稿。他用装订工特有的方式审视其薄厚、大小，考虑用何种纸板、封面，用兽皮还是用布来进行包装。

装订工人审视施玛利阿拉比的手稿时，拉比开始注意到装订工放在桌上的纸张，他说："你放在这里的是什么？"装订工回答："我要装订的一本新书。"拉比说："我看一看。"装订工人放下拉比的著作，把自己带来的那本书交给他。

那本书名叫《半个舍克勒》，是大学者撒缪尔·哈列维·科林拉比对玛根·亚伯拉罕为《犹太律法大纲》和《生活之道》所作注文的评注。

施玛利阿拉比的目光一遍遍地投在书上，说："这是一部最最令人满意的评注——精当，闪烁着真理的韵光。"他又叹息道："他人先于我成就此事，我则没必要做此著述了。"

他因什么都没做成而烦劳了装订者而向其致歉，将自己的著作原样放回，既不装订也不发表。

四五代人之后，此书到了我手里。何以至此？我在小镇上的大教堂的屋顶上搜寻，那里放着许多破损的书籍，人们把书从那里运到墓地，埋在陶土墓穴当中。他们先是把它们埋在正人君子的墓中，后来又把它们埋在像我提到的失败者的墓中。

我捡起书，掸掉灰尘。我把所有手稿放在一起，排好顺序。展现在面前的竟是一部完整的著作。

我走到墙上的一排枪眼前，在这里犹太人曾与前来进犯小城的鞑靼人发生过一场枪战。我不再走马观花地翻阅此书，而是这儿那儿都读上一点儿。发现那是对玛根注文的注释，我知道那正是施玛利阿拉比的著作。在这本著作中，我发现了在《半个舍克勒》及其他自己所知道的著作中找不到的东西，施玛利阿拉比看到自己十二年的心血白白耗尽后是如此难过，然而却未意识到其革新之处。

我走进古旧的书屋，想看看讨论玛根·亚伯拉罕的著述，在那些文字中，并未发现施玛利阿拉比所做的创新。

我把施玛利阿的创新之处指给我的父亲兼老师——一位记性好的谦谦君子——看了，还给另几位学者看了。他们考虑再三之后说："施玛利阿拉比的注释很好，与前人有精微差别，其见解值得一提。"我为这样一个努力研读律法而其言论尚未被发现有足够援引价值的智者感到难过。我想将其学说从湮没中拯救出来。我生出出版一本书之念，但又自言自语，那样会有何益处？只是意味着另一捆著述从一处流到另一处，充其量是在一个堆满古旧书屋的地方结束。

几乎就在那时，我在《观察家报》上看到了有关耶路撒冷金兹·约瑟夫图书馆（称作犹太民族和大学图书馆）的情况。报上登了则消息，要求出版商及作家等把图书送到图书馆。在我看来，全世界似乎都读了这则消息，世界各地之人纷纷把书送到耶路撒冷。我想，人们都对耶路撒冷有所贡献，而布克扎克兹却没贡献什么，所以就让我把施玛利阿拉比的书送到耶路撒冷去吧。

找不到送书人，我自己也没足够的钱通过邮局寄送。父亲偶尔给我的一点点钱被花在我认为该花的地方，诸如捐献给犹太民族基金会，缴纳复国主义团体的会员费，捐助给无名无姓的穷人；或偶尔买上一本新书。怎么办呢？我学律法时，得早早地起来，晚上才离开书房，母亲习惯于每星期一给我两个十字币[1]，所以肚子饿时，就可以买上一块饼干或是一片水果。我自言自语，母亲为儿子学习所做的事我将做给施玛利阿拉比。于是我对母亲说："我读到一个很难的段落，不回家吃午饭了。"母亲为此很难过，同时又因律法又一次让我感到亲近而欣喜。那时，我对律法的兴趣已经消减，而痴迷于这本连上帝都不屑一顾的小书。但是为把此书送到耶路撒冷，我把律法当成借口。母亲便从家用中拿钱给我。于是在那一天以及以后的一些日子里，我没买饼干和水果，而是一便士一便士地攒在一起，直到足以把书寄送到耶路撒冷。

我到镇上一位犹太复国主义者开的小店中买下结实的纸和崭新的绳子，并未告诉他买绳子和纸是为了何用，免得他会以为我要砍价。上帝晓得他开店不是为了施舍。

买过绳和纸后，我回到家里，拿着手稿，仔细地看了一两遍，把手稿包进纸里，用绳系好。接着，坐在那儿写下金兹·约瑟夫图书馆馆长的名字和目的地耶路撒冷。这一次我不但写了耶路撒冷一词，还加上国家名，是巴勒斯坦而不是以色列，以纪念圣殿被毁。

我检查了一下包裹，发现它可以寄出去了，就拎上包裹来到邮局。

1　旧时德国和奥地利的一种货币单位。

有时，做有些事是出于喜欢，但却并不急于将其完成。我对施玛利阿拉比一书便是这样。我像个小孩儿一样紧紧拿着纸风筝；尽管风筝是为了让它在空中飞翔，但孩子却抓住它不让它离手。为什么呢？因为只要它停在他手里，它就属于他，但若是让它飞走了，它就会在天空中远远地消失，而他便两手空空。我知道我弄这个包裹是想把它寄到耶路撒冷去，可只要包裹在我手中，我便同耶路撒冷有联系。一旦撒手，它会去耶路撒冷，而我却待在布克扎克兹，但双腿还是把我带进了邮局。

我走进邮局后，站在一群供布克扎克兹商人差遣、把货物寄往世界各地的听差仆童中，尽管整个房间只有我一个人准备寄东西到耶路撒冷，但我不慌不忙，站在那里，直到人们全都走光，我还是站在原地不动。

职员看到我说："你带什么来了？"

我站在那里举了举包裹。他点头示意要我过去，我走了过去。

他拿起包裹，友好地看着我，因为耶路撒冷依旧与每个人的心灵靠得很近，即使他是个小职员。他甚至多给了一张写着耶路撒冷字样的收据。

从邮局回到家里后，我重新开始做以前做过的事，如复国主义者该做的事，做点那时依然依靠父母的犹太孩子们应该做的事。除此之外，写有关锡安山和耶路撒冷的诗。

我说不出是有关锡安山和耶路撒冷的诗把我带到了耶路撒冷，还是我自己对锡安山和耶路撒冷的思念之情促使我作诗。随便哪一种吧，回以色列定居是我人生一大幸事。

定居耶路撒冷之前，我在雅法住了一年。我用自己特有的方式劝说自己正在接受是否对雅法满意的检验，所以我在那儿耽搁了一年才去耶路撒冷。不要为我的这类话感到震惊，仿佛是我认为自己有资格接受检验。其实未在以色列居住的任何人均被检验他是否有资格住在以色列，以色列的每个人均被检验他是否有资格住在耶路撒冷。所以我在雅法及其郊区住了一年后，便打点行装，拎起背包，来到耶路撒冷。

哈赞安息日[1]之夜太阳落山前我进了耶路撒冷的城门。倘若上帝与我同在，我会告诉他我幸运地抵达耶路撒冷时发生的一切。眼下我会讲述那本书的事。

我放下行李背包，洗去路上的灰尘，换上安息日服装，跑向哭墙。从哭墙去赫瓦赫犹太会堂，又从那儿去其他会堂，去旅馆，去明灯闪闪的大街。耶路撒冷尽管孤独凄凉，但月亮，承蒙神恩，未停止向它投下光环。

阿弗月第九天之后，耶路撒冷的朋友带我去耶路撒冷一些备受大家喜爱的地方。最后，将我带到金兹·约瑟夫图书馆，那时我们相信那里存放着所有犹太学著作。那时候我们的信仰多么强烈啊！

在去图书馆的路上，我向朋友讲起许多年前我曾将施玛利阿的书寄给这家图书馆的事。我想到布克扎克兹，开始谈起它。或许说得过多，引起他们不满，因为那时，现今被我们称作"第二代阿利亚"[2]的新到以色列的人得设法忘却其出生地，倘若不能忘

1　阿弗月第九天之前的安息日是哈赞安息日，阿弗月是犹太历的第十一个月，第九天为斋戒日。

2　指在第二次阿利亚时期移居巴勒斯坦的人，第二次阿利亚指1904年至1914年犹太人较大规模移居巴勒斯坦的运动。

却，他们得设法不去提起，因为新的活动中心需要新的思维框架。

一位朋友笑我说："你甚至在到达以色列之前，便在耶路撒冷留下记号了。"

我们到了图书馆，两位图书管理员中的一位友善地给我们看各种图书，对每本书他都要说："这本书在世上绝无仅有，十分独特，是从某某处得来的礼物。"尤其对比亚韦斯托克的约瑟夫·查萨诺维茨博士大加赞赏，他为了在耶路撒冷收集大量图书而拒绝食用面包。

我们看着书籍，个人有个人不同的眼光，人人都说出一个词表达自己的感受。离开的时候，我对图书管理员说："我也曾往耶路撒冷寄过一本书。"

图书管理员问我书名。我告诉他它没有书名以及情形是怎样的，我是哪年寄的，收件人写的是某某人。我站在那里，讲述我所知道的一切，没注意区别何事相关何事不相关。要不是朋友想要看城中其他的地方，我会给图书管理员讲出施玛利阿拉比的一个中篇传奇。那年月我拥有如此惊人的记忆力，图书管理员喜欢听有关律法智慧的某些东西。

"我去找找这本书。"图书管理员说。他从一个房间来到另一个房间，从一个书架来到另一个书架。他检查了所有书架后说："我找遍了，但没找到。他那本书若是寄到我这里，我会找到的。它也许放在未装订的那些书中，由于缺乏经费，许多书堆在那里未拿出去装订。没关系，我找找，若是找到了，便拿给你看。"

我满怀感激地离开图书管理员。他的目光证明他有一副好心肠，会帮忙的。

我一次又一次去图书馆，多次去向管理员讲。我一提施玛利阿拉比的书，管理员会说："我还没找到呢，要是今天找不到，就明天吧。"

岁月荏苒。图书管理员离开了这个世界，接替他的人也已去世，但是书却没有找到。

真遗憾那本书竟然丢了。

[日] 川端康成（1899—1972）

かわばた やすなり

　　出生于大阪，幼年父母双亡，其后祖父母又陆续病故，幼年和少
年在孤苦的困顿中度过。

　　他从中学时代起就热爱文学，中学毕业后进入东京帝国大学专修
日本文学，与一群文学青年创办了同人刊物《文艺时代》杂志（1924—
1927）。一生创作小说一百多篇，主要作品有《伊豆舞女》《雪国》《古
都》《千只鹤》等。其作品富有抒情性，强调捕捉瞬息间的纤细感觉，
追求感官上的静止的"美"。

　　1968 年，川端康成"由于他高超的叙事文学以非凡的锐敏表现了
日本人的精神实质"而获得诺贝尔文学奖。

伊豆舞女

[日] 川端康成

高慧勤 译

一

山路变成了羊肠小道，眼看就到天城岭了。这时，雨脚紧追着我，从山麓迅猛而至，将茂密的杉林点染得白茫茫一片。

那一年，我二十岁，戴一顶高等学校的学生帽，穿着蓝地碎白花的上衣和裙裤，肩上背着书包。独自在伊豆旅行，已经第四天了。在修善寺温泉过了一夜，在汤岛温泉住了两宿，然后，便穿着高齿木屐上了天城山。我虽然迷恋那秋色斑斓的层峦叠嶂、原始森林和深幽溪谷，可是，一个期望却使我心头怦怦直跳，匆匆地赶路。这时，豆大的雨点开始打在身上。我跑着爬上曲折陡峭的山坡。好不容易奔到岭上北口的茶馆，舒了口气，却在门前怔住了。真是天遂人愿。那伙江湖艺人正在里面歇脚。

舞女见我呆立不动，随即让出自己的坐垫，翻过来放在旁边。

我只"啊……"了一声，便坐到上面。因为爬山的喘息和慌乱，连句"谢谢"都哽在喉咙里没说出来。

我与舞女相对而坐，挨得又近，就慌忙从衣袖里掏出香烟。舞女又把女伴面前的烟缸挪到我身旁。我仍旧没有作声。

舞女看上去像有十七岁了。梳了一个大发髻，古色古香，挺特别，我也叫不出名堂。这发型使那张端庄的鹅蛋脸，愈发显得

424

娇小，但很相称，十分秀丽。仿佛旧小说里的绣像少女，云鬟画得格外蓬松丰美。舞女的同伴里，有个四十岁的妇女，两个年轻姑娘，还有一个二十五六的男子，穿了一件印有"长冈温泉旅馆"字样的号衣。

此前，舞女一行我曾见过两次。头一次是我来汤岛的路上，他们去修善寺，在汤川桥附近相遇。当时有三个年轻姑娘，舞女提着大鼓。我不时回头张望，萌生了一股天涯羁旅的情怀。后来一次，是到汤岛的第二天晚上，他们来旅馆卖艺。我坐在楼梯中间，聚精会神，看舞女在门口地板上起舞。心想，他们那天在修善寺，今晚在汤岛，明天大概要翻过天城山，南下去汤野温泉吧？天城山路五十多里，准能追得上。就这样，我一路胡思乱想，急匆匆地赶来。为了躲雨，居然在茶馆里不期而遇，不免有些张皇失措。

过一会儿，茶馆老太婆把我让进另一间屋。屋子似乎平时不用，没装拉门。朝下望去，山谷清幽，深不见底。我皮肤起了鸡皮疙瘩，牙齿咯咯作响，浑身打起战来。就对端茶来的老太婆说："好冷啊！"

"哎哟，敢情少爷身上都淋湿了！快到这边烤烤火吧，把衣裳烤干。"说着，便殷勤地把我领到自家的起居室里。

那屋里生着地炉，一开拉门，热气就扑面而来。我站在门槛上有些迟疑。因炉边有个盘腿坐着的老人，浑身又青又肿，好似溺死的人。一双眼睛连瞳孔都黄得像烂了一样，恹恹无力地望着我。身边的旧信旧纸袋堆积成山，不妨说他人已埋在废纸堆里了。我站在门口，只管怔怔地瞧着这个山中怪物，简直像个活人。

"真是丢人现眼，让您见笑……是我老伴，不用担心。虽然怪

425

寒碜的，可他动弹不了，请将就些吧。"老太婆抱歉地说。

据她讲，老人已中风多年，全身瘫痪。那堆纸是各地寄来的信，介绍治中风的方子，以及按方抓药，各地寄药的纸袋。只要是治中风的方子，不管是听翻山越岭的过往旅客说的，还是看报上广告登的，他都一个不漏，各地打听，到处求购。这些信和纸袋，老人一件也不扔，全摆在身边，日相厮守。经年累月，废纸就堆积成山了。

听她这番话，我无言以答，只是在地炉边上俯首烤火。汽车越过山岭，震得房子直颤。这山上，秋天就这么冷，不久便要盖满白雪，这老人为什么不下山呢？我心里寻思着。我衣服上水汽蒸腾，炉火烤得人头昏脑涨。老太婆到店面去同女艺人她们聊天去了。

"是吗？上回带来的小丫头都这么大了？长成了大闺女，你也得济了。出挑得这么俊！真是女大十八变呀。"

差不多一小时的光景，听动静，那伙艺人像似动身了。我也坐不住了，心里只是干着急，却没勇气站起来。尽管她们一向跋涉惯了，可终究是女人家，我即便落后个两三里，跑上一阵也能追上。心里虽然这样盘算，坐在炉边，却好比热锅上的蚂蚁。不过，舞女她们一旦离开，我反倒没了拘束，竟空想联翩起来。老太婆把他们送走后，我问道：

"那些艺人，今晚住在什么地方呢？"

"那种人，谁知道他们住哪儿呀，少爷！还不是哪儿有客人就住哪儿！哪儿有什么今晚可投奔的去处呢。"

老太婆的口吻甚是轻侮，引得我竟转出这种念头来：既然如此，今晚就叫舞女在我屋里过夜吧。

426

雨势渐小，峰峦渐明。老太婆虽一再挽留，说是再待上十分钟，就会雨过天晴。可我再也坐不住了。

"老大爷，您多保重啊。天要冷起来了。"我由衷地说道，然后站了起来。老人吃力地动了动发黄的眼珠，微微点了点头。

"少爷！少爷！"老太婆边喊边追出来，"您这么破费，真过意不去呀，太对不住您了。"

于是，抱住我的书包不肯撒手。我几经辞谢，她都不听，说要送我到前边。颠颠儿地跟在后面，走出一百来米，一再念叨那两句话。

"实在不好意思。太怠慢了。我会记住您的模样儿。下次路过再谢您吧。下次可一定要来啊。我决不会忘记您的。"

我只是留下一枚五角银币罢了，她竟大出意外，感激得老泪都快流出来了。我一心想快些追上舞女，而老太婆步履蹒跚，反而误事。终于来到岭上的隧道口。

"谢谢了。老大爷一人在家，请回吧。"见我这样说，老太婆这才放开书包。

走进昏暗的隧道，冰凉的水珠吧嗒吧嗒地滴落下来。前面，有一点小小的亮光，是去往南伊豆的出口。

二

一出隧道口，山路的一侧便竖着一道白漆栏杆，像闪电那样蜿蜒曲折。放眼望去，山脚下好似一个模型，看得见艺人们的身影。走了不到两里路，我追上他们。但又不好马上放慢脚步，便故作冷淡，越过那几个女人。而那男子，一个人走在前面二十来米外，见到我便停下了脚步。

"您脚力真不赖呀……恰好天晴了。"

我松了口气，与他并肩走了起来。他接二连三地向我问这问那。几个女的见我们攀谈，便啪嗒啪嗒从后面跑上前来。

他背着一个大柳条包。四十岁的女人抱着小狗。两个姑娘，大的背着包袱，小的背着柳条包，每人都拿着挺大的行李。舞女则背着大鼓和鼓架。四十岁的女人也渐渐同我搭起话来。

"是高等学校的学生哪。"大姑娘跟舞女悄悄说道。

我一回头，舞女正笑盈盈地说：

"就是嘛！这我也看得出来。学生也到岛上来的呀。"

他们一行是大岛波浮港的人。说是春天离开岛上之后，一直四处卖艺，眼看天气转冷，又没有做过冬的准备，所以，打算在下田待上十来天，然后再从伊东温泉回到岛上。一听说大岛，我更感到有种诗意，便又端详起舞女那头秀发，向他们打听大岛的种种情况。

"来游泳的学生很多，对吧？"舞女对女伴说。

"是在夏天吧？"我回头问道。

舞女慌忙小声回答："冬天也来……"

"冬天也来？"

舞女仍旧看着女伴吃吃地笑。

"冬天也能游泳吗？"我又问了一句，舞女脸上飞红，神情极其认真，微微点了点头。

"真是傻丫头。"四十岁的女人笑道。

去汤野要沿着河津川的溪谷往下走二十多里。一翻过山，连山峦和天色都是一派南国气象。我和那男子不停地交谈，已经十分稔熟了。过了荻乘、梨本这些小村庄，山麓下，便展现出汤野的草屋顶。这时，我打定主意，说要同他们一起去下田玩。他非常高兴。

到了汤野的小客店前，四十岁的女人露出告别的样子，那男子代我说道：

"他说，要跟咱们搭个伴儿呢。"

"那可不敢当。不过，'出外靠旅伴，处世讲人情'。就算我们这种下贱的人，也能给您解解闷儿。就请上来歇歇脚吧。"她不在意地答道。姑娘们一齐望着我，并没有大惊小怪，只是一声不响，有点忸怩。

我和他们一起上了客栈的二楼，放下行李。席子和隔扇又旧又脏。舞女从楼下端来了茶水。在我面前刚坐下，就羞红了脸，哆嗦着手，茶杯差点儿从茶托上滑下来，她就势放到席子上，茶水全洒了出来。见她那不胜娇羞的样子，我一下愣住了。

"哎哟，好丢人！这丫头懂得害羞了。啧啧……"四十岁的女人显得十分惊讶，蹙起眉头，把手巾扔了过去。舞女拾起来，拘谨地擦着席子。

这意外的话，使我猛醒。在山上被老太婆挑起的妄念，扑哧一下，断了。

这工夫，四十岁的女人眼睛不住地打量我，忽然说道：

"您这件蓝地碎白花的衣裳真不错呢。"还盯住身旁的姑娘一再问：

"他这件碎白花的花纹，跟民次那件一样哩。你说，是不是？花纹一不一样？"然后对我说道：

"我有个上学的孩子留在老家，这会儿想起那孩子来了。少爷

429

穿的，跟他的那件碎白花的一色一样。近来蓝地碎白花布贵得很，真要命。”

“他上什么学校？”

“普小五年级。”

“噢，都上五年级了，那……”

“上的还是甲府的学校哪。我们一直住在大岛，老家可是甲斐的甲府。”

歇了一个来小时，那男子把我领到一家温泉旅馆。本来，我只想能和他们同住一家小客店里。我们从街上朝下走了一百来米的石子路和石头台阶，然后，渡过河畔公共浴场旁的小桥。桥对面便是家温泉旅馆。

我在旅馆的室内温泉洗澡，随后那男子也进来了。他说，他快二十四了，妻子怀过两次孕，一次流产，一次早产，两个孩子都死了。见他穿着长冈温泉的号衣，起先以为他是长冈人。从长相和谈吐来看，也挺有见识。所以我曾猜想，他或者是好事，或者是迷上了卖艺的姑娘，才给她们背行李一路跟了来。

洗完澡，立刻吃午饭。早晨八点离开的汤岛，这时已快三点了。

临走，他在院子里仰头望着我，与我告别。

“拿这个买些柿子吃吧。从楼上扔下去，失礼啦。”说着，我把包好的钱扔下去。他推谢，想走掉，见纸包落在院子里，便踅回来捡了起来。

“这么着可不行。”说着便抛了上来，落在茅屋顶上。我又扔了一次，他才拿走。

黄昏时分，大雨倾盆。群山已分不出远近，茫茫苍苍一片白。前面的小河，眼看变得又黄又浑，水声喧腾。这么大的雨，舞女她们恐怕是不会来卖艺了。我心里尽管这样想，却仍是坐立不安，就几次三番地去洗澡。屋里半明不暗的。与隔壁相邻的隔扇上面，开了一个方洞，电灯就吊在横梁上，两室共用一盏灯。

"咚，咚，咚咚……"暴雨声中，远处隐约响起了鼓声。我打开挡雨板，那劲头都能把门抓破，我探出身去。鼓声越来越近了。风雨吹打着我的头。我闭上眼睛，侧耳凝听，想弄清鼓声究竟来自何处，又如何传到这里。少顷，又传来了三弦声。听见女人曼声的尖叫，还有热闹的嬉笑。于是，我明白了，艺人们是给叫到小客店对面饭馆的酒宴上了。听得出来，声音里，有两三个女的，夹杂着三四个男的。等那边结束了，该会转到这里来吧？我这么盼望着。然而，酒宴已不只是热闹，简直近于胡闹了。女人刺耳的尖叫宛如闪电，时时划过黑暗的夜空。我的神经绷得紧紧的，一直敞着门，动也不动地闷坐着。每次听见鼓声起，心头便赫然一亮。

"啊，舞女还在酒宴上。正坐着敲鼓哪。"

鼓声一停，我就受不了。身心仿佛已沉没于暴雨声中。

过了一会儿，也不知是追着玩儿呢，还是转着圈跳舞，响起一阵凌乱的脚步声。随后，一切寂然。我张大眼睛，想透过黑暗，看个究竟，这寂静意味着什么。我心中烦忧，今晚舞女会不会遭人玷污呢？

我关上挡雨板，钻进被窝，可心里依然痛苦不安。于是，又去洗澡。狂乱地搅动温泉水。这时，暴雨初霁，明月当空。雨后的秋夜，澄明似水。我心想，即便溜出浴池，赤脚赶到那里，也无济于事。这会儿，已是夜半两点多了。

三

第二天早晨，才过九点，那男子就到旅馆来了。我刚起床，便约他去洗澡。时值南伊豆的小阳春天气，长空一碧，明媚已极。浴池的下方，小河涨了水，沐浴在温煦的阳光下。自己也觉得昨夜的烦恼，恍如一场春梦。我向那男子试探地说：

"昨晚好热闹呀，一直闹到很晚吧？"

"哪里。都听见了？"

"当然听见了。"

"都是些本地人。净瞎胡闹，一点意思也没有。"

他一点声色都不露，我只好不再作声。

"对面浴池里，她们几个也来了。你瞧，好像看见咱们了，还笑哪。"

顺着他指的方向，我朝河对面的公共浴场望去。热气蒸腾中，有七八个光着身子的人，若隐若现。

忽然，一个裸女从昏暗的浴池里头跑出来，站在更衣场的尖角处，那姿势就像要纵身跳下河似的，张开两臂，喊着什么。她一丝不挂，连块手巾都没系。她正是那舞女。白净的光身，修长的两腿，像一株幼小的梧桐。望着她，我感到心清似水，深深地吁了口气，不禁笑了起来。她还是个孩子啊。看见我们，竟高兴得赤条条地跑到光天白日里，踮起脚尖，挺直身子。这真是个孩子啊。我好开心，爽朗地笑个不停。仿佛尘心一洗，头脑也清亮起来。脸上始终笑眯眯的。

舞女那头秀发非常浓密，我当她有十七八了呢。再说，她打扮成大姑娘的样子，以至于我才会有那么大的误会。

432

我和那男子刚回房间不久，大姑娘就到旅馆的院子来看菊圃。舞女走到桥中间，四十岁的女人恰好从公共浴场出来，望着她俩。舞女一缩肩膀，笑了笑，意思是：会挨骂的，得回去啦。转身赶紧走了。四十岁的女人来到桥前，招呼说：

　　"请来玩啊。"

　　"请来玩啊。"大姑娘也跟着说了一句，几个女的都回去了。那男子一直待到傍晚。

　　晚上，我正和做纸生意的行商下围棋，忽然听见旅馆院内响起鼓声。我想站起来，便说：

　　"卖艺的来了。"

　　"嗳，没意思，那玩意儿。来呀，来呀，该你走啦。我下这儿了。"他点着棋盘说，一心只想争个胜负。我却心不在焉，这时，艺人们好像要回去，那男子在院子里向我打招呼：

　　"晚上好。"

　　我走到廊下，朝他招招手。艺人们小声商量了一会儿，然后绕进大门。三个姑娘跟在男的身后，挨着个寒暄：

　　"晚上好。"手拄在廊下的地板上，像艺伎那样行礼。棋盘上，我顿时现出败相。

　　"这下没救了。我认输。"

　　"没的事。我这棋才糟呢。反正不相上下。"

　　纸商对艺人连瞧都不瞧，一一数起棋盘上的棋子，然后，下得越发用心。几个女的把大鼓和三弦什么的，都归置到角落里，然后在象棋盘上玩起五子棋来了。这工夫，本来该我赢的棋，却输了。纸商还死乞白赖地说：

　　"怎么样？再来一盘吧，再来一盘好不好？"

我不置可否地笑笑，纸商只好死心，起身走了。

三个姑娘都凑到围棋盘跟前。

"今晚还要去别处转吗？"

"要去的，不过……"那男的瞅着姑娘们说，"怎么样？今晚就算了，咱们玩会儿吧？"

"太好了！真开心！"

"不会挨骂吗？"

"怎么会呢。再说，没客人，反正是白转悠。"

于是，她们就摆起五子棋来，一直玩到过十二点才走。

舞女回去后，我毫无睡意，脑子十分清醒，便到走廊上喊道：

"老板！老板！"

"来喽……"快六十的老头子，从屋里跑出来，劲头十足地答应着。

"今晚杀他个通宵！下到天亮！"

我也斗志昂扬起来了。

四

我们约好第二天早晨八点从汤野出发。我戴上在公共浴场旁买的鸭舌帽，把高等学校的学生帽塞进书包里，朝着沿街的小客店走去。二楼上的纸拉门大敞着，我不假思索走了上去，艺人他们还睡在被窝里。我不知所措，呆呆地立在走廊上。

舞女就睡在我脚旁的铺上，脸一下红了起来，急忙用手捂住。她和二姑娘睡在一起。昨夜的浓妆还残留在脸上。嘴唇和眼梢微微发红。这楚楚动人的睡态，深深印在我心上。她像怕晃眼似的手捂着脸，一骨碌翻身出了被窝，坐在走廊上。

"昨晚上多谢啦。"说着，还优雅地鞠了一躬，这倒叫我站在那里很尴尬。

那男子和大姑娘同睡一个铺盖。没看见这情景之前，我压根儿不知道他俩还是夫妻。

"真对不住您哪。本来打算今儿走，可晚上有个饭局，准备再待一天。您要是非今儿走不可，那就下田再见吧。我们订的客店是甲州屋，一打听就知道。"四十岁的女人从铺上欠起身子说。我感觉好像被人甩了似的。

"明天走不行吗？妈非要再拖一天不可。路上还是有个伴儿的好。明天一起走吧。"那男子说。四十岁的女人便又补充道：

"就这么着吧。您现巴巴儿地跟我们做伴，我们却只顾自己，太对不住您了……明儿就是下刀子也得走。后天是我们那个死在路上的小囡的七七。早就打算到那天，在下田做七七，尽点心意。我们这么急急忙忙赶路，为的就是要赶在那天之前到下田。这话要说呢，有点失礼，不过，咱们还真有缘分，赶后儿个就请您也来祭祭吧。"

于是我也推迟一天动身，便下了楼。一边等他们起床，一边在脏兮兮的账房里，同客店的人闲谈。这工夫男的来邀我去散步。从大街朝南走不远，有座挺漂亮的桥。我们在桥上凭栏而立，他又说起自家的身世来。说他以前在东京，曾一度与那些新派演员混在一起，至今还常在大岛的码头上演戏。有时刀鞘会像脚一样从包袱里支棱出来，是在酒宴上拉架势演戏用的。柳条包里，尽是些服装道具和过日子用的锅碗瓢盆。

"我自误终生，落得穷途潦倒；哥哥倒在甲府继承了家业，兴旺发达。我这个人，唉，成了多余的了。"

"我一直以为你是长冈温泉的人呢。"

"是吗？那个大姑娘是我妻子。比你小一岁，十九啦。半路上，第二个孩子小产，活了一星期就断气了。她身子还没大恢复好。老的是她妈。跳舞的是我亲妹妹。"

"咦？你说有个十四岁的妹妹……"

"就是她呀。唯独这个妹妹，我想来想去，实在不愿叫她干这营生。可其中也有种种苦衷啊。"

然后他告诉我，他名叫荣吉，妻子叫千代子，妹妹叫薰。另一个姑娘叫百合子，十七岁，只有她是大岛人，雇来的。荣吉十分感伤，忍泪凝望着浅水湍流。

回来时，看见舞女已经洗去脂粉，正蹲在路旁抚摸小狗的头。我要回自己的旅馆，便说了句：

"来玩吧。"

"哎。不过，我一个人……"

"跟你哥一起来嘛。"

"马上就去。"

不大会儿工夫，荣吉来了。

"她们呢？"

"因为妈管着她们。"

我们俩刚玩了一会儿五子棋，她们就过了桥，咚咚地跑上楼来。照例先恭恭敬敬地行礼，然后坐在走廊上，迟疑不动，千代子头一个站起身来。

"这是我住的屋子。别客气，请进来吧。"

玩了有一个来小时，他们便到旅馆里的室内温泉洗澡去了。

还一再劝我一起去。因为有三个年轻女人，我就敷衍说，待会儿再去。可是，舞女马上一个人上楼来，给千代子传话，说：

"嫂子说要给您搓背，请您去呢。"

我没去洗澡，和舞女玩起五子棋来。不承想，她倒挺能下。比赛时，荣吉和其他两个女的，我不费吹灰之力就能赢。下五子棋，大抵都不是我的对手，但同她，我得全力以赴才行。无须手下留情，非常痛快。因为屋里只有我们两人，起初她离得老远的，要伸长胳膊才能下子。渐渐地，她忘其所以，专心致志，上身竟遮住了棋盘。那头美得异乎寻常的黑发，简直要碰到我的胸脯。蓦地，她脸一红，说道：

"对不起。要挨骂了。"扔下棋子就跑出去了。姆妈正站在公共浴场前。千代子和百合子也慌慌张张走出澡堂，连楼都没上便逃了回去。

这一天也是从早到晚，荣吉一直在我的住处玩。纯朴亲切的旅馆老板娘劝我说，请那种人吃饭，白糟蹋钱。

晚上，我去小客店，舞女在跟姆妈学三弦。一见到我便停下手来，姆妈说了她，才又抱起三弦。每次歌声稍高一些，姆妈就说：

"不是叫你不要那么大声吗？"

荣吉给叫到对面饭馆二楼的酒席上，不知在吟唱什么。从这边也看得见。

"他唱的什么？"

"那是……谣曲呀。"

"这谣曲，有点怪哩。"

"他是个万金油。谁知他唱的什么！"

这时，有个四十来岁的汉子，打开隔扇，叫姑娘她们过去吃东西。听说他在小客店租了间屋，是个卖鸡肉的。舞女便和百合子拿上筷子到隔壁去，吃他吃剩的鸡肉火锅。回到这屋时，卖鸡肉的轻轻拍了拍舞女的肩膀。姆妈就凶巴巴地板起脸。

"喂！别碰这孩子！她可是个黄花闺女哪。"

舞女却一口一个大叔地喊着，央求他念《水户黄门漫游记》给她听。可是，卖鸡肉的一会儿就走了。她不好意思直接求我接着念，便不住地跟姆妈嘀咕，似乎要姆妈开口求我。我怀着一个期望，拿起了话本。果然，舞女痛痛快快地靠近跟前。我一开始念，她就把脸凑过来，都快挨上我的肩膀，表情十分认真，眼睛闪着光芒，聚精会神地盯着我的前额，一眨也不眨。这大概是她听人读书时的常态。方才跟卖鸡肉的就快脸碰脸了。那情景我都看在眼里。舞女那又大又黑的明眸，顾盼神飞，是她最美丽动人之处。双眼皮的线条，有说不出的妩媚。而且，她笑靥如花。用"笑靥如花"一词来形容她，真是再恰当不过了。

过了一歇，饭馆的女侍来接舞女。她穿好衣裳对我说：

"我马上就回来，待会儿再接着念，好吗？"

然后，到了走廊上，两手扶着地行礼说：

"我走了。"

"可千万别唱歌！"姆妈说完，舞女拎起大鼓，轻轻点了点头。姆妈回头看着我说：

"她现在正在变嗓子……"

在饭馆的楼上，舞女端庄地坐着敲鼓。她的背影，宛如近在隔壁，看得很清楚。鼓声使我心荡，令我欢喜。

"有了鼓，这宴会才热闹。"说着，姆妈也转过头望着对面。

千代子和百合子也都到那酒宴上去了。

过了一小时，四个人一起回来了。

"只给了这么点儿……"舞女把攥在手里的五个银角子，稀里哗啦地倒在姆妈手上。我又读了一阵《水户黄门漫游记》。她们提起死在路上的婴儿。说孩子生下来像水一样透明，连哭的气力都没有。尽管那样，还活了一星期。

我对他们，既不好奇，也不轻蔑，压根儿忘掉了他们是些跑江湖卖艺的。我这种寻常的好意，大概沁透他们的心田。我决定等几时到大岛他们家去看看。

"要是住爷爷那间房子才好呢。那儿宽敞，再把爷爷弄出去，就清静了，住多久都行。还能够用功什么的。"几个人商量半天，然后对我说：

"我们有两座小房，山上那座一直空着。"

还说，等正月里请我去帮忙，大伙儿都要上波浮港演戏去。

我渐渐明白，他们虽然天涯漂泊，那心境却是悠闲自在，不失自然纯朴，并不像我当初想象的那样困厄劳顿。因为是母女兄妹，其间自有骨肉亲情的一条纽带维系着。只有雇来的百合子，十分腼腆，在我面前总是不声不响。

直到半夜，我才离开小客店。姑娘们送我出来。舞女把木屐替我摆好，在门口探头看了看天，夜空一派清明。

"啊，月亮……明儿就到下田啦，好开心呀。要给囡囡做七七，叫姆妈给我买把梳子，还有好多事呢。你带我去看电影好吗？"

下田港是座充满乡愁的城镇，令人怀念不已，凡是流浪到伊豆相模一带温泉浴场的艺人，无不把它看作天涯羁旅中的故乡。

439

五

同过天城山时一样，艺人他们拿着各自的行李。小狗将前爪搭在姆妈的胳膊上，一副老于行旅的神情。出了汤野，便又进山。海上的旭日，温煦地照着山腹。朝着旭日升起的地方望去，河津川的前方，河津海滨豁然展现在眼前。

"那就是大岛吧？"

"看着都那么大呢。您可要来啊！"舞女说。

也许秋空过于明丽，朝阳初起的海上，反倒烟霞缥缈，仿佛春日。从这里到下田，要走四十里路。有一段路上，大海时隐时现。千代子悠然地唱起歌来。

半路上，他们说，山间有一条小路，虽说险了点儿，却近了四里来路，问我，是抄近路呢，还是走平坦的大道？我当然挑了近路。

那是密林中的一条上坡路，满地落叶，又陡又滑。我累得直喘气，却不管三七二十一，手撑着膝盖，加快了步伐。眼看着他们几个落在后面，只听见林中传来的说话声。舞女撩起下摆，紧跟了上来，离我不到两米远，她既不想离得更近，也不愿落得太远。我回过头去同她搭话，她好似一惊，停下脚步，含笑回答。本想说话的工夫让她赶上来，便等着她，但她依然止步不前，直到我抬脚，她才迈步。峰回路转，更加险峻难行。从那段路起，我愈发加快步伐，舞女仍在我身后不到两米远，一心只顾往上攀登。空山寂寂。其他人远远落在后面，连说话的声音也听不见了。

"少爷家在东京什么地方？"

"不，我住在学校的宿舍里。"

"我也去过东京，赏花时节去跳过舞……不过，那时很小，现在什么都记不得了。"

然后，舞女有一搭没一搭地问我：

"您父亲在吗？""您去过甲府没有？"什么都问。还提起，到了下田要看电影啦，路上死去的婴儿啦，诸如此类的一些事。

终于爬到山顶。舞女把大鼓放在枯草中的凳子上，拿手巾擦了擦汗，接着刚要掸自己脚上的尘土，却忽然蹲在我跟前，给我掸起裙裤来了。我赶忙闪开身子，舞女咕咚一下，膝盖着了地。竟这么跪着给我周身上下掸了一通，然后，放下撩起的下摆，对还站着大口喘气的我说：

"请坐下吧。"

凳子的一侧，飞来一群小鸟。周遭一片寂静，只有小鸟飞落枝头时枯叶发出的沙沙声。

"干吗要走得那么快呀？"

舞女似乎很热。我用手指咚咚敲了两下鼓，小鸟便都飞走了。

"啊，真想喝水。"

"我去找找看。"

过了片刻，舞女从枯黄的杂木林中空手而回。

"在大岛，你都做些什么呢？"

于是，舞女没头没脑地提起两三个女孩的名字，说些我听了莫名其妙的话。她好像说的不是大岛，而是甲府。是她仅念过两年小学的那些同学的事。想到什么便说什么。

等了十分钟左右，三个年轻人也到了山顶。又过了十分钟，姆妈才到。下山时，我和荣吉故意落在后面，慢腾腾地边走边聊。刚走了半里路，舞女从下面跑了上来。

“下面有泉水。请快点来。都没喝，在等您呢。”

一听说有水，我就跑了起来。树荫下，一股清泉从岩间涌出。几个女的站在泉边。

“来吧，少爷请先喝。手伸进去，要弄浑，又怕女人先喝了，您嫌脏。”姆妈说。

我用手捧起清凉的泉水，喝了起来，几个女的却不肯就此离去。还要涮涮手巾擦擦汗。

下了山，走上去下田的大路，便见几处烧炭的青烟袅袅。我们坐在路旁的木材上歇脚。舞女蹲在路上，用把粉红的梳子梳理小狗的长毛。

“那不是要把齿儿弄断吗？”姆妈责备说。

“管它呢。反正到下田要买把新的。”

插在她头上的这把梳子，还在汤野的时候，我就打算向她讨过来，见她用来梳狗毛，觉得很不应该。

路的对过，有很多捆矮竹竿，我说了句“当手杖倒挺合适”，便和荣吉起身先走了。一会儿，舞女跑着追上来，拿了一根比她人还高的粗竹竿。

“你这是干吗？”荣吉一问，舞女有些着慌，把竹竿递到我面前说：

“给您当手杖使。我抽了一根顶粗的来。”

“那可不行。粗的一看就知道是偷来的，给人瞧见多不好。送回去！”

舞女踅回竹竿捆那里，随即又跑了过来。这回，给我一根有中指粗细的竹竿。然后倒了下去，背靠在田畦上，喘着粗气等她们三个。

我和荣吉始终走在前面，隔着十多米远。

"只要拔掉，镶颗金牙，不就行了嘛。"舞女的声音忽然传到我耳朵里，回头一看，她正和千代子并肩而行。姆妈和百合子还要落后几步。她们似乎没发现我回头，千代子说：

"那倒是。这话你告诉他不好吗？"

好像是在谈论我。千代子大概说我牙齿长得不整齐，舞女就提起镶金牙的事来。可能是在品评我的相貌吧。我对她们已有种亲切感，并不着恼，也无意再听下去。两人继续小声说了一阵，又听见舞女说：

"是个好人啊。"

"那倒是。是像个好人。"

"真是个好人呀。好人真好。"

那话语，透着单纯与率真。那声音，天真烂漫地流露出她的情感。老实说，连我自己也觉得，自己是个好人了。我心花怒放，抬眼眺望明媚的群山。眼内微微作痛。我都二十了，由于孤儿脾气，变得性情乖僻。自己一再苛责反省，弄得抑郁不舒，苦闷不堪，所以才来伊豆旅行。别人从世间的寻常角度，认为我是个好人，心里真有说不出的感激。群山之所以明媚，是因为快到下田海滨了。我挥舞那根竹杖，横扫秋草尖头。

途中，处处的村口都竖着牌子：

"乞丐与艺人，不得入村！"

六

甲州屋这家小客店就在下田的北口附近。我跟在艺人他们身后，上了像阁楼似的二楼。没有顶棚，坐在临街的窗畔，头便能碰到屋顶。

"肩膀痛不痛？"姆妈一再叮问舞女。

"手痛吗？"

舞女优美地做出敲鼓的手势。

"不痛。您看，能敲。还能敲。"

"那就好。"

我提了提鼓。

"哎呀，好沉呀。"

"比您想的要沉吧。比您的书包还沉哪。"舞女笑着说道。

艺人向店里别的客人热情地打招呼。都是他们卖艺、走江湖的同道。下田这个码头，似乎就是这样一些漂泊者的归宿。店家的小孩，摇摇晃晃走进房间，舞女给了他几个铜板。我正要离开甲州屋，舞女便抢先到大门口，给我摆好木屐，自言自语似的悄声说：

"记着领我去看电影啊。"

我和荣吉求一个像无赖似的人带了一段路，到了一家旅馆，说是老板原先当过镇长。洗完澡，和荣吉一起吃的午饭，菜里有新鲜的鱼。

"明天做法事，拿这个买束花供上吧。"

说着，把一个钱数很少的小纸包叫荣吉带回去。明天一早，我得乘船回东京了，因为旅费已经花光。我说是学校里有事，他们也就不便勉强挽留了。

吃完午饭不到三小时，又吃晚饭。然后，我独自一人朝北走去，渡过桥，登上下田的富士山，眺望海港风光。归途顺便去甲州屋，艺人他们正在吃鸡肉火锅。

"少爷也来吃点吧。虽说女人筷子先动过，不干净，以后尽可当笑料嘛。"姆妈说着就从行李里取出碗筷，叫百合子去洗了来。

明天就是婴儿的七七，哪怕再多待一天也好。他们又劝了我一通。我拿学校做挡箭牌，没有答应。姆妈一再说：

"那就等到寒假，大伙儿到船上去接您好了。事先告诉个日子。我们可盼着您哪。住旅馆可不行。我们会到船上接您哪。"

房间里只剩下千代子和百合子，我请她们去看电影，千代子捂着肚子说：

"我身子不舒服。走了那么多路，实在吃不消了⋯⋯"她面色苍白，已经筋疲力尽。百合子拘谨地低着头。舞女在楼下同店家的孩子玩，见了我，便央求姆妈让她看电影去。可是，她面无表情，木然走回这边，给我摆好木屐。

"那有什么？带她一个人去，不也可以吗？"虽然荣吉也极力劝说，姆妈仍旧不答应的样子。为什么不能带她一个人去呢？我实在纳闷。出了大门，舞女刚好在那里摸小狗的头。脸上冷冷的，我都没法儿跟她搭话。她仿佛连抬头看我一眼的气力也没有了。

我一个人去看的电影。女解说员在小煤油灯下读着说明书。我旋即离去，回到旅馆。在窗台上支肘枯坐，久久地凝视着夜幕下的街市。街市黑沉沉的。我觉得，仿佛远处不断传来隐约的鼓声。我无端地扑簌簌流下了眼泪。

七

动身那天早晨，七点钟吃饭时，荣吉在街上喊我。穿了一件印着家徽的黑外褂。大概为给我送行才穿的这身礼服。却没有看到她们几个。我顿感惆怅。荣吉进屋说道：

"她们都想来送您，可昨晚睡得太迟起不来，真对不住。她们说，盼着您冬天来，一定要来呀。"

街上秋风乍起，晓寒侵身。荣吉在路上给我买了四盒敷岛牌香烟，还有柿子和薰牌清凉散。

"因为我妹妹的名字叫薰。"他笑了笑说，"船上吃橘子不好，不过，柿子能止晕，可以吃点儿。"

"这帽子给你吧。"

我摘下鸭舌帽，戴在荣吉头上。然后从书包里掏出学生帽，抚平褶皱，两人笑了起来。

走到码头，舞女蹲在海边的身影，一下闯入我的心扉。直到我们走到她身旁，她都凝然不动，默默地低着头。脸上依然留着昨夜的浓妆，越发加重我的离情别绪。眼角上的两块胭脂红，给她似恼非恼的脸上，增添了一丝天真而凛然的神气。荣吉问道：

"她们也来了？"

舞女摇了摇头。

"还在睡觉？"

舞女点了点头。

荣吉去买船票和摆渡票的工夫，我变着法儿跟她搭讪，她都一声不响，只管低头望着水渠入海处。每次不等我讲完，她就频频点头。

这时，一个做小工似的汉子向我走来。

"大娘，这个人倒合适。"

"这位学生是去东京的吧？看您这人挺可靠，求您把这位老婆婆带到东京去行不行？老婆婆好可怜喔。她儿子在莲台寺的银矿上干活，得了流感，连儿子带媳妇全死了。留下这么三个小孙孙。走投无路哇，大伙儿合计了一下，还是叫她回老家吧。老家呢，在水户，可她任嘛儿不懂，等到了灵岸岛，送她坐上去上野的电车就行。给您添麻烦了，咱们这儿给您作揖，求您啦。瞧瞧她这形景，八成儿您也会觉得怪可怜的，是不是？"

老婆婆痴呆呆地站在那里，背上背着一个吃奶的孩子，一手拉着一个女孩，小的三岁上下，大的五岁左右。脏包袱里露出大饭团和咸梅干。五六个矿工在安慰她。我很爽快，答应照料她。

"那就拜托啦。"

"谢谢您啦。本来俺们该把她送到水户去，可是办不到啊。"矿工们一一向我道谢。

渡船摇晃得厉害。舞女依旧紧紧地抿着嘴，望着一边。我抓住绳梯，回过头去，她似乎想道一声珍重，却又打住了，只是再次点了点头。渡船已经返航归去。荣吉不停地挥舞着我方才送他的那顶鸭舌帽。直到轮船渐渐离去，舞女才扬起一件白色的东西。

轮船驶出下田海面，我凭栏一心远眺着海上的大岛，直到伊豆半岛的南端消失得无影无踪。与舞女离别，仿佛已是遥远的过去。不知老婆婆怎么样了，便去船舱张望了一下，见有许多人围坐在她身旁，似在多方安慰她。我放下心，进了隔壁的船舱。相模滩上，波涛汹涌。一坐下去便不时地左右摇摆。船员四处分发小铜盆。我枕着书包躺了下去。头脑空空，失去了时间感觉。泪水唰唰地流在书包上。脸颊感到凉冰冰的，只得将书包翻过一面。有个少年躺在我的身旁，是河津一家工厂主的儿子，去东京准备升学考试。见我戴着一高的学生帽，似乎对我抱有好感。交谈几句之后，他问：

"您是不是遇到什么不幸了？"

"没有。我刚刚同人告别来着。"

我回答得非常坦率。即使让人看见我流泪，也不在意了。我无思无念。只感到神清气爽，心中惬意，静静地睡去。

海上是几时暗下来的，我竟然不知道。网代和热海一带，已灯火灿然。我的肌肤有点冷，肚里感到饿。少年给我打开竹叶包，我似乎忘记那是别人的东西，拿起紫菜饭卷便吃。然后，钻进少年的学生斗篷里。一种美好而空虚的心情油然而生，不论人家待我多亲昵，我都能安然接受。我甚至想，明天一早，带老婆婆去上野站，给她买张去水户的票，那也是自己应该做的。我感到天地万物，已浑然一体。

船舱里的煤油灯，已经熄灭了。船上装的生鱼和潮水的气味，变得浓烈起来。黑暗中，少年的体温给我以温暖，我任凭眼泪簌簌往下掉。脑海仿佛一泓清水，涓涓而流，最后空无一物，唯有甘美的愉悦。

诺奖大师短经典

编 _ 果麦

产品经理 _ 周娇　　书籍设计 _ 董歆昱　　产品总监 _ 李佳婕

技术编辑 _ 顾逸飞　　责任印制 _ 梁拥军　　出品人 _ 许文婷

营销团队 _ 王维思

果麦
www.guomai.cn

以 微 小 的 力 量 推 动 文 明

图书在版编目（CIP）数据

诺奖大师短经典 / 果麦编 . -- 成都：四川文艺出版社，2023.4（2023.11 重印）
ISBN 978-7-5411-6613-6

Ⅰ . ①诺… Ⅱ . ①果… Ⅲ . ①中篇小说—小说集—世界②短篇小说—小说集—世界 Ⅳ . ① I14

中国国家版本馆 CIP 数据核字 (2023) 第 055289 号

NUOJIANG DASHI DUAN JINGDIAN
诺奖大师短经典

果麦 编

出 品 人	谭清洁	
责任编辑	陈雪媛	
责任校对	段 敏	
出版发行	四川文艺出版社（成都市锦江区三色路 238 号）	
网 址	www.scwys.com	
电 话	021-64386496（发行部） 028-86361781（编辑部）	
印 刷	河北鹏润印刷有限公司	
成品尺寸	145mm×210mm	
开 本	32 开	
印 张	14.25	
字 数	320 千	
印 数	9,001 — 14,000	
版 次	2023 年 4 月第一版	
印 次	2023 年 11 月第二次印刷	
书 号	ISBN 978-7-5411-6613-6	
定 价	59.80 元	